LOS MALOS

LOS MALOS

MELISSA ALBERT

Traducción de Joan González Barrachina

UMBRIEL

Argentina • Chile • Colombia • España
Estados Unidos • México • Perú • Uruguay

Título original: *The Bad Ones*
Editor original: Flatiron Books
Traductora: Joan González Barrachina

1.ª edición: junio 2024

Plaza de los Reyes Magos, 8, piso 1.° C y D – 28007 Madrid
www.umbrieleditores.com

ISBN: 978-84-10085-07-7
E-ISBN: 978-84-10159-49-5
Depósito legal: M-9.882-2024

Fotocomposición: Urano World Spain, S.A.U.
Impreso por: Romanyà Valls, S.A. – Verdaguer, 1 – 08786 Capellades (Barcelona)

Impreso en España – *Printed in Spain*

Para Sarah Barley y Kamilla Benko,
diosas de las buenas.

Y para mi increíble padre (y publicista no remunerado), Steve Albert.
¡Mira lo que te he regalado por tu cumpleaños!

PRÓLOGO

—Pórtate bien.

—Ajá.

Chloe Park levantó la cabeza para mirar las ventanas de la última planta de la casa. Dos eran de un amarillo brillante y les colgaban cortinas finas. Aquel tenía que ser el cuarto de Piper. Ya se lo podía imaginar. Trofeos, material de manualidades y pósteres motivacionales. Todo iluminado por un empalagoso neón.

—Chloe.

Su madre lo dijo con la suficiente fuerza como para que Chloe se girara. Las manos de la mujer mayor, con la manicura hecha y la alianza de bodas, agarraron el volante con delicadeza, como si estuviera hecho de oro.

—Pórtate bien —repitió—. Por favor.

—Sí, mami. —Se llevó la mochila al hombro y salió del coche.

Piper Sebranek tenía ojos marrones, un pelo brillante que le caía por la espalda, marrón y largo como el de un caballo, y una fama de amabilidad extrema. Chloe tenía la impresión de que Piper fue la reina en tercer curso, y sin embargo ahora parecía una novata más de primero.

Ella y Chloe no eran amigas, evidentemente, pero sus madres trabajaban juntas en un bufete de abogados de la ciudad. Dos días antes, en clase de literatura, Piper le había dejado caer a Chloe en el pupitre una invitación a su fiesta de cumpleaños. Estaba hecha de cartulina lila y venía con los detalles escritos en letra rizada.

Chloe la miró y dijo:

—Podrías habérmelo dicho y ya, ¿no?

Piper sonrió con sus relucientes labios mientras se desenredaba la punta de la coleta.

—Mi madre me ha obligado a invitarte —contestó.

Así que, de forma no tan amable, Chloe le devolvió la sonrisa.

—Qué ganas.

A las 8 p. m. ya se arrepentía de su decisión. Habría fingido dormirse, pero la amiga rara de colegio privado de Piper había avisado de que le dibujaría un bigote a la primera en caer. Un *bigote*. Menudas idiotas.

Diahann llevó cartas del Tarot y Anjali, tres cigarros en una bolsa con cierre hermético, dos de ellos partidos. Ashley se vino arriba y llevó una botella de limonada con vodka. Todas menos Chloe se la bebieron a tragos por turnos, después de lo cual, Diahann se quedó en sujetador tirada en el suelo y añadió:

—¡Puedo sentirlo! —gritó en voz baja.

Diahann se durmió la primera. Piper le pasó una manta de lana por encima y puso *Súper Empollonas*. Luego, vertió todo el contenido de una bolsa de cosméticos sobre la alfombra.

—Mierda de la buena —apuntó Chloe—. Todo de Sephora.

—¡Maquillaje! —Ashley aplaudió como si el maquillaje acabara de cantar una canción y se acercó a Chloe con una brocha en la mano—. ¡Qué pelo más brillante tienes! —empezó.

Aquello pasaba a menudo. La gente veía a Chloe y su estatura, belleza y edad (un año más joven que cualquier otra de su curso) y ya la trataban como a una mascota.

—Aléjate de mí —le dijo.

Después de eso, la dejaron en paz.

Cuando terminó la película, las otras chicas se dieron un abrazo y fueron por turnos al baño con sus neceseres y sus pulcros pijamas dobladitos. Alguien apagó la lámpara y Chloe miró a la pared. Una ráfaga de cuchicheos risueños estalló con frecuencia decreciente hasta que, al fin, se hizo el silencio. Por un momento, se quedó inmóvil en el resplandor del cuarto de Piper, siguiendo la ligera respiración de las durmientes.

Se dio la vuelta. Vio a Piper y le miró a la cara, asegurándose de que estuviera realmente dormida. Tras un minuto, le dio la sensación de que Piper sabía que la estaban mirando, y que lo estaba disfrutando. Era como si en cualquier momento fuera a abrir los ojos y lanzar un guiño. Inquietante.

Chloe se sentó con las manos apoyadas en el suelo, sacó las piernas del saco de dormir y fue haciendo el cangrejo hasta la alfombra. De la deslumbrante pila de maquillaje, seleccionó un brillo de labios sabor a mora, un lápiz de ojos de NARS, uno de esos pintalabios estriados de Charlotte Tilbury y se los metió en la mochila.

Las otras chicas dormían. Su respiración era suave, sus ojos estaban plácidamente cerrados y sus cabezas llenas de, sin duda, sueños de novios guapos. Chloe se puso en pie.

Había una taza de unicornio llena de bolígrafos en el centro del escritorio, entre las ventanas. Seleccionó un permanente negro y se agachó junto a Diahann. Le dibujó un bigote con dos rayas gruesas por encima del labio superior, curvando bien los extremos para que pareciera el de un villano de dibujos.

Las otras estaban apretadas en una cama. Consideró hacerles algo a ellas también, pero con el bigote de Diahann quedó más que satisfecha. Continuó con los teléfonos.

El de Piper y el de Anjali tenían contraseña. El de Ashley tenía reconocimiento facial. Se inclinó junto a la cama, sujetó el teléfono sobre la cara flácida de la chica y le dio un codazo. Insistió una vez más. Ashley abrió los ojos de golpe, respiró por la nariz, parpadeó dos veces y se dio la vuelta, aún dormida.

El teléfono se desbloqueó. Chloe se sentó en el suelo con las piernas cruzadas y se tomó su tiempo para mirar todos los mensajes, conversaciones y fotos de Ashley, pero le pareció aburridísimo y lo dejó.

Hacía dos semanas, Ashley se había hecho una foto en el espejo del baño con una mano a la altura de la cintura y la otra a la de los ojos. Estaba absorta y ensimismada. Se notaba que había tomado la foto solo para ella. Estaba desnuda de cintura para arriba.

Chloe se lo pensó un momento, impasiblemente. Luego, se la envió a sí misma, eliminó el mensaje del teléfono de Ashley y lo dejó donde lo había encontrado. Inspeccionó el cuarto con inquietud. El ambiente que le había parecido tan vivo hacía unos minutos, tan oscuro y que albergaba tantas posibilidades, ahora estaba muerto. Le quedó tan solo una leve sensación de cosquilleo en la lengua.

Pero aún le quedaba el resto de la casa. Todo un mundo por descubrir en el que solo ella estaba despierta.

Si el impulso de colarse por el pasillo fuera un sonido, sería una nota tónica. Si fuera un olor, sería el de cerillas y lima cortada. A veces, se imaginaba un futuro que le permitiera vivir de aquellas sensaciones, sin embargo, lo único que se le ocurría era convertirse en ladrona de viviendas. O en una de las chicas Manson. Sintió el latir de la puerta cerrada del dormitorio principal al final del pasillo, como invitándola. Era arriesgado, y estúpido también, así que decidió visitar el sótano.

La planta baja estaba a oscuras. Chloe giró a la izquierda y se adentró en la pequeña sala de estar junto a las escaleras, un lugar con sillones, una chimenea fría y un bonito armario lleno de botellas. Vinos, oporto y licores de gemas con nombres que sonaban a italiano. Lo único que reconoció fue una botella medio llena de tequila Cuervo. Sería gracioso, pensó, meterla en el cuarto de Piper, en algún sitio en el que su madre la encontrara antes que ella. El pensamiento se convirtió en plan. Se la guardó bajo el brazo y salió sin hacer ruido.

Se encendió una luz en la cocina.

Chloe se detuvo. Su corazón empezó a latir suavemente, como ocurría siempre que la cazaban, iban a cazarla o estaban a punto de hacerlo. No se dio ni cuenta, pero estaba sonriendo. Con la botella de tequila en la mano, caminó hacia la luz.

Luego, paró, desconcertada al ver a una chica que no conocía.

La chica estaba de espaldas a la puerta. Tenía la cabeza inclinada sobre el fregadero y las manos agarradas al mármol de imitación de la encimera. Debía de ser la hermana mayor de Piper, pero no se le venía ningún nombre a la mente. Seguramente acabara de llegar borracha. ¿Iría a vomitar?

—Hola —le dijo vivamente.

La chica se dio la vuelta y Chloe retrocedió sin querer. Le oía la respiración y tenía las pupilas dilatadas. Error, no estaba borracha, estaba drogada.

—Chloe —dijo. Su voz sonaba extraña y la cara le resultaba un poco familiar.

—Sip. —Chloe olfateó con aire burlón. Había un olor poco natural en la cocina, como a plástico. Y venía de la chica—. No te ofendas, pero apestas.

La hermana de Piper asintió sin decir nada. Con los ojos clavados en los suyos, siguió asintiendo como si fuera un juguete. Chloe sintió una rara punzada de inquietud y se cruzó de brazos, aferrándose a la botella de Cuervo. La chica ni siquiera lo había mencionado.

—No dejas de mirarme.

—Lo siento —dijo la chica muy flojito.

Parecía que lo sentía de verdad. Le dio muy mala espina.

—Trece.

—¿Qué? —preguntó Chloe. Todavía estaba en la puerta de la cocina y se obligó a dar un paso hacia dentro.

—Tienes trece años —repitió la hermana de Piper. Le repasó la cara a Chloe con los ojos, como si solo con mirarla pudiera notar el olor a cerillas y escuchar esa nota tónica—. Qué mala edad para una niña.

Un cosquilleo le recorrió el cuello. Miró hacia arriba para disimularlo.

—Como sea, me voy arriba. Será mejor que tú busques una ducha —le dijo a la chica.

—Para —contestó ella.

Chloe obedeció, pero ¿por qué? Había algo en la manera en la que lo dijo. Sonó como una orden tajante y su voz envolvía en llamas la palabra.

Así que paró. Se dio la vuelta y sintió como todos sus superpoderes (crueldad, valor y un estómago de hierro) se disolvían como algodón de azúcar al divisar la oscuridad que se empezó a concentrar alrededor de la chica. Era una imagen indescriptible.

—Lo siento —dijo la chica de nuevo.

Y entonces Chloe lo recordó. Piper era hija única.

Lejos de allí. A más de un kilómetro y medio por el agrietado asfalto y la hierba congelada, se encontraba un coche mal aparcado en una carretera rural suburbana. Benjamin Tate estaba sentado en el asiento del conductor.

Lloraba. No como un adulto, aunque tuviese más de cuarenta, sino como un niño. Un llanto fuerte, mocoso y desenfrenado. Un tenue calor se coló por la ventilación, haciendo que se empañaran los cristales. El interior olía a licor blanco, ácido gástrico y una vieja colonia tan popular que solo con rociarla una vez, podía devolver al pasado a toda una generación. La canción que tenía puesta en bucle terminó y volvió a empezar.

Benjamin metió la frente en el escurridizo hueco del volante.

—Y ahora, ¿qué hago? —preguntó al vacío.

El coche era un Kia Soul verde, aunque la pintura perdía su efecto a la luz de la luna. A su derecha, un edificio de dos plantas que dormía. A su izquierda, una extensión gris de campo con alguna que otra portería de fútbol. Benjamin había crecido en aquel lugar. Mirara donde mirara, se encontraría con fantasmas de su yo pasado más joven y mejor persona. Entonces, vio a alguien cruzar el campo a trompicones. Llevaba pantalones anchos Umbro y parecía un duendecillo perezoso.

—Gracias a Dios —dijo—. Ayuda.

De nuevo, habló solo. Pero esta vez, alguien respondió.

—Para.

La palabra estaba cargada de indignación. El hombre lanzó un jadeo que se le alojó en el pecho, como si se hubiera tomado una pastilla para la tos. Le llegó un hedor que aplacó hasta el aroma del perfume Drakar que se había echado en las muñecas. Era el olor de hoguera de cosas que no deberían haberse quemado.

Había una chica en el asiento trasero. Una sombra le cubría la cara, pero estaba seguro de que no era *su* chica.

—¿Qué estás haciendo en mi coche?

Con cada latido de su viejo corazón maltrecho, la vergüenza iba sustituyendo al miedo. Vergüenza, furia y un tipo de ansiedad desconocida. ¿Qué había visto? ¿Qué sabía? Estaba tan borracho que ni se paró a pensar en cómo la chica pudo haber entrado al coche si estaba cerrado.

Por muy jodido que estuviera, todo podía ser peor, así que respiró profundamente y bajó el tono de voz. Su *voz*, esa cosa tan preciada y ruda que creía que le sacaría de aquel mediocre pueblo. Al menos, aún podía usarla para convencer.

—Espero no haberte asustado —dijo aun sabiendo que había estado prácticamente gritando—. ¿Se supone que has venido a decirme algo? ¿Te ha enviado ella para darme un mensaje? —La palabra *ella* sonó rota. Aquello le añadió una capa más a su vergüenza y le despertó la rabia—. Bueno, pues habla.

La chica se inclinó hasta que un rayo de luz de la calle le iluminó la boca. Su sonrisa alumbrada lo llenó de un terror instantáneo y atávico. De ese que se te mete en el cerebro y solo se manifiesta cuando estás al borde de algo irreversible.

Sal del coche. El simple pensamiento resultaba tan electrizante como inmovilizador. Apenas acercó la mano a la puerta cuando:

—Para —dijo ella.

Y paró, hipnotizado por la horrible sombra que envolvía a la chica del asiento trasero. Aquella densa oscuridad que la rodeaba, aquella sensación de que algo iba mal y que no se intentaba disimular. Era como si, en cualquier momento, la chica se fuera a hacer a un lado y revelara un agujero negro donde estaba el asiento.

—Lo siento —dijo ella, aunque no sonó cierto del todo.

Un kilómetro más al norte, por caminos enrejados, por donde vuela el cuervo. En un cementerio.

Alastair y Hecate caminaban entre las piedras, atendiendo a sus fantasmas. Desde el inicio de tercer curso, iban a dejar flores silvestres y cenizas de cigarro en las tumbas de sus seres queridos. Solían ir todas las semanas, pero dejaron de hacerlo tanto. Alastair saludó a sus viejos y fríos amigos en silencio, en su cabeza. LEONORA VAN COPE. LUCAS TREE. MARY PENNEY: LA DULCE VIOLETA, QUE PRONTO NOS DEJÓ.

Hecate llevaba un abrigo bordado negro y largo. Alastair, una camisa con cuello que tenía que ponerse para vender tarifas telefónicas en el centro comercial. Hecate puso los ojos en blanco cuando lo vio aparecer con la ropa del trabajo. Él la vio y pensó: *Tiene que ser genial, que todo te lo haga tu papi.*

Alastair había estado enamorado de ella tanto tiempo, tan abiertamente y con tan pocas expectativas de reciprocidad, que le desorientaba el pensar que el sentimiento ya se había ido. No es que el amor estuviera desgastado, ni roto, sino que, simplemente, ya no estaba. Como si alguien le hubiera hecho un agujero y lo hubiera dejado vaciarse.

Aparte del amor, todo era aún más sombrío.

—Ayer hablé con mi nueva compañera de piso —dijo Hecate—. Sus amigos parecen geniales. Vamos a ser una de esas casas de artistas.

Antes, Alastair se las ingeniaba para quedarse a solas con ella. Registraba en su mente cada minuto, cada mirada, cada roce accidental o no de piel con piel. Ahora, lo temía. Cada vez que la veía lo tenía más claro: era una superficial. Pensaba muy poco en él. Era como todos los demás.

Y, ¿cómo se sentía él con todo esto? Solo. Más incluso de lo que ya se sentía.

Por encima de todo, Hecate era aburrida. Desde que la aceptaron en la Escuela de Diseño de Rhode Island no hacía más que hablar de ello. Cada cosa nueva que le contaba era como una pequeña herida más en su piel.

—Ey. ¿Hola?

Él miró hacia arriba. Hecate estaba apoyada en una lápida carcomida.

—No me estás escuchando. —Sacó los labios, como dando un beso sin sonido.

Finalmente, Hecate notó en él esa pérdida del amor no correspondido, lo cual, la fastidió lo suficiente como para empezar a ligar de broma. Migajas de atención frente a las que él se hubiera rendido en otro momento, como un hombre hambriento. Pero esta vez, se dedicó a mirarle a esa cara besucona con una expresión gélida.

—Tienes que venir a visitarme a Providence —dijo ella, aunque no sonaba muy convencida—. Espera hasta, más o menos, octubre y así ya sabré a qué sitios llevarte.

—Me hará falta el dinero para el alquiler —respondió con indiferencia—. Aquí. ¿Lo recuerdas?

Nerviosa, se colocó bien aquel vestido hecho a mano, dejando entrever sus preciosos pechos. Tenía talento de verdad. Le esperaba un futuro brillante.

—Bueno. Si tú pagas el vuelo, yo te pagaré la mitad de la comida. —Rio—. Es muy gracioso, mi compañera de piso también se puso un nombre falso en tercero. Le pareció súper tierno que nos llamáramos Alastair y Hecate.

Pronunció los nombres con un acento burlón, como de la alta burguesía. Una sensación de terror le recorrió la espalda.

—¿Le has hablado de nuestros nombres reales?

—Venga ya. —Seguía sonriendo, pero era consciente de lo que había hecho y se avergonzó un poco—. No los hemos llamado *nombres reales* desde… Kurt, eso era cosa de niños. Ya casi tenemos dieciocho.

Alastair se levantó de forma abrupta y deseó haber llevado puesto algo más serio que la ropa del trabajo por debajo de la chaqueta.

—Que te den, Madison —gruñó y se adentró en la oscuridad.

Ella lo llamó, pero solo una vez. Aún comido por la rabia, serpenteó por las piedras sin tropezarse. Se conocía el cementerio tan bien como la casa de mierda en la que había crecido, en toda su gloria. Incluyendo las manchas de nicotina y los adornos de gallos. Que le dieran a su madre y a su decoración *kitsch*. Que le dieran a Hecate (a Madison) y a su perfecta nueva vida en Providence. Que le dieran a…

Tropezó. Se golpeó la rodilla con una piedra que no debía estar allí y se cayó de culo en la oscuridad. Cuando se levantó con los ojos húmedos y un dolor intenso en la rodilla, no estaba seguro de dónde se encontraba.

No es que se hubiera perdido. Las estrellas brillaban con intensidad y la luna parecía un barco de plata reluciente, pero todo lo que alumbraban resultaba extraño. Ya no era el refugio de Alastair, sino un terreno de muertos indiferente.

Se dio la vuelta y la ira se le fue convirtiendo en miedo. Madison estaría más atrás en algún lugar, invisible en la oscuridad. *Me ha perdido para siempre*, pensó. Luego, miró al frente y se orientó gracias al Ángel Sin Ojos. Estaba posado en lo alto del viejo mausoleo Petranek, con sus alas de piedra extendidas.

Alastair sacó pecho y se dirigió hacia él. Descansaría a la sombra del ángel y esperaría a ver si Madison se molestaba en seguirlo. Puede que incluso jugara, como antes, a subir a la estatua y darle la mano. Lo intentó, pero abandonó al resbalarse un poco con una piedra mojada.

Había alguien sentado en la escalinata del mausoleo. Una chica con el pelo por la cara y las palmas desnudas apoyadas en la piedra. Su postura le decía que tenía mucho frío. Una agradable desazón le erizó la piel a Alastair. Parecía sacada de una leyenda urbana.

—Hola —le dijo él.

La chica se giró un poco, con la cara escondida detrás del pelo.

Supuso que había estado llorando. Él también había llorado un poco. Se acercó despacio. Un aroma ácido y químico, que le recordaba al repelente de insectos, inundó el aire alrededor de ella.

—¿Estás bien? —le preguntó.

Respondió con una voz rota. De tristeza, o de risa.

—Ha sido una noche larga.

—Para mí también —Alastair dudó, luego se quitó la chaqueta y se la ofreció—. Tienes frío, ¿no?

La chica emitió un sonido ahogado.

—Gracias, muy amable —dijo sin aceptar la chaqueta.

Cuando vio las brillantes gemas blancas en su pelo, se dio cuenta de que estaba nevando. Caían copos grandes del cielo. Y, ya fuera por aquel milagro ordinario o aquel poco familiar acto de caballería al ofrecerle la chaqueta a una extraña en mitad de la noche, algo en él cambió.

A medida que caían estrellas de hielo del cielo y se deshacían, comprendió, profunda e inmediatamente, que había vida más allá de Madison. Más allá del instituto y más allá de su madre. Contaba los días que le quedaban para dejar de estar a su cargo. Se esfumaría la niebla y le encontraría una salida a aquel callejón negro que era su mente. En algún lugar, había una luz esperándolo. De repente, se sintió tan seguro de aquello y tan aliviado que podría haberse acostado en las piedras y llorar.

Pero, entonces, una masa oscura se empezó a acumular detrás de la chica. La piedra del mausoleo se fundió con ella, enroscándose como un papel carcomido por las llamas. Él entrecerró los ojos y se hizo a un lado para poder verlo mejor.

Esa sombra salía de la chica.

Dio un paso atrás. Y otro. Pensó, *Madison, aléjate. No te acerques aquí.*

—Para —dijo ella.

Aquella palabra lo hizo sentirse muy pesado.

—¿Qué... qué es esto?

La chica subió la cabeza para mirarlo, apartándose el pelo de la cara.

—Lo siento.

Aquel brillante futuro que tenía en su mente se marchó, rodando como una moneda.

—Espera —dijo y extendió la mano, oponiéndose a su nuevo destino—. Espera. Te conozco. Sé quién eres.

La chica sonrió.

—No. No lo sabes.

CAPÍTULO UNO

Su mensaje me llegó justo antes de medianoche.

Te quiero.

Solo con eso, los ojos se me iluminaron en la oscuridad. Respondí con agitada ansiedad.

Hola
Yo también te quiero
OK he intentado llamarte. Dime si estás bien.
Becca??
Voy para allá.

Tuve que ir a pie. En enero, por la noche. A medida que caminaba, mi estado de ánimo pasaba del miedo a la rabia, y otra vez al miedo. El mensaje era raro, pero también era típico de Becca: lanzar una simple frase al aire y ver si yo mordía el anzuelo.

Me quedé de pie al principio de su calle nevada y vi su casa sin luces. Estaba medio mareada. ¿Cuánto tiempo llevaba ya allí? Perdí la noción del tiempo y la noche me pareció interminable. Me dolía el cuerpo del frío y de lo tarde que era.

Conseguí recomponerme y me dirigí hacia allá. Entré por el lateral de la casa y crucé la verja chirriante. Hacía tres meses que no hablaba con mi mejor amiga. Me acerqué a la ventana de su cuarto y di nuestros particulares golpecitos, como diciendo, *Vamos sal. No soy una asesina, soy yo.*

Todo siguió igual de oscuro y la cortina ni siquiera se movió. Becca siempre dormía con un ojo abierto. Su cerebro estaba medio despierto en todo momento. Si estaba allí, me estaba ignorando a propósito.

Le di un manotazo al vidrio y caminé por el césped rompiendo capas de nieve fresca. Subí las escaleras de la tarima que había construido el padre de Becca para la piscina y me senté en la tumbona menos roñosa que vi. La piscina estaba mugrienta. El año anterior, Becca y su madrastra no la cubrieron hasta Acción de Gracias. Ese año, ni siquiera se habían molestado.

Me vino un olor, pero no sabía de dónde. Era desagradable y me raspaba la garganta. Miré de reojo la apariencia del agua y escribí un mensaje.

Estoy en la piscina. Sal y ábreme, que me estoy congelando.

Una luz parpadeó debajo de mí. Miré y metí la mano en los huecos de la tumbona para sacar el teléfono de Becca de entre los tablones. La pantalla se había encendido por el mensaje que le acababa de enviar. Debajo de este, todos los otros sin leer.

Miré a la casa y sentí un cosquilleo en el cuello. De vuelta a la piscina, vi una taza verde manchada al lado de donde estaba el teléfono, medio llena. Algo hizo que la agarrara y oliera su contenido.

Solté una pequeña carcajada y puse los ojos en blanco. Café con un toque de vodka cítrico. Ahora aquel mensaje suelto tenía sentido: Becca se ponía muy sentimental cuando bebía. También era de vejiga pequeña, así que probablemente se hubiera ido al baño a mear.

Miré el cristal oscuro de la puerta trasera, esperando verla salir. Estaba nerviosa, pero me sentía preparada. En los tablones cerca de mis pies, había una mancha de ceniza negra. La difuminé con el talón. Me pasé las yemas de los dedos por la palma de la mano. Estaba áspera, escocida y arañada. Después de un rato, me tumbé a mirar las estrellas.

Me encontraba en la apacible línea que separaba las dos mitades de mi vida: el antes y el después. El miedo me tenía atrapada, oscuro como la tinta. Pero ahora que me había quedado quieta, pude sentir lo cansada que estaba. El agotamiento se abalanzó sobre mí como un animal de alas largas.

Y las estrellas se veían muy claras esa noche, brillaban con intensidad.

Me dormí.

CAPÍTULO DOS

Tuve un sueño. Uno de esos que se evapora nada más te despiertas y te deja solo el saborcillo en la boca. Era más bien un recuerdo, porque ya lo había soñado antes.

En el sueño, no podía respirar. El agua me hacía sentir claustrofóbica, como si estuviera metida en un ataúd de pino. Normalmente, el agua del sueño era verde y estaba caliente como la saliva, pero esta vez fue negra y fría. Sentí que el corazón se me apagaba y que mi visión se reducía a un túnel. Luego a un punto, hasta que se fue por completo. Luego, su voz. La de Becca.

Nora, susurró. *Lo siento, Nora.*

Quería responder, pero estaba helada. Tenía la mandíbula tensa y mis pulmones eran dos flores secas, y pensé: *No te vayas, otra vez no, no me dejes, Becca, no…*

Algo se me clavó en el costado. Desperté bajo un cielo blanco y un aire seco. Las tiras de la vieja tumbona se doblaban con mi peso.

La madrastra de Becca estaba de pie frente a mí y me tapaba el sol. Me palpó con los dedos.

—Nora. Nora, despierta.

Metí el codo entre las tiras al tratar de levantarme.

—Lo… lo siento.

Tenía una fina capa de hojas caídas pegadas al abrigo. Nunca había sentido tanto frío.

—Dios mío. —Miranda estaba arropada con una bata rosa y gruesa. Parecía esa cosa esponjosa con la que rellenan las paredes—. ¿Cuánto tiempo llevas aquí?

La boca me sabía a hierro y me sentía aturdida. Como si alguien me hubiera sacado el cerebro y me lo hubieran lavado con un estropajo.

—Estaba esperando. A Becca.

—Te podrías haber muerto de frío —dijo sin rodeos—. Venga, entra en casa.

— ¿Está Becca despierta?

—No que yo sepa. Espera dentro mientras caliento el coche.

—Ay. —cerré los puños—. No, gracias. Me iré a pie.

Por un segundo, Miranda pareció confundida. El sol de la mañana le iluminaba las pálidas pestañas.

—¿De verdad? —preguntó.

—Ehh. —Me dio un escalofrío. Ya me estaba arrepintiendo de rechazar el viaje, pero Becca y yo seguíamos peleadas, técnicamente. No sabía si estaría bien que me cazara haciéndome amiga de su madrastra.

Antes de poder siquiera decidir, Miranda soltó una risita floja.

—Tú misma. Disfruta del paseo.

—Espera. —Levanté el teléfono que había encontrado debajo de la tumbona—. Becca se dejó esto aquí fuera.

Miranda ya había empezado a irse.

—Déjalo ahí.

La vi entrar a la casa. Cuando ya se había ido, me incorporé con rigidez y todas las articulaciones me crujieron como papel de aluminio. Era tan pronto que los pájaros aún cantaban. El agua de la piscina daba más asco a la luz del amanecer y se veía algo en el fondo.

Mi corazón emitió un latido fuerte. Me incliné, intentando ver lo que había entre las hojas secas. Fuera lo que fuera, formaba un bulto al fondo de la piscina. Era oscuro, del tamaño de un animal pequeño. Puede que fuera un animal. Una ardilla o algún gato callejero. Seguramente Miranda y Becca lo dejaran allí para que se desintegrara.

Aterricé con fuerza sobre la hierba escarchada, con la intención de que se me despertaran los pies. Los viejos árboles que rodeaban el jardín soltaron un largo y apresurado suspiro. Un segundo después, aquella brisa me invadió y me devolvió el hedor de la noche anterior. Se me había quedado pegado al pelo mientras dormía.

Las cortinas del cuarto de Becca estaban corridas. *Espero que esté ahí dormida de verdad, y no espiándome mientras hablo con su madrastra,* pensé. Le di la vuelta a la casa y bajé por el camino a paso violento. Lo recordé todo como si lo estuviera viviendo de nuevo. ¿Cómo demonios me pude quedar dormida con ese frío? Saqué mi teléfono para mirar la hora.

«Mierda», dije.

Eran las siete y media de la mañana de un domingo y mi madre me había llamado muchísimas veces. De repente, me sentí diez veces más despierta.

Le di al primer mensaje de voz, de las 06:34 a. m.

«Nora, ¿dónde estás?» Sonaba agitada. «Llámame en cuanto pue...»

Paré el mensaje a mitad y la llamé. Respondió al primer timbrazo y empecé a hablar enseguida.

—Hola, mamá, lo siento muchí...

—¿Dónde estás? —respondió mi padre. Su voz sonó dura y plana. Parecía asustado.

—Estoy volviendo de casa de Becca. Siento no haber avisado, iba a hacerlo solo que...

—Ven a casa —dijo muy seco—. Ya.

—Espera. —Me llevé una mano al cuello—. ¿Ha pasado algo? ¿Papá? ¿Papá?

Había colgado.

CAPÍTULO TRES

Si tomabas el camino para bicis del bosque, podías llegar corriendo de la casa de Becca a la mía en doce minutos. Lo sabíamos, lo teníamos cronometrado.

Lo hice en diez. Mi cuerpo estaba lleno de electricidad, el viento me azotaba y tenía el abrigo todo sudado. Atajé por el camino que dividía nuestro callejón y salí a menos de un bloque de mi calle. Entonces, me dio un vuelco al corazón.

Había dos coches de policía aparcados cerca de casa. *Mamá,* pensé. Se ha equivocado de medicación, le ha dado un ataque o se ha caído. No, espera, la había escuchado en el buzón de voz. Mi hermana pequeña, entonces. A Cat le daban convulsiones. Era una intrépida, la típica fanfarrona con cicatrices que nunca le dice que no a un desafío.

Se me solaparon todos estos pensamientos en la mente y me llenaron la cabeza durante el medio segundo que tardé en ver el tercer coche. Era oscuro y no muy llamativo. Parecía un vehículo sin identificar y estaba aparcado en la acera de enfrente.

Pero no era por nosotros.

Mi padre abrió la puerta justo cuando pasé por el buzón. Estaba con una mano apoyada en el marco y con la otra haciéndome señales para que me diera prisa, como si quisiera que cruzara la calle sin ser vista. Era el tipo de hombre al que le parecería indecoroso que nos vieran actuando como si nada cuando algo tan terrible estaba pasando en casa de los vecinos.

—Qué... —empecé. Pero me cortó con un gesto seco.

Cuando entré cerró la puerta y me abrazó.

—Tienes que decirnos siempre a dónde vas. Tienes que contestarnos siempre que no estés donde deberías estar.

—Lo sé —susurré pegada a su pecho y con los brazos rodeando su espalda—. Lo siento. ¿Qué está pasando?

Suspiró con fuerza, aún abrazándome.

—Tu abrigo —dijo mostrándome sus dedos llenos de ceniza negra.

Me quedé mirándolos y recordé la mancha de ceniza del tablón. Seguro que había también en la tumbona. Se me revolvió el estómago. ¿Qué era lo que Becca había estado quemando?

—¿Nora? —mi madre me llamó desde el dormitorio—. Ven aquí.

Estaba tirada en el suelo con las rodillas en alto. Vi todo el pelo que se le había caído debajo de la cama. Seguramente la espalda le hubiera dado una noche horrible. La imagen me provocó aún más dolor de estómago.

—Ey. —Me agaché a su lado—. ¿Estás bien?

Me agarró la mano y me recorrió la cara con los ojos, como para asegurarse de que estaba allí de verdad.

—Anoche desapareció una chica de la casa de los Sebranek. La policía ha llegado hace una hora para preguntar si sabíamos o habíamos visto algo.

Tardé un segundo en ordenar todas las palabras en mi cabeza.

—Dios mío. ¿Quién? ¿Piper?

—Una de sus amigas. Se llama Chloe Park, va a primero en el Instituto PHS. ¿La conoces?

Negué con la cabeza.

— ¿Qué han dicho que pasó?

Mi madre miró al techo y parpadeó. La gravedad hacía que se le estirara la piel de la cara.

—Se habían quedado unas amigas a dormir en casa de Piper. En mitad de la noche, les despertó un ruido. Chloe no estaba en el cuarto. Piper pensó que había sido ella. Pero lo único que encontró fue una botella de licor hecha añicos en el suelo de la cocina. —Su respiración se entrecortó—. Había sangre en el vidrio. Como si alguien lo hubiera pisado.

Me retorcí.

—Pero, seguramente, la chica solo querría robar la botella, ¿no? Le entró el pánico y se le cayó, ¿no? Puede que se fuera a su casa o a la de alguien.

—Lo primero que hizo Rachel fue llamar a sus padres. No está en casa. Y sus cosas siguen en la de los Sebranek. Su teléfono, su abrigo y su ropa. Sus *zapatos*. Donde sea que esté va descalza y en pijama. Con los pies ensangrentados. En enero.

—Mierda —dije con voz ronca—. Dime que no entraron y se la llevaron.

—No hay señales de entrada forzosa. —Mamá se fregó los ojos con la mano que tenía libre—. Pero sigo pensando en que lo dejó entrar. A quien sea. Algún depravado de internet o algo. Tiene trece años.

Las lágrimas le cayeron hasta las orejas. Le apreté los dedos, todavía calientes por la almohadilla eléctrica que tenía sobre la cintura.

—¿Qué más te han dicho?

Mi padre hizo un movimiento brusco en la cama.

—No mucho más. Creen que desapareció entre las doce y la una de la mañana.

—¿Lo sabe Cat? —Mi hermana pequeña iba a primero. Yo no conocía a la chica, pero quizá ella sí.

—Aún está durmiendo. —Mi madre puso una mano en el suelo como para levantarse—. Cariño, ¿puedes juntar algo de comida para llevársela? *Cupcakes*, o...ay, Dios, ¿qué estoy diciendo? *Cupcakes* no, algo salado.

—Sí, claro.

Pero la comida era para cuando estás enfermo o de luto. Para la pérdida. No eran ni las siete de la mañana aún y, además, las fiestas de pijama siempre eran un desastre. Puede que la chica le quitara algunos zapatos a Piper y se fuera a dar un paseo largo.

Pero aquello no era lo que realmente pensaba. Sentía un zumbido en el aire, ese tipo de miedo que se te acumula detrás del cuello. No solo por lo pronto que era, ni por el desconcierto que había causado una cama vacía, ni por los coches de policía. Algo había ocurrido la noche anterior que había dejado una mancha en el aire.

O puede que estuviera solo en mi cabeza.

Mamá me volvió a estudiar el rostro, esta vez con un brillito en los ojos.

—Así que has pasado la noche en casa de Becca.

—Hemos hecho una fiesta de pijamas. —Intenté fingir una sonrisa, pero no me salió bien.

—Una fiesta de pijamas —dijo sin expresión—. ¿En serio? ¿Has dormido algo?

—No mucho.

Mi madre solía ser la protectora de mi mejor amiga. Conocía a Becca desde que íbamos a primero y la había visto perder a sus dos padres en el transcurso de tres años. Pero en algún momento decidió que era yo la que necesitaba esa protección.

—Nora. —Sonaba medio arrepentida, medio enfadada. Sabía lo que me iba a decir—. ¿Seguro que eso es lo que estabas haciendo anoche?

Sentí una presión familiar en las sienes, de forma inmediata. La sensación invasora de una mentira, aunque esta fuera medio verdad. Miré a otro lado.

—Dios, mamá. Sí, seguro.

—No me hables así —dijo con la voz más aguda—. Nos has asustado muchísimo. Y considero que tengo una muy buena razón para...

—Laura. —La voz de mi padre sonó cortante, incluso viniendo de él. Cortante como un cuchillo de carnicero. Luego, cambió de tema—. ¿Cómo les va a Becca y a Miranda últimamente?

Hice una pequeña mueca.

—Más o menos igual —dije—. Me voy a dar una ducha, ¿vale?

Mamá me dedicó una última mirada severa. Me hizo un gesto para que me acercara y me dio un beso en la frente.

—Venga, ve a lavarte. —Después de eso, mi padre me revolvió el pelo.

Cuando me quedé sola empecé a escribirle un mensaje a Becca, pero cambié de idea y la llamé. Ya no sentía rabia, ahora solo quería saber si estaba bien. Me saltó directamente el buzón de voz, como si hubiera dejado el teléfono morir sobre el tablón.

«Becca, ¿dónde estás?» Hice una pausa como si fuera a contestar y seguí «No puedes enviarme ese mensaje y luego pasar de mí. No puedes...» Noté que temblaba al respirar. «¿Sabes qué? Olvídalo. Solo que... Adiós».

Me cambié el teléfono de oreja.

«Y ahora estoy preocupada por ti. Algo raro pasó anoche en la casa de al lado y no me lo saco de la cabeza, llámame, ¿vale? Llámame en cuanto escuches esto».

SEIS MESES ANTES

Becca emergió de entre los bosques.

Llevaba un vestido verde sin mangas. Tenía el teléfono metido en el sujetador y la cámara colgando del cuello. La sangre le corría de un corte que tenía debajo de la rodilla izquierda y le llegaba hasta la zapatilla.

Dos horas antes, había entrado al bosque para hacer fotos. No se lo pensó dos veces y salió sola con su cámara en medio de la noche, a más de un kilómetro de su casa. No apreciaba demasiado su seguridad últimamente. Además, ¿qué o quién podría hacerle daño en sus bosques?

Si le quedara algo de aliento, se reiría de esa pregunta ahora. Se quedó de pie en la línea de césped que había entre los árboles y el aparcamiento. La cabeza le palpitaba por lo que acababa de ver. Era espeluznante y grotesco. Increíble e imposible.

Cuando dio un paso más, lanzó un quejido. La adrenalina se estaba desvaneciendo y ahora sí podía notar el dolor en su rodilla. Se había hecho un rasguño al caer mientras corría. El dolor era lo de menos, podía soportarlo. Pero ¿cómo de fuerte había gritado al caerse? ¿La habría escuchado alguien?

Probablemente. Definitivamente. Bueno, pero ¿la habrían visto?

El mero pensamiento la aterrorizó y se dio la vuelta buscando los árboles, cojeando y sin quitarle el ojo a las sombras. Sentía un zumbido espantoso en la cabeza, como si la tuviera llena de abejas preguntándole «¿Qué has visto? ¿Qué harás? ¿A quién se lo contarás?».

No a *quién*. Nora era la única a la que le contaba todo. La pregunta no era a quién contárselo, sino si iba a contárselo o no.

Por supuesto que lo haría. Becca se dejó caer en la gravilla con los ojos clavados en los árboles y llamó a Nora.

Tras cinco timbrazos, oyó su voz y la sintió como una mano helada sobre la mejilla.

—Becky. Estaba durmiendo. Mierda, me he tirado el agua encima. ¿Qué hora es? Becca. ¿Hola?

Becca tenía el teléfono bien amarrado. Se bebió las palabras de su amiga y negó con la cabeza como si estuviera frente a ella.

No se imaginaba que se le cortaría la voz.

—Becca. —Nora sonaba ya un poco más despierta.

—Ey. —Al fin le salieron las palabras—. Ey. Mmm. ¿Podrías venir a por mí?

—Sip. Llego en quince minutos. Doce.

El tono formal de Nora la llenó de una mezcla de vergüenza y amor. Nora aún no sabía cómo comportarse con su desconsolada mejor amiga y nada la aplacaba más que una orden directa.

Becca le echó un vistazo a la rodilla y volvió a mirar al bosque.

—No estoy en casa. ¿Puedes recogerme en el aparcamiento de Fox Road?

Escuchó a Nora vacilar.

—¿Por qué estás en...

—Ven. Por favor.

Se quedó esperándola. La gravilla se le clavaba de los tobillos a los muslos. Cada movimiento que hacían los árboles la sacudía como una descarga eléctrica. Era una noche suave y tranquila, y aunque no sintiera aquel zumbido, la cabeza la estaría bombardeando a información igualmente. No lo podía evitar cuando estaba alterada.

Cerró los ojos y la invadió un torrente de náuseas. Percibió el olor a tierra mojada y resina. El perfume amarillento de la clorofila y los molinillos. Oyó el suave chillido de un murciélago y el incesante croar de un sapo. Notaba en la boca un sabor dulce a hierro y a caramelo de frambuesa Tootsie Pop.

Escupió en la gravilla. Abrió los ojos, pero aquello no la ayudó. Su visión seguía igual de agitada que antes. Enfocando y desenfocando, buscando la posición de la luz que pudiera quitarle esa sensación como por arte de magia.

Magia. De forma instintiva, presionó la palma de la mano llena de piedrecitas sobre la rodilla rasgada. El dolor la hizo jadear, pero la sacó del abismo.

Nora llegó con el coche medio minuto después y las luces blancas la bañaron entera. Dio un volantazo y levantó la gravilla. Supo que le había visto la pierna ensangrentada.

Becca se vio a sí misma desde fuera, como en una fotografía. No vio a una chica escapando de la oscuridad del bosque, sino a una criatura que vivía allí. Una criatura lenta y misteriosa, empapada en su propia sangre.

Entonces, se dio cuenta. Justo cuando Nora abrió la puerta y corrió hacia ella pisando la gravilla con las chanclas. Justo cuando le abrió los brazos y empezó a pronunciar su nombre. Estaba *segura.* Aquello que había visto entre los árboles era suyo. De momento, y quizá también más tarde, necesitaría tiempo y la más oscura imaginación para averiguar qué significaba todo aquello.

Nora se agachó a su lado, mordiéndose el labio y las puntas del pelo. Tenía una cara que dejaba entrever cada emoción y que, en otros tiempos, la había convertido en la mentirosa más empedernida.

Becca mentía menos, pero mentía mejor. Lo que había que hacer era no complicarse. Así que no se complicó. No diría nada hasta no estar preparada.

Se dejó abrazar por su amiga y no le soltó ni una palabra de lo que había visto en el bosque.

CAPÍTULO CUATRO

El día comenzó luminoso, pero enseguida se apagó. Me duché, me vestí y cociné algo caliente para los Sebranek. Comí tortitas porque mi padre me las puso delante y observé los coches llegar y marcharse de la casa de al lado. Llevaba el teléfono siempre cerca, con el sonido activado por si Becca llamaba. Me estaba empezando a sentir como un artilugio maldito, como una piedra, muda y obsoleta. Lo apagué, pero luego lo volví a encender.

En un intento de desviar la preocupación, me convencí a mí misma de que lo que impregnaba el ambiente de paranoias era el asunto de la chica desaparecida y nada más. Pero no podía sacarme de la cabeza la sensación que tuve al recibir ese mensaje, y lo intensa que sentí la necesidad de ir a buscarla, de correr. Cuando llegué a su casa y vi el café con alcohol, me preparé para recibir las disculpas de una borracha, pero aquello no terminó de aliviarme del todo.

Eran las cinco de la tarde cuando por fin decidí hablar. Encontré a mi padre en el garaje manoseando algo que había roto sobre una lona con manchas de pintura. Jamás lo conseguiría arreglar, fuera lo que fuera, solo que le gustaba mantenerse ocupado.

—Papá —dije muy bajito. Pero algo en mi voz hizo que levantara rápido la vista y se limpió manos con un trapo grasiento.

—¿Qué pasa?

—Anoche con Becca... No estábamos haciendo una fiesta de pijamas en realidad.

—Nadie se ha creído eso, Nor —habló con un tono llano, lo cual me llenó de culpa. Ya no mentía como antes y mis padres lo sabían. ¿Por qué irían a creerme ahora?

—Ah, perdón —dije mientras me crujía los nudillos—. Becca me escribió anoche de la nada diciéndome... —Tragué saliva—. Diciéndome que me quería. Cosa que me dejó... Ya sabes. Preocupada. Le escribí y la llamé un millón de veces, sin respuesta. Por eso fui. Pasé la noche en su jardín esperándola, pero nunca apareció. Y ahora no consigo dar con ella.

Papá llevaba pantalones deportivos, unas New Balance estropeadas y una camiseta de una tortuga marina que compró durante unas viejas vacaciones, de las que solo me quedaba un claro pero vago recuerdo de sol y sal. Sentí mucha gratitud al ver que se levantaba. Me creía.

Hizo un gesto con la cabeza apuntando al coche.

—Vamos.

Cuando llegamos a la calle de Becca ya podía sentir que no estaba allí. Puede que fuera la impresión de lugar vacío que me daba la casa. Era una casa de un piso con persianas en forma de arco y un garaje abollado. Se deterioró muy rápido en el año y medio después de la muerte de su padre. Cada vez iba a peor.

Papá me abrió la puerta y me apretó el hombro mientras salía. Caminé de puntillas hacia el porche e intenté vislumbrar algo por una de las ventanas del garaje.

—Su coche está aquí. —Eso debería haberme reconfortado, pero no.

Miranda nos abrió en pantalones vaqueros y sudadera. Tenía una cara seria y su ondulado pelo estaba mojado. Le habló a mi padre desde la puerta.

—Paul. ¿Qué puedo hacer por ti?

—Miranda. Hemos venido a ver cómo está Becca.

Se le dibujó un pliegue entre las cejas.

—¿Y eso?

—Nora ha estado intentando dar con ella todo el día, sin éxito. Nos quedaríamos más tranquilos si saliera a decir hola.

Miranda me miró por fin. Sus ojos se cruzaron con los míos y me avergoncé por lo de aquella mañana.

—No la tengo encerrada aquí, Nora. Cuando quiera hablar contigo, te llamará.

Recordé la forma en la que Becca solía abrir los ojos y levantar un dedo cuando Miranda la sacaba de quicio. Era su manera de decir «solo un año más». Un año para largarse. Su padre le había dejado suficiente dinero, pero no podía tocarlo hasta que no cumpliera los dieciocho. Para lo que faltaba poco más de un mes.

—Pero la has visto hoy, ¿verdad? —pregunté—. No necesito hablar con ella, solo quiero asegurarme de que sabes dónde está.

Miranda agitó una mano de forma despectiva.

—Tú sabes más que yo. Debería ser yo la que te lo preguntara.

Mi padre nos miró a las dos. No les había contado a mis padres cómo habían empeorado las cosas entre Becca y su madrastra desde que murió su padre.

—Anoche desapareció una niña en casa de nuestros vecinos —dijo mi padre con su voz grave, cosa que significaba seriedad—. Tiene trece años y ha desaparecido de una fiesta de pijamas. Nos tiene bastante preocupados, así que quiero asegurarme bien. ¿Sabes dónde está o no?

Los dedos de Miranda le treparon hasta el cuello. Miró a la izquierda, hacia el pasillo que llevaba al cuarto de Becca.

—Aún no la he visto hoy.

Pero mi corazón lo sabía. Mi piel también y se me puso toda de gallina. Y sin pensarlo, había puesto la mano en el pomo de la puerta para abrirla.

—¿Puedo pasar? Solo para comprobarlo. Por favor.

Miranda apretó los labios.

—Primero quítate los zapatos.

Mi padre se quedó en el tapete de la entrada mientras yo me quité los zapatos y corrí por la alfombra beige. El pasillo estaba oscuro y olía a casa encantada, que seguro sería por los hongos. Abrí la puerta de Becca rápido y la golpeé contra la pared.

El cuarto estaba vacío y la cama muy bien hecha. Solo las paredes llenas de flores secas y fotos suyas en blanco y negro le daban al sitio una inquietante sensación de actividad.

—No está aquí —dije en voz baja. Luego más alto—. ¡Papá! ¡Becca no está aquí!

Miranda me había seguido. Me empujó y me hizo retroceder hasta el pasillo. Me detuve allí mientras ella se dirigió al armario y lo abrió con fuerza. Luego fue hacia la ventana y retiró las cortinas. Estaba cerrada y el vidrio se había congelado.

—Otra vez con lo mismo. —Me miró con furia—. Ahora me dirás que no está en tu casa.

—¡No! ¡Obviamente!

—No, no es tan obvio —respondió cortante.

Tenía razón. Becca solía escaparse a nuestra casa sin decírselo, prácticamente todos los días. Hasta que mi madre impuso la regla de «solo si se lo preguntas a Miranda». No creo que Becca la perdonara nunca.

—No, está vez no —insistí—. No está en mi casa. No he sabido nada de ella en todo el día.

Miranda me dedicó una sonrisa de lo más sombría.

—¿Y por qué crees que debería creerte *a ti*?

Di un paso atrás, dolida por ese énfasis en el «a ti».

Mi padre se acercó a nosotras y dijo con voz calmada:

—¿Sabes de alguien con quien podamos hablar? ¿Algún sitio al que podamos ir?

Miranda lanzó un suspiro.

—Venga ya, Paul. Es casi la hora de cenar. Se ha escapado ya mil veces.

Sentí un calor en el cuello.

—¡No se ha escapado ni una vez! Siempre venía a casa —exclamé.

Pero me empezó a invadir la duda. Después de tres meses sin volver, pude notar lo fría que parecía esa casa sin el padre de Becca. Quizá, al no poder escabullirse a mi casa, había alcanzado el límite de lo que podía soportar.

Papá me puso una mano en el brazo.

—Su coche está en el garaje. Nora dijo que se dejó el teléfono. Sabes que eso no es normal en una adolescente —dijo intentando suavizar el ambiente.

—Es más tozuda que un gato. —Miranda tenía los ojos en otro sitio, ni siquiera nos hablaba a nosotros—. No puedo hacer esto. No puedo hacer esto sola.

Me clavé las uñas en las palmas hasta que temblaron. Pensaba que sabía cómo estaban las cosas entre Becca y Miranda, pero hasta ese momento no lo *supe* de verdad.

—Seguramente tengas razón —dijo mi padre—. Seguro que se ha ido hasta que se le pase el enfado.

Lo miré con incredulidad.

—Pero si esta noche aún no ha vuelto, creo que deberías llamar a la policía —siguió—. Por si acaso. Así al menos habrás empezado un seguimiento.

—Tiene diecisiete años. Dieciocho en un mes. —Miranda seguía en la puerta, impidiéndonos el paso al cuarto de Becca—. Sabe lo fácil que es que te encuentren llevando un teléfono encima. Además, odia estar aquí. Me odia.

Me sorprendió notar algo de emoción en su voz.

—No te... odia.

—Piénsalo —dijo mi padre en voz baja—. Sin teléfono, sin coche...

Miranda juntó las manos con firmeza. El gesto fue tan decisivo y su cara tan impasible, que mi padre calló.

—Rebecca se ha esforzado muchísimo en dejarme claro que no quiere estar a mi cargo —contestó—. Que vuelva cuando quiera volver. Y, esté donde esté, estoy segura de que es exactamente donde quiere estar.

CAPÍTULO CINCO

Cuando volvimos, la casa de los Sebranek estaba oscura; la calle, vacía y la puerta del garaje, cerrada. Consideré escribirle a Piper, pero en realidad no éramos amigas. Seguro que pensaría que le hablaba para cotillear.

Mi hermana pequeña estaba esperándonos en las escaleras cuando entramos por la puerta.

—Todavía no han encontrado a Chloe Park —anunció—. ¿Y ahora Becca también está desaparecida?

Se le iluminaron los ojos por el chismorreo. Era la primera vez que la veía en todo el día.

—¿Qué? —pregunté irritada—. No, qué va. Está… —No sabía cómo acabar la frase—. Está bien.

Cat dudó de mis palabras. Era astuta como un pájaro.

—Vale, pero ¿conoce a Chloe Park? Es que la gente está diciendo…

—Gente. *¿Qué* gente? —la corté.

Vaciló y plegó los labios.

—Cat, ¿qué demonios? ¿A quién se lo has contado?

—Solo a Beatrice —dijo entre dientes.

—Una mierda. Lo has dicho por el grupo del equipo de buceo, ¿a que sí?

No dijo nada, pero desvió los ojos al teléfono. Se lo quité de las manos y lo lancé a la sala de estar.

—¡Madura de una vez!

—¡Eleanor Grace! —dijo mi padre mientras Cat gritaba:

—Adivina quién me va a comprar un teléfono nuevo.

—Ha caído en la alfombra —contesté subiendo a mi cuarto a pisotones.

Mamá entró unos minutos más tarde. Tenía los ojos cerrados, pero supe quién era por el sonido de sus pasos. Me colocó una mano sobre la rodilla y noté el leve temblor que le provocaba la amitriptilina. Al ver que yo no abría los ojos, se recostó con cuidado a mi lado.

—Cariño. —Podía olerle el aliento de pastilla para la tos.

—No le voy a pedir perdón a Cat —dije.

—No te lo he pedido.

Seguí cerrando los ojos.

—¿Qué tal tu espalda? —le pregunté.

—Mejor.

Pero eso era lo que siempre decía.

Papá la había llamado mientras volvíamos para informarle de las novedades, con la voz llena de rabia. Mientras tanto, yo me dediqué a mirar por la ventanilla y pensar: *Esto es todo por mí. Es todo por mi culpa.*

—Becca se ha escapado por mi culpa.

Mi madre suspiró.

—Ay, cariño. ¿Solo porque os habíais peleado? Todos los amigos se pelean.

Me hundí la cara en la almohada, pero no me salieron las lágrimas y la volví a levantar.

—Fue horrible, mamá. *Horrible.* No… no fue solo por ella. Fue por las dos.

—La mayoría de las peleas son así. Por eso se llaman peleas.

Ella no había visto a Becca esa noche. Ni la había escuchado. Ni la había dejado allí.

—Supongo. Pero después de eso me alejé de ella. Solo necesitaba… Nunca pensé que duraría tanto.

—Tú no tienes la culpa. Al fin y al cabo, Becca es dueña de su vida y no tú.

Ni ella se estaba creyendo lo que decía. Nunca le conté a mi madre por qué discutimos de verdad, porque se habría vuelto loca. Pero me conocía lo suficiente como para saber que yo tenía la razón.

—Es más que eso. Estaba súper rara, mamá. Incluso antes de que dejáramos de hablar. Desde...

Desde aquella noche de verano cuando me pidió que la recogiera del bosque. Nunca le hablé a mi madre acerca de esa noche. En general, porque fue bastante desconcertante, pero además porque tuve que quitarle de su bolso las llaves del coche a la una de la mañana.

Mi madre asintió.

—Desde lo de su padre. Lo sé.

—Sí... —dije con desgana—. Entonces, ¿aún no han encontrado a Chloe Park?

—Aún no.

Las lágrimas hicieron que se me pegaran las cejas. Por eso sí podía permitirme llorar.

—Dios. Sus padres.

—Lo sé.

Nos quedamos calladas durante un minuto. Podía verla ordenando las palabras en su mente. Tenía una idea de lo que me iba a decir. Finalmente, me acomodó el pelo detrás de la oreja y dijo:

—Sé que estás preocupada por Becca. Sé que te mueres por arreglar las cosas entre vosotras. Pero cielo, por favor no dejes que esto te consuma. No permitas que haga... de las suyas.

—¿De las *suyas*?

—Sí —respondió con firmeza. —Sé por lo que ha pasado y sé que siempre será parte de ti. Pero te he estado viendo estos últimos meses y tienes que admitir que la distancia te ha venido bien. Estas probando cosas nuevas. Estás haciendo nuevos amigos. Por Dios —dijo con sequedad—. Incluso te has apuntado a algo.

Puse los ojos en blanco. Se enorgullecía un poco demasiado de que me hubiera unido a la revista de literatura del instituto.

—Cariño, estás floreciendo —dijo pellizcándome el mentón—. Estás brillando con luz propia.

Miré su precioso rostro. Sus labios de fresa y sus ojos cansados de mirar la pantalla. Becca decía que se parecía a Sally Bowles. ¿Cómo no entendía que quisiera llevarme bien con mi mejor amiga? Yo tenía a mi madre aquí, la podía tocar. Pero Becca no tenía a nadie. Solo a mí.

—Soy todo lo que le queda, mamá. —Dudé mucho en si decirlo, pero cuando lo hice, me quedé muy a gusto, como cuando te arrancas una costra.

—Nora, no —dijo con dulzura. —Tiene a Miranda. Y puede contar conmigo, y con tu padre, y con Cat. Bueno... —Ladeó la cabeza con arrepentimiento—. Con Cat no tanto.

Le respondí de la forma más amable que pude, porque estaba intentando mejorarlo, pero ¿de qué iba a servir autoengañarme? Yo sabía mejor que nadie que aquella no era la verdad.

—No, mamá. Solo me tiene a mí.

No me hubiera podido imaginar, un año y medio atrás, lo que significaba convertirse en la única persona de la vida de alguien.

La madre de Becca murió cuando teníamos doce. La atropelló un coche que se dio a la fuga. Lo que le siguió después fue una pesadilla surrealista e interminable. Pero por lo menos, sabía cuál era mi papel. Fui su acompañante durante el duelo. Le sostenía la mano y la abrazaba cuando lloraba.

Lo que nunca llegué a comprender es cómo su padre pudo cargar con todo aquello. Con la peor parte. Solo su firme presencia y su amor constante pudieron suavizar el dolor de Becca. Tres años más tarde, se puso muy enfermo, a la velocidad de la luz, lo cual resultó tremendamente injusto. No podía creer que se fuera a morir. Hasta que ocurrió, pocos meses antes de empezar segundo.

Becca era la hija única de dos hijos únicos. Hacía tiempo que sus abuelos habían fallecido. Se quedó sola con una madrastra siniestra, una casa llena de fantasmas y conmigo.

Yo no estaba preparada para la agotadora rutina de un duelo. La veía achicarse cada vez más y no sabía cómo ayudarla. En ocasiones, su vida se encogía tanto que se le contraían hasta las pupilas, como si su pena fuera un espectáculo de luces abrasadoras. Puede que otra persona hubiera sabido cómo actuar o cómo traerla de vuelta. Pero yo no. Le estaba fallando a ella y me estaba fallando a mí misma. Mi ayuda era insuficiente y me aterrorizaba el ver cómo mi amiga viajaba a un país de sombras al que yo no podía llegar.

Cuando terminó aquel terrible año, parecía que empezaba a mejorar, pero solo en parte. Yo no hacía más que pensar en chicas sacadas de cuentos de hadas que caminaban por el pasillo de la muerte y no morían. Respiraban su aire negro y este las transformaba. Sus andares se volvían más livianos y las sombras del inframundo se les grababan en la piel como moratones.

A veces, me sentía una dramática al pensar esas cosas. Mi mejor amiga aún reía, aún creaba arte, aún pedía pizza y se corregía la raya del ojo cuando se le corría. Hablaba del futuro con ilusión, como nunca lo había hecho. Pero también podía llegar a sentirse muy vacía, como si el duelo fuera un tren y ella su pasajera. Además, se volvió un poco imprudente. Coleccionaba heridas y moratones como si fueran flores. Me daba la horrible sensación de que necesitaba sostener la vida entre las manos para sentir algo.

No sabía qué había pasado la noche que me llamó desde el aparcamiento del bosque, pero temía que hubiera sido fruto de esa imprudencia. A aquello le siguió un largo y pegajoso verano de inquietantes cielos dorados y caídas repentinas de presión. Nos sentíamos tan decaídas como el clima y el aire fue acumulando montones de cosas a medio decir.

Luego, llegó el otoño, y con él, nuestra discusión. En la que no nos faltó nada por decir.

CAPÍTULO SEIS

Estaba convencida de que no me dormiría. Pero me parece que parpadeé una vez y ya estaba soñando. Fue uno de esos terribles sueños borrosos con más textura que contenido. Noté algo de sombras, de rocas frías y de absoluto silencio.

Cuando abrí los ojos, tardé un tiempo en darme cuenta de que estaba despierta. Mientras dormía, había caído una nieve que pintaba la calle de blanco. Le daba a mi cuarto aquella extraña luminosidad del sueño. Luego, acabé de despertarme del todo y pensé, *Becca*.

Miré el teléfono de reojo. La hora tapaba nuestras caras del fondo de pantalla: las 05:55 a. m. Pedí un deseo automáticamente.

Mis padres estaban durmiendo y mi hermana ya se había ido al entrenamiento de natación. Y Becca, en algún lugar nevado y silencioso a las seis de la mañana de un lunes. ¿Dónde estaría?

De vuelta en su cama, deseé. Pero no. Si hubiera vuelto a casa, o si no también, ya estaría de camino al cuarto oscuro del instituto.

Me levanté.

Bajé las escaleras y me puse el abrigo, aún con la mancha borrosa de la ceniza. Menos mal que era azul marino.

Eran las 06:20 a. m. cuando dejé una nota para mis padres y me adentré en aquel mundo en blanco y negro. Aún no había luz y las nubes grises se asomaban por los tejados de las casas. Era pronto para mí, pero no para Becca. Ella era un ave nocturna, pero también muy madrugadora. Era una de esas personas que hacían que el sueño pareciera una opción.

Todavía no habían pasado las quitanieves. Al coche de mi madre le costó avanzar y chirrió sobre el hielo todo el camino hasta el instituto. El viento se colaba por las ventanillas y me congelaba las orejas. Puse música, y luego la quité. El sonido creaba un ambiente aún más desolador. Mi falta de familiaridad con la conducción sobre nieve me dio la desconcertante sensación de seguir dentro del sueño. O de que el sueño seguía dentro de mí.

El pensamiento me hizo doblar la cabeza, como si así pudiera sacármelo.

Por lo menos, el aparcamiento estaba vacío. Lo metí en el hueco más cercano y caminé hasta la puerta lateral, la única que estaba abierta antes de las siete de la mañana. El vigilante me saludó con una gorra del Dunkin Donuts.

El instituto Palmetto, o el PHS, era un sitio extraño. No por la gente, porque asumía que no era peor que en cualquier otra parte, sino por el edifico en sí. Al principio, en la década de 1910, era una escuela de ocho aulas. Cuando la población creció, en vez de tumbarlo y reconstruirlo lo fueron expandiendo pieza a pieza. El edificio original seguía incrustado ahí dentro, en el ruinoso núcleo del PHS, con sus taquillas antiguas, sus maderas con manchas de humedad y aquella atmósfera que creaba el zumbido de viejos tubos fluorescentes. En las ocho primeras aulas (ahora cinco, debido a la ampliación) era donde daban artes.

Lo más seguro es que exiliaran allí a los de artes porque era la parte del edificio con más posibilidades de estar encantada. Pero me gustaba la parte vieja. Las proporciones eran sutilmente incorrectas y te transportaban al excéntrico país de las maravillas. Incluso la luz que se filtraba por las ventanas daba esa sensación de antigüedad.

Pero aquella mañana, la oscuridad se imponía como si hubieran corrido las cortinas. Avancé lo más rápido que pude, pero sin echarme a correr. Me apresuré a bajar la media escalera que daba al departamento de artes.

Entonces, me apresuré al ver que la puerta del laboratorio de fotografía estaba abierta. Y las luces encendidas. Entré corriendo, con el pecho que se me salía, pero de alivio. No había nadie, solo la luz roja del cuarto oscuro, lo cual me decía que Becca debía de estar allí dentro. ¿Qué debía hacer? ¿Llamar? ¿Esperar? ¿Abrir la puerta sin más y que les dieran a los negativos? Le estaría bien merecido.

La luz roja parpadeó y se apagó. La puerta se abrió. Se me iba a salir el corazón. Caminé hacia el frente esperando verla.

Pero la persona que salió, con los ojos clavados en las impresiones que acababa de hacer, era un desconocido. Llevaba una sudadera negra, unos Levi's rotos por las rodillas y tenía un pelo negro que le llegaba hasta los hombros. Alzó la mirada antes de toparse conmigo. Levantó las manos por instinto, tirando las fotografías al suelo, y me agarró por los hombros.

Tenía el pelo enmarañado y pude notar su cálido tacto incluso a través de la camisa. Sus ojos sobresaltados estaban rodeados por sombras violetas. Procesé todo aquello en el medio segundo que tardó en soltarme y dar un paso atrás.

—Jesús —dijo—. Pensaba que estaba solo.

Se agachó para recoger las impresiones. Yo fui a ayudarle y chocamos las cabezas.

—Ay —me quejé meciéndome sobre los talones—. Perdona.

—No pasa nada. —respondió juntando todas las fotografías. Habían caído boca abajo.

—No pretendía asustarte. Estaba buscando a Becca Cross. ¿La has visto?

Cuando pronuncié su nombre levantó la vista. Tenía las manos quietas, pero me miró con ojos cautelosos.

—¿Por qué? Está…

—¿Qué? —dije inclinándome.

—No sé —respondió él negando con la cabeza—. No la he visto.

—Pero ¿la conoces?

Volvió la vista a sus fotos y se puso a arreglarles los bordes.

—Sí…

Y entonces, me acordé de su nombre: James Saito. Era el nuevo del año anterior. Lo conocía, pero porque todo el mundo lo conocía. Pero no lo *conocía* de verdad, ni yo ni nadie.

—Oye. James.

Frunció el ceño, sorprendido de que supiera su nombre.

—Tengo que encontrar a Becca. ¿Sabes dónde está?

Vaciló tanto que mi curiosidad se convirtió en sospecha. Después, dijo:

—Oye. Nora. De verdad que no lo sé.

Se levantó y volvió al cuarto oscuro. Cerró la puerta y encendió la luz roja.

Yo me quedé en el suelo un rato más, preguntándome por qué Becca le habría dicho mi nombre. Y qué más cosas le habría dicho de mí.

Esto es todo lo que sabía de James Saito.

Se había mudado el año anterior, cuando estábamos en segundo. Recuerdo muy bien el día, porque fue el lunes después de las vacaciones de primavera. Habíamos vuelto tras unas típicas vacaciones de marzo en el lluvioso medio oeste y allí estaba aquel chico nuevo caminando por los pasillos. Tenía una cara deslumbrante, el pelo negro y ningún grano. Parecía un *influencer.* El aura inconfundible de venir de un lugar mejor y más grande se desprendía de él como el calor de una hoguera. Todo aquel que se hubiera comprado ropa nueva durante las vacaciones sintió la futilidad de su intento de reinvención cuando vio a James.

Si se hubiera esforzado un poco más, podría haber alterado drásticamente nuestro orden social. Pero ni siquiera se molestó. Tenía ese aire de indiferencia de un hombre que está haciendo tiempo, contando las horas que le quedan para volver a su vida real, en Manhattan, o en Milán, o en Tierra Media. Si me hubieran dicho que era un vampiro ancestral al que habían obligado a ir al instituto por vigésima vez, habría respondido: «Pues sí, tiene todo el sentido del mundo».

James no parecía real, en serio. No era arrogante ni tímido, simplemente era como si no estuviera *allí.* En cuestión de días, pasó de misterioso a... no sé el qué. Ruido de fondo. Era inspirador, en verdad. No le importaba una mierda lo que pensáramos de él.

Pero también era fotógrafo, aparentemente, y como Becca, usaba el cuarto oscuro muy temprano por la mañana. La cara que puso cuando pronuncié el nombre de ella, no fue para nada neutral.

A medida que los pasillos se fueron llenando de gente poco a poco, hice una cosa que me gustaba hacer. Reformular la realidad, pero mejorándola. Como si estuviera narrando una película.

En mi película, James y Becca se conocieron imprimiendo fotos. Hablaban cada mañana en la oscuridad y, cuando decidió escaparse, solo se lo confió a él. Puede que incluso la ayudara a hacerlo.

CAPÍTULO SIETE

Estaba tan pendiente de Becca que casi se me olvidó lo de Chloe Park, la chica que sí estaba desaparecida. No me costó acordarme. Cuando los pasillos se llenaron, pude ver con claridad cómo se había extendido la historia.

Los estudiantes se agruparon en pequeños grupos de cotilleo, con las cabezas metidas como leones sobre comida. Ojos humedecidos y expresiones de sorpresa por doquier. Las niñas abrazaban los libros contra el pecho, intentando hacerse un hueco en aquella posible tragedia.

Luego, bajo el reloj del pasillo, había una chica guapa de último curso que llevaba un vestido negro largo. Tenía amigas a cada lado intentando consolarla, como si fuera una viuda de guerra, solo que las suyas sí parecían lágrimas reales y tenía la piel de alrededor de la nariz en carne viva. Debí quedarme demasiado tiempo mirando, porque una de sus amigas me lanzó una mirada y se movió para taparla.

Me pregunté cuánta gente conocería de verdad a Chloe. No muchos, supuse, pero bueno. Cualquier excusa era buena para montar un drama. Sobre todo cuando no les incumbía.

Pude pescar trozos de conversaciones de camino a clase.

—Mi hermana iba a estar allí también, pero mi madre encontró una botella de vodka en su mochila. Gracias a Dios.

—Bajo el ángel, parece ser. Esa cosa está maldita.

—¿Dos personas desaparecidas en una noche? Suena a película de asesinatos.

Me detuve. Retrocedí hasta la chica que había dicho lo de los asesinatos. Era una alumna de último curso que tenía una melena rizada y una sudadera que ponía BOWIE en una fuente estilo deportivo.

—¿Dos personas desaparecidas? —Mi voz sonó rota.

Me juré que mataría a mi hermana si había tenido algo que ver con que estuvieran relacionando a Becca con Chloe.

—¿Has dicho dos?

Los amigos de la Bowie (un chico con gafas grandes y el pelo hasta los hombros y Jordan, esa que hizo de la señorita Trunchbull en el musical de Matilda) me miraron mal. La Bowie hizo *pff* y dijo:

—¿No te has enterado de eso?

—Sí, claro. He oído lo de Chloe Park, pero quiero saber lo que tú has oído.

La expresión de la Bowie cambió y se acentuó.

—¿Te refieres a lo de Kurt Huffman?

Sentí una punzada en la espalda.

—Kurt Huffman —repetí—. ¿Qué pasa con él?

—Pues, que es la otra... ¿persona desaparecida? —respondió como si le hubiera hecho una pregunta tonta.

—Ah. Eso no lo sabía.

Hablé muy lento. Pero la información viajaba a la velocidad de la luz en mi cabeza. Volví en mí y miré al trío de estudiantes de último curso al que se le estaba agotando la paciencia.

—¿Qué le ha pasado a Kurt Huffman?

La Bowie miró a Jordan como «¿en serio queremos hablar con esta rara?». Jordan se encogió de hombros y se apiadó de mí.

—Me lo ha dicho una amiga de Kurt, Madison Velez. Estaba con él cuando desapareció. ¿La has visto? Está destrozada.

—Ella es un desastre, en general —murmuró el chico de gafas casi sin mover los labios.

Madison. *Aquel* era su nombre, el de la chica del vestido negro que estaba llorando.

Jordan siguió:

—El sábado por la noche estaban en el cementerio, ¿no? Ese viejo que hay arriba de la colina, donde está el Ángel Sin Ojos. Tuvieron una discusión y Kurt se largó corriendo en dirección a la estatua. Unos dos minutos después, Madison lo siguió. Encontró su abrigo en el banco frente al mausoleo, a la sombra del ángel. Pero Kurt no estaba.

—Qué miedo —susurró el de gafas.

Me acordé de que la pequeña Chloe Park, que desapareció en la noche invernal, también había dejado atrás su abrigo.

Jordan se estaba deleitando. Solo le faltaba la linterna bajo el mentón.

—Madison dice que era imposible. Que el ángel estaba casi al fondo del cementerio y las puertas estaban en la otra dirección. Es prácticamente imposible escalar la valla. Así que, si se hubiera marchado lo habría visto. Además, su coche sigue donde lo dejó. —Se detuvo ahí y me estudió la cara—. Ehh. Pareces un poco... ¿estás bien?

—Estoy bien —le dije—. Solo que... tengo que irme.

Me di la vuelta y me fui. Bueno, lo intenté, porque sonó el timbre. La gente caminaba de forma muy lenta y seguían pasándose el chisme de mano en mano. Yo ya no quería escuchar nada de lo que dijeran. Necesitaba pensar. Necesitaba estar cinco minutos a solas y en silencio para poder *pensar.*

Becca y Chloe no se conocían. Dudo de que intercambiaran palabras alguna vez. El que Chloe desapareciera y Becca se escapara, eran dos sucesos distintos, de diferente gravedad y no tenían nada que ver el uno con el otro.

Pero lo de Kurt Huffman... Si era verdad que estaba desaparecido, ¿podría decir lo mismo de Becca y de Kurt?

No era verdad que Becca y yo lleváramos desde otoño sin hablarnos. Sí hablamos, una vez. Hacía tan solo dos semanas, se me acercó en el pasillo. Yo estaba buscando algo cuando se colocó a mi lado y apoyó la mano en una taquilla.

Paré de hacer lo que estaba haciendo, pero no me di la vuelta. Solo le miré los dedos hurgando las rejas. Los tenía llenos de anillos de ágata y estaban decorados con un iridiscente pulido de uñas. Nunca le había visto esos anillos, ni esas uñas. Aquella era la mano de una extraña.

Le miré la mano y me arrepentí enseguida de no haberla llamado en Navidad, en Año Nuevo. Dudé mucho en hacerlo, pero al final me acobardé. Estaba preparándome para que me lo echara en cara cuando dijo:

—¿Ves a ese chico?

Sonó tan abrupta que por fin la miré. Después de tantas semanas distanciadas, fue un *shock* verle la cara tan cerca de la mía. Desprendía un brillo tan intenso y un aura tan hermética que sentí una punzada de dolor.

—¿Qué chico?

Becca se quedó un rato mirándome, lo que me hizo pensar que esperaba más de aquella interacción. Pero no, porque luego, desvió la mirada. Apuntó con la barbilla a un chico al otro lado de los pasillos que estaba buscando algo en la mochila. Llevaba una camiseta de *Bob's Burgers.* Iba a último curso y era rubio y larguirucho, pero era ese tipo de muchachos que se las arreglaban para pasar desapercibidos. Kurt Huffman.

—¿Qué pasa con él? —musité.

Becca sonó fría y distante. Cuando se acercó, percibí el olor a Good & Plenty de su aliento. Era la única persona de menos de setenta años a la que le gustaban aquellos caramelos.

—Ni se te ocurra acercarte a él.

—¿Esto va por… lo que me dijiste aquella noche? —dije en voz baja.

La noche de nuestra discusión, en octubre. Sabía a lo que me refería y pasó de la indiferencia a la ferocidad.

—No quiero —dijo gruñendo— hablar de aquella noche.

Cuando se dio la vuelta para irse, no se lo impedí.

A medida que se expandían las noticias sobre Chloe y Kurt, iban mutando. Añadían detalles sin demostrar y difundían rumores inventados, hasta el punto de que cada persona tenía su propia versión de la historia. Por lo menos, nadie estaba hablando de Becca. A cuarta hora, ya había conseguido entrar en un estado de calma relativo.

La señorita Caine ni siquiera intentó mantener la atención de la clase. Puso *El Club de los Poetas Muertos* y se pasó la hora con el teléfono. Todos los demás o hicieron lo mismo o se pusieron a cuchichear. Yo me recosté sobre el pupitre y escuché.

—No puedo parar de pensarlo —dijo Athena Paulsen con lágrimas en los ojos—. Estaba sola en casa esa noche, ¡fácilmente me podría haber pasado lo mismo! —la chica que estaba detrás puso los ojos en blanco y le dio la espalda.

El chico que estaba a mi lado se giró.

—¿Tú crees que Kurt le ha hecho algo a Chloe Park? No sé... *¿Algo?*

—Estoy seguro de que Kurt ha secuestrado a la guapa de primero —contestó otro que se parecía a Timothée Chalamet—. Pero ¿y qué hay de la otra chica?

Se me paró la respiración. Esperé, con la cabeza apoyada en el brazo. Tracey Brocia estaba sentada encima de él, con las piernas entre las suyas.

—¿Qué otra chica?

—La comosellame. La de la cámara. Esa patética que se parece a Campanilla.

Tracey se rio.

—No te creo. ¿La huerfanita también ha desaparecido? Parece que por fin ha decidido acabar con su sufrimiento.

Me levanté tan rápido que tumbé la silla.

Hasta la señorita Caine levantó la cabeza. El Chalamet y Tracey me miraron como si nada, como si se tratara de una mera interrupción para su ritual de apareamiento. ¿Y qué les iba a decir? ¿Algo tan original y cruel como «que os jodan»?

—Ay, mierda. —Los ojos se le llenaron de malicia—. Sois amigas, ¿no?

Antes de que pudiera contestar, pasó algo súper extraño.

No te molestes, me dijo mi cabeza. *¿Por qué te importan? Tendrán unas vidas tristísimas.*

Se me apareció una visión. Tracey a los veinte años, a los treinta, a los cincuenta. La cara se le iba llenando de arrugas, pero su sonrisita permanecía intacta. Y el Chalamet. Había perdido su cara guapa. Una prematura belleza devorada por una prematura descomposición.

Me agarré al pupitre para no tropezarme. Coloqué la silla en silencio, agarré la mochila y me dirigí hacia la puerta susurrándole «voy al baño» a la señorita Caine.

Quise haber dicho algo, pero mis propios pensamientos me frenaron. Mi propia y fácil conjetura de que mis mediocres compañeros ya estaban viviendo los mejores años de sus vidas.

Pero tuve la inquebrantable sensación de haberlos escuchado en la voz de Becca.

CAPÍTULO OCHO

Me quedé con la cabeza agachada mientras me lavaba las manos y me deshice de los pensamientos más oscuros. Mi reflejo en el espejo resultaba inquietante. La ansiedad me nubló la visión y le arrebató el color a mis labios. No podía parar de escuchar la voz de Becca de una forma tan nítida que me daba escalofríos. *Tendrán unas vidas tristísimas.*

No es que fuera difícil imaginársela diciendo eso. Siempre hablaba mal de la gente que no éramos nosotras.

Nos conocimos en primaria. Becca se incorporó a mitad de curso, lo cual era raro, pero no porque acabara de mudarse al pueblo, sino porque venía de una de esas escuelas naturales.

En aquellos tiempos, yo era una marginada. En infantil ya me había ganado una reputación de embustera, pero en primaria hubo una mentira en particular que me terminó de empujar a la exclusión social. Cuando Becca llegó, vi en ella una oportunidad de hacer una amiga que no supiera nada de mí.

El problema era que todo el mundo iba detrás de ella. Era una niña de ojos azules, cabellos de otoño y diminuta como Pulgarcita. Parecía una de esas criaturillas que verías asomarse entre las hojas en un libro de Brian Froud.

Para tener seis años, era muy astuta. Hubo un mes que tuvo a todas las niñas a sus pies. Se paseaba entre ellas como Scarlett O'Hara, recibiendo ofrendas tan pequeñas y adorables como ella, así como gomas de borrar con formas de frutas y botecitos de purpurina. Me carcomía la envidia. Me hubiera cambiado por cualquiera de ellas. Me hubiera cambiado incluso por aquella goma en forma de fresa que usaba para corregir los deberes.

Mucho tiempo después de haberme rendido, se me acercó en el recreo. Estaba jugando a encestar la pelota yo sola cuando se presentó con uno de esos excéntricos vestidos que le hacía su madre. De no ser por la confianza con la que lo llevaba, hubiera perdido toda popularidad. Llegó hasta mí como una flor volando con el viento. Me reajusté los pantalones del Carter's y me concentré al máximo para meter la pelota en el aro. Fallé el tiro, pero mantuve una expresión estoica en todo momento.

Becca siguió la pelota con la mirada, luego la volvió a mí.

—He oído que le dijiste a Chrissie P. que moriría en un accidente de coche a los dieciséis.

Sentí una punzada en el pecho. Esa era la mentira que me mandó a la perdición.

Justo antes de Halloween, en un intento desesperado de ganar popularidad, me inventé que podía ver el futuro. Estaba a punto de convencer a unos niños en el patio cuando apareció Chrissie P. «Nadie te cree —dijo— y a nadie le caes bien».

Aquello era tan cierto que sentí un pinchazo profundo en el estómago. Así que, de aquel oscuro y profundo pozo que acababa de descubrir en mi interior, me saqué la mentira. Fue puro cuento y malicia, nunca pensé que me tomaría en serio. Aún me dolía la tripa al recordar la forma en la que estalló en lágrimas. Llamaron a los padres y tuvimos una charla. Estaba acabada.

Y por supuesto que los demás se lo habían contado a Becca. Estaba segura de que si me daba la vuelta los vería espiándonos y susurrando. Hice como que no la había escuchado y caminé sin ganas hacia la pelota.

—Pero —siguió, haciendo una pausa para darle efecto— también he escuchado que eres una mentirosa.

—¿Y qué? —respondí girándome—. Chrissie y los estúpidos de sus amigos mienten todo el rato. Lo que pasa es que me tienen envidia porque mis mentiras son más interesantes.

Becca sonrió y me di cuenta de que nunca la había visto hacerlo. Me hubiera acordado. Sus dientes parecían las perlas de una muñequita de porcelana.

—Quiero saber el futuro —dijo—. Dime qué va a pasarle a todo el mundo.

Entorné los ojos. Luego, di un giro de 360 grados, buscando a Chrissie y sus secuaces. Estaban al otro lado del patio saltando a la comba. Podía escucharlos cantando al son del ritmo de la cuerda. «... cuenta hasta tres ¿Y yo? ¿Te causo interés?».

—Vale —dije con cautelosa confianza—. ¿Ves ese chico de allí?

Me dejó hablar durante el resto del recreo y durante todos los de esa semana. Nunca había tenido un público como Rebecca Cross. El brillito de sus ojos y el silencio con el que me escuchaba me motivaban para aumentar los niveles de ficción y cavar mentiras cada vez más profundas. Parece que tenía prisa por condenarme más de lo que estaba, porque cuando llegó el viernes, ya le había hablado de toda la clase. Becca era mía. Nos catalogaron como «las raras».

¡A nosotras! ¡A las dos! Para algunas niñas, los amigos eran como futbolistas en un partido. Saco a este, pongo a otro, luego lo vuelvo a sustituir... Pero para nosotras, la amistad era cosa seria, más permanente que un tatuaje. Nos inventábamos códigos secretos y apretones de mano, y hacíamos pactos de sangre. Nos frotábamos los brazos mutuamente con agujas de pino y bebíamos infames pociones que elaborábamos en el jardín de nuestras casas, con el turbio, pero apasionado propósito de demostrar nuestra devoción. Metíamos ropa de la otra en los cajones para poder jurarle al que preguntara (nadie lo preguntó jamás) que vivíamos juntas.

Nuestras madres hablaban por teléfono a escondidas, temiendo que todo aquello estallara algún día y nos rompiéramos el corazón. Organizaron citas de juegos con otros niños, pero nunca pidieron volver a quedar con nosotras. Lo que pasaba era que nuestros padres no lo entendían. No se creían que fuera posible encontrar a tu alma gemela a los seis años.

De pie frente al espejo de los baños del instituto, evitando mi propio reflejo, sentí una nostalgia abrumadora. No por la Becca de ahora, sino por aquella descarada niña con el pelo de colores cuyo amor me había ganado a base de mentiras.

Ya había revisado mi taquilla en busca de alguna nota, así que me di un buen paseo hasta encontrar la suya. Puede que me dejara algo allí, algo que me permitiera descansar un rato de su desastre familiar. Giré la cerradura hasta que escuché un *clac* y se abrió.

Por un momento, me desorienté y pensé que me había equivocado de taquilla. Ya no estaba su motín de fotos pegadas con cinta, ni los pocos libros que no había roto, ni había sudaderas de segunda mano hechas un novillo. Tampoco estaba el tarro de cristal de los botes de películas, ni las postales de Francesca Woodman, ni el Funko Pop del Doctor Who de su padre. La puerta, los ganchos y los laterales abollados, todo estaba vacío.

Aunque no del todo vacío. Había una foto en blanco y negro en la pared del fondo de la taquilla.

En la foto aparecía una chica boca arriba en el agua. Su vestido blanco se había vuelto grisáceo, estaba mojado y daba la sensación de que su peso la iba a arrastrar hasta el fondo. Tenía las extremidades relajadas y sumergidas. Solo el óvalo que formaba su cara permanecía a flote en la superficie.

La foto expresaba rendición. Todo menos la cara. Esos ojos abiertos con las pestañas mojadas desafiaban a la cámara. Aquel contraste me puso la piel de gallina. En el borde, había escrito *La Diosa de las Casualidades Imposibles* con grafito.

La chica era Becca y la foto, la última de una serie fotográfica que hicimos: nuestra serie de Las Diosas. Fue una colaboración que empezamos cuando teníamos diez, inspirada por un extraño interludio en los bosques. Yo escribí historias sobre diosas que creíamos que deberían existir y ella se encargó de las fotos que las acompañarían. Algunas veces hacía ella de diosa y otras, yo.

Esta foto, tomada durante el verano anterior a segundo curso, fue la última. La diosa nació cuando el padre de Becca cayó enfermo, momento en el que necesitaba más que nunca un remedio divino. El día que murió en cuidados paliativos, encendimos una hoguera en el jardín de

Becca y la alimentamos con todo nuestro panteón. Todas aquellas radiantes y poderosas deidades se esfumaron en una nube de humo químico.

Se ve que Becca había guardado los negativos y volvió a imprimir esa foto. Otro secreto. ¿Cuántos más me escondería?

Había una cosa más en la taquilla, perfectamente colocada en la esquina del estante: una navaja mariposa de plata bien cerrada. La habían puesto allí con precisión. Alguien que sabía exactamente quién la iba a encontrar y cómo me iba a hacer sentir. Había visto aquella navaja solo una vez años atrás, en una noche de fin de verano.

Me azotó una oleada sensorial. El calor denso, el crepúsculo morado y el olor a madreselva y orín. Una Becca quemada por el sol sujetaba la navaja, con sangre oscura goteando de la cuchilla.

Se abrió una puerta al otro lado de los pasillos y salió un profesor. Cerré la taquilla de golpe y me di cuenta de que estaba sonriendo, porque no era un mal recuerdo el de la navaja. De hecho, era uno de los mejores.

Cuando el profesor se hubo ido, abrí la compuerta lo necesario para poder escurrir la foto y la navaja dentro de mi bolsa. Aquella era la primera prueba fehaciente de que la huida de Becca de la noche del sábado no se trataba de un acto impulsivo, una fuga temporal o, que Dios me perdone, de un secuestro. Sabía por lo menos desde hacía una semana, que no iba a volver aquel lunes por la mañana.

CAPÍTULO NUEVE

Sonó el timbre y se llenaron los pasillos. Ni siquiera me acordaba de qué clase me tocaba. Becca era lo único que parecía estar vivo dentro de mi mente. Todo lo demás me resbalaba.

Entonces, vi a Madison Velez y fijé mi atención en ella. Tenía la cabeza agachada y el vestido le rozaba el suelo. Si era verdad que Kurt había desaparecido y Becca sabía algo de él, algo malo, puede que Madison también lo supiera, así que la seguí.

Se movía con una sórdida elegancia, manifestando su tristeza. El pasillo estaba casi vacío, pero estaba tan ensimismada que ni me vio. No se giró ni siquiera cuando nos quedamos solas con el eco de la escalera. Tampoco la llamé. La seguí hasta la entrada de los baños y dudé en si entrar o no.

Madison se metió en un cubículo. No la escuché mear ni nada, pero podía verle la sombra de la falda en el suelo. Me quedé mirando el espejo y esperé. Estaba ojerosa y mi reflejo resultaba aún más disonante que antes. Mi silueta estaba difuminada, como si el espejo viniera con algún defecto.

—Por Dios —dijo Madison desde la cabina—. He venido hasta aquí para deshacerme de ti. ¿No era obvio?

Me sonrojé, mascullé una disculpa y me fui.

Después de eso, me quedé con la cabeza agachada. Fui a clase y comí en el coche para esquivar las conversaciones. A medida que el día avanzaba me seguía haciendo las mismas preguntas. ¿Dónde se escondería Becca? ¿Hasta dónde quería llegar con todo aquello? ¿Qué era lo que sabía de Kurt Huffman?

Debí haber dejado la navaja en el coche, pero su peso en mi bolsa me mantenía centrada, espabilada y alerta, como si fuera a hacer algo en cualquier momento. El problema era que no sabía el qué. Tras el último timbre, caminé hacia el aparcamiento estudiando las opciones. ¿Volver a casa de Becca? ¿Mirar en su cafetería favorita, o sea, en aquella librería de segunda mano que tenía goteras y ollas chamuscadas?

O en el bosque. Podía buscarla allí y encontrármela cámara en mano, pero no me acababa de creer que estuviera escondida entre los gélidos árboles. Lo único que haría sería toparme con infinitos ecos de mi vieja mejor amiga, escoltados por miles de versiones de mí misma. Ya estaba lo suficientemente atormentada como para adentrarme en el bosque.

La cafetería, pues. Me servía.

Entonces vi a Ruth. Estaba apoyada en la puerta del conductor del coche de mi madre, estudiándome con la mirada. Se le daba bien. Ruth era la intrépida editora de la revista de literatura del instituto. Ponía la cara de póker perfecta. Era intensa e imperturbable. Llevaba unas gafas estilo Gloria Steinem, una gabardina y unos pantalones de *tweed* subidos hasta las costillas. Tenía el pelo recogido con horquillas porque se estaba dejando crecer el flequillo y se le veía la frente. Aquel era su único signo de debilidad.

—No te he visto en el almuerzo —dijo—. He escuchado un rumor, falso seguramente, acerca de tu amiga Rebecca Cross.

Supongo que mi cara me delató. Cuando me acerqué lo suficiente, Ruth dio un paso y me envolvió en un firme abrazo.

—Así que es verdad. Lo siento, esperaba que no lo fuera. —Me dio un golpecito en la espalda, y luego otro—. Todo saldrá bien.

Aquella frase trivial no me ayudó, aunque todo lo que salía por la boca de Ruth sonaba a información contrastada. Luego, se volvió a apoyar y frunció los labios. Había entrado en modo periodista. En otros tiempos, Ruth hubiera actuado como el topo de una operación policial y habría llamado a su editor con un soplo escandaloso entre manos. La única razón por la que regentaba la revista del instituto en lugar del periódico era porque al segundo le había recortado el presupuesto.

—Rebecca y los otros estudiantes desaparecidos. ¿Tienen algo en…

—Becca se ha escapado —la corte—. Sola.

Ruth levantó las cejas.

—Bueno, vale. Estoy aquí para arrastrarte personalmente al aula de la señorita Ekstrom. Te habrás saltado el almuerzo, pero no pensabas saltarte la reunión de la revista, ¿no?

Era lunes y tocaba reunión. Claro. Consideré la otra opción: pasar de la revista e irme a merodear a la cafetería, esperar a alguien que no aparecería, beber café hasta que me ardiera el estómago y husmear libros de bolsillo de segunda mano.

Seguí a Ruth. Tampoco me entusiasmaba la idea de analizar el simbolismo de un pájaro en un poema de ruptura de alguna chica de segundo. Pero cualquier cosa era más preferible que estar sola.

CAPÍTULO DIEZ

Solo con entrar al aula de la señorita Ekstrom ya me sentí mejor. Había plantas frondosas alineadas en la parte superior de las ventanas y agrupadas a lo largo del alféizar que teñían y atenuaban la luz del exterior. Flotaba un aroma a cítrico y papel triturado. Las paredes estaban empapeladas con pósteres viejos de biblioteca de famosos aleatorios sujetando libros. La mitad de ellos no habría leído un libro nunca.

Ekstrom era nuestra mentora y el personal estaba formado por cuatro integrantes: Ruth y Amanda, dos chicas de último curso que se habían unido en primero, y Chris y yo, los dos de tercero. Solía pensar que éramos pocos porque se trataba un grupo muy selecto, pero creo que era el compromiso de Ruth lo que ahuyentaba a la gente.

Ruth miró a Chris de brazos cruzados y con una paciencia menguante. Él se había colocado frente a las ventanas, entre una planta monstera y una caña muda, con un papel en la mano.

—Me encerré en mi habitación —recitó en voz alta—. ¡El día fue pura destrucción!

—Vete al infierno —le dijo Amanda. Se levantó y le arrebató la hoja.

Él se estiró para intentar alcanzarla.

—Solo déjame llegar a la parte en la que rima *clase cancelada* con *fresa y limonada.*

Chris hacía todo lo posible para neutralizar aquella cara de tarta de fresa que tenía: se dejaba crecer la barba, se teñía el pelo de negro, se pintaba las uñas de negro, tenía un armario sin fondo de camisetas (negras) de grupos viejos, ornamentadas con títulos como Nightwish o Mastodon. Todo aquello le daba el aspecto de estudiante malvado de una película de terror.

También era el único de nosotros que no tenía reparo en reírse de algo que había escrito alguien. La señorita Ekstrom se encargaba del buzón de entregas y nos daba copias con el nombre del autor tachado. Ese día cometió el error de desatender la pila de papeles y Chris aprovechó para robar uno.

Se aclaró la voz y continuó entonando:

—Mi madre me prepara mi comida favorita, para ver si así la tristeza se me quita.

—Ejem —dijo Ruth fríamente. Luego adoptó un tono pretencioso—. Como las cremalleras, se abren y se cierran, pero al final, heridas se quedan.

Chris se puso colorado, pero no bajó la voz.

—Sí... Eso es mío. ¿Y qué quieres decir, Ruth-imentaria?

—Lo que quiero decir es que cualquier cosa suena patética cuando lo lees con esa voz de mierda. La gente confía en nosotros. Todos estos son poemas de escritores que han tenido el valor de exponerse. No te rías de ellos.

—Escritores. —Hizo un gesto de OK con la mano—. Por supuesto.

—Noticias frescas, Christopher —contestó Ruth—. No eres el juez de lo que está bien y lo que está mal.

Miró alrededor con exageración.

—En verdad, sí lo soy, ¿no? Eso es exactamente lo que hacemos aquí, ¿no?

—Vaya ambiente el de hoy... —comentó Amanda en voz baja. Sus ojos claros color tierra lucían ligeramente más eléctricos en contraste con su piel marrón, y el estrés le había dibujado ojeras alrededor. Estaba a la espera de noticias de universidades, con una impaciencia que no la dejaba ni dormir.

Levanté una mano y dije:

—Es mi culpa. Estoy incomodando a todo el mundo.

—No, es por Chris, definitivamente —respondió Ruth y Amanda le dio la razón con un gesto.

—No pasa nada —dije—. Podéis hablar del tema. Sé que queréis.

A Chris le cambió la cara.

—Vale. No iba a preguntar, pero ahora que has dicho que puedo, ¿qué demonios es lo que está pasando? ¿Te dijo tu amiga a dónde iba? ¿Se han ido ella, Kurt y esa chica de primero juntos a algún sitio? ¿Se trata de algún tipo de secta adolescente? Uhh. —Lanzó una mirada pensativa—. Secta Adolescente. —Chris siempre estaba en busca de un nombre para el grupo que no tenía.

—Ni idea —respondí encogiéndome de hombros.

—Genial —dijo Chris con una sonrisita—. Gracias por dejarme preguntar.

—¿Estás preocupada por ella? —preguntó Amanda, pero luego se arrepintió—. Bueno, pues claro que lo estás.

Ignoré la pregunta.

—Lo que me repugna es lo mucho que le interesa a la gente. Se creen que es una serie o algo.

—Para la mitad de esa gente, esto es lo más emocionante que va a vivir —dijo Ruth rotundamente—. Y ni siquiera les está pasando a ellos.

—¿Por qué tú sí puedes reírte de los demás y yo no? —saltó Chris enfadado.

—Tú te ríes de su *arte*. Yo me río de sus estúpidas ideas y de las cosas que dicen, y en general, de cómo son.

Solté una risa corta y seca. Todos me miraron.

—Hoy me siento muy antisocial. —Levanté los pulgares hacia arriba—. Gracias chicos.

Entonces, llegó la señorita Ekstrom con el pelo en forma de nube estática y aquella bufanda que olía a cigarrillos y nieve.

—Ey, niños. Perdón el retraso. Me habían llamado para una reunión de última hora.

Mientras hablaba, me dirigió una mirada que me puso tensa. Supuse que habían convocado la reunión por los estudiantes desaparecidos y me pregunté de qué habrían hablado exactamente.

Ekstrom era como un mueble empotrado en el PHS. Se había pasado desde los setenta encadenada a Palmetto. Le encantaba irse de viaje y, cuando volvía, nos traía *souvenirs* comestibles: Kit Kats de wasabi, *macarons* rosas, dulces árabes desmigajados...

En ese momento, el bol grande que había en su mesa estaba repleto de caramelos de *lychee*. Ekstrom se sentó al lado y el pelo le cayó por los hombros como una suave y plateada sábana. Asumí que quería hablar del tema, pero todo lo que dijo fue:

—Qué pequeñita la pila de hoy.

Chris devolvió el papel que había robado antes con discreción.

—Ruth, ¿quieres repartir estos? —siguió.

Ruth le dio una vuelta al aula distribuyendo las fotocopias y colocándolas boca abajo. Cuando terminó, la señorita Ekstrom se puso las gafas y dijo lo que siempre decía:

—Más vale que alguien me lea algo bueno.

Ruth leyó la primera, siguiendo con la costumbre. Era un poema de invierno que comparaba los carámbanos de hielo con los dientes de un monstruo y tenía unas cuidadas media rimas un tanto inquietantes. Todos votamos para que pasara a la siguiente ronda.

Amanda fue la siguiente. Leyó un agitado poema que hacía parodia de *El Cuervo* sobre (lo que parecía ser) una ruptura. Las rupturas y el amor no correspondido eran el combustible del buzón de entregas. Nos miramos todos en el silencio que se produjo.

—¿Lo ponemos en el montón de los mejores? —preguntó Chris.

Amanda hizo una bola con el papel y lo lanzó a la papelera. Ekstrom movió los labios, pero no dijo nada. Era nuestra mentora, pero más bien desde el silencio. Se ocupaba de mantener el orden y rara vez nos daba su opinión. Incluso cuando rompíamos la regla de «discutirlo antes de mandarlo a la mierda».

Tras haber leído cuatro poemas malos, dos buenos y uno que hubiera sabido que era de Chris, aunque no se hubiera puesto rojo como un tomate, se me estabilizó el ánimo. Aquella actividad rutinaria y el calor de la sala me consiguieron calmar. Cuando ya no quedaba nada para leer, Ruth trajo la caja fuerte del fondo del aula que tenía escrito ¡HAZNOS PARTE DE TU ARTE! en rotulador morado con purpurina. Estaba pensada para animar a genios tímidos a presentar su trabajo, aunque la mayoría de veces, animaba a otros compañeros de clase a meter dibujos de penes, pero Ruth guardaba la esperanza.

La abrió con la misma actitud ceremonial de siempre y sonrió triunfante.

—Hay uno. Nora, creo que te toca a ti. —Me lo lanzó.

El papel estaba plegado en un triángulo y, mientras lo abría, Amanda dijo:

—¡Tachán! ¡Un pene!

Me reí y empecé a leer.

—Diosa, diosa, cuenta hasta uno. ¿Cuál será tu...

Paré. Sentí un hormigueo en la cabeza.

—¿Qué pasa? —preguntó Ruth al instante.

Tenía el papel en las manos, pero no lo podía ver. El sol de mediodía convertía el pelo de mis compañeros en guirnaldas de colores y nubes brillantes. Me llegó el olor a caucho del suelo del patio y oí un coro de voces de chicas.

—Esto no es una entrega real.

—¿Qué quieres decir? —preguntó Ruth y su mirada se agudizó—. Es un plagio, ¿no?

—Espera —dijo Amanda pasándose una mano por la cabeza rapada—. Léelo otra vez.

No quería. Esto no iba para ellos. Era un mensaje más que Becca me enviaba. Primero la navaja y la foto en la taquilla, y ahora esto. ¿A qué estaba jugando?

Todos me miraron expectantes, incluida Ekstrom. Calmé la voz y leí el poema.

Diosa, diosa, cuenta hasta uno
¿Cuál será tu elegido oportuno?

Diosa, diosa, cuenta hasta dos
¿Con quién te quedarás vos?

Diosa, diosa, cuenta hasta tres
¿Y yo? ¿Te causo interés?

Diosa, diosa, cuenta hasta cuatro
¿Eres tú la que llama a mi cuarto?

Diosa, diosa, cuenta hasta cinco
¿Saldrá alguien vivo de este recinto?

Diosa, diosa, cuenta hasta seis
¿Con quién, vuestros trucos usaréis?

Diosa, diosa, cuenta hasta siete
¿Quién quieres que tu mano, con su mano sujete?

La sala se quedó en silencio cuando terminé. No oí ningún ruido, excepto el sonido que hacía Ekstrom jugando con sus collares. Chris estaba frente a las ventanas y dio un paso para vernos mejor.

—¿Hola? ¿Hay alguien ahí? —dijo irónicamente.

—Lo había olvid… —comentó Amanda antes de que Ruth la cortara.

—¿Por qué se molestarían en meter eso? ¿Se creían que no lo íbamos a reconocer?

—Yo no lo reconozco —respondió Chris molesto.

Ruth le dirigió una mirada feroz.

—Era una cosa a la que jugábamos en el recreo. Seguramente tú estabas demasiado ocupado prendiéndole fuego a algo.

Una vez, en primaria, cazaron a Chris quemando un ladrillo de una esquina del patio con un encendedor Zippo. Aquello pasó hacía ocho años, pero la gente lo seguía llamando Pyro Pete.

—Es una canción para saltar a la cuerda. Mira, escucha. —Amanda tomó la hoja y leyó la primera línea en voz alta—. «Dio-sa, dio-sa cuenta hasta uno». ¿Lo ves?

Sí, sí lo podía ver. Y oír. Aquel sonido de pisotones de militar de zapatillas contra el asfalto, al son del pícaro ritmo de la canción. Dos saltadores, dos cuerdas. La rima era para saltar a doble cuerda.

Ruth hizo una cara.

—A mí no se me da bien saltar. Pero alguna vez he jugado a la versión para niños malos.

—¿Que no se te da bien saltar? ¿La versión para niños malos de qué? —preguntó Chris.

—Del juego de la diosa —le contestó—. Ya sabes, la leyenda urbana.

—La leyenda suburbana —le corrigió Amanda—. Chris, ¿en serio que no has oído hablar de la leyenda de la diosa? Es una historia de asesinatos y venganza. Te encantaría.

Ruth se mordió la mejilla por dentro.

—No, es algo más sobrenatural que un asesinato —dijo.

Amanda me miró con ojos de incredulidad.

—¿Y tú, Nora? ¿Has jugado alguna vez?

—Nop —mentí—. No soy una niña mala como Ruth.

—¿Y usted? —Amanda se dirigió a Ekstrom con una sonrisita en los labios, como si le fuera imposible imaginarse a su profesora siendo tan joven como para jugar a algo. Ekstrom asintió.

—Yo sí. —El ángulo hacía que los cristales de sus gafas parecieran dos piedras lunares de plata. Su voz sonó seca y se dio un golpecito en la cadera—. Allá por la Edad de Piedra, cuando mi cuerpo aún conservaba todas sus partes originales.

Chris se volvió a ruborizar, quizás por descubrir que realmente existía un cuerpo bajo la capa de cardiganes de la señorita Ekstrom. Y dijo:

—¿Tiene alguien pensado contarme la historia, o es que os divierte demasiado mi ignorancia?

—Eso lo guardamos para la semana que viene. Ya no hay tiempo —respondió la profesora.

—Llévame la mochila y te lo cuento de camino —le ofreció Amanda con alegría.

Era un trato justo. Chris se cargó la mochila a la espalda como el Rey Koopa y dobló las piernas por el peso.

—¿Qué llevas en esta cosa? —dijo siguiéndola hasta la puerta.

Me pregunté qué versión de la historia le contaría Amanda. Antes de que pudiera irme, Ekstrom me tocó la muñeca.

—Nora. ¿Puedes quedarte un minuto?

—¿Qué? Ah, vale —dije intentando esconder mi reticencia.

Sabía que me iba a hablar de lo de Becca. En algún momento, la señorita Ekstrom dedujo que ella y yo éramos amigas. Siempre era gracioso acordarse de que los profesores podían percibirnos. Seguramente vieran en primera fila nuestros romances, amistades, rupturas, peleas, problemas y alianzas.

Ruth merodeó un poco, con la intención de captar algo, pero Ekstrom esperó hasta que se fuera para girarse hacia mí y decir:

—Rebecca Cross.

—Sí... —Dije tras una pausa incómoda.

—¿Cómo lo llevas? ¿Hay algo que pueda hacer por ti?

—No, no creo. Estoy bien. Pero gracias.

Asintió.

—Avísame si necesitas hablar, ¿vale? O si necesitas despejarte. Mi clase suele estar libre.

Cerré el puño y apreté el papel doblado de la canción de la diosa. Lo había vuelto a plegar mientras nadie miraba. ¿Qué pensaría si le dijera que Becca lo había metido? ¿Se enfadaría? ¿Le daría intriga? ¿Me tomaría por una paranoica?

Pero Estrom habló antes de que yo tuviera oportunidad.

—¿Sabes dónde está Becca? —Las palabras fueron rápidas y las acompañó con una sonrisa pesarosa—. La gente está diciendo unas cosas muy estrambóticas.

Qué decepción, pensé. Ver a mi profesora favorita mendigando chismorreo bajo el disfraz de la simpatía. Le respondí bruscamente:

—Lo que sea que estén diciendo, no tiene nada que ver con ella. Becca se ha escapado de casa.

Ekstrom parpadeó y preguntó:

—¿Que se ha escapado? ¿En serio?

—Soy su mejor amiga —respondí con resentimiento. Yo lo sabré, ¿no?

—Sí, claro. —dijo con cara triste—. El viejo Instituto Palmetto ¿eh? Un lugar del que querrías escapar.

Arrugué la nariz. Era raro que un adulto reconociera las limitaciones de vivir en el pueblo.

—Bueno, usted se quedó.

No me sonó maleducado hasta que lo dije. Aunque no se ofendió, sino que se rio.

—También me escapé muchas veces. Mi mejor amiga y yo nos lo turnábamos, las dos éramos unas reinas del drama. —Cuando dijo eso, entrecerró los ojos y los volvió a abrir.

Apuesto a que no me estaba viendo a mí. Apuesto a que estaba viendo a dos vándalas adolescentes en pantalones de campana o algo, patinando por la ciudad. Sentí de repente unos celos inexplicables. Los años de huida de Ekstrom ya quedaban muy atrás. Había construido una vida aquí.

Cuando Becca y yo nos imaginábamos nuestros superpuestos futuros, siempre estaban ambientados en otros lugares. Nueva York, Los Ángeles o Londres, lugares cuyos nombres evocaban un torrente sensorial y nos dejaban un sabor en la lengua a café, sol y humo. Por primera vez, nos imaginé a ambas haciéndonos mayores donde habíamos crecido. Nos vi compartiendo libros de bolsillo, hierbas aromáticas y botellas de cerveza en la puerta de casa; teniendo parejas y una difusa idea sobre la maternidad. En ese momento, el pensamiento de quedarse en Palmetto no parecía tan claustrofóbico.

Iba a decir algo por autocompasión. Las palabras se me formaron en la boca, pero miré a Ekstrom y algo en su cara me lo impidió. Vi en sus ojos una recia curiosidad y me pregunté si había realmente algo de bondad en su mirada.

También me hizo pensar que no me creyó cuando le dije que Becca había desaparecido.

Puede que nadie me creyera. Puede que todos menos yo ya habían empezado a darla por perdida: un misterio, un secuestro o algo peor.

Así que le regalé a mi profesora una larga y falsa sonrisa y salí por la puerta. Me daba igual lo que pensaran, ella y los demás. Becca me estaba hablando a mí y solo a mí. Solo tenía que averiguar cómo hacer para escucharla.

CAPÍTULO ONCE

Llamé a mi madre desde el coche.

—Hola, cariño —sonaba distraída. Podía escuchar el sonido de las teclas mientras hablaba—. Lo siento, hoy se me ha hecho tarde. ¿Sigues ahí? ¿Quieres que vaya a casa de Miranda a ver?

—Ehh. Más tarde, sí. Pero oye, mamá. ¿Has jugado alguna vez al juego de la diosa?

—El juego de la diosa. —Paró de teclear—. ¿El viejo juego de las fiestas de pijamas?

—Ese. Bueno, sí.

—Ahora que me lo dices, sí. Sí jugué. —Sonó reflexiva—. Una o dos veces. ¿Qué te ha hecho pensar en eso?

—Nada, solo estaba pensando en Becca y en cosas que hacíamos.

—Ah —dijo con suavidad—. ¿Vienes a casa?

—Ahora en un rato —vacilé—. ¿Recuerdas dónde lo aprendiste? El juego.

—Mmm —dijo mi madre y soltó una risita—. ¿Dónde se aprenden estas cosas? Es que están como en el aire.

Pero yo me acordaba perfectamente del día que aprendí el juego de la diosa. La versión para niños malos, la que importaba.

Becca y yo solíamos decirles a nuestros padres que íbamos a jugar al patio, cuando en realidad, salíamos y nos adentrábamos en el bosque. Allí, jugábamos a un hermoso y largo juego de fantasía. Solo lo interrumpían la hora de cenar, la de dormir y nuestras vidas más allá de los árboles, pero al mismo tiempo era eterno.

Ahora, veía la reserva forestal de Palmetto por lo que era: un espacio natural cultivado. Un patio de juegos para ciclistas, senderistas y padres con carritos de bebé para hacer *jogging*. Pero aquel bosque fue un lugar salvaje. Cuando éramos niñas, podía serlo tanto como queríamos.

Esto fue lo que nos pasó. Érase una vez, en el transcurso de uno de esos días de verano interminables.

Estábamos jugando en el claro junto a nuestro árbol, un precioso y torcido roble con un hueco en el tronco. Nos gustaba esconder cosas dentro. Cosas pequeñas como caramelos, joyas de tela y notas plegadas. El juego de ese día era el de siempre: el Reino. En el Reino, el claro era la sala del trono y nosotras, los encantadores caballeros de una Reina exigente que siempre nos mandaba en alguna misión: buscar objetos mágicos y conjuros o despertar a durmientes hechizados. Éramos jóvenes y el juego se nos metía tanto en la cabeza que nos separaba completamente del mundo real. Aunque aquel efecto no duró para siempre.

En ese entonces, apenas concebía mi cuerpo, ni mi cara. Fuera donde fuera, no le quitaba los ojos a Becca de encima. La miraba más de lo que nunca llegué a mirarme a mí misma. Pero si lo intento, puedo imaginarme junto a ella en los recuerdos.

La Becca veraniega de diez años brillaba como una chispa de luz. Tenía un peto corto sucio, un surtido variado de camisetas de tirantes, unos hombros pecosos y un pelo enmarañado. Las señoras mayores siempre se sobresaltaban al verla.

Yo, en cambio, por lo que sé, nunca causé ese efecto en nadie. Tenía el mismo pelo que tengo ahora: una pelusa descuidada lo bastante marrón como para llamarlo negro. Llevaba Vans sin cordones y camisetas tan largas que me tapaban los pantalones cortos por completo.

Becca era diminuta y yo era alta. Estoy segura de que formábamos un dúo adorable. Una joven bruja y su fiel protectora.

Aquel día, estábamos repasando un pergamino de la Reina hablando con falso acento inglés. De un momento a otro, llegaron unas niñas.

Lo más probable es que no fueran tan mayores. Tendrían algunos años más, pero para nosotras eran mayores. Llevaban collares metálicos enredados, *tops* de bikinis y camisetas recortadas en formas razonablemente más *fashion*. Eran cinco, creo, pero la manera en la que se movían las hacía difíciles de contar. Se las arreglaban para parecer distintas, pero al mismo tiempo, tan idénticas como aves de la misma especie. Hablaban en un canon musical, solapando unas voces con otras.

—¡Dios mío! ¡Mirad estas preciosidades!

—¿Qué sois brujitas?

—Me encanta, con pócimas y todo —dijo una inspeccionando el mortero con hojas trituradas que me había traído de la cocina de casa—. Sois mucho más *cool* de lo que éramos nosotras. ¿Puedes lanzarme un hechizo a mí?

—Hazle uno de amor.

—Que te calles, yo quiero uno de fortuna.

Me puse de pie como si fuera de verdad la protectora de Becca y una de ellas topó su hombro contra el mío.

—Mira qué alta es. ¿Pero tú que edad tienes?

Otra le tocó el pelo a Becca una vez, con suavidad. Luego otra vez, haciendo que se llevara una mano a la cabeza.

—Guau, qué linda. ¿Puedo llevarte en mi bolsillo?

Su presencia era deslumbrante, aturdidora y un poco nauseabunda, como una atracción de feria. También olían a feria. A caramelo dulce, ácido y barato. La certeza que tenían de que realmente valía la pena decirnos esas cosas resultaba hipnótica.

Una de ella se agachó junto a Becca. Me moví para esconder el papel que estábamos leyendo y que habíamos mojado en té para que pareciera papel de pergamino. Pero la chica fue demasiado rápida y lo agarró.

—Vaya, ¿qué es esto? —Torció la boca.

Cuando me di cuenta de lo que estaba a punto de hacer, empecé a llenarme lentamente de una tórrida vergüenza.

Se aclaró la garganta.

—Por orden de la Reina del Bosque, permitan a mis fieles caballeros moverse con libertad por el Reino y los seis territorios circundantes, en incesante búsqueda de...

Mientras lo leía, sus amigas no pudieron aguantarse las risitas. Becca y yo estábamos juntas, pero cada una se encontraba absorta en su propio bochorno. Cuando aquella extraña leyó esas palabras de las que estaba tan orgullosa, sentí que el Reino se derrumbó. Los bosques se desplomaron, los océanos se secaron y las praderas se retorcieron entre las llamas.

Ese fue el final de una edad maravillosa.

—Es tan genial. —Dejó caer el papel—. ¡Seríamos tan amigas si tuviera vuestra edad!

Solo porque yo era más pequeña que ella, pensaba que no me fijaría en la sonrisita que les lanzó a sus amigas por encima de mi cabeza.

—Ey, ¿sabes lo que deberíamos hacer? —Las demás se giraron para mirarla, casi automáticamente. Eso me hizo saber que ella era la líder—. ¡Deberíamos enseñarles el juego de la diosa!

—Ya conocemos el juego de la diosa —musité.

—Conocéis la rima de la cuerda —dijo despectivamente—. Me refiero al de verdad, a la versión maldita.

Aquellas palabras me salpicaron como aceite hirviendo. Las chicas se acomodaron en el claro, en un tronco caído o acostadas en la hierba, y se pusieron a arrancar puñados de tréboles.

—Dios sí, vamos a contárselo.

—¿Ya conocen la historia?

—Todo el mundo la conoce.

—Los niños pequeños no.

—Chelsea, cuéntasela tú.

Chelsea, la cabecilla del grupo, se recostó sobre el césped.

—Bueno, vale —dijo con pereza. Se sacó un frasco plateado del bolsillo de los vaqueros y lo agitó—. ¿Queréis?

—¡Estás corrompiendo a los bebés!

—No hay ni para nosotras.

Chelsea arrugó las cejas y dijo:

—Benny está obsesionado conmigo. Ya me traerá más.

Fueron bebiendo una a una, pasándose el frasco en sentido circular. Lo observé aproximarse con creciente ansiedad. Cuando miré a Becca, pude ver en sus ojos que se le había escapado el alma. Le pasaba a menudo, cuando se agobiaba. Tenía las manos plegadas y ninguna expresión en la cara. Pero cuando le llegó el frasco, me sorprendió al ver que se lo llevaba a la boca antes de pasarlo, sin vacilar.

La luz del verano era densa como la miel y los insectos flotaban en ella como manchas de té negro. Aparté uno con la mano, le di un trago al frasco y me esforcé por no toser. Aquello dulce que le habían metido se escapaba de mis conocimientos. Me recordó al sabor de medicamentos viejos.

—Muy bien, amor —dijo con suavidad la siguiente chica mientras se lo pasaba.

—Bueno, pues, la historia de la diosa —siguió Chelsea arrastrando las palabras—. Hace mucho tiempo, como ocho años atrás, murió una chica en el instituto.

Una de las otras, que estaba apoyada en nuestro árbol, negó con la cabeza.

—Fue hace cincuenta o sesenta —dijo.

—Cállate, Tegan —respondió Chelsea con la regia seguridad de un gato aplastando a un ratón—. Bueno, que fue hace mucho tiempo. Justo después de su funeral, sus amigas se colaron en el instituto por la noche. Querían hacer un ritual en el lugar de la muerte. —Se inclinó—. Un ritual que la devolvería a la vida. Así que encendieron un fuego y quemaron de todo. El diario de la chica, plantas de estas especiales, su anillo de perlas y una llave de su casa, y uno de sus dientes, y literalmente el vestido que llevó al baile y…

—¿Cómo consiguieron su diente? —le interrumpí.

—Lo robaron del ataúd —dijo sin parpadear.

Asentí. Una mentirosa respetando a otra.

—Después, cada una se cortó un mechón de su propio pelo y lo echaron para invocar su resurrección.

—Así no fue —insistió Tegan—. Mi abuela iba al PHS cuando pasó y una vez se puso muy borracha de vodka con tónica y me contó que...

—Tegan, cállate, por Dios. Soy yo la que lo está contando.

Tegan arrancó una corteza de la base ruinosa del árbol y se calló.

—Como decía —dijo Chelsea poniendo los ojos en blanco—. Algo ocurrió durante el conjuro. En medio de todas aquellas oraciones y demás, dejaron de rezarle a Dios. —Hizo una pausa, y abrió sus ojos azules—. Y empezaron a rezarle a su amiga. Como si fueran ellas las que estaban bajo el efecto del hechizo. Y después, se les apareció.

El frasco había vuelto a mí. Estaba asqueroso, pero me dejaba una sensación de ascuas templadas en la garganta.

—¿Y qué les dijo, Chels? —preguntó una de las chicas cuando resultó demasiado obvio que necesitaba refrescarse la memoria.

—Estaba flotando sobre el fuego. Tenía dieciséis años y lucía igual que cuando estaba viva. Su fantasma llevaba el mismo vestido que habían quemado. Y el anillo. Y, bueno, esos zapatitos de baile de satín.

Miré a Tegan. Tenía los brazos cruzados y parecía enfadada.

Entonces, vi una pizca de aflicción en los ojos de Chelsea.

—Les dijo que no quería resucitar, que muerta se lo pasaba en grande. Que, al quemar todas sus cosas, la habían liberado del último retazo de tristeza que le quedaba y que ya no echaba de menos su vida. Luego, les contó lo que disfrutó cuando le rezaron. Se sintió como... Dijo que se sintió como en un videojuego, cuando recoges monedas doradas.

Nadie preguntó cómo un fantasma pudo haber hecho una analogía como esa hacía ochenta o sesenta años. Estábamos demasiado concentradas escuchando.

—Les dijo que si rezaban lo suficiente se le llenaría el cuerpo de oro y se transformaría en una diosa. Porque algún día se aburriría de ser un fantasma, pero jamás de ser una diosa. Y que, si seguían rezándole y haciéndole ofrendas en la hoguera y eso, le concedería a cada una un deseo. Así que lo hicieron. Y ella lo cumplió.

—¿Cuáles fueron sus deseos? —preguntó Becca de repente. Había estado quieta como una roca durante toda la historia, moviéndose solo para beber del frasco. Parecía estar presente otra vez, como si la historia fantasmal le hubiera devuelto el alma.

De forma dramática, Chelsea suavizó el ambiente:

—Naaadie lo sabe. —Apuesto que lo que no quería era tener que inventarse los deseos ahí en el momento—. Y tampoco se sabe si la diosa murió cuando murieron las chicas o si simplemente dejó de existir el día en que dejaron de rezarle y se olvidaron de ella. O si aún sigue por ahí, esperando a que alguien vuelva a creer en ella y concederle un deseo.

—Si la hubieran devuelto a la vida —dije reuniendo una pizca de coraje—. ¿Crees que se hubiera enfadado por haberle sacado los dientes?

—¿Qué? —Chelsea me miró entornando los ojos—. ¿Por qué estás tan obsesionada con lo de los dientes?

Ni yo sabía el porqué. La historia parecía un caleidoscopio. Había demasiadas piezas interesantes y era imposible mirarlas todas a la vez. Además, me sentía un poco mareada, como desequilibrada. Exactamente lo que nos habían dicho que pasaría si bebíamos en la charla de prevención de alcohol. El corazón se me encogió y busqué la mano de Becca, pero no se dio cuenta.

—Entonces, ¿cuál es el juego? —preguntó—. Dijiste que había una versión maldita.

Chelsea esbozó una sonrisita. Subió y bajó las cejas dos veces. Era la chica más segura de sí misma que había visto nunca. Me llenó de admiración y envidia que ella fuera capaz de hacer lo que yo no: atraer a la gente con sus mentiras.

—Las amigas de la diosa intentaron arrebatársela a la muerte —dijo—. Desde el suelo. La volvieron inmortal con su fe. Para invocar a la diosa, hacen falta dos personas que puedan demostrar que su vínculo es tan fuerte como eso. Es como un juego de confianza. Pero no de esos patéticos de campamento.

—¿Y qué pasa con la rima? ¿Dónde está en la historia?

Diosa, diosa, cuenta hasta uno. ¿Cuál será tu elegido oportuno? Canté en mi mente.

Chelsea se encogió de hombros y dijo:

—Es para preguntarle a la diosa a quién elegirá. Para concederle el favor. ¿Y bien? ¿Creéis que tenéis un vínculo lo bastante poderoso como para invocarla?

—Vamos a jugar. —propuso Becca poniéndose de pie.

Chelsea le dedicó una candente y selecta sonrisa, y dijo:

—Que alguien me dé una venda.

Una de las chicas se arrancó un trozo de la camiseta y se lo lanzó.

Chelsea se arrodilló frente a mí. Tan cerca que podía verle los trocitos de vidrio de sus iris. Enrolló el pedazo de tela en forma de soga y me vendó los ojos. El tejido era rugoso y translúcido. Todavía guardaba el calor de la piel de la otra chica.

Chelsea se acercó a mi oreja y dijo:

—Levántate y espera.

—¿Pero de qué va el juego? —pregunté, y nadie respondió.

Unos segundos después, me puse en pie. Nada más hacerlo, aquellos dos tragos de alcohol en mi sistema los sentí como diez.

Se hizo el silencio durante un tiempo. Un silencio acompañado de voces sibilantes. Por un momento, pensé que aquellos silbidos venían de las hojas y la brisa. Pero entonces, una palabra susurrada desató un reguero de risas.

Oí la voz de Becca a mi lado.

—Gírate —dijo con voz ronca—. Un poco a la izquierda. Vale, para. Ahora da seis pasos adelante.

Extendí los brazos. Ya estaba desorientada incluso antes de empezar y pregunté:

—¿Qué estamos haciendo? ¿Cuál es el juego?

—Confía en mí. Ese es el juego —respondió Becca.

Así que confié en ella. Seguí las indicaciones de su voz. A veces, la oía lejos de mí, otras, justo a mi lado. Me tropecé y me di un golpe fuerte en la rodilla. Luego, una rama dio un latigazo seco y me dejó la mejilla tan mojada que no podía saber si estaba sangrando. Sabía que

Chelsea andaba cerca, dirigiéndonos, pero no la percibía. Después de un tiempo indefinido, Becca me pidió que parara.

—Estira la mano —dijo.

Las yemas de mis dedos se toparon con la corteza arrugada de un árbol. ¿Un arce? Aquel tacto familiar fue como una vela en la oscuridad.

—Tienes una rama justo encima. Agárrate a ella.

Así que la agarré, pero sin apretar mucho. Escuché un susurro y luego, a Becca exhalar lentamente por la boca.

—Con las dos manos —dijo—. Bien firmes. Ahora, escala.

Con los ojos abiertos y la venda aún puesta, escalé. Cada rama albergaba un destino fatal y cada espacio vacío, otro acto pequeño de fe. O devoción. Puede que Becca sintiera aquellas monedas de oro fundiéndose en su piel.

—Vale —dijo sin respiración—. Para.

Busqué la dirección de su voz, arrastrándome por una gruesa y larga rama. La brisa me hacía sentir frágil.

—¿Y ahora qué? —pregunté.

—Quítate la venda —dijo prácticamente susurrando—. He cambiado de idea, ya no quiero jugar.

La rama se doblegó un poco y crujió.

—Pero ¿cómo se supone se gana en este juego?

—Se supone que tienes que caerte o saltar del árbol, o algo. Pero ya da igual —respondió con firmeza—. Somos mejores que las niñas de esa estúpida historia. Para empezar, yo no te habría dejado morir.

—Lo sé —dije.

Y me dejé caer.

¿Sabía que tenía agua debajo? ¿O creía que el amor de Becca me recogería, sin importar donde cayera? Eso fue lo que me pregunté después, pero nunca encontré una respuesta.

La ráfaga de aire, el chapuzón en aguas tibias y el cálido barro bajo mis pies. Todo pasó al mismo tiempo. Cuando me sumergí por completo, estirada sobre el fondo afelpado del arroyo, un dolor agudo me invadió la cabeza.

Me llegué a desmayar durante uno o dos segundos. Se me bajó la venda hasta la boca y le abrí los ojos a un mundo verde y polvoriento. Entonces, sentí una explosión acuática a mi lado: Becca. Había saltado al agua.

Más tarde, me sorprendió lo rápido que pensé en un plan.

Becca me envolvió con los brazos y tiró de mí. Cuando mi cara emergió en la superficie, me tocó la parte trasera de la cabeza y emitió un sonido de angustia. Mantuve los ojos cerrados durante todo ese tiempo.

Dejé que mis dedos se aferraran a ella y tiré de su cuerpo para que se acercara. Se pegó a mí y me comprobó la respiración. Susurré sin mover los labios:

—Sígueme la corriente.

Suspiró con fuerza y se enderezó. Me rodeó el pecho con los brazos y me empujó por el agua hasta la orilla rocosa. Una piedrecita saliente me dibujó una abrasadora línea en el muslo, pero no dije nada. Becca me acomodó la cabeza con suavidad en un punto blando y la dejé caer.

—¿Está bien? —preguntó una de las chicas con voz ahogada.

—Claro que está bien —dijo Chelsea, con menos de confianza que antes—. Está bien, lo está fingiendo.

—¿Y esto también te parece falso? —exclamó Becca con un terror convincente. Luego, me contó que lo dijo enseñándoles los dedos, manchados con la sangre de mi cabeza.

—Dios mío, Dios mío.

—¿Deberíamos hacer un…? ¿Cómo se llama? ¡Un torniquete!

—¿En la *cabeza?*

—*Estamos jodidas.* ¿En qué estabas pensando Chels?

—Corre a la senda a buscar ayuda. Que alguien llame al 911.

Y entonces, me incorporé. Rápido. Con los ojos bien abiertos y los mechones del pelo pegados a las mejillas y al cuello. Estiré el brazo en dirección a Chelsea. Dos de las chicas gritaron. Chelsea tambaleó como si la hubiera empujado.

Me palpitaba el cráneo entero. Recordé la forma en la que habían destruido nuestro Reino en el lapso de un minuto. Chelsea y sus amigas no eran otra cosa que unas bandidas y unas charlatanas, y no eran bienvenidas en nuestro bosque. ¿Querían diversión? Yo se la daría.

—Provengo de la tierra de los muertos —entoné en mi voz de caballero más lúgubre y mágica—. Y he hablado con la diosa.

—Mm —dijo una chica a mi izquierda, pero la ignoré.

—Mi corazón es puro —seguí—. Y me he ganado su favor. Pero *tú*. La diosa esta furiosa contigo.

—Pero. ¿Yo qué he he...? —titubeó Chelsea.

—Te has reído de su muerte con tus mentiras. Que duermas bien. La diosa te buscará en sueños —dije para finalizar.

Durante medio segundo, pensé que se lo había tragado. Luego, puso los ojos en blanco y dijo:

—Sois unas *frikis*. Disfruta del traumatismo. —Se fue echando humo por la senda de bicis.

Las demás la siguieron. Tegan se quedó la última.

—Ahora en serio, ¿estás bien? —me preguntó—. Lo siento —dijo antes de volver con sus amigas—. Has estado increíble, por cierto.

Cuando se habían ido, miré triunfante a Becca. Pero no me devolvió la sonrisa, estaba empapada y *temblando*. Tenía los ojos bien abiertos, las piernas cruzadas y las manos en los muslos.

—¿Qué? —dije nerviosa.

—¿Algo de lo que has dicho era verdad?

Me toqué la cabeza. El pelo me tapaba gran parte de la herida. Antes de que cayera el sol estaría en urgencias recibiendo puntos de sutura.

—¿Algo de qué? —respondí.

—De lo que les has dicho. De lo de hablar con la diosa.

—¿La diosa? —Me limpié los dedos ensangrentados en la hierba—. No hay ninguna diosa, es un juego. Estaba fingiendo. Como en el Reino.

—Ya no existe el Reino —dijo en voz baja.

Asentí. Ya lo sabía, pero me dolió escucharlo de ella. Becca se tiró del pelo. Parecía una sirena alterada.

—¿Por qué has saltado, Nor? —me preguntó—. Te podrías haber matado.

Un sonido de campanas me retumbó en la cabeza. Si hubiera caído con un poco más de fuerza y lo que fuera que me hizo la herida hubiera cavado un poco más…

—Tú nunca me dejarías morir —contesté.

Aquellas palabras calaron en ella y le vi un brillito en los ojos.

—Ni siquiera me gustó su historia —dijo—. Tú podrías contar una mejor. —Asentí.

—Totalmente. ¿Por qué echarían un diente al fuego? Todo el mundo sabe que los dientes no se queman.

—Deberías. Bueno, deberíamos.

—¿Deberíamos qué?

Ya se le había pasado la agitación cuando se sentó.

—Deberíamos crear nuestra propia diosa.

—Vale —dije con cautela—. Supongo que podríamos.

Pero el dolor se empezó a comer la victoria a mordiscos. Llegué a casa mareada y con ganas de llorar. Becca estaba pálida.

Por un tiempo, mis padres no me quitaron el ojo de encima. Sabían que había algo más. Algo que no les quería contar acerca de aquel golpe que me causó una conmoción. Pasaron días hasta que volvimos.

Cuando por fin volvimos, supe que habíamos hecho bien en esperar. El bosque estaba más verde y frondoso que nunca. Se notaba el vacío del Reino, pero no estábamos tristes. Sentí que el bosque nos escuchaba.

Y lo volvimos a llenar. Juntas, inventamos diosas que nos protegerían y garantizarían la seguridad en el terreno de juego. Posé para la foto con mi vestido favorito. Becca usó la larga exposición y me convirtió la cara en una colección de expresiones borrosas. Escribí la historia del origen para acompañar la foto, inspirada en el libro ilustrado de mitología que me regalaron en mi cumpleaños. La llamamos la diosa de la fantasía.

Montamos un altar en el bosque para nuestra primera diosa. En él, quemamos el último pergamino mojado en té de la Reina y la venda que llevé desde el inicio del juego hasta que caí al agua.

A veces, sueño que la vuelvo a llevar y el agua fangosa me la arrastra hasta la nariz. Por encima de la boca. Mientras me hundo.

CAPÍTULO DOCE

Eran más de las cuatro cuando llegué a casa y el cielo estaba blanco como el papel. En contraste, los árboles desnudos parecían el decorado de un escenario poco convincente. Cuando giré en mi calle, vi un coche desconocido aparcado en la acera de enfrente. Una camioneta color mostaza en forma de caja. James Saito estaba sentado en el capó.

Solté una risa. Me pasaba a veces cuando me ponía nerviosa. A pesar de la poca luz, llevaba unas gafas de sol de un negro intenso y una de esas chaquetas marrones con el cuello de badana que huelen a lluvia. Tenía una postura relajada y las gafas le daban un aspecto de total indiferencia. Pero seguro que no era así, ¿no? Por algo estaba ahí.

James no dijo nada cuando me aproximé. Supuse que me veía, pero sus lentes me impedían averiguarlo. Me detuve a escasos metros.

—Ey.

—Ey. —Su voz era grave y débil al mismo tiempo. La típica voz que sonaría pacífica hasta cuando se enfadaba. Estaba completamente quieto, salvo por los dedos de la mano izquierda que hurgaban en el agujero de los pantalones—. ¿Sabes? ya algo de Becca?

Le miré a los ojos.

—Ahora sí quieres hablar de ella, ¿no?

—¿Sabes algo?

—No.

—¿Tienes alguna idea de dónde está? —No se movió, ni subió la voz, pero podía notar como escalaba su intensidad.

—No, ¿y *tú?*

Hizo un leve movimiento de cabeza, como si la pregunta no fuera importante.

—¿Cuándo la viste por última vez? —preguntó.

Me estaba contagiando la sensación de urgencia. Empecé a sentir calor en el cuello y la sien.

—¿Por qué me lo preguntas?

—Tendrías que haberme dicho que había desaparecido cuando nos vimos esta mañana —dijo abruptamente—. De haberlo sabido, habría intentado ayudar.

—Vale. Pues, ¿me puedes ayudar ahora?

Se sacó algo del bolsillo que le cabía en la palma de la mano: un paquete del tamaño y, más o menos, de la forma de una pelota de ping pong, envuelto en papel y gomas.

—He encontrado esto junto a mis cosas en el laboratorio de fotografía. Lo ha dejado Becca, para mí.

—Para ti —repetí.

Aquella mañana, cuando pensé que él sabría dónde estaba Becca, no me lo había llegado a creer. Pero en ese momento, ya no estaba tan segura. ¿Quién era él para ella?

James tenía buenas manos. Manos de artista. Prácticas a un nivel indefinible y hechas para el trabajo. Deshizo la bola de gomas y le retiró el papel, revelando así un rollo fotográfico. Después, me pasó el papel. Era una nota con la letra de Becca, con sus picos puntiagudos y líneas exageradas.

dile a nora que me voy a jugar al juego de la diosa

Estoy segura de que notó el espasmo en mis hombros y la manera en la que me incliné sobre el papel, bloqueándole la vista.

Asumí que él ya lo habría leído. Cuando levanté los ojos, estaba con la mirada apartada, como si me quisiera dar privacidad.

—¿Por qué...? —empecé. Pero había muchos porqués. Escogí una pregunta más fácil—. ¿Cuándo te lo dejó?

—Pudo haber sido en cualquier momento del viernes. Esa fue la última vez que revisé mis cosas.

—¿Qué hay en la película?

Hizo una pequeña mueca. Una forma educada de decir «está sin revelar, estúpida».

—Aún no lo sé —respondió—. ¿Qué dice la nota?

Negué con la cabeza. La diosa, una vez más. Ya iban tres veces que aparecía, como puntadas en una costura. Se apoderó de mí una frustración que rozaba la furia: sí, Becca, te estoy escuchando, pero ¿qué es lo que quieres decir?

Solo llegamos a jugar al juego dos veces: una en el bosque, cuando éramos niñas y otra, tres meses después, la noche de la pelea. Me golpeó una imagen repentina de la cara de Becca aquella noche, justo antes de que me alejara de ella. Me estremecí.

Di un paso adelante y le agarré del brazo. Para retenerlo. Para estabilizarme. El borde doblado de la matrícula de su coche se me clavó en la rodilla.

—Conoces a Becca. La conoces de verdad, ¿no?

Con el otro brazo, se subió las gafas hasta el pelo. Como si supiera que necesitaba verle los ojos para creerle. Eran de un marrón muy claro, y tenía una mirada feroz y penetrante.

—Es difícil conocerla bien, pero sí. Supongo que sí.

—Sí, es muy difícil llegar a ser cercano a ella. Saber eso ya es mucho más de lo que sabe nadie. Y yo ya no sé qué hacer, ni qué pensar. Me está dejando todas estas... pistas, supongo, pero a la vez es todo tan propio de Becca que... —tragué saliva. Me picaba la garganta—. O sea que, ¿has venido solo para darme la nota? ¿O estás aquí porque de verdad te importa algo y quieres ayudarme?

Durante todo el tiempo que estuve hablando, no dejé de sujetarle el brazo, como si fuera un salvavidas. Cuando me di cuenta, se lo solté. James se inclinó hacia adelante y apoyó los codos en las rodillas.

—Quiero ayudar —dijo con su grave y serena voz—. Esta mañana, cuando la estabas buscando, intuía que algo había pasado. Creo que me esperaba algo.

—¿El qué? —pregunté, pero no me respondió a eso.

—La notaba diferente. Bueno, o igual que siempre, pero más. Tenía subidas y bajadas. Estaba como perdida. Que tampoco es que antes no lo estuviera.

Asentí, absorbiendo aquellas palabras. Nunca había escuchado a alguien verbalizar el comportamiento de Becca. Para mí solo estaba ahí, como el sol.

—Normalmente —siguió—, hablamos de nuestros proyectos. Así es como nos hicimos amigos. Porque éramos los únicos que íbamos al cuarto oscuro por las mañanas. Pero últimamente, solo hablaba... —me incliné intrigada por la pausa. Suspiró y siguió—. Últimamente, solo hablaba de ti.

Noté un sabor amargo en la garganta.

—De mí.

—Era agradable —dijo apartándose un mechón de su pelo negro—. No me quejo. Me contaba todo lo que hacíais cuando erais niñas. Pero sobre todo era *cómo* lo contaba.

James me había estado mirando todo ese tiempo, pero algo cambió. Me miró *de verdad*. Fijó la atención en mí de una manera eléctrica que me provocó un zumbido en la piel.

—Hasta hoy, no me había dado cuenta. Pero hablaba de una forma que parecía de alguien mayor. De alguien que está volviendo la vista atrás en su vida —dijo con una delicadeza suprema—. De alguien que está en el final de su vida.

Tardé un poco en entender lo que quería decir. Cuando lo comprendí, me hirvió la sangre y me palpitaron las sienes.

—Uh. No. Eso no... Dios. Eso no es lo que ha pasado. Eso no es. ¿Estás...? —Levanté la nota—. Dime que no piensas que esta mierda de frase es una carta de despedida.

Esta vez, no se le movía ni la mano y un tono rojo le coloreó las mejillas.

—No lo sé —dijo.

—No, no lo sabes. Has dicho que la conocías. Sabes lo que puede llegar a hacer. Sabes el talento que tiene. Cuánto vale. Su vida va a ser… —Hice un gesto en el aire— más. Más que esto.

Pero: su insensatez. Aquella desdichada osadía que le invadía desde la muerte de su padre. Y aquel mensaje nocturno. «Te quiero». No estaba enfadada con James por haberme metido ese miedo. Solo abrió la puerta que lo escondía.

—Vale —dijo asintiendo una vez.

Sentí un zumbido en la cabeza. En ese momento, creo que lo odié.

—¿Vale?

—Sí —dijo con suavidad—. Vale.

Lo fulminé con la mirada. Me intenté agarrar a la rabia, incluso cuando sentí que se rompía y se disipaba como una ola espumosa. No era con él con quien estaba enfadada. Ni la persona por la que temía.

—Quería hablar contigo antes de hacer cualquier cosa con esto —dijo sosteniendo el botecito del rollo—. ¿Debería llevarlo a revelar ahora? ¿O esperar a imprimirlas yo mismo?

La idea de entregárselo a un desconocido me revolvió el estómago. Las fotos podrían ser de cualquier cosa. Podrían ser desnudos.

—Creo que es mejor que las imprimas tú —dije a regañadientes—. Por si acaso.

—Vale. ¿Quedamos mañana en el laboratorio de fotos? ¿A eso de las seis y media?

Asentí. Me tranquilizó que supiera que quería estar presente.

Cuando se deslizó por el capó, pensé: *es un vampiro*. Un vampiro atractivo. Por alguna razón, creí que me había escuchado y caí en la paranoia.

—¿Cómo sabías que vivo aquí? —pregunté.

—Me lo dijo Becca. A veces, nos vamos por ahí con el coche.

Un dolor me invadió el pecho, igual de palpable que un moratón. Me alegró saber que Becca había tenido a alguien durante todos esos meses. Aquello le arrancó un trozo a mi creciente sentimiento de culpa.

—Gracias —le dije mientras abría la puerta del coche—. Por hablar conmigo.

—¿Sin… problema? —respondió desconcertado.

—Ya sabes. Porque no sueles hablar con nadie. —Enrojecí—. Quiero decir, no te tomas las molestias. ¡No digo que tengas que hacerlo! Solo que no lo haces. —Terminé ahí y cerré los labios con firmeza.

Me miró raro.

—Ya… No se me da muy bien… El instituto y todo eso. No estoy acostumbrado.

Supuse que por *instituto* se refería a instituto grande, público, de las afueras y con fondos insuficientes. Mi nueva teoría, formulada en el momento, era que a James lo habían trasladado de una de esas escuelas privadas de novela de suspense, llenas de niños ricos y escándalos. Seguramente lo echaran porque él y su sociedad secreta asesinaron al director.

Mientras yo perdía el tiempo elucubrando teorías, él se metió en el coche. Nuestros ojos se encontraron en el espejo retrovisor. Un toque de marrón claro. Luego, se fue.

SEIS MESES ANTES

Becca vio una vez una película de una mujer que descubre que tiene un *doppelganger.*

Eso significaba que, en algún lugar del mundo, había una persona que era su doble exacto y que tenía el mismo cerebro y la misma alma. Por lo menos en la película. Aun así, llevaban dos vidas completamente separadas.

Aquella noche en el bosque, Becca se dividió en dos. Se convirtió en su propio *doppelganger*.

Por un lado, estaba su yo de siempre. El que se lo contaba todo a Nora, se levantaba tras las caídas y seguía adelante. Este yo intentaba olvidar aquello que había visto entre los árboles y mantenerse alejada de las sombras.

Por otro lado, estaba el *doppelganger*. La Becca que salía a relucir durante altas horas de la noche, cuando estaba sola. Aquella chica era obsesiva e irracional. Había visto algo que no podía explicar y se le movía como arenilla bajo la piel. Su vida se basaba en investigaciones nocturnas y un miedo persistente. Necesitaba cavar en ese miedo. Necesitaba saber más.

Estos dos yo chocaban violentamente y se solapaban como una fotografía borrosa. Becca sabía que algo iba mal, pero no dijo nada, con la esperanza de que se le pasara. Como hacía siempre, Becca libró la batalla sola.

Una semana después de que eso ocurriera, se despertó con una sensación de certeza. Mientras dormía, el conflicto entre sus dos yo se resolvió. Había tomado una decisión. Pero antes de adentrarse en un futuro alterado, estaba decidida a pasar un buen día de verano.

Era pronto por la mañana cuando recogió a Nora. Fueron a por cafés helados y cruasanes de almendras y condujeron hasta la playa. Era uno de esos inusuales días en los que el Lago Michigan parecía una playa del Mediterráneo con sus aguas claras, pececillos y rocas pulidas. Cuando se saciaron del sol, volvieron a Palmetto y pasaron el resto del día al plácido ritmo del verano. Se probaron los anillos y olfatearon el aceite de pachulí de la vieja joyería *hippie* y les echaron un vistazo a los libros de bolsillo de la librería «No estoy libre». Se hartaron de chocolatinas Son-Caps y aire acondicionado durante una velada vespertina.

Cuando salieron, había una luz pálida y azul, y el estacionamiento del teatro estaba lleno de padres. Formaban corros, se abrazaban, regañaban, colaban snacks en bolsos espaciosos y bailaban al ritmo del *swing* con sus hijos. Nora también lo vio. Todo aquello era un trozo de hielo entre las dos que se derretía lentamente con la brisa de verano.

Taco Bell, batidos de helados Creamsicle en el Dairy Dream, libélulas titilando entre los hierbajos. Becca tenía las manos pringosas y se le pegaban al volante. Navegando sobre olas de azúcar y colmada de un vívido sentimiento de osadía, condujo hasta el aparcamiento del bosque.

Llevaban sin ir a la reserva forestal desde su caída. Se tocó la costra de la herida de la rodilla con suavidad, destinada a convertirse en una desagradable cicatriz. Ella y Nora se sentaron en el capó del coche, con la espalda en el parabrisas. La música salía de los altavoces del salpicadero como canciones de otro planeta y el estacionamiento era un paraje fantasioso de farolas purpúreas. Si ahuecabas las manos para tapar la luz, casi podías ver las estrellas.

Becca pensó, *Pregúntame, Nora. Si me preguntas, te lo contaré.*

Se las imaginó en blanco y negro. Las dos acostadas en el capó de un viejo sedán, con los zapatos tirados por el suelo. Con el pelo apelmazado por el agua del lago y la piel rechoncha y radiante por la comida juvenil procesada. Más americana que nada. El sueño de verano de un pueblo pequeño.

Pero si te fijabas podías ver una oscuridad entre las dos, en forma de signo de interrogación. Había algo de complicidad en la manera que miraban, no entre ellas, sino al frente. Eso es lo que hacía del momento una curiosa fotografía.

Nora contó un chiste. Becca volvió en sí. Había sido un buen día, nada más. Un día casi libre de sombras. Su amiga solo quería que así siguiera.

Se quedaron allí hasta que el cielo se pintó de negro y llegó, a poca velocidad por la gravilla, un coche de policía con un oficial aburrido. «El parque está cerrado, chicas».

Aun así, alargaron la noche. Bueno, más bien fue Becca. Condujo por ahí hasta que el teléfono de Nora empezó a zumbar en el salpicadero. Suspiró y dijo:

—Toque de queda.

El coche olía a lago, a pachulí, a tacos y todo se volvió de repente indescriptiblemente agradable. Becca la llevó hasta su calle, cosa que nunca hacía. Nora parpadeó y dijo:

—Vaya, vaya.

Después, salió del coche y buscó las llaves con la cabeza agachada. Casi sin querer, dijo Becca:

—Nora. —Su mejor amiga la miró, sobresaltada por el tono—. Te quiero.

—Lo sé —respondió Nora, fría como Han Solo.

Luego, parece que se lo pensó mejor y dio tres pasos grandes hacia la ventanilla para darle un abrazo a Becca. Corto pero intenso. Después, desapareció en la oscuridad de la casa. En el calor de una casa donde hay una madre que te envía un mensaje para recordarte la hora de llegada, las 11:45 p. m. y no más tarde.

Por eso su *doppelganger* le dijo, con voz lúgubre, que había cosas que ya no estaban hechas para Becca, pero ¿y qué? También había cosas que no estaban hechas para Nora.

Aún sentía que su pecho estaba hecho de trozos de caramelo. Si lloraba ahora, lloraría perlas de azúcar y fresa. En cambio, se bebió el repugnante café helado que no se había terminado Nora, imaginándose las gotas de cafeína desfilando por sus venas como pequeños soldados. Era más de medianoche. La Becca del día era un hechizo que se rompía cuando el reloj marcaba las doce. Ahora era el turno del *doppelganger*.

Condujo por calles dormidas hasta una casa en la que no había estado nunca. Antes, solo era una dirección que había visto y memorizado. Era una cabaña, en verdad, pequeña y ordenada, con nidos de petirrojo y persianas negras. Y era el único sitio en la manzana del que salía luz. Dos luces: una en el porche y otra dentro.

Lo que Becca estaba haciendo era tan estúpido y arriesgado que se puso a reír por la calle. En ese momento, comprendió por qué había tardado una semana en ir allí. Primero tenía que mentalizarse y dar el primer paso para deshacerse por completo de su viejo yo. Tenía que llegar hasta el punto en el que no saber fuera peor que cualquier cosa que se pudiera imaginar.

De repente, la puerta se abrió antes de que pudiera llamar.

CAPÍTULO TRECE

Me apresuré a entrar en casa con la nota de Becca en mano. La casa estaba a oscuras.

—¿Hola? —mi voz sonó débil—. ¿Hay alguien en casa?

—Estoy aquí. —Me metí la nota en el bolsillo y seguí la voz de mi madre hasta la cocina. Estaba sentada a la mesa en su silla de trabajo personalizada. El brillo lunar de la pantalla del ordenador le iluminaba la cara—. Ey, Nor —dijo al verme—. ¿Estás bien? —Estaba bien, más o menos, hasta que la vi. Entonces arrugué la cara—. Ay, cariño —dijo abriendo los brazos.

Crucé la sala para hacerme un hueco en su nido, con cuidado de no hacerle daño a la espalda. Olía a pomada, a café y a ese aceite de baño francés que Cat y yo le regalábamos todas las navidades.

—No debería haberte mandado a la escuela hoy, ¿verdad? —dijo hablándole a mi hombro—. ¿He hecho mal?

Podría haberme dejado llevar y llorar largo y tendido. Uno de esos llantos que te dan dolor de cabeza y te abren el apetito. Pero tenía el pensamiento supersticioso de que no debía. Como si llorar por Becca pudiera hacer que ocurriera algo por lo que llorar de verdad. Entonces, respiré y esperé hasta que se me pasara el temblor en la voz para hablar.

—Mamá, ¿tú crees que Becca se haría daño a sí misma? —Apreté los ojos.

La escuché inspirar con fuerza y sentí el movimiento de sus labios al cerrarse en mi frente.

—No.

Aquella palabra sonó tan definitiva que me alivió.

—¿Por qué no?

—Porque... —Hizo una pausa, pasándome la mano por el pelo con suavidad—. Porque Becca ya ha sufrido bastante. Ya le han arrebatado demasiado. Esa chica no va a darse nunca por vencida. No sin antes pelear. —Puso una sonrisa burlona—. Y Becca es muy peleona.

Me mordí la lengua, con la intención de centrar la atención en el dolor y no en la pregunta que se me apareció en la mente: ¿por qué Becca no había luchado lo suficiente para salvar nuestra amistad? Puede que sí lo hiciera o lo estaba haciendo. Puede que de eso se tratara todo.

—No sé qué hacer —dije.

—¿Es tu trabajo hacer algo?

—¿Quién lo va a hacer si no?

Por Dios, esperaba que me diera una buena respuesta, pero solo suspiró y respondió:

—La policía, Nor. Si Becca no vuelve pronto tendrán que involucrarse. —La voz le bajó diez tonos—. No es que yo tenga demasiada fe en la de Palmetto.

Me vine abajo.

—¿Por lo que pasó con su madre? —pregunté.

—Bueno, sí. Eso y... ¿recuerdas que te conté lo de Logan Kilkenny?

—Puede ser. —Pensé en ello.

—Era un compañero de mi clase que desapareció en último curso. Era buen chico y caía bien. Sacaba buenas notas, jugaba al baloncesto y participaba en los musicales. No era el típico chico que desaparecería porque sí. —Frunció los labios—. No digo que haya un tipo de chico que haría tal cosa.

—Sí, sé a lo que te refieres.

Kurt Huffman era ese tipo de chico. Luego me di cuenta de que mis compañeros de clase dirían lo mismo sobre Becca.

—Bueno —siguió—. Los policías concretaron que se había escapado de casa y que no se movilizarían. Tardaron años en tratarlo como un caso de desaparecido y en buscar de verdad. Lo que más recuerdo de mi último año de instituto es el sentimiento de pesadez. Paranoia. Todo el mundo preocupado, elaborando teorías y peleas en los pasillos. Entonces era distinto, no vivíamos en internet. —Puse los ojos en blanco—. Todo lo que teníamos que pensar era en lo que teníamos delante.

—Jamás lo encontraron, ¿no?

—No.

Fue un no muy corto. Parecía arrepentida de haber sacado el tema. Cuando dejó de hablar, crucé la sala hasta quedarme mirando el frigorífico.

—Y, ¿por qué estás aquí a oscuras?

—Por si hay mirones —respondió sin más.

—¿Cómo? —dije sacando las sobras del pudin de pan.

Hizo un sonido de descontento y cerró el ordenador.

—Enciende la luz y ven a sentarte.

Le di al interruptor y me senté con el pudin. Mi madre me miró fijamente.

—Ha habido gente curiosa curioseando por aquí. Diferentes coches en el callejón. Y hace un par de horas he visto a una chica sacando el móvil por la ventanilla, haciendo un vídeo. Se dirigía a la puerta trasera de los Sebranek. Ahí ha sido cuando he apagado las luces.

—Puf. ¿Has llamado a la señora Sebranek?

—Se están quedando fuera del pueblo por un tiempo. Pero le prometí a Rachel que le vigilaría la casa, así que he llamado a la policía. Me han dicho que enviarían un coche patrulla.

Miré el espacio entre las casas, con estrechos parterres a los lados.

—¿Qué es lo que la gente cree que va a encontrar? ¿Alguna valiosa pista tirada por el suelo?

—Creo que tenemos que ser realistas. —Sonó cansada—. Es normal que a la gente le dé curiosidad lo que está pasando.

El pudin de pan no sabía a nada. Continué hundiendo el cubierto igualmente. Cada cucharada me llenaba un poco más aquel espacio vacío que tenía entre las costillas.

—Claro. Lo sé.

—Me refiero en general, no solo a esos idiotas. Aún… Aún tengo muchas esperanzas de que Becca volverá pronto. De que simplemente está por ahí esperando a que se le pase el enfado con Miranda. Pero con lo de los otros estudiantes… Esa es la historia que verá la gente. Y no quiero que tu nombre forme parte de esa historia.

La cuchara arañó el fondo del plato. Me lo había comido entero.

—¿Mi nombre? ¿Por qué mi nombre formaría parte de esa historia?

Me lanzó una mirada de desesperación.

—Eres la mejor amiga de Becca desde primaria. Tú estabas allí, en su casa, la noche que… la noche que se fue. ¿Cuánta gente sabe eso?

Apoyé la cuchara en la mesa y sentí unas náuseas repentinas.

—Solo Miranda. Pero seguro que Cat ya lo ha ido gritando a los cuatro vientos.

—No, qué va —dijo con brusquedad—. He hablado con tu hermana. Ya sabe que me volvería loca si algún periodista de mierda intentara incluirte en la historia.

—Mamá.

—Vaya, qué puritana. —Hizo como que echaba una moneda en un falso tarro de los insultos.

Miré hacia abajo. Estaba reticente a romper la confianza de Becca y hablarle a mi madre del rastro de migas que me había estado dejando, pero necesitaba contarle algo de la verdad.

—Tengo la sensación de que está intentando decirme algo —dije con cautela—. Como… Bueno, vale, está haciendo lo de siempre, pero creo que quiere que yo averigüe lo que está pasando. Y me siento *atascada*. No sé dónde me, cuándo me… —Se me cortaron las palabras.

—Nora —Mi madre me puso la mano sobre la mía—. Te escucho. De verdad. Pero necesito que te prepares. Esto no son los noventa. Y no es solo un chico. Son tres estudiantes de la misma escuela. Esto podría acabar muy mal.

CAPÍTULO CATORCE

Tenía razón. Por supuesto. Busqué en internet y no había nada todavía de las desapariciones, pero solo era cuestión de tiempo. La historia no tardaría en dejar de ser solo nuestra.

Necesitaba pensar. Necesitaba empezar a averiguar cosas ya, antes de que las ideas de los demás destronaran las mías. Pero todo el material de trabajo que Becca me había dejado eran piezas de nuestro pasado. La fotografía, la rima de la cuerda, la navaja... *me voy a jugar al juego de la diosa.* Si ahí había alguna explicación, yo no la veía.

Tenía el ordenador abierto. Pensé un segundo y luego escribí *logan kilkenny palmetto.* Sentía curiosidad por aquel «buen chico» que fue compañero de clase de mi madre y que jamás apareció. Afortunadamente, el periódico del instituto tenía versiones antiguas escaneadas, porque no encontré nada. Me aproximé para leer el PDF borroso del artículo sobre su desaparición.

En octubre de 1994, Kilkenny condujo con su novia y otra pareja hasta el baile de bienvenida celebrado en el gimnasio del PHS. Según algunos amigos, se fue al baño y nunca regresó. Ninguno de los adultos que vigilaban las salidas lo vio. Eso tampoco significaba nada, ya que esos adultos no eran precisamente guardias entrenados. Pero aun así, resultaba inquietante que la escuela fuera el último lugar en el que fue visto. Leí dos veces el artículo y luego estudié la foto de clase que lo acompañaba.

Logan Kilkenny era extremadamente guapo incluso en blanco y negro. Era moreno de cejas y de pómulos pronunciados. Tenía una sonrisa cerrada, pero genuina. Solo con mirarlo se me revolvía el estómago.

No sabía muy bien el porqué. Sí, tenía un corte noventero horrible (partía del centro y le caía por encima de las orejas) y su collar de hoja de marihuana se veía mugriento, pero se merecía un respiro, ¿no? El chico no tuvo el mejor de los finales.

Aun así, no me gustaba mirarlo y me pregunté si de verdad era un buen tipo como decía mi madre.

Busqué un poco más, pero no vi nada interesante. Luego, llegó mi padre con pizza y cerré el ordenador.

CAPÍTULO QUINCE

Horas más tarde, cenada y habiéndole echado una ojeada a los deberes, seguía pensando en Logan Kilkenny: llevaba treinta años desaparecido y, viéndolo con retrospectiva, parecía estar ya condenado en aquella foto. ¿Cómo me lucirían las fotos de Becca en unos años? ¿Y las de Chloe y Kurt?

Me acordé de la foto que había encontrado en su taquilla y la saqué de la mochila para volver a mirarla. Quizás hubiera escrito algo por detrás que pudiera darme alguna pista.

Cuando la sostuve, me di cuenta de algo: no era una foto, eran dos. Ligeramente pegadas, como si las hubiera juntado antes de que se secaran del todo. Mientras despegaba la de arriba, sentí que se me hundía el pecho. Sabía lo que se escondía.

La única de las diosas que deseé no haber creado nunca.

El día que salté al agua, solo hizo que se estrechara el vínculo entre Becca y yo. Y el proyecto de las diosas que empezamos poco después nos condujo aún más adentro del túnel que era nuestro mundo privado.

Leímos todo lo que encontramos sobre mitos de la creación, invocaciones y culto pagano. Nos encantaba descubrir que había dioses de cosas tan específicas como el silencio y tan grandiosas como el mar. Una diosa podía envolver el cosmos con los brazos u ocultarse en forma humana.

Pero nadie había creado diosas para las cosas que estábamos viviendo, ni para las que estábamos sintiendo. Y pensamos: si puede haber una diosa de la fiebre, una diosa de las bisagras, una diosa para cada hora del día e incluso un dios de la caca, literalmente, ¿por qué no una diosa de los *crushes*, de las mentiras piadosas o de la medianoche?

Nuestro libro de diosas permitió incrementar el talento de Becca. Y la creación de mitos canalizó mi obsesión por las mentiras. Así pasamos dos felices años. Luego, en la primavera de séptimo curso, un día entre semana poco después de las nueve de la tarde, atropellaron a la madre de Becca mientras volvía en bici de los almacenes Target.

El padre de Becca colocó una bicicleta fantasma en el lugar donde fue arrollada, a unos 400 metros de su casa. Una *cruiser* de tres velocidades pintada de blanco y encadenada a una señal de ceda el paso.

Los recuerdos que tengo de los siguientes días están en blanco y negro, cubiertos de restos de mal sueño, pena y confusión. Me acuerdo del llanto desconsolado de mi madre al recibir la llamada y de la mirada estoica de mi padre, acompañada de lágrimas que le caían por la cara. Y esos son los que me atrevo a recordar. Hay algunos de Becca que, todavía, no puedo ni tocar.

Debido a una combinación de negligencia y de la nefasta buena suerte que tuvo el conductor, no quedó ninguna grabación del coche que atropelló a la señora Cross. Más adelante, habría una demanda que llevaría al señor Cross a recibir un acuerdo económico y que depositaría directamente en un fondo de inversiones para su hija. Pero a Becca eso le daba igual. No era dinero lo que quería.

Dos meses después de la muerte de su madre, Becca me dijo que quería añadir una nueva diosa al panteón. Una que podría actuar donde la policía había fracasado.

Teníamos doce, recuerdo. Demasiado mayores para tal convicción mágica. Ya habíamos dejado atrás la creencia de que podíamos moldear el mundo a nuestro antojo. No creí que Becca dijera una cosa así a la ligera, pero tampoco podía ir en serio. ¿No?

Sabía que era una mala idea. Una idea que pondría en peligro aquello a lo que nuestros padres se referían como el *proceso de sanación.*

Para Becca, la línea entre lo real y lo irreal siempre había sido muy fina. Eso es lo que la convertía en una buena fotógrafa y en una incansable compañera de juegos. Pero incluso yo catalogué como poco sanadora la idea de crear una deidad que empujaría a un asesino real ante la justicia. Las diosas eran las protectoras de nuestro mundo, no del mundo real. Eran un proyecto artístico que nos permitía disfrazarnos, jugar a imaginar y alargar al máximo nuestra infancia.

Pero habría hecho cualquier cosa por ella. Cualquier cosa que me hubiera pedido.

Esta nueva diosa fue diseñada, por supuesto, por Becca. Ella tenía la visión y yo la ayudé a llevarla a cabo. Le pinté las facciones de blanco, como la bicicleta fantasma. Me indicó que le dibujara penetrantes puntos negros sobre los párpados, formando los dos núcleos de una mirada malvada. Donde su boca y de un rojo absoluto, le tracé una línea afilada en forma de gajo, semejante a la curva de una daga. Incluso en blanco y negro, se percibía la intensidad del rojo. Tardé siglos en darle a su pelo el aspecto de ardiente corona que me pidió.

La llamamos la diosa de la venganza.

Después de conseguir la foto que quería, Becca dispuso un trío de velas en la base de nuestro árbol. Las encendió con la mano izquierda, y con la derecha prendió una foto de su madre por cada llama: una de adolescente, una embarazada a los treinta y otra recostada sobre el señor Cross con una Becca bebé en brazos.

Quería preguntarle si eran las únicas copias que conservaba. Si algún día se arrepentiría de haberlas quemado sin ningún motivo, pero no tuve la oportunidad.

Tres días después, el señor Cross recibió una llamada. Habían encontrado a la conductora que mató a su esposa. Su nombre era Christine Weaver. Era una mujer de cincuenta y cuatro años residente de Belle Pointe, un barrio periférico cercano. Quince minutos antes de estrellarse con la bicicleta de la señora Cross, se encontraba pagando la cuenta en un bar del centro de Palmetto. La policía concluyó que fue ella, no por eso, sino porque su marido lo confesó al hablar con los oficiales de otro asunto.

Habían llamado a la puerta para preguntar por otro accidente. No habían pasado ni setenta y dos horas desde que consagramos a la diosa de la venganza y el coche que mató a la madre de Becca se detuvo en un cruce de trenes. O tal vez su asesina lo estacionara allí fruto de un terrible sentimiento de culpa o de embriaguez, o, o, o. El tren de carga que la golpeó no descarriló, ni se incendió. Partió el coche en dos y lo arrastró hasta 800 metros de la escena. Christine Weaver fue la única víctima.

No le contamos a nadie lo de la diosa. Mis padres solo supieron que lloré y lloré. Que me escapaba a su cama por las noches. Allí, arropada por los suaves ronquidos de mi madre y el ruido del aparato para la apnea de mi padre, mis pensamientos se elevaban sobre nuestras cabezas en una vasta nube de interrogantes. Y de miedo, al imaginar mi propio poder.

Una vez, los escuché hablar del tema.

—No me da pena la mujer, ni lo que ha pasado. Es justicia poética —dijo mi madre.

—Yo no lo llamaría poética —replicó mi padre.

—Ya sabes a lo que me refiero. —Sonó irritada. Luego, dijo—. Nora lo está llevando muy mal.

—Es demasiado joven— contestó mi padre—. Primero el accidente y ahora esto. Una brutalidad muy fortuita, dos veces. ¿Cómo se supone que nos va a creer cuando le digamos que la podemos proteger?

Brutalidad fortuita, me repetí. *Brutalidad fortuita.*

Y sabía que era... Eso, fortuita. Pero una cosa es pensarlo con la cabeza durante el día; y otra es pensarlo con el estómago y el sistema nervioso, despierta a la una de la madrugada.

Por supuesto que la muerte de su madre había cambiado a mi mejor amiga en mil aspectos. Los propios hechos, las circunstancias, la manera en la que la gente la trataba cuando se enteraban...

Pero la pérdida no fue lo único que la cambió. Yo era la única persona que conocía la pieza que faltaba. Una parte de Becca creía fervientemente en lo que yo no podía creer. En lo que yo me negaba a creer: que la vengativa deidad que habíamos creado había actuado en nuestro nombre, llevando su sagrado pulgar hacia abajo y guiando a una mujer hacia el camino de la muerte.

CAPÍTULO DIECISÉIS

Escondí las dos fotografías entre las páginas de uno de mis libros de ilustraciones y me acosté en la cama.

Las dos imágenes enmarcaban el horrible paisaje de las pérdidas de Becca. Una creada para salvar a un pariente, y otra para vengarse de alguien. Pero ¿qué era lo que me quería decir al dejármelas? Era su forma exasperante de decirme algo; de guiarme a algún sitio. Solo tenía que pensar.

En mi cuarto, el ambiente vibraba con cosas a medio hacer que me habían importado una semana antes. Dos novelas con marcapáginas en la mesita de noche; un cuaderno de redacciones lleno de comienzos de historias que algún día terminaría y una hilera de ventanas abiertas en mi ordenador (información de universidades, la página web de la FAFSA y listas de cursos de escritura creativa).

Cerré los ojos y lo aparté todo. Todos mis miedos y los de mi madre. Escuché el dulce «buenas noches» de mi padre desde la puerta y el ruido de mi hermana al llegar tarde. Subió las escaleras a pisotones hasta quedarse rondando la puerta de mi cuarto. ¿Qué era lo que me tenía que decir? Dio igual. Nunca llamó. Aparté eso de mi mente también.

Desenrollé en mi cabeza un mapa negro. Un mapa en el que marqué los lugares cruciales de Becca. Punto por punto, formaron una torcida, pero radiante constelación.

Nuestras casas. El cuarto oscuro. El patio de juegos y el bosque donde solíamos jugar. Y los lugares en los que le gustaba hacer fotografías.

Con indecisión, marqué también los lugares donde habían desaparecido Chloe y Kurt: la casa de los vecinos. Y el cementerio.

Ahí fue donde mi atención se detuvo. La ciudad durmiente de los muertos, vigilada por el Ángel Sin Ojos. El mármol resplandeció las paredes de mi mente. Luego, brilló más y más, opacando el resto del mapa, hasta que parpadeó y estalló como una bombilla vieja.

Me incorporé jadeante. Cuando miré el teléfono, había pasado una hora y media desde que había cerrado los ojos. Me había dejado dormir. Debí sumergirme en un sueño, porque me quedaba una imagen residual de Kurt Huffman deslizándose el abrigo por los hombros, bajo las desplegadas alas del ángel. Aquella visión onírica era de una definición tan alta que parecía irreal. Pude ver las sombras bajo sus ojos y el gesto de insatisfacción de su boca.

Tuve la extraña e intensa sensación de que, si me levantaba e iba al cementerio en aquel preciso momento, me encontraría a Kurt esperándome.

Era una idea ridícula. Así que no me paré a pensar, pero sí me moví. Abandoné la cama y me puse la ropa. Salí por la puerta trasera, por la hierba. Mi bicicleta tenía un pinchazo, así que me decidí por la bici de Cat llena de telarañas y la saqué de la cálida y maloliente oscuridad del cobertizo del jardín.

La noche era más agradable de lo que había sido el día. La nieve había construido parapetos a lo largo de los bordillos y la carretera era una franja negra y mojada. El viento traía un olor silvestre y me azotaba el pelo mientras descendía la calle bajo una luna de cuento.

Pedaleaba cada vez más rápido, como si escapara de algo, como si quisiera dejar atrás una parte de mí. Me sentía más cerca de Becca de lo que me había sentido en todo el día. La notaba a mi lado, sonriéndole a aquella luna del color de la calabaza.

La gruesa rueda frontal de la bici de montaña de mi hermana se comió el reluciente asfalto hasta llegar a la base de la colina Liberty. Allí, hice una pausa y sentí que me alcanzaba aquello de lo que, supuestamente, estaba huyendo.

El cementerio me estaba esperando en la cima de la colina y veía sus límites oscurecidos por matorrales espinosos recubiertos de nieve endurecida. Respiré hondo y comencé el ascenso. Cuando llegué arriba, las puertas estaban abiertas. No demasiado. Lo suficiente como para poder colarme. Apoyé la bici sobre el hierro forjado y me adentré.

Becca y yo pasábamos allí el rato a veces, como muchos niños de Palmetto. Tras sus puertas, había infinidad de sitios donde esconderse y hacer todo lo que no podías hacer en casa. En el centro del cementerio, se encontraba el frío y blanco punto en torno a lo que todo lo demás giraba: el Ángel Sin Ojos. Alas desplegadas, palmas abiertas, cabeza caída y sinuosos rizos de piedra que enmarcaban una cara de romano. Bajo sus pálidas cejas, tenía dos inquietantes cuencas vacías. Se decía que había tenido dos esferas agrietadas de zafiro incrustadas, en honor a los ojos azules de la mujer difunta a la que lloraba. No tardaron en arrancárselas, por supuesto.

El Ángel era madre de un sinfín de historias de miedo y el centro de incontables desafíos. Todo el mundo que ha venido aquí, en algún momento, ha escalado la estatua con el corazón acelerado para estrecharle los dedos de piedra. Si salían lágrimas de sus cuencas vacías, la persona que le estaba dando la mano estaba condenada a morir joven.

Me encontraba aún un poco lejos del Ángel. Solo podía verle las puntas de las alas. Luego, pude ver la base del mausoleo. Había llegado hasta allí con la esperanza de encontrarme a Kurt esperando. No obstante, vi una figura con un abrigo negro agachada frente a las rígidas puertas del mausoleo y me sobresalté. Me pareció ver una ráfaga de partículas brillantes pasar por delante de mis ojos.

La figura se irguió. No era Kurt. Era Madison Velez.

Llevaba otro vestido negro, cubierto de una capa de encaje que le caía hasta las manos y le rozaba la parte alta de las botas. Su boca era de un rojo impecable y estaba flanqueada por ese tipo de hoyuelos que se te marcan aunque no estés sonriendo. Madison no sonreía. Me observó aproximarme con una postura tan agarrotada y recelosa que parecía que iba a salir corriendo en cualquier instante. Cuando me acerqué lo suficiente, pude ver su mirada de acero.

—Me estás siguiendo.

—Pensé que Kurt estaría aquí —contesté sin pensar.

—¿Cómo? ¿Por qué? —dijo retrocediendo.

—Lo siento —respondí negando con la cabeza—. He tenido un sueño rarísimo. Soy amiga de…

—Sé de quién eres amiga. —Me examinó con los ojos—. Entonces, es verdad lo de Rebecca Cross. ¿Sabes qué ha pasado? ¿Estabas allí?

Mi madre hubiera querido que respondiera que no. Pero había un tono de dolor en las preguntas de Madison que no pude ignorar.

—Creo que llegué justo antes de que se escapara.

—Así que no lo viste. No tuviste nada que ver.

Solté una risa amarga y dije:

—No he dicho eso.

Relajó la postura e hizo un gesto señalando la cosa que había en frente de las puertas del mausoleo, casi invisible a la luz de la luna. Un tablero de Ouija fabricado con una finísima madera y con el puntero blanco posado sobre el ADIÓS.

—He intentado hablar con él —dijo—. Pero no ha habido suerte.

—Uh —solté involuntariamente—. Dios. Entonces crees que… puede que él…

—No —gruñó. Luego su cara furiosa se arrugó—. No lo sé.

Me retorcí. Me sentía como Tracey Borcia y la señorita Ekstrom, y como todos esos curiosos que mendigaban información que nada tenía que ver con ellos.

—Entonces… ¿por qué el tablero de Ouija?

—No lo sé —repitió destrozada—. Solo sé que lo que pasó es imposible. Porque lo que ocurrió fue que se desvaneció a poco más de diez metros de mí.

Miré al andrajoso amasijo de piedras y mausoleos olvidados que nos rodeaba, cubierto de nieve derretida. Me dio la sensación de que había muchísimos lugares en los que una persona podía desaparecer allí.

—Y ¿no podría haberse…?

—Me enfadé cuando se largó. —me cortó con un ánimo repentino, poniéndose de puntillas—. Porque siempre hace lo mismo, ¿sabes? No pensaba seguirle, pero luego… —Levantó la barbilla—. Empezó a nevar. Y era raro, porque no había ni una nube. Cuando miré hacia arriba, fue como estar dentro de una bola de nieve. El cielo estaba completamente negro y cada uno de aquellos copos de nieve caían de la oscuridad absoluta. ¿Te diste cuenta de eso?

Se me proyectó la imagen de mí misma de pie en la calzada nevada de la calle de Becca, congelada de frío. Aquel fue el momento en el que una especie de trance anticipatorio se apoderó de mí.

—No estoy segura. No lo creo —contesté.

—Hay un nombre para eso, para cuando cae nieve de un cielo despejado. Se llama polvo de diamante. —Sonó melancólica—. Precioso, ¿no? Me lo dijo Kurt. Es un friki de la meteorología. Entonces, lo sentí como una señal, ¿sabes? De que las cosas se arreglarían entre los dos. Pero no lo encontraba. Al principio, pensé que se estaba quedando conmigo, pero cuando llegué al Ángel supe que algo iba mal. El aire sabía y olía mal, y se había dejado el abrigo. ¿Sabes cuántas horas tuvo Kurt que trabajar en la tienda de Verizon para comprarse ese maldito abrigo?

—No —dije en voz baja.

—Yo estaba aquí de pie. Kurt ya no estaba. Miré arriba hacia el Ángel Sin Ojos y pensé en el pobre y viejo Alexander Petranek.

Petranek era uno de los dos cuerpos enterrados bajo el Ángel. Según la historia, su novia murió a los diecinueve. Le encargó al Ángel el trabajo de honrarla y se colaba allí cada noche para velar su cadáver. Hasta que una mañana, las puertas quedaron atascadas y pereció a su lado.

—Me acordé de lo que le pasó a él y supongo que me volví loca —dijo—. Empecé a gritar y a golpear las puertas del mausoleo como si Kurt estuviera ahí.

Madison cerró suavemente los puños y me los enseñó. Los tenía llenos de moratones de un azul oscuro.

—Pero no está ahí —dijo con rotundidad—. No está en ningún sitio. ¿Y quién se cree eso? Ni siquiera *tú* te lo crees. —Rizó los labios—. Nora Powell, la mentirosa compulsiva de la escuela de primaria de Palmetto.

—¿Qué demonios? —exclamé poniendo una cara.

—Perdona. —Sacudió la mano en el aire, como si así pudiera borrar las palabras—. Mira, estoy acostumbrada a cubrir a Kurt. A intentar convencer a la gente de que no es como parecer ser. Todo el mundo está cansado ya de oírlo. Nadie me escucha cuando les digo que lo que pasó no es posible. Ni siquiera mis padres. Y la madre de Kurt... Mejor no me hagas hablar. —Escupió al suelo, literalmente—. Así que no. No creo que Kurt esté muerto, y no sé lo que estoy haciendo, pero estoy intentando hacer *algo.* ¿Y tú?

—¡Pues claro que sí! —dije demasiado alto—. Pero lo de Becca es diferente. Ella no ha desaparecido, ella se ha escapado. Se fue por mi culpa. Porque las cosas no estaban muy bien entre nosotras.

—¿Te crees que las cosas entre Kurt y yo no estaban complicadas? Había sido mi mejor amigo en el mundo hasta que se enamoró de mí. Se ha pasado los últimos dos años castigándome por no corresponderle. Ni siquiera llegó a pedirme salir ¿sabes? Se odia tanto a sí mismo que pasó directamente a ser un miserable. —Se quedó mirando al suelo, flexionando sus manos amoratadas—. Pero Kurt casi no tiene familia. Todos sus amigos son míos en verdad. Si yo lo abandono, no le quedará nadie.

Su expresión formaba una mezcla de agotamiento e insolencia. Una mirada tan familiar que me cortó la respiración. A veces, era difícil recordar que yo no era la única que se sentía revuelta por dentro, la única que arrastraba un ovillo de lana de extrañeza, tristeza y un ansia insaciable.

—Sí... —dije—. Lo entiendo.

Había un pequeño banco para las lamentaciones enfrente del mausoleo. Me tambaleé hasta sentarme.

—Becca me dijo una cosa antes de irse. Hace dos semanas. Como he dicho, hacía tiempo que no nos hablábamos, pero me buscó en los pasillos. Señaló a Kurt y me dijo... Me dijo que no me acercara a él.

—¿Te piensas que no llevo escuchando esas cosas todo el día? —preguntó tensa—. Kurt es un chico. Rebecca y Chloe son chicas. No es la primera persona de la escuela a la que no le cae bien. Es una persona callada. Los que no lo conocen no lo entienden.

Me moví con incomodidad. Kurt era un tanto extraño. Tenía una mirada pálida y vigilante y una vibra de Señor Celofán del musical *Chicago*. Me di cuenta, de repente, de que no había pensado en absoluto en la posibilidad de que Kurt le hubiera hecho algo a Becca. Pero sería raro, ¿no? Incluso sabiendo que ella tenía información que le comprometía, no se me había pasado por la cabeza. En un momento de confusión, llegué a pensar en si ella le habría hecho algo a *él*.

—No estoy diciendo que él le hiciera nada —dije—. Pero vaya casualidad, ¿no? ¿Hay algo que ella supiera de él que...?

—Tu amiga se ha escapado —me cortó una vez más—. Eso es lo que tú has dicho, ¿no? Además, si me hubieras escuchado, sabrías que Kurt estaba aquí. Desapareció aquí. Él no tuvo nada que ver con ella.

—Claro, no he dicho lo contrario. Francamente, lo que intento...

—*Para.* —Se llevó las manos a las orejas como una niña pequeña—. He venido aquí para estar sola. He venido para pensar en mi amigo, no en lo que otras personas piensan de él. Quiero que dejes de seguirme, ¿entiendes? Quiero que me dejes sola.

—Entendido. —Asentí.

Madison parpadeó como si esperara que yo siguiera la discusión. Luego lanzó un suspiro, largo y lento, y la boca se le emborronó detrás del vaho.

—Mira, lo que pasa es que estoy triste. Y muy cansada. —Cerró los ojos—. Mi estúpido plan no ha funcionado. Me voy a casa a pensar en más planes estúpidos.

—Buena suerte. De verdad.

—Igualmente —dijo con una sonrisa afligida—. Pero en serio, no me sigas más.

Mientras se iba, me di cuenta de lo ridículas que estábamos siendo. Las dos por ahí de noche en el lugar donde Kurt, según Madison, se había esfumado. Pero no me atreví a llamarla.

Cuando se fue del todo me levanté y miré por última vez el mausoleo.

Me acerqué y extendí la mano hacia los dedos ligeramente estirados del Ángel. Cuando me giré para verlo, vi la luz de la luna reflejada en las cuencas hundidas de sus ojos. Parecían llenas de lágrimas.

Agaché el brazo sin hacer contacto visual y corrí rápido hacia la bicicleta.

CAPÍTULO DIECISIETE

Tras mi salida nocturna, estaba convencida de que soñaría con más cementerios lúgubres.

En lugar de eso, perdí la conciencia y aparecí en una sala de techo alto llena de decoración barata y cuerpos en movimiento. El gimnasio del PHS, repleto de sudor, risas, desodorante de fresias y una música ensordecedora.

Estaba en medio de una multitud de bailarines. A través de ellos, vi a un chico saltando en camisa blanca de camarero. Tenía la corbata desatada y su pelo de *skater* se le pegaba a las mejillas. En la fotografía que había visto estaba en blanco y negro, y no me gustaba. En mi sueño, el pelo marrón de Logan Kilkenny estaba decolorado por el sol y había algo raro en su rostro.

No eran sus facciones. No era su expresión. Aquella rareza colgaba de él como una sombra estampada que deformaba lo que había debajo.

Lo vi llevarse dos dedos a la boca y hacerle el gesto inquisidor de un cigarrillo a una chica guapa junto a él. Ella negó con su rubia cabeza y siguió bailando.

Entonces, Logan se movió en mi dirección entre la gente con actitud regia. Un movimiento de cabeza por aquí, un apretón de manos por allí. No me vio mirarle, ni siquiera cuando pasó a mi lado. Le seguí el rastro hasta la puerta doble.

Fuera del gimnasio, hacía fresco y había un silencio relativo. Una chica llorando, una pareja besándose y un chico sentado en el suelo aún con el abrigo puesto. Yo parecía un fantasma de la poca atención que me prestaban. Puede que fuera un fantasma. Había un profesor reclinado en una silla plegable, con los ojos y brazos cerrados, que bloqueaba las puertas al estacionamiento.

Pero el pasillo que llevaba a la parte vieja de la escuela no estaba supervisado. Logan se fue por ahí.

Estaba a sus espaldas. Caminando, flotando, soñando, pero lo sentía muy real. Lo vi sacarse un paquete de cigarrillos de un bolsillo del pantalón y un encendedor del otro. Se dirigía a las escaleras del departamento de artes. Las empezó a bajar y…

Sonó la alarma y me arrancó del sueño como a una garrapata.

Miré boquiabierta al techo con una respiración agitada. El sueño aún no se había desvanecido. Todo se mostraba con claridad, como si lo acabara de ver en una pantalla. La puerta se abrió y proferí un grito.

Papá se quedó en la entrada. Parecía tan grande y soñoliento como un oso en primavera.

—No son ni las seis, hija. Apaga la alarma.

—Uh, mierda. Digo… perdón. —Agarré el teléfono y toqueteé la pantalla hasta que se quedó en silencio—. Lo siento.

—¿Estás bien, cielo? —preguntó frotándose la barba.

—Bien. Sí.

Le sonreí hasta que retrocedió y cerró la puerta.

Tenía que levantarme ya si iba a verme con James. Pero me quedé mirando al techo, pensando en la foto del periódico de Logan Kilkenny y en el sueño tan vívido que me había proporcionado. Seguramente, hubiera mezclado la imagen con una comedia romántica de los noventa de bajo presupuesto o el videoclip de *Smells Like Teen Spirit*.

Me di una ducha. El sueño se me había pegado a la piel como una capa de aceite. Cuando salí, el espejo estaba empañado, así que me acerqué para limpiar el cristal.

Y paré. El vaho me transformó la cara en un mosaico uniforme de luz y oscuridad. Bajé la mano y me aproximé. Las sombras bajo mis ojos se expandieron de una forma desconcertante. Y mi boca, o lo que fuera aquella negrura en el cristal, esbozó una sonrisa.

Retrocedí y me toqué los labios.

Estúpida. Apenas podía ver mi reflejo. Descolgué la toalla del gancho y me fui al cuarto a secarme.

No tuve tiempo para comer. Conduje hasta la escuela con el pelo húmedo y el estómago rugiendo. A las 06:35 a. m., aparqué junto al coche color mostaza de James.

Pensaba que íbamos a vernos en el laboratorio, pero lo encontré esperándome apoyado en la pared, pasado el mostrador de vigilancia. Le quedaba demasiado bien ese conjunto hortera que casi nadie más podría lucir. Parecía que se había caído en una acequia hacía veinte minutos y se había puesto unos zapatos. Pero olía a limpio, incongruentemente. A lirios. Llevaba un vaso de cartón en cada mano y eran de aquel sitio bueno del centro. Me ofreció uno.

—Traigo uno negro y uno con azúcar y crema. No sabía cómo te gustaba. Voy todas las mañanas allí, igualmente —añadió con rapidez, como preocupado por si pensaba que aquel café venía con intenciones.

Escogí el de azúcar y crema.

—Gracias. No sabía que estaban abiertos a estas horas.

—No lo están. Solo que me conocen porque vivo cerca.

—Ah —dije por cortesía. Me imaginé al alegre camarero que abría la tienda solo para darle a James Saito su café matutino—. Así que, ¿vives por el centro?

—Sí. En Palm Towers.

Le di un sorbo al café y deseé que llevara más azúcar.

—¿Palm Towers? Pensaba que eso era una…

—Una comunidad residencial para ancianos, sí. Me faltan casi cincuenta años para vivir allí de forma legal. Mi abuela vive allí. Es la primera vez que rompe con la ley.

—Genial —dije intentando esconder mi sorpresa.

—Sí, la verdad. Mira esto. —Levantó la mano y la giró hasta que un brazalete de metal amarillo salió a la luz—. Lo gané el viernes pasado en el bingo. Era esto o un modelo de plástico de una moneda gigante, a la cual yo no le veía la gracia. Aunque mi abuela se enfadó. Ella quería la moneda.

—Era una elección difícil —murmuré.

Me di cuenta de que James era un chico nervioso y los nervios lo volvían parlanchín. Había asumido que era demasiado *cool* para que le pasara tal cosa.

Aparte, tampoco me esperaba que ocupara sus noches de viernes en un bingo con un grupo de señoras mayores con viseras verdes. La percepción que tenía de él no paraba de cambiar.

—¿Vamos a...? —señaló con la cabeza en dirección al ala de artes.

Cada paso que dábamos hacía retumbar el eco en el pasillo. Hablé durante todo el camino, porque yo también era una parlanchina nerviosa.

—Así que... ¿vienes aquí tan pronto todos los días?

Asintió.

—Así es como Becca y yo nos empezamos a ver. Siempre estábamos los dos solos.

Tenía sentido. A su manera, James parecía igual de reservado que Becca. No me sorprendía para nada que les hicieran falta muchas horas de silencios a solas en el laboratorio para entablar la amistad. O lo que fuera que había entre ellos, pensé mirándolo de perfil.

Pasamos por las puertas cerradas del gimnasio que, visto desde las rejas de las ventanas e iluminado solo por las luces de seguridad, parecía un mar profundo y anaranjado. Por un instante, lo vi como en mi sueño. A rebosar de música y globos de helio. Miré a otro lado.

—Esto da miedo a estas horas —dije.

—Lo sé. Y aún más desde que Becca me habló de toda la mierda que ha pasado aquí.

Las luces fluorescentes sonaban como insectos sobre nuestras cabezas.

—¿Toda la mierda?

—Lo que pasó con el chico que desapareció. Y la chica que murió aquí ya hace tiempo.

—La chica que murió —repetí—. ¿En el instituto?

—Sí. En los sesenta, creo.

Paré de caminar por completo.

—¿Becca te ha contado todo eso?

James también paró.

—Sí. ¿Es… raro, o algo?

Fruncí el ceño y recordé la historia de fantasmas que nos habían contado hacía siete años, la de la chica que murió allí décadas atrás y se convirtió en diosa. Jamás había considerado la posibilidad de que estuviera basada en algo real.

—¿Cómo se llamaba la chica?

—Becca no me lo dijo.

—¿Te contó cómo murió?

—La encontraron en el baño, con… No sé, ¿con metacualona? Con algún tipo de droga de los sesenta. Se declaró que había muerto por sobredosis, pero Becca me contó que decían que eso era mentira. Había… Decían que la chica tenía marcas alrededor de la boca. Como si alguien le hubiera tapado la boca con cinta. —Se retorció—. Y luego se la hubiera quitado.

Sentí un estallido de dolor en el cráneo, como si una mano caliente me acunara la cabeza.

—Eso no puede ser verdad. La policía se habría dado cuenta.

—Seguro que se dieron cuenta —dijo sin emoción y lo miré unos segundos.

—Qué retorcido. ¿De dónde se sacó esa historia?

—No me lo dijo. Me parece raro que la gente no conozca la historia. No hace tanto tiempo de los sesenta.

—Supongo. —Le di un sorbo al café.

Seguramente, aquella historia no estaba relacionada con la del cuento del juego de la diosa. Puede que ni siquiera fuera real. Pero Becca se la creyó. No se lo habría contado a nadie si no. Cuando llegamos a la media escalera del pasillo de artes, tuve una corazonada. Si era verdad que una chica había muerto en ese entonces, habría ocurrido ahí abajo, en las aulas originales de la escuela.

Un sonido estalló y rompió el silencio. Venía del laboratorio de fotografía, el cual aún no veíamos. Era una voz de mujer, tan estática y confusa que no se entendía ni lo que decía. James y yo compartimos una mirada de sobresalto y bajamos las escaleras haciendo un ruido estrepitoso. Nos detuvimos justo abajo.

La profesora de fotografía, la señorita Khakpour, estaba sentada en el suelo con las rodillas flexionadas y apoyada en la puerta cerrada del laboratorio. Cuando nos vio, maldijo en voz baja. Nunca había escuchado antes a un profesor hacer eso.

—James, lo siento. —Su pelo negro estilo Cleopatra y casi siempre impecable tenía la forma de una ondulada aureola—. No puedes estar aquí ahora mismo.

El laboratorio estaba cerrado y oscuro, pero salía luz del estudio de pintura de al lado. James lo señaló con la cabeza.

—¿Qué está pasando? ¿Está el señor Tate ahí?

Tate era el profesor de pintura y el estudio era su dominio, pero Khakpour se sobresaltó al oír su nombre.

—No —respondió con sequedad.

Aquella especie de grito estático volvió a salir del estudio y me retumbó en las articulaciones como caramelos Pop Rocks. Conocía ese sonido. Era una radio de policía. Me dirigí hacia ella, pero la señorita Corbel apareció en la entrada y me lo impidió.

Corbel era la jefa de estudios, cabeza de todo el PHS. Los mechones grisáceos de su pelo estaban recogidos en un moño y llevaba uno de sus clásicos y radiantes trajes de pantalón. Tenía ojos cansados. Los arrugó al vernos, intentando encontrar nuestros nombres en su aterrador ordenador cerebral.

—Señorita... Powell. Señor Saito. Necesito que desalojen el pasillo.

Di un paso más y me incliné para ver lo que se encondía detrás de ella. Vi a un policía agachado detrás del escritorio del señor Tate, rebuscando en un cajón.

—Señorita Powell —repitió Corbel con frialdad—. Atrás.

Retrocedí.

—¿Qué está pasando? ¿Es por Rebecca Cross? Suele venir aquí por las mañanas. Al cuarto oscuro.

El oficial me lanzó una mirada, tal vez al oír el nombre de Becca. Corbel suspiró.

—Tenéis que iros a otro lado. Los dos. Venga. —Volvió a entrar y cerró la puerta.

—Señorita Khakpour… —empezó James.

—Ahora no —dijo sin mirar.

—James… —murmuré y le hice un gesto en dirección al final del pasillo.

Volví la vista para asegurarme de que Khakpour no nos miraba. Lo guie hasta pasar las escaleras, la oficina del periódico en desuso, que guardaba un ligero olor a tinta, y hasta llegar al rincón sin salida del pasillo de artes. No había casi luz y se veían los huecos de las bombillas fundidas en el panel escarchado del techo. A nuestra derecha, había una puerta. La abrí con la cadera y le hice un gesto a James para que me siguiera.

CAPÍTULO DIECIOCHO

Transcurrió un segundo entero desde que le di al interruptor junto a la puerta, hasta que las luces fluorescentes invadieron el espacio con una luz estática.

Era un antiguo baño de chicas que casi no se usaba. El techo tenía manchas color café por culpa de la lluvia y las paredes eran de un pálido verde menta. El marco de la única y esmerilada ventana que había estaba tan torcido que no se cerraba del todo y dejaba entrar el frío por un hueco de un dedo de ancho. Si apoyabas la mejilla en la madera y cerrabas un ojo, alcanzabas a ver una parte del aparcamiento.

Becca y yo solíamos pasar el rato allí para evitar ir a la cafetería, echarle un vistazo a sus impresiones o mear en privado. Nos lo adjudicamos porque nadie parecía recordar que estaba allí.

James tenía los ojos bien abiertos y la piel verdosa por la luz.

—Mierda. ¿Qué crees que están buscando? —preguntó.

Me aguanté las ganas de rodearme con los brazos.

—No lo sé. Si es por Becca, ¿por qué en el estudio y no en el cuarto oscuro?

—Puede que vayan después. Y por eso está la señorita Khakpour ahí.

No respondí. Me vi reflejada en el espejo y por un instante de ingravidez, no sabía ni a dónde estaba mirando. Incluso cuando levanté la mano para ver si se movía, seguí sintiendo esa desconexión.

Aparté rápidamente la vista del espejo.

James miró alrededor como si acabara de darse cuenta de dónde estábamos.

—¿Este es...? ¿Por qué estamos aquí?

—Quería enseñártelo porque estoy casi segura de que este es el baño.

Me miró extrañado.

—Definitivamente, esto es un baño.

—No. *El* baño. Donde murió la chica.

Lo observé asimilar el giro de la trama.

—Vale —dijo lentamente—. ¿Por qué lo crees?

—Esta parte es todo lo que había de escuela antes. Por allí por los sesenta, creo que este era el único baño de chicas de todo el edificio.

—¿Y eso es...? —pensó un momento—. ¿Importante?

Me mordí el labio e intenté ordenar mis pensamientos.

—Una vez, Becca y yo escuchamos una historia. De una chica que murió en el PHS hace mucho tiempo y que sus amigos intentaron resucitar. —Reí un poco—. Una chica mayor y cruel nos dijo que aquel fue el origen del juego de la diosa. No la creíamos, obviamente, pero ahora me pregunto si estaría basada en algo real. O en alguien real, y que Becca habría averiguado.

Me chirriaba pensar que Becca no le había dado a James el nombre de la chica muerta. La historia era de la clase de injusticias que Becca se llevaría a todos los lados como una piedrecita en la suela. No era propio de ella menospreciar a una protagonista.

A no ser que omitiera el nombre a propósito.

Estudié la posibilidad mientras me apoyaba sobre el alféizar. Estaba repleto de grafitis y marcas de quemaduras, seguramente de cuando el baño les servía de escondite a los fumadores. James se incorporó con aquella gracia atlética que tenía y se me unió. Yo me quedé mirándolo y fingí ajustarme las lentillas.

—Entonces —dijo—. El juego de la diosa. ¿Qué es?

—Pues, es algo a lo que la gente juega.

—Hasta ahí podía llegar —respondió con una mirada seca.

—Claro. —Respiré, casi riendo—. Bueno. Hay una rima de saltar a la cuerda que usan los niños. Para la cuerda doble. Va así: «dio-sa, dio-sa, cuenta hasta...». En fin, que es una rima para contar. Y te pasas toda la canción pidiéndole a la diosa que te elija a ti.

—Como una invocación.

Lo miré rápidamente

—Sí. Exacto. Luego en algún punto te haces mayor y alguien te enseña el juego de la diosa real. La rima es como la versión para niños. Y el juego es más como una de esas cosas de fiestas de pijamas. Como lo de verdad o atrevimiento o las historias de terror. Solo que este juego es propio de Palmetto, que yo sepa. A la gente le gusta decir que está basado en algo que pasó aquí hace mucho tiempo, cosa que asumía que no era verdad. Pero ahora estoy dudando. Hay muchas versiones de la historia, pero siempre va de una chica que fallece y de sus amigos que vengan su muerte. Entonces la hacen resucitar en forma de diosa, o invocan a una, o la convierten en una, como quieras decirlo. Y el objetivo del juego es impresionar a la diosa para que, ya sabes, te elija, como en la rima, y se te aparezca. Y te conceda deseos o lo que sea.

—¿Las diosas conceden deseos?

Me encogí de hombros.

—Según la gente borracha de las fiestas de pijamas, sí.

—¿Cómo puedes impresionar a una diosa?

—Actos de devoción.

—Vale. —Tomó aire y puso las manos en las rodillas en posición de yoga—. Enséñame a jugar.

Me ruboricé y dije:

—Bueno. La cosa es que tienes que conocer de verdad a la persona con la que juegas. Porque lo que haces al jugar es poner tu vida en sus manos.

Hizo una mueca y dijo:

—¿Pones la vida...? ¿Cómo?

Así que Becca no le había contado lo de la noche de la pelea. Eso me tranquilizó.

—De muchas maneras. Es solo un nombre que le pone la gente a cualquier juego arriesgado de confianza. Como lo que hacen los actores antes de una actuación, eso de caerse de espaldas y que alguien los recoja. O cosas más estúpidas, como lo de beber hasta desmayarse. Lo bueno del juego de la diosa es que te recompensa con el poder de la amistad y la confianza —dije con voz dulce, dibujando un arcoíris en el aire—. Según la versión más extrema, la diosa se te aparecerá si de verdad ve que estás dispuesto a morir.

La forma en la que me miró me lo dijo todo. Supe que los dos estábamos pensando en la nota de Becca. *me he ido a jugar al juego de la diosa.*

Después de un rato, dijo:

—Y esto solo lo hacen aquí en Palmetto.

—Bastante segura. —Tragué saliva—. Aunque, tiene ya sus años. Mi madre me dijo que lo ha jugado.

—Mierda —exclamó tenso—. Creo que mi madre también.

—¿Tu madre es de Palmetto? Espera. ¿Entonces sí has oído hablar del juego?

—Sí, bueno, no. Pensaba que no. Pero ahora me estoy acordando de algo que me dijo. De algo que hacía en el instituto. —Clavó los ojos en su brazalete—. Ella y su mejor amiga se iban por la noche y se metían en el coche de alguien. Uno de ellos conducía, otro le tapaba los ojos y le daba indicaciones. Querían ver hasta donde podían llegar sin darle a un bordillo o chocar con un buzón. O, ya sabes, sin cometer un homicidio. Sí, definitivamente se refería a aquello como a un juego.

—Sí —dije con rotundidad—. Ese es el juego de la diosa.

—Oye. —Su voz sonó tan grave que un escalofrío me recorrió los hombros y me golpeó el estómago como un trago de algo caliente—. Imprimiremos las fotos. Lo que sea que haya ahí puede ser lo que necesitemos para encontrarla.

Intenté imaginarme cómo sería. Becca sosteniendo un mapa con una flecha dibujada. ESTOY AQUÍ.

—Tal vez —dije.

Nos quedamos los dos callados. Envueltos en pensamientos que podrían o no ser parecidos. Él estaba pasando los dedos perezosamente por los grafitis excavados en la gruesa capa de pintura del alféizar. Tras un minuto, empezó a leerlos en voz alta.

—Annie más Miriam. R.E. corazón P.D. Los Sublime *mandan.* Guau, vale. ¿«Cuidado con el hueco del andén»? Uh, vale ya lo entiendo. —Debajo de la frase había un conmovedor y habilidoso boceto de un culo. Al fin y al cabo, aquel era el departamento de artes.

Señalé un número de teléfono medio tapado por una pringosa parábola de esmalte de uñas salpicado. Debajo, la mítica frase de: LLÁMAME PARA PASAR UN BUEN RATO.

—Llamamos una vez.

—¿Y pasasteis un buen rato? —dijo subiendo las cejas.

—Contestó una mujer. Nos preguntó si queríamos oír una historia. —Sentí un hormigueo—. Ya estaba hablando cuando respondió a la llamada. Fue como entrar en la mitad de una conversación. Después Becca dijo hola y calló. Entonces fue cuando nos preguntó «¿Queréis oír una historia?»

—Dime que dijisteis que sí.

Le lancé una mirada.

—Por supuesto que sí, pero no me preguntes de qué iba. No me acuerdo.

Era verdad. Su historia pasó por nuestros cerebros como la lluvia sobre tierra seca, refrescante y agradable, pero luego se esfumó. Yo quería escribir historias como aquella. Cuentos que llenaran a la gente como una comida o una canción que les gustara. Mentiras de las buenas.

La mujer del teléfono inspiró la entrada de una deidad a nuestra serie de las diosas. Yo acostada en la cama sobre una sábana blanca, rodeada de teléfonos viejos que conseguimos en tiendas de donaciones y de segunda mano. Tenía el cuerpo envuelto en cables y sostenía un libro de cuentos de hadas en los brazos. La diosa de los finales abiertos.

James arrugó la cara.

—Palmetto es una ciudad rara. Más de lo que pensarías que sería un sitio que tiene dos restaurantes de Chili's.

—El Chili's de la calle Oak ya no está abierto —dije automáticamente—. Lo que pasa es que aún no han quitado el letrero.

Él sonrió.

Yo le sonreí de vuelta. No lo podía evitar. Me costaba estar tan cerca de él. Se veía aún mejor de cerca. Parecía más real. Tenía los labios agrietados y se había dejado una zona sin afeitar en la mejilla. Tenía dos pecas que ponían su boca «entre paréntesis» y otra en la línea de la mandíbula, y otra en el cuello, una dos tres cuatro. Me incliné y vi por primera vez la pequeña cuña de oro que tenía en el marrón de su iris izquierdo. Me vio mirarlo y, cohibido, se llevó un dedo a la esquina exterior del ojo.

—Un besito de hada.

Me enderecé nerviosa.

—¿Qué?

—Lo de la decoloración. Es lo que me decía mi madre. —Él parecía un poco nervioso también. Como si no hubiera querido sacar el tema, pero ya no había vuelta atrás—. Me dijo que... puf. Me dijo que me raptaron en el hospital el día que nací, y que cuando me recuperó, tenía esa marquita amarilla. Porque me había rescatado un hada y me había besado el ojo antes de devolverme. —Negó con la cabeza—. Mi madre y sus historias de artista extravagante, un clásico.

—¿Tu madre es artista? ¿Qué tipo? Mmm. ¿Médium?

—De mierda, de tonterías —soltó sin rodeos—. Si eres buena, puedes lucrar.

—¿Y ella es buena? —dije en voz baja intentando averiguar cuánta verdad había en todo eso.

—Es la mejor.

No había nada de burla en sus palabras, solo una especie de resignación.

—Yo también era una artista de mierda antes. —Sonreí débilmente—. ¿Te ha contado eso Becca?

Inclinó la cabeza, como para verme mejor. Sus ojos eran tan marrones que me avivaron el hambre. Aquella marquita era del color de la miel de trébol.

—Becca me ha hablado mucho de ti.

No sabía si eso que hacía con la voz lo hacía con intención. Eso de darle a todo seis posibles sentidos. Puede que fuera su forma de hablar. Miré al suelo.

—El besito no es amarillo —le dije señalándome el iris—. Es más bien dorado.

No había demasiado espacio en la repisa. Nos esforzamos por mantenernos separados, a una distancia prudencial. Creo que me hubiera sentido menos cohibida si hubiéramos dejado que nuestras rodillas se tocaran y nuestros pies se enredaran. Conforme estábamos, no podía evitar sentir que cada parte que nos rozábamos brillaba como un mapa térmico. James le dio un sorbo al café negro con la cabeza agachada e hizo un ruido con la garganta.

Miré al suelo y enrosqué los dedos por debajo de la ventana. El aire de afuera se coló y me enfrió los muslos. Cuando volvió a hablar, su voz sonó intencionadamente vacía.

—¿Por qué diría Becca eso en su nota?

Hinché las mejillas y solté el aire.

—Te contó que tuvimos una discusión, ¿no?

—Solo que la tuvisteis. Sin detalles.

—Eso fue por lo que discutimos.

Quería simplificar tanto el asunto que se convirtió, prácticamente, en una mentira. Pensé que intentaría hacerme hablar, pero solo dijo:

—Creía que la nota tenía algo que ver con vuestra serie de las diosas.

Sentí una ráfaga de… ¿qué? No de traición exactamente, sino de sorpresa. Aparte de nosotras, solo nuestros padres sabían lo de la serie. Y ahora, solo los míos.

—¿Te habló de eso?

—Un poco. Cuando hablamos de las mejores cosas que jamás habíamos hecho. Pero dijo que se había perdido.

—Perdido —repetí en voz baja, pensando en cómo las llamas se tragaron nuestro rebosante libro de las diosas, llevándose una parte de mí—. Ha hecho cosas aún mejores desde entonces. Dejamos de crear diosas cuando...

—Su padre —dijo suavemente—. Lo sé.

Sabía mucho. Junté con más fuerza las rodillas, alejándome un poco más de él. Me pregunté otra vez si lo único que había entre ellos era amistad.

—El juego nos dio la idea, pero las diosas eran nuestras. —Bajé la voz—. Fue solo una excusa para seguir jugando con la fantasía cuando ya éramos demasiado mayores.

Entonces, miré hacia abajo y pensé en una mejor respuesta, más honesta esta vez.

—Deseábamos con mucha fuerza poder inventar nuestra propia religión. Y eso fue lo único que se nos ocurrió para conseguir lo que queríamos. O para fingir que lo conseguíamos.

Algo le brilló en los ojos. Una profunda y radiante carga de una emoción a la que no le pude poner nombre.

—¿Qué era lo que queríais?

No estaba segura de qué era lo que me hacía hablarle de una forma tan clara.

Puede que fuera su visión de rayos X lo que me hacía pensar que podía leerme el pensamiento. O puede que fuera que él era lo más cerca que me encontraba de Becca en ese momento.

—¿Qué es lo que quiere todo el mundo? —dije—. Talento. Poder. Amor. Luego, ya sabes. La vida de Becca cambió. Y ya no fue... Dejó de ser divertido.

Me pregunté si le habría hablado de la muerte de su madre y de lo que ocurrió después. Lo miré, pensándolo, y me devolvió la mirada. Cuando se alargó demasiado, miré hacia abajo.

—¿Cuál era la tuya? —pregunté.

—¿Mi qué?

—Tu creación favorita. La mejor que habías hecho en tu vida.

—Te la podría enseñar —contestó—. Algún día.

Sonó el primer timbre. A lo lejos, pero inconfundible. Ninguno de los dos se movió.

—¿Crees que siguen ahí los policías?

Me revolví y sentí una oleada de nervios en el pecho. De alguna manera había olvidado lo de la policía.

—Dios, espero que sí. A la gente le encantaría.

Me pregunté durante cuánto tiempo más nos habríamos quedado allí si el timbre no nos hubiera devuelto al mundo exterior. James suspiró y se puso la mochila. Antes de que se levantara, le pregunté:

—¿Qué más te ha contado Becca sobre mí?

Movió la mandíbula. Me di a mí misma medio segundo para deslizar los ojos por aquella línea de pecas, desde el labio hasta la mandíbula y el cuello, y luego, de lado a lado, por encima de la garganta. Estaba decidiendo qué decirme, rebuscando entre todas las posibles respuestas. Finalmente, dijo:

—Me dijo que estabas obsesionada con la serie *Más Allá de los Límites.*

—¿Qué? —Me quedé mirándolo.

—*Más Allá de los Límites.* Ya sabes, la...

—Esa ridícula serie de ciencia ficción de los sesenta —interrumpí—. Lo sé. Porque era Becca la que estaba obsesionada, no yo. Su padre nos hizo verla durante un fin de semana que llovió. Le gustaba el pésimo atrezo, la pobre interpretación de los actores y la forma en la que era percibida como la copia de *Crepúsculo,* pero mejor en muchos aspectos.

—Vale. —James ladeó la cabeza—. Pero también me cuadra que a ti te guste *Más Allá de los Límites.*

—Sí —dije en voz baja—. Un poco sí.

No estaba sonriendo exactamente, pero ya empezaba a leer mejor sus expresiones. Sabía que sonreía.

—Otra cosa que me contó Becca de ti. —Su voz sonó grave y cálida—. Dijo que le salvaste la vida. Después de la muerte de su padre, dijo que la mantuviste con vida.

Sentí que se me llenaba el estómago de hielo.

—¿Te dijo eso?

Subió las cejas, como si pensara que había dicho algo que no debía.

—Sí. Perdón si… Lo siento.

—¿Por qué? —Me deslicé de la ventana y mis botas hicieron un ruido sordo contra el suelo—. Es algo bueno.

—Ya, pero… —Dejó que el silencio terminara la frase.

Odiaba cuando la gente hacía eso. Seguramente yo lo hiciera todo el tiempo.

—Debería irme a clase. —Le regalé una sonrisa apretada—. Avísame cuando intentes volver al laboratorio, ¿vale? Puedo cuando sea.

Por un segundo, pareció confuso, casi dolido. Pero enseguida, se deslizó y volvió a su yo de siempre, el que andaba por los pasillos como un turista permanente.

—Claro —dijo con sequedad.

Habría sentido culpa si hubiera tenido espacio para ella. Pero todo en lo que podía pensar era aquella horrible frase. *Dijo que la mantuviste con vida.*

CAPÍTULO DIECINUEVE

Pongamos que eres la chica que le salvó la vida a su mejor amiga. La persona que, aparentemente, mantuviste con vida. Con amor, constancia y una leal indiferencia por las peores partes de su naturaleza, aunque actuara como si fuerais los únicos seres que quedaban sobre la faz de la Tierra.

Pongamos que, de la noche a la mañana, cambió. Se volvió evasiva e impredecible. Trataba tu amor como si fuera una jaula, hasta que llegaste a tu límite y perdiste aquella constancia. Pusiste tu amor en pausa y no solo la viste por lo que era, sino que también se lo hiciste saber.

¿Qué pasa después? ¿Qué es de su vida cuando te hartas de salvársela?

Oí la voz de Becca en mi oreja, sacándome a rastras del sueño.

—Despierta. Vamos a jugar al juego de la diosa.

Esta fue, tres meses antes, la noche en la que peleamos y todo se acabó. Creo que, en verdad, había estado esperando que pasara algo así. Por algún lado tenía que caer.

Quise fingir que no la había escuchado. Chasquear los dedos y que se hiciera de día al triple de velocidad, pero me agarró del brazo con sus dedos fríos. Su pelo me rozó el hombro y no paró de zarandearme hasta que abrí los ojos.

Por Dios. Retrocedamos un poco. No fue siempre así.

Seguramente pensareis que hablamos del tema en su día. De la brutal muerte de Christine Weaver, tres días después de haber creado la diosa de la venganza. En cambio, las dos hicimos como que no había ocurrido. Yo porque deseaba que no hubiera ocurrido. Y Becca porque vio lo mucho que me había aterrorizado la coincidencia. Y la forma en la que aquello me hizo alejarme un poco.

No la quería menos. Solo que me encontraba raspando las paredes de nuestro mundo atascado en el tiempo. A veces, anhelaba la sabrosa normalidad con la que imaginaba que vivían mis compañeros de instituto. Entrenamientos deportivos, McDonald's y enrevesadas cadenas telefónicas de cotilleos sobre quién había llegado ya hasta la segunda fase. Y también los bailes ridículos que aprendían, ritual del que Becca se burlaba con inquietante ferocidad. A mí me parecía algo divertido. La cosa era que estábamos a punto de cumplir trece, y no solo que aún no habíamos abandonado las obsesiones que compartíamos desde los seis, sino que se habían intensificado.

No sabía cómo decírselo, ni siquiera sé si tuve la oportunidad. Un año después de la muerte de su madre, el padre de Becca reconectó con una vieja amiga de la universidad, una asistente legal pecosa llamada Miranda. Otro año más tarde, tuvo la audacia de casarse con ella. Y no más de un año después, él ya nos había dejado.

A lo largo de ese tiempo, Becca se agarró aún con más fuerza a nuestro statu quo. Yo la seguía queriendo. Siempre. Me seguía encantando nuestro pequeño y raro mundo. Pero a veces, me costaba hasta respirar al pensar cuánto le dolería que yo intentara cambiarlo o modificarlo.

Y luego ella fue la que cambió. A la velocidad de un rayo. Todo empezó cuando se hizo daño a la rodilla en el bosque. No fue solo la herida lo que la hizo llamarme. Becca tenía miedo. De eso estaba segura.

Durante una semana después de aquella noche, estuvo muy atenta, un poco pensativa, pero era ella. Y de repente, dio un giro. Se volvió distante, casi fría. No me contestaba a las llamadas y tardaba horas en responderme a los mensajes. Me trataba con impaciencia e irritación, pero insistía en que todo iba bien. Como si me pudiera convencer de que era *yo* la que estaba actuando raro. Me pasé meses (años) intentando amoldarme a la forma que ella me exigía y su deserción fue el más cruel de los castigos. Me sentí engañada y con el corazón roto.

Pasó el verano y empezó tercero. Entramos cojeando. Sin hablar de lo que, hasta ese momento, aún no habíamos hablado. Y luego, aquella noche de otoño.

—Despierta. Vamos a jugar al juego de la diosa.

Tensé el cuerpo hasta que ya no me sirvió de nada hacerme la dormida.

Estábamos despatarradas en el sofá del salón y envueltas en mantas. Más temprano esa misma noche, mi padre había encendido un fuego en la chimenea. El primero de la temporada. Habíamos escuchado la banda sonora de *Pesadilla antes de Navidad* y tostado nubes de azúcar con palos, una antigua tradición anual. Pero yo me mantuve alerta todo el tiempo, como un marinero persiguiendo la línea negra del horizonte. A la espera de su lado más oscuro.

En ese momento, las brasas casi extinguidas pintaban la sala de un naranja tenue. Por debajo del crujido de las chispas, pude oír el familiar silbido de la calefacción, y el sonido de la lluvia golpeando el cristal de la puerta corredera a ritmo irregular. Tras ella, el cielo se veía de un negro verdoso.

Me puse el brazo por encima de los ojos.

—Duérmete otra vez.

—No puedo volver a dormirme, no he dormido. Nunca duermo. —Lanzó un pequeño e inusual suspiro—. Tengo que contarte algo.

Me tapé la cara con la manta. Un temor premonitorio se arrastró por mi cuerpo como una marea azul y negra. Pero cuando volvió a hablar, aquel tono crudo de su voz se había esfumado.

—Venga, Nora —insistió—. Nora. Eleanor Grace Powell, preciosa y asquerosa, levántate. —Hizo una pausa—. Si te levantas te compraré uno de esos refrescos Icee.

—Hace demasiado frío para un Icee —dije con tono de queja, pero ya me estaba incorporando.

Cuando salimos, con el abrigo sobre el pijama ya había dejado de llover y permanecía un rico y suave olor a otoño podrido. Las nubes envolvían una luna dorada. Cuando llegamos a la senda de las bicicletas, Becca se desenrolló la bufanda y me la ofreció en silencio.

—¿Qué? —hice como que no lo entendía.

—Vamos a jugar al juego de la diosa. Como hicimos aquella vez.

Di un paso atrás.

—¿Aquella vez que acabé con una conmoción? Becky, no.

—Hemos venido hasta aquí para jugar.

Su estado de ánimo pendía de un hilo. Estaba agitada, y amenazaba con caer en un profundo bajón. Cuando yo no obedecía inmediatamente, ponía su cara de molesta.

—Estás rara. Estás enfadada.

Reconocí a esa Becca. La otra cara de nuestra relación era que me acusaba de hacer o sentir lo que ella hacía o sentía. Le costaba separarme de su persona. En su cabeza, las dos éramos una.

—A ver. ¿Por qué? —dije lentamente—. ¿Por qué piensas que estaría enfadada contigo?

Tragó con fuerza. Tenía los ojos húmedos.

—Lo sé. De verdad que lo sé. Solo que...

Era la primera vez que reconocía que no me lo estaba inventando. Que había sido ella. Supongo que por eso dejé que me atara la bufanda a los ojos. El mundo se me redujo a un frío y humeante aire y a un camino que parecía torcerse una vez que le perdía la vista.

—Camina recto —habló con el mismo tono serio que tenía la primera vez que jugamos. Yo la obedecí.

Solía cerrar los ojos en el coche e intentar seguir el camino paso a paso en la mente, retándome a mí misma a no abrirlos hasta llegar a nuestra calle. Aunque casi siempre fallaba. Esa noche, Becca me guio por el asfalto, por la hierba y de vuelta al asfalto, cada vez un poco más inclinado, y ni siquiera traté de seguir la trayectoria.

Tropecé un par de veces, pero no me caí.

—No voy a dejar que te caigas.

No respondí. Cuando fui a hablar, la bufanda me acarició los labios.

—Nora. ¿Me has oído? —preguntó.

—Sí, te he oído.

En algún lugar muy lejano a nosotras, oculta en una madeja de nubes blancas, la luna realizaba su rotación solitaria. ¿Cómo sonaría, si se pudiera oír? El roce de una piedra sobre otra. El sonido de una puerta antigua al cerrarse. Tendríamos que acercarnos mucho para poder oírlo. Más allá del argénteo parloteo de las estrellas.

Tropecé de nuevo y mis pensamientos volvieron a la Tierra. El corazón me latía muy rápido, por ninguna razón. Por ninguna razón, de momento.

Cuando Becca volvió a hablar, su voz sonó como la de siempre. Como la de cuando éramos muy jóvenes y ella aún no había perdido nada importante.

—Quiero decirte algo. ¿Me escuchas?

Su bufanda olía a champú de jazmín y al crujido de las hojas de octubre, y yo estaba muy cansada. Mientras recorría las desérticas tierras suburbanas con una venda puesta, me invadió una envidia por la solitud de la luna. Pero el amor también era eso. Podía ser eso y cualquier otra cosa. Te sacrificas por la gente que quieres.

—Te escucho.

—Túmbate.

Alargué la postura y apreté los dedos de los pies, como si quisiera anclarme al suelo. Supuse que estábamos por el aparcamiento de las pistas de *pickeball*. Por la noche lo cerraban con cadenas.

—¿Aquí? ¿Por qué?

—Confía en mí.

Después de todo, de eso iba el juego. Me tomó de la mano y nos tumbamos juntas. La gravilla me crujía bajo el pelo y el nudo de la bufanda me descentraba la cabeza. Llovía otra vez, pero imaginé sobre nosotras una fuente de estrellas infinitas que brillaban como granos de sal sobre un mantel negro. Su mano sobre la mía me hacía sentir exactamente como cuando teníamos seis años, diez, catorce. A pesar de todo, aquel silencio que se formó entre nosotras era un espacio confortante. Un lugar en el que poder descansar y decirme a mí misma *estuvimos tan bien durante tanto tiempo. Y volveremos a estarlo.* Pero sabía que yacíamos sobre una trampilla. A un paso de caer precisamente donde yo no quería caer.

—Vale —dijo—. Vale. ¿Recuerdas la noche que me recogiste del bosque?

Le apreté la mano sin querer, pero se la aflojé enseguida.

—Sí —contesté.

Su respiración sonaba estrepitosa. Se armó de valor y dijo:

—Nora.

Había dejado de escucharla, porque acababa de registrar un sonido que me puso el cuerpo en alerta. Era un sonido que ya había escuchado miles de veces, pero tumbada, me costaba saber de dónde venía.

El largo crujido de neumáticos sobre asfalto mojado. Primero el sonido. Después, la vibración me empezó a subir por el pecho y por la mano que tenía apoyada en el suelo. Intenté incorporarme.

—Espera. —Me apretó la mano con más fuerza, amarrándome, atrapándome—. Espera. —Y tras unos segundos, dijo—. ¡Ahora!

No sabía en qué dirección ir. Incluso a través de la tela, pude notar el resplandor de los faros. Luego, sentí a Becca aplastarme con el peso de su cuerpo y soltar un grito ahogado. Empezamos a rodar hasta quedar fuera del camino. Escuché al largo y ensordecedor rugido de la bocina del coche distorsionarse. Sentí que, por poco, el tubo de escape nos había rozado los talones. Ni siquiera intentó frenar. Seguramente no nos viera hasta el último momento.

Becca emitía un sonido que interpreté como un jadeo, pero cuando me arranqué la bufanda vi que estaba riendo. Estaba eufórica y le brillaban los ojos. Preciosa. Parecía un maldito demonio.

Me di cuenta de que no estábamos en aquel estacionamiento cerrado y seguro. Estábamos en una cuneta de la vía de doble sentido que discurría entre el Walmart y el bosque. Por confiar en ella, me había tumbado con los ojos vendados en medio de la carretera.

Intenté ponerme en pie, pero no sentí los huesos de las piernas y me desplomé. Los pantalones del pijama se me habían subido hasta las rodillas y todas las partes de la piel que habían sido arrastradas por el suelo estaban relucientes. Más tarde, encontraría marcas de quemaduras de asfalto por las caderas, espalda y debajo de una pierna.

—Todo bien, estamos bien. —Becca me sonrió, temblando—. Nora, somos increíbles.

Vino a abrazarme. Yo rechacé el abrazo y la aparté con toda la ferocidad que pude reunir.

—¡No me toques!

—Ey. —Sonó sorprendida, lo cual me enfureció aún más.

—¿En qué estás...? ¿En qué estabas...? —Me costaba sacar las palabras—. ¿Acaso quieres matarnos?

—¿Qué? —Intentó volver a acercarse a mí—. No, eso no es...

Le aparté la mano de un manotazo.

—He dicho que no me toques.

—De eso va el juego, Eleanor. —Sus ojos se oscurecieron—. Así funciona.

Volvió a pasar otro coche. Ya no nos podían alcanzar, pero yo corrí por la hierba como un cangrejo.

—Ver si morimos o no. ¿Ese es el juego?

—¡No! No me pongas palabras en la boca. Te lo he dicho. Tengo algo que...

—Cállate. —Negué con la cabeza convulsivamente—. ¿Qué es lo que quieres de mí, Becca? Después de pasarte meses mintiéndome, tratándome como si yo no fuera nadie, ¿qué es lo que quieres de mí ahora? ¿Por qué siempre nos regimos por tus términos? Cuando me necesitas, voy corriendo. Cuando quieres que me vaya, me voy. Es bochornoso, eso es lo que es. Es patético. Soy *patética*.

—¡Estoy intentando contarte algo! —dijo casi gritando—. ¿Te piensas que nada de esto tiene un sentido?

Todo el miedo, adrenalina y furia se me habían fundido en algo más puro. En uno de los metales base de los que estaba hecha: el deseo de supervivencia.

—Sí, sé cuál es el sentido. Hacer cosas estúpidas y ver si morimos. Bueno, pues entonces no quiero tener nada que ver con esto. —Hice un gesto con las manos en el aire para hacer referencia a la noche, la carretera y al lugar en el que casi nos atropellan—. Te quiero Becca, pero no voy a morir por ti.

La lluvia le cubría el rostro, le perlaba las pestañas y le erizaba las puntas del pelo.

—*Nunca* te dejaría morir.

Pronunció cada palabra como si las estuviera grabando a fuego en el aire. Era un eco de lo que le dije la primera vez que jugamos al juego de la diosa. Pero yo ya no era una niña. Todavía sentía escaldada la zona de la piel que me habían alumbrado los faros.

—Eso suena muy bien, pero no significa nada. Tú no eres Dios, Becca. No eliges quién muere y quién no.

—Dios no —gruñó—. Diosa.

La miré boquiabierta y me volvió, en cierta medida, el miedo que sentí cuando me enteré de la muerte de la mujer culpable del atropello.

—¿Qué demonios significa eso?

—No te hagas la tonta, Nor. —Tenía la cabeza agachada, pero la levantó—. Me lo estás preguntando, pero ¿de verdad quieres saberlo?

Me sentí disociada. No quería estar allí, no quería pensar o hablar sobre eso. Fuera lo que fuera.

Porque… ¿Y si tenía razón?

Por un segundo, consideré la posibilidad de que ella me hubiera estado protegiendo de algo todo ese tiempo. Pensé que quizás, simplemente, yo no podía adentrarme tanto como ella en la oscuridad. Sentí que yo estaba atada con firmeza a la vida tal y como la conocía, pero que, a ella, sin embargo, se le habían quebrado esas ataduras.

Aquel pensamiento me hizo odiarme a mí misma. Así que lo enterré.

—Sea lo que sea que estés intentando contarme —dije—, intentar matarnos no es manera de hacerlo. No sé qué es lo que te pasa, Becky.

Ya no entiendo tanto como antes. A veces, siento que ya ni siquiera te conozco.

—Tú eres —dijo aturdida— la única persona que me conoce. La única persona viva.

Hubo un tiempo en el que me hubiera sentido halagada por aquellas palabras. O por lo menos, me hubieran devuelto los pies al suelo, recordándome lo que estaba en juego. En ese momento, me pusieron enferma.

—¿Te crees que eso es algo bueno? ¿Acaso sabes cómo me siento al ser tu única, al ser tu… —Su mirada redujo a nada mis palabras—. No. Espera. —Subí una mano—. Eso ha sido… Una tontería. No quería…

—No, no creo que sea algo bueno —dijo medio pálida—. Sí, por supuesto que entiendo lo horrible y difícil que debe ser para ti. Entiendo cuánto te tiene que costar seguir lidiando conmigo, cuando podrías estar haciendo nuevas amistades. Amistades que te lo pondrían todo más fácil.

—¡No quiero lo fácil! Tú eres mi única amiga. ¿Crees que esa sería mi vida si solo buscara lo fácil?

—Y tanto que sí. Si no, hace mucho tiempo que me hubieras dicho todo esto. —Se mordió un poco el labio. Por un segundo, pensé que me iba a escupir—. Si te doy tanta pena, ¿por qué te has quedado todo este tiempo? ¿Dónde está tu fuerza mental, Eleanor? Te juro que solías tener. Dices que no me conoces, bueno pues, mírate a ti. ¿Cuándo te convertiste en una jodida «quedabién»?

Escuchar aquello me provocó un pitido en los oídos. Sentí un dolor detrás de la cabeza explotar como pólvora roja.

—¡Lo he aprendido de ti! ¡De pasarme media vida haciendo malabares para complacerte!

Nos quedamos mirándonos. El aire que discurría entre nosotras estaba cargado de veneno. Estábamos consternadas de lo lejos que habíamos llegado. Becca negó con la cabeza. Cuando volvió a hablar, sonó sorprendida.

—No sé por qué he dicho eso. Nada de eso. No lo decía en serio, de verdad. Nunca te haría daño. Te quiero. El problema lo tiene el resto del mundo. Hay demasiada gente por ahí que parece inofensiva, pero que en verdad es malvada. Son malvados, Nora.

Se quedó con la boca abierta, parecía una cueva. La escuchaba esforzarse por respirar. Sonaba como una completa extraña desquiciada.

La lluvia se me coló en la boca y me supo a suciedad.

—¿De qué estás hablando?

—Me sigues preguntando, pero sigues sin querer escuchar la respuesta. —Cerró los ojos muy rápido como si le doliera mirarme—. Nora, te lo juro. Si supieras lo que yo sé, no me mirarías con esa cara. Estoy intentando estar bien. Nor, de verdad. Pero es que hay tantas… —Le costó encontrar las palabras—. Tantas personas malas.

Sentía el corazón latirme muy rápido bajo el pecho. Unas luces escurridizas me sobrevolaron la vista.

—Becca —dije con timidez—. ¿Hay alguien que te haya hecho algo?

—¿A mí? —Apretó los dientes—. Tú no tienes por qué preocuparte por mí.

La fulminé con la mirada. Aquello me sentó como una sacudida brusca.

—¿Que yo qué? ¡Pues por supuesto que me preocupo por ti! De hecho, estoy preocupada por ti ahora mismo. ¡Pero lo que no puedes pretender es que te lea la mente!

Las palabras le dolieron y se lo noté en la cara. Como si ella fuera la víctima y no la culpable de que casi nos hicieran picadillo en la carretera.

—Siempre has sido capaz de leerme la mente. —Otra sacudida. Le temblaba la voz—. Pero te juro que no hubiera dejado que te pasara nada. Te juro que hay una razón. Quería contártelo, pero creo que lo he jodido todo. ¿No? Nora. ¿Lo he jodido todo ya?

Me sabía la frase que tenía que decir. *Por supuesto que no, ¡eso nunca!* Pero estaba rebosante de adrenalina. Y aparte, tenía la creciente sospecha de que lo que me iba a contar era algo que yo no podía gestionar. Me olvidé de todas las buenas razones por las que había protegido a mi afligida amiga y me levanté con piernas temblorosas.

—¿Sabes qué, Becca? Sí, lo has jodido todo.

Y la dejé allí. Sola en la calle.

Durante los días siguientes, mi rabia se fue convirtiendo en algo más complejo. Becca lo estaba pasando mal, pero me quería. No podía haberme hecho daño a propósito.

Pero cuando cerraba los ojos, los faros del coche volvían a aparecer y me quemaban por dentro. Me evocaban la misma visión que no me solía dejar dormir por las noches: los faros del tren de carga que mató a Christine Weaver aproximándose con rapidez.

Por una vez, necesitaba ser la que esperara. La que aceptara una disculpa. Necesitaba que ella reconociera lo mucho que se había pasado. Un mensaje.

No recibí nada de eso. Cuando pasé por su lado en los pasillos, se me cortó la respiración. Parecía la Becca que había conocido el primer día en la escuela primaria. Serena y elegante. Tan distinta que casi se me olvidaron las cosas que me había dicho aquella noche. ¿Cómo podían ser esas dos la misma Becca?

Me pregunté qué sería eso que me quería contar. Qué explicación le habría dado a haber puesto nuestras vidas en peligro. Pero la pregunta se vio ensombrecida por una extraña bifurcación que se me apareció en la mente. Una parte de mí la añoraba y temía por ella. La otra, sentía apenas un hormigueo, como cuando se te duerme una pierna.

Nora sin Becca. Aquella era una persona de la que casi ni me acordaba y pensé que valdría la pena conocerla. Esa era la chica en la que me había centrado hasta que mi mejor amiga desapareció.

CAPÍTULO VEINTE

Cuando dejé a James atrás y salí tambaleando por la puerta del baño, sentí que volvía a la Tierra. No llegué muy lejos. El pasillo de artes estaba casi vacío. Solo estaba la señorita Corbel cerrando con llave el estudio de pintura, pero cuando me vio, me hizo un rápido gesto de ven aquí. Caminé hacia ella tan despacio como pude.

—Deberías estar en clase —dijo—, pero me has ahorrado un viaje. La policía quiere hablar contigo.

Se me secó la boca.

—Así que están aquí por Rebecca Cross.

Corbel marchó a paso ligero sin responder y yo la seguí escaleras arriba.

—Estarás en el despacho del señor Pike —dijo—. Él estará presente durante la entrevista.

El señor Pike, el trabajador social de la escuela, estaba esperando en la puerta de su despacho. La sala era un vestidor sin ventanas con el que había hecho lo que había podido. De una pared colgaban tres insípidos cuadros de atardeceres que se rumoreaba que eran suyos. Encima de la estantería, había una hilera de plantas suculentas muertas, formando un minijardín. Y el contenido de los libros era una mezcla de autoayuda, memorias y literatura para joven adulto. Divisé un estuche de guitarra acústica en la esquina y aparté rápido la vista, como si pensara que me fuera a delatar o algo. En la mesa circular, había una caja de Kleenex y un vaso con una margarita rosa. Detrás de la mesa, estaban los dos agentes uniformados.

A la izquierda, una mujer negra de cincuenta y tantos, con pecas en los pómulos y el pelo recogido. A la derecha, el policía que había visto en el laboratorio de fotografía. Un hombre blanco cuya edad era difícil de situar. Su cara de bebé contrastaba con el corte militar y sus ojos pálidos como la roca.

La idea de una entrevista policial no me pareció real hasta que los vi. La horrible maquinaria de las desapariciones se estaba engrasando y adquiriendo otra magnitud. Aquello se estaba volviendo muy feo y de película policíaca.

—Soy la agente Sharpe —la mujer habló primero—. Este es el agente Kohn. Gracias por acceder a hablar con nosotros.

¿Acceder? Pensaba que me habían arrastrado a la fuerza.

—De nada.

—Queremos hacerte unas preguntas sobre Rebecca Cross. Entiendo que es muy buena amiga tuya.

Los meses de distanciamiento desaparecieron bajo el peso de todos los años anteriores.

—Mi mejor amiga —dije con firmeza.

—Vale.

La forma en la que lo dijo me hizo pensar que no le importaba demasiado la aclaración. Yo seguía de pie y el señor Pike dio un paso torpe hacia adelante, señalándome la tercera silla de la mesa.

—Pasa y siéntate, Eleanor. —Hablaba muy lento, como si se hubiera tomado un relajante muscular, pero parecía nervioso—. Yo me quedaré por aquí. No me prestes ninguna atención a mí.

Cuando me senté en el borde de la silla, la agente Sharpe se dirigió a mí con una claridad que me hizo entender que los preliminares ya habían terminado.

—Eleanor, gracias otra vez por hablar con nosotros. Intentaremos no quitarte mucho tiempo.

—Está bien —dije con rapidez. Se me ocurrió que la charla nos podría servir a todos. También había cosas que yo quería saber—.

Dudo que alguien esté prestando atención en clase de todas formas.

—Me lo imagino. Comprendo que estos no han sido unos días fáciles para ti. —Hizo una pausa, como si yo fuera a intervenir, pero luego, continuó—. Rebecca fue vista la última vez la tarde del sábado por su madrastra. Estamos evaluando su caso de una forma más rigurosa de lo normal debido a... —Paró para pensar, recorriendo el despacho con los ojos y por encima de mi hombro—. Las circunstancias inusuales.

—¿Lo de tres personas desaparecidas en una noche? —pregunté.

Hizo un gesto raro. Ladeó la cabeza y apretó los labios como si fuera a corregirme. Pero todo lo que dijo fue:

—Es inusual.

Me incliné un poco hacia adelante.

—¿Han encontrado alguna conexión entre los tres?

El agente Kohn soltó un *hum*. Tenía las manos apoyadas sobre la mesa. Parecían más viejas que su cara y no llevaba anillo de bodas.

Sharpe lo ignoró.

—Apuesto a que tú te has hecho la misma pregunta. ¿Se te ocurre algo?

—No. —Era una pequeña mentira—. Becca no conoce a Chloe ni a Kurt Huffman.

—¿No los conoce de nada o no se lleva con ellos?

—Ninguna. No se lleva con nadie. Solo conmigo.

Sharpe inclinó la cabeza como si hubiera dicho algo interesante. De repente, noté un calor en el cuello.

—¿Y eso por qué? —preguntó.

—Por nada en particular. Ella es esa clase de persona.

—¿Qué clase?

—La que no necesita tener muchos amigos —respondí con firmeza—. Es fotógrafa, así que está muy ocupada con eso.

—Ajá. —Sharpe clavó sus ojos en mí, pero tenía los pensamientos en otro lugar—. ¿Estaba saliendo con alguien? ¿En persona o en línea?

Se me aceleró el pulso y lo noté en las sienes, el cuello y la garganta. Estaba casi segura de que no estaba saliendo con James.

—No —contesté.

—Su estado mental —dijo Sharpe como poniéndolo sobre la mesa—. ¿Alguna razón para pensar que…?

—No —repetí.

—¿Cómo es la relación con su madrastra?

—Mala —dije sin rodeos—. Pero no es que… Miranda no es mala. Solo que no se llevan muy bien.

—Esa es la sensación que me dio. ¿Sabes si tenía problemas con alguien? Algún acosador, algún incidente, dificultades sociales, ¿algo, aunque no dijera nombres?

—No tener muchos amigos no significa tener dificultades sociales. —Soné muy a la defensiva y las dos lo notamos.

—No, claro que no —respondió Sharpe—. Estoy intentando hacerme una idea de su situación. Cualquier cosa que nos cuentes podría ser útil. Comportamientos raros o comentarios extraviados. Alguna vez que no pudo quedar y no te dijo por qué. Algún intento de contactar contigo que haya hecho desde el sábado.

Los comportamientos raros y los comentarios extraviados eran la marca de Becca. Y, ¿qué pasaba con la nota que le dio a James y el rollo sin revelar? ¿Contaban como intentos de contactar conmigo?

—No, no ha contactado conmigo.

—¿Y antes del sábado? ¿Alguna vez te habló de querer escaparse?

—No realmente. —Apreté los puños por debajo de la mesa.

El agente Kohn se aclaró la garganta y dijo:

—Estabas allí la noche que desapareció. —Era la primera vez que hablaba. Su voz tenía la inquietante falta de identidad de un coche sin matrícula—. Miranda Cross dijo que te vio por la mañana, con el teléfono de Becca en mano.

—Sí… —Aquello me desconcertó, aunque no debería haberlo hecho. Por supuesto que Miranda lo había contado—. El sábado a las tantas fui hasta allí para hablar con ella. Su teléfono estaba fuera, y también había una taza de café, como si hubiera estado ahí. Eran más de las doce. Pueden ver los mensajes que le envié si necesitan la hora exacta.

—Ya lo hemos hecho —dijo Kohn.

Me quedé mirándolo y me pregunté qué habrían interpretado del último mensaje de Becca. Me puse a pensar en conversaciones antiguas de años atrás. ¿Cuánto habrían leído?

—¿Eso es legal? —pregunté.

El agente le dirigió una mirada a Sharpe.

—Este es el tipo de información de la que te hablaba la agente cuando te preguntaba si se te ocurría algo. Algo que nos fuera útil.

—Bueno. —Me ardía la cara—. Pues esa información ya la tenían.

Sharpe se inclinó sobre la mesa, para que centrara la atención en ella. Dijo:

—Cuéntamelo todo desde tu perspectiva. Todo lo que pasó antes y después de llegar a su casa.

Con los labios adormecidos, narré la noche en el jardín de Becca. Desde el frío amanecer hasta cuando volvimos para encontrarnos con su habitación vacía.

—También vació su taquilla —añadí—. Ya no están ni sus libros, ni sus cosas.

—Ya hemos revisado su taquilla.

Me permití sentir un milisegundo de alivio al saber que me había dado tiempo a tomar la foto y la navaja.

—¿Y qué hay con lo de esta mañana en el estudio de pintura? ¿Qué era lo que buscaban?

La agente Sharpe pasó una mano por la mesa con suavidad.

—Entiendo que Becca pasa mucho tiempo en el departamento de artes, incluso fuera de horario, ¿verdad?

—Sí. Como he dicho, es fotógrafa.

La voz de Sharpe era monótona y su cara no me revelaba nada. Pero por alguna razón, presentí que había estado esperando hacer la pregunta que formuló a continuación.

—¿Alguna vez te habló Becca de Benjamin Tate?

Tardé un segundo en ubicar el nombre hasta que caí en que se refería al señor Tate. Fruncí el ceño.

—¿El profesor de pintura? No.

—¿Ni siquiera de pasada?

—Nada. Nunca. O sea, supongo que le dio Introducción al Arte, en algún momento. Todo el que quiera apuntarse a las clases del laboratorio o del estudio tiene que darla, pero desde entonces, ella se fue por la fotografía. Y eso ya es con la señorita Khakpour.

—¿Alguna vez asistió a las reuniones del club de arte?

Estaba bastante segura de que Tate llevaba el club de arte. No pude evitar soltar un sonido desdeñoso.

—No es una persona a la que le vayan los clubs.

Sharpe bajó la cabeza, como si estuviera revisando unas notas invisibles, y dijo:

—¿Y qué hay de Sierra Blake? ¿Alguna vez te habló Becca de ella?

Ahí sí que me había perdido. Sierra era una salvaje e intimidante chica de último curso que andaba por ahí con pantalones Dickies, camisas de trabajo de hombre y el pelo recogido con un pincel. Por lo que había podido ver de su trabajo en la exhibición anual de arte, era la única persona al nivel de Becca.

—No —respondí—. Nunca ha mencionado a ninguna de esas personas. ¿Qué tienen que ver con todo esto?

Sharpe miró al agente Kohn. Él asintió. Me volvió a mirar y dijo:

—Benjamin Tate también desapareció el sábado por la noche.

El aire se volvió raro y vagamente áspero.

—¿Qué?

—Parece haber desaparecido en el mismo intervalo de tiempo que los tres alumnos. —Puso los dedos sobre la mesa en forma de carpa—. Así que necesito que pienses de verdad si Becca tiene alguna conexión con este hombre. Aunque te haya dicho que guardaras el secreto. Incluso si se supone que no deberías saberlo. No puedo expresar lo crucial que es que compartas cualquier información que tengas.

La sala pareció más pequeña de repente. Demasiado pequeña. Podía notar al señor Pike en mi periferia, preparado para ofrecerme un Kleenex o una canción con su guitarra. No iba a llorar. No iba a hacerlo.

—¿Qué está diciendo? ¿Qué es lo que creen que ha hecho?

—Han salido algunas cosas a la luz —respondió Sharpe—. Sobre Benjamin Tate.

—¿Qué cosas?

—El señor Tate no es un buen hombre.

La simplicidad infantil de la frase me provocó escalofríos por toda la piel. No parecía la típica cosa que le permitieran contar a un agente de policía. Pero esa mujer parecía estar al mando. Me recordó un poco a Ruth. Todo lo que me decía era lo que quería que yo escuchara.

—¿Qué es lo que ha hecho? —pregunté con voz ronca.

—Nada que pueda contarte con libertad.

—¿En serio? —Me ardía toda la cara—. No puede insinuar que mi mejor amiga ha sido, qué, secuestrada por un profesor y luego, dejar el tema. Eso es inaceptable y repugnante.

Entonces, me puse a llorar. ¿Era eso lo que Becca me había estado intentando contar la noche de la pelea? ¿Podía ser el señor Tate una de esas «personas malas» de las que hablaba?

Todo el mundo en el PHS adoraba al señor Tate. Era escandaloso, divertido y apasionado. Incluso llegó a estar en un grupo que fue famoso durante dos minutos, veinte años atrás. A veces, aún se oía su exitoso sencillo en alguna banda sonora. Llevaba Vans a cuadros, camisetas ajustadas y cardiganes raídos, arremangados hasta los codos para dejar ver sus tatuajes. Incluso había gente que llegó a enamorarse de él.

Pero Becca no. Becca nunca. Aunque las lágrimas me caían por la cara, sabía que no podía ser así. No, decidí que no. La agente Sharpe caminaba por un callejón sin salida. Y si ese era el enfoque que le querían dar a la investigación, supe que había tenido razón desde el principio. Yo era la única que podía averiguar dónde estaba Becca.

—No, es imposible. —Me rendí y tomé un Kleenex—. Becca no tiene nada que ver con él, de ninguna manera.

Sharpe se quedó callada un momento y dijo:

—Vale. Gracias por tu tiempo.

No había ventanas, pero me quedé inmóvil y parpadeando como si acabara de mirar directamente al sol.

—¿Ya está? ¿Ya hemos terminado?

—A no ser que tengas algo más que contarnos.

Negué con la cabeza, pero luego dije:

—Esperen. —Y esperaron—. ¿Qué hay de Logan Kilkenny? —pregunté y me sentí un poco ridícula.

La cara de la agente Sharpe permaneció intacta, excepto por un leve estrechamiento de ojos. No pude averiguar si aquello significaba que ya había estado pensando en él o si estaba intentando recordar de quién se trataba.

—Logan Kilkenny desapareció a mediados de los noventa —dijo con paciencia—. Es un caso distinto.

No se me ocurría nada mejor que decir que «pero tuve un sueño raro con él», así que no dije nada. Asentí y se levantaron. El agente Kohn consultó su teléfono. La agente Sharpe me volvió a dar las gracias y me dijo que podía irme.

—Necesitaremos la sala otra vez en diez minutos —le comunicó al señor Pike—. ¿Le parece bien?

Pike asintió. Cuando se fueron los policías, me dirigió una sonrisa de evasiva simpatía.

—¿Podemos fijar una hora para hablar, Eleanor? Creo que sería buena idea —dijo.

—Creo que ya he hablado bastante—respondí con toda la amabilidad que pude.

Me apresuré hasta el baño más cercano para lavarme la cara. Luego, volví por donde había llegado y me intenté colocar lo más lejos posible de la puerta del señor Pike, pero sin quitarle el ojo de encima. Tras unos minutos al acecho, fui recompensada con la imagen de los policías llegando para la nueva entrevista: Madison Velez. Estaba cabizbaja, pero pude ver que tenía los ojos hinchados.

Tan pronto como se cerró la puerta tras ella, fui a buscar la salida.

CAPÍTULO VEINTIUNO

Más tarde, me enteré de cómo descubrieron que el señor Tate había desaparecido.

Fue una mujer que paseaba a sus perros la que hizo sonar la alarma. Caminaba temprano por la mañana aquel domingo en los campos de fútbol de Gorse, con un ramo de correas en la mano. No se podía aparcar en toda la manzana, pero había un coche subido al bordillo. Un Kia Soul verde. No había nadie en el interior. El motor estaba en marcha y se oía música salir de las ventanillas bajadas.

La mujer lo vio, pero no le dio demasiadas vueltas hasta que volvió a pasar una hora más tarde. Seguía encendido y vacío. Aún con la misma canción.

Los habitantes de los barrios periféricos son muy entrometidos. Se dan cuenta cuando algo está fuera de lugar, cuando alguien no acata las reglas, escritas o no. Lo que fuera que pasara con aquel coche vacío, el dueño no se estaba comportando como un buen vecino. Así que lo advirtió.

Era el coche del señor Tate. Cerrado. Con las llaves puestas y su teléfono en el asiento. Y con los altavoces reproduciendo la misma canción indie rock lenta en bucle.

Aquel era el detalle que llamaba la atención o te hacía soltar una risa, o una mueca de empática vergüenza. Antes de que pasara lo que le pasó, el señor Tate había estado escuchando su propia canción. O la de su grupo, supongo. Su única canción famosa.

CAPÍTULO VEINTIDÓS

Me metí en el coche de mi madre y conduje sin rumbo fijo. Pasé por las dispersas propiedades que hay detrás del instituto y los bloques residenciales agrupados por el centro de Palmetto. Las casas eran de colores pastel, aseadas y repetitivas. Subí la colina y rodeé el cementerio, buscando al Ángel con la mirada.

Durante todo ese tiempo, no dejé de darle vueltas a lo que acababa de descubrir, intentando reconectar los puntos de lo que fuera que estuviera pasando. No eran tres personas las desaparecidas. Eran cuatro.

Mis pensamientos parecían salpicaduras de pintura y tenía hambre. Todo lo que llevaba en el cuerpo era café y malas noticias. Cuando vi las luces rosas y verdes del cartel del restaurante Palm aparecer a mi derecha, me invadieron imágenes de desayunos tan vívidas que rozaban el delirio. Gofres cubiertos de azúcar en polvo, crepes con pepitas de chocolate fundidas, tortitas ahogadas en sirope, restos de azúcar revoloteando en los posos de una taza de café…

De repente, estaba entrando al aparcamiento sin reducir la velocidad. El coche rebotó con el bache que había entre la carretera y la entrada.

Tenía un espacio en blanco en la mente. Una pequeña y pálida cavidad. Como si me la hubieran perforado y me hubieran sacado algo, el tiempo, quizás. No había frenado porque no había girado. Por lo menos no conscientemente. No tenía el recuerdo de haber decidido entrar al restaurante.

Me dirigí con torpeza hacia un espacio abierto, apagué el coche y me quedé un rato respirando con dificultad. Sentía mi sangre fluir de una forma violenta. Lo que me pasaba era que tenía hambre. Y que estaba echando la vista atrás, a cuando Becca y yo éramos unas pequeñas aspiradoras de azúcar. Salí del coche.

El Palm era un monumento local. El mítico sitio en el que, por menos de ocho dólares, aún te ofrecían huevos, tostadas y una taza interminable de café. Tenía un mostrador esmaltado y pegajoso, y una gramola estropeada con montones de temas de mediados del siglo pasado, y olía a agua de mopa y a sirope de arce. Afuera, el mundo era un lugar gris y almidonado. Pero adentro, todo era de colores tostados por el sol, los de un lugar que nunca cambiaba. Taburetes color burdeos, bancos verdes, baldosas burdeos y verdes. El único guiño al paso del tiempo era un árbol de Navidad artificial que seguía plantado tres semanas después de Año Nuevo y estaba decorado con guirnaldas de la tienda de todo a un dólar. Me quedé parada a su lado, inspirando aquel aire de café quemado.

—Siéntate donde quieras, cariño —dijo la camarera. Llevaba trabajando ahí desde que tenía uso de razón.

Escaneé la sala. Madres con niños aburridos, señores mayores con periódicos doblados, una pareja de mediana edad comiendo sin decir palabra. Había un grupo de seis trabajadores de la construcción sentados en el banco circular. Me acordé de nosotras a los siete años, sentadas con nuestros cuatro padres en ese mismo banco. Se nos estaba pasando el subidón del recital de baile navideño. Nos habían dejado ir con el maquillaje de Baby Jane puesto y con los conjuntitos color menta bajo parkas desabrochadas. Comimos sándwiches club, bebimos batidos de vainilla y nos sentíamos famosas.

Escogí el banco que le daba la espalda a la gramola rota. Una muy embarazada camarera vino a tomarme nota. Cuando se fue, vacié un sobrecito de azúcar en una cuchara y me lo comí a pellizcos. Al terminarme el último grano, le di la vuelta a la cuchara y miré mi deforme reflejo.

Dibujé una sonrisa en la boca, pensando en mi cara de aquella mañana sobre el cristal empañado. Y en la sensación que tuve en aquel baño verde y viejo, cuando me miré en el espejo y no me hallé. No me lo sacaba de la cabeza. Esa falta de reconocimiento. Como si la chica del cristal tuviera voluntad propia.

Ese día me sentía rara. En realidad, llevaba sintiéndome rara desde que desperté en el jardín de Becca el domingo por la mañana, con los huesos congelados e ignorante de cuánto habían cambiado las cosas. Golpeé la mesa con las palmas de las manos. Luego, otra vez, más fuerte. Pisé el suelo con fuerza. Solo para tener conciencia de mi cuerpo. Necesitaba dormir, eso era lo que me pasaba. O tal vez necesitara despertar.

Entonces, llegó la comida y lo agradecí. El sirope de fresa hacía brillar el gofre. Era de un rosa intenso y parecía tan dulce que me recorrió un escalofrío. Durante esos minutos de felicidad, paré de pensar. Cuando volví en mí, el plato ya estaba vacío y se había convertido en una mancha roja.

Lo miré, parpadeé y vi otra cosa. Un azulejo blanco, sangre roja. Vidrios rotos y licor en el suelo de la cocina de los Sebranek. Aparté el plato. Se me revolvió el estómago, aunque una parte de mí quería lamerlo. Cuando pasó la camarera, le pedí una ración de tortitas.

La comida no me había ayudado tanto como esperaba. Todavía me sentía atolondrada. Necesitaba algo que me devolviera los pies a la Tierra. Sacudí las manos y me las pasé por el cuello, pensando. Luego, abrí mi bolsa y busqué algo que no debería haber llevado por ahí.

La navaja de mariposa que había encontrado en la taquilla de Becca me pesaba en la mano. Era tan sólida y satisfactoria como una ciruela madura.

Eché un vistazo a mi alrededor. Nadie me estaba mirando. La camarera, con su barriga y su delantal, estaba sirviendo una bandeja de tortillas al otro lado de la sala. Abrí la navaja con cuidado. Tenía una cuchilla muy pronunciada. Parecía más un elemento de atrezo que algo a lo que le encontrarías un uso práctico. Presioné la punta contra la yema del dedo índice con suavidad.

No sentí nada. ¿Sería porque estaba muy afilada o porque yo estaba muy desconectada de la realidad? Presioné un poco más fuerte.

Nada. Miré alrededor otra vez, como si alguien fuera a verme y a compadecerse. Era raro, ¿no? Era raro. Comencé a notar un zumbido lento bajo el esternón. Necesitaba centrarme, sentirme, deshacerme de esa persistente sensación de desapego. Presioné más fuerte, poniendo a prueba el tejido de la piel.

Justo cuando perforó, sentí algo. En el vientre, en las costillas y en los hombros. Fue una especie de rechazo interno. Justo antes de que el dolor llegara, por fin, a mi dedo.

—¡Ay!

Subí la cabeza de golpe y vi a la camarera a mi lado, con una cafetera en la mano. Miré abajo, hacia donde ella miraba.

En una mano tenía el cuchillo. La otra estaba boca arriba y le chorreaba algo rojo del punto más alto. Salpiqué la mesa con sangre al intentar esconderla.

—No —dije—. No estaba… No he…

—Esto es un restaurante —contestó indignada—. Guárdate la magia sangrienta para tu casa.

—Perdón. Lo siento.

Arrojé el cuchillo con el mango manchado de sangre en la bolsa. Mientras sujetaba una servilleta con la mano herida para parar la hemorragia, saqué un billete de veinte con la otra y se lo di a la camarera.

Una vez más, fuera de mí misma, tomé el abrigo y salí al aire libre. Corrí hacia la esquina contraria y seguí hasta cruzar la carretera a contraluz. Los coches me pitaron y lo volví a sentir. Ese pequeño tirón en el pecho. En frente, había una gasolinera Amoco. Empujé la sucia puerta y entré para comprar algo dulce, porque ya no me iba a poder comer aquella ración de tortitas. Probablemente, ni siquiera volvería a comer en el Palm.

Con una mano, agarré un paquete de M&Ms de crema de cacahuete y una barrita de chocolate Milky Way. Después, me di la vuelta para llevarme una ruidosa cajita de caramelos Good & Plenty.

Le encargada estaba inclinada sobre un tablero de ajedrez montado en la ventanilla de la lotería. Su oponente era una chica con pantalones manchados de pintura y una sudadera con capucha.

—Un segundo —dijo moviendo una torre.

Y le reconocí. Aster algo. Iba a último curso cuando yo estaba en segundo. El año pasado, publicamos un extracto de su novela gráfica inacabada en la revista de literatura.

—Ey, hola. —Me temblaban las piernas, y hablé sin pensar—. Me encantó tu cosa en la… Cosa. La revista del instituto.

Aster miró hacia arriba y se le iluminó la cara.

—¡Mierda! —exclamó—. ¡Estás sangrando!

Miré hacia abajo. La servilleta se había reducido a tiras rojas.

Dio unos pasos atrás, mirando a otro lado.

—¡Puaj! ¡Qué asco! Es sangre. Vas a tener que alejarte de mí.

—Tranquilízate, Az —dijo su oponente.

La chica de la capucha alargó el cuello y me miró la mano sentenciosamente. Tenía pelo rubio, cejas oscuras y arqueadas como gaviotas y una serie de pecas del color de la canela. Inspiré con fuerza. Era Sierra Blake, la chica por la que me preguntaron los policías. Saltándose clases, como yo.

—Es mucha sangre —comentó—. Ven, vamos a ver si necesitas puntos.

—La que ha sido voluntaria de hospital lo es para siempre, ¿no? —dijo Aster riendo. Pareció alegrarse al ver que me iba.

Seguí a Sierra hasta el baño, que era del tamaño de un armario y apestaba a moho. Dejó correr el agua fría y me hizo un gesto para que metiera la mano.

—Un corte limpio —dijo acercando el ojo—. Es profundo, pero pequeño.

—Eres Sierra Blake.

Me lanzó una mirada precavida y cerró el grifo con un movimiento brusco.

—Mantén la mano arriba, así. Toma, sécatela muy muy bien. ¿De dónde han sacado este kit de primero auxilios? Por Dios, pero si esto debe de ser de 1972 por lo menos. Da igual, la gasa parece limpia. La mano, por favor.

—Soy la mejor amiga de Rebecca Cross —le hablé a su cabeza—. ¿Sabes quién…?

—Sí. —Me dejó el dedo vendado e impoluto—. Ya está. Eso aguantará. Ahora, mantenlo presionado durante diez minutos. Voy a poner un cronómetro, se hace más largo de lo que parece.

Me apreté el dedo cortado con fuerza.

—Vale, está claro que no quieres hablar del tema, pero… He hablado con la policía hoy. Me han preguntado por el señor Tate. —Hice una mueca de disculpa—. Luego, me han preguntado por ti.

Sierra suspiró y se pasó las manos por la cara. Las tenía ásperas por el frío, como yo, y con las uñas muy cortas.

—En fin, qué decepción. Espero que no seas la típica imbécil que se lo ha ido contando a todos por ahí.

Negué con la cabeza.

—Te prometo que soy otro tipo de imbécil.

Sonrió. Un poquito.

—Lo siento por lo de tu amiga.

—Escucha, no te quiero molestar —le dije—. Pero. Por favor. —Hizo un sonido evasivo mirando hacia la puerta y la señalé con el pulgar—. ¿Quieres hablar fuera?

—No, solo estoy pensando que Aster te va a matar si piensa que me estás presionando. Es decir, no físicamente, obvio. No soporta la sangre. Pero psicológicamente sí, así que, que sea rápido. ¿Cómo te llamas?

—Nora.

—Vale, Nora. Te voy a contar lo que ocurrió en realidad. Y cuando la gente te venga con alguna versión bizarra, quiero que les corrijas. ¿Vale?

—Sí, prometido.

—Bien. Pues bueno. Tate es un depredador en toda regla. —Se me hundió el pecho. Ya me lo imaginaba, pero se me hundió por ella—. Yo soy lista —dijo—. Normalmente, no le aguanto ni una a la gente. Pero con los tipos como él… Es muy astuto. Llevo en el club de arte desde primer curso, y siempre he pensado que él no estaba nada mal. Que era inofensivo. —Puso los ojos en blanco—. Un poco patético. Siempre con lo de su grupo, queriendo que pensáramos que estaba en la onda.

Es gracioso porque ahora me doy cuenta, o sea, de cómo se comportaba con otras chicas. Y de cómo me dio a mí un trato privilegiado durante todo el año. Me traía monografías y me hablaba de pintores que supuestamente había conocido y de exposiciones en galerías que no me podía perder. Siempre haciéndome el típico gesto de… —Me pasó la mano por el hombro, la espalda y después, me dio una pequeña sacudida—. Pero bueno. Todo esto lo veo ahora.

»Resulta que Tate fue a la universidad en Pratt. Y entonces, el mes pasado, yo entro a Pratt con admisión anticipada. Dijo que teníamos que celebrarlo. Me invitó a su casa hace dos domingos, para ir a media tarde. Y pensé, bien, estarán su mujer y su hija, y me beberé un dedito de rosado barato. Pero cuando llego allí, no está su familia. Tenía puesto un álbum de los Shins y estaba preparándonos unas bebidas en la coctelera. —Soltó una risa de incredulidad—. Aún no sé por qué no me fui en ese momento.

—Es un profesor —dije en voz baja—. Para eso nos entrenan, ¿no? Para hacer lo que nos digan.

Sierra se quedó pensando en eso. No fue hasta que dejó de hablar que me fijé en las sombras bajo sus ojos y la curvatura del cuello.

—Sí. Puede ser. Bueno, por la razón que fuera, me quedé. Tate sirvió las bebidas y nos sentamos en la mesa de su cocina. Y me dijo… —Se le cortó la voz. Negó con la cabeza, como si se tratara de un defecto personal—. Me dijo que tenía mucho talento, que era mi momento y que iba a tener una gran vida llena de arte y viajes, y amores. —Pronunció la última palabra con asco—. Y me dijo que le honraría ser el primero. Que su primer amor fue una mujer mayor que él. Otra música. Dijo que los artistas siempre debían aprender de otros artistas. —Me dirigió un rápido parpadeo—. Me dijo que podía aprender mucho de él.

El zumbido del ventilador del baño me rechinó los dientes. Tate era un adulto. Con pelo en los brazos, patas de gallo y un anillo de bodas.

—Vaya cabrón —solté.

—Mi primer cabrón —dijo con una risa floja—. Menudo pervertido. En fin. Conseguí salir de allí. Y, por favor. No quiero oír tu opinión sobre esto, pero no lo denuncié enseguida. Estaba anonadada, creo. Y durante toda la semana pasada, actuó como si nada hubiera pasado. Un poco distante, pero educado. Y empecé a preguntarme: esto pasó de verdad, ¿no? Y cuando lo cuente, ¿intentará fingir que no?

»Después, el viernes pasado en clase, le conté a alguien que mis padres iban a estar fuera ese finde. Y supongo que Tate me escuchó. Porque el sábado por la noche, ya en pijama, oigo que alguien llama a la puerta. —Se me revolvió el estómago—. Me acerqué a la mirilla y lo vi con una chaqueta de cuero, una camiseta de su propio grupo y con un pack de seis cervezas Busch. Si sigo bebiendo esa cerveza cuando sea mayor, por favor sacadme de la miseria.

»Marqué el 911 y sostuve el teléfono para que pudiera verlo, con el dedo sobre el botón de llamada. Le gritó a la puerta un par de cosas increíblemente tristes y se fue a casa. O bueno, al menos eso pensé. —Subió una ceja con precisión—. Supongo que algo le pasó de camino.

—¿Qué te dijo la policía cuando les llamaste?

—No les llamé. Ayer se presentaron en mi casa.

Arrugué las cejas.

—Pero ¿cómo supieron que tenían que hablar contigo?

Por primera vez, Sierra parecía más triste que enfadada.

—Su mujer. Supongo que, no hace mucho, recibió un correo anónimo. Tate había perdido el teléfono y quienquiera que lo encontrara reunió todo tipo de información incriminatoria y se la envió a ella. Viejas conversaciones y fotos que guardaba de chicas del club de arte. Incluyendo las fotos. Había algunas mías que me había hecho sin darme cuenta, en la escuela. Tengo todas las cuentas en privado, pero él le había hecho capturas de pantalla a fotos donde salía yo en perfiles de otras personas. —Lanzó un largo suspiro de cansancio—. Su mujer se fue de casa con la hija, pero no dijo nada a la escuela. Entiendo que no quería que lo despidieran, pero… Sí, la cagó. Ahora dice que se siente mal e incluso ha llamado a mi madre para pedirle perdón. Y por eso sé todo esto.

Me empezó a palpitar la mano y luego, la cabeza.

—Alguien encontró su teléfono. ¿O alguien le quitó el teléfono?

Sierra chasqueó la lengua.

—¿A que sí? Yo pensé lo mismo.

Podía escuchar mi propia respiración.

—Me parece una coincidencia enorme. Que alguien encuentre un teléfono y decida acceder a él porque sí. ¿Está la policía intentando averiguar quién ha sido?

—Creo que la policía está intentando averiguar muchas cosas. Porque, en general, todo lo que está pasando también parece una enorme coincidencia.

—¿Tú crees que tuvo algo que ver con los demás? ¿Con Becca y los otros?

Sierra estudió la posibilidad, apoyada sobre la sucia puerta del baño y de brazos cruzados. Incluso quieta, emanaba una vivaz agitación que me hizo pensar que el señor Tate tenía razón en una cosa: sí que parecía estar destinada a tener una gran vida. Y él había intentado dejarle una mancha.

—Eso ya no es asunto mío —dijo—. Así que todo lo que diré es que he hablado con otras chicas desde que empezó todo esto de Tate, chicas ya graduadas. Nora, ese tipo tendría que estar en la cárcel. Cuando vuelva a asomar esa puta cara de cobarde que tiene por Palmetto, nos aseguraremos de que así sea. Ya puede ser listo o esconderse bien.

»Pero tengo una visión —continuó—. Bueno, es más como un sueño lúcido. En este sueño, una de las chicas vuelve el sábado por la noche al pueblo. Ya de adulta. Encuentra a Tate. Y él aprende mucho de ella.

CAPÍTULO VEINTITRÉS

Cuando Becca y yo teníamos ocho años, íbamos a clases de ballet. Una de las niñas se escabullía de los ejercicios de barra para quitarles cosas de las bolsas a las demás. Dulces, brillo de labios, mi llavero de cristal de un búho. Dejó de hacerlo después de que Becca le escribiera LADRONA con líquido corrector en la bolsa, el abrigo y en la punta de sus botas de gamuza.

Una vez, estábamos en el cine y había un grupo de tres adolescentes borrachas sentadas delante de nosotras. Se pasaron toda la película gritando «¡Pene!» y arrojándole caramelos Mike and Ike a la gente. En algún punto de la segunda mitad de la peli, Becca se fue al quiosco del cine, compró el vaso de refresco más grande que había y se lo arrojó al grupito.

La he visto rayar una cantidad ingente de coches de personas que dejaban a sus perros dentro en días de verano. No lo hacía con maldad, sino con un elegante sentido de causa y efecto.

Me gustaba eso de ella. Me enseñó a no conformarme con el mundo tal y como se me presentaba. A que podías ser el voto disidente. Podías ser juez, jurado y verdugo, siempre que estuvieras dispuesta a huir de adolescentes pegajosos y dueños de coches iracundos como si huyeras del diablo.

Luego, mataron a su madre. Y aquella brillante y puntiaguda cosa de cristal que era su certeza moral, cambió de forma y color.

En el patio de la escuela, veíamos a un chico un par de años mayor que nosotras. Era uno de esos niños misteriosos que siempre iba por ahí sin padres que lo vigilaran, se ponía moreno en verano, llevaba poca ropa en invierno y convencía a otros niños para embarcarse en juegos salvajes y, en ocasiones, violentos. Tenía una cara alargada y asilvestrada y un pelo radiante que le llegaba hasta la cintura. Se acordó, por consenso colectivo, que sus padres eran unos *hippies* o unos fanáticos religiosos, o que directamente no tenía y se había caído de un árbol como un cuco. Pero había en él una chispa de energía pura que se desbordaba, con demasiada facilidad, en forma de empujones, labios partidos y salpicones de sangre. Nadie se reía de él dos veces, ni por el pelo, ni por nada.

Siempre que podíamos, lo esquivábamos. Solo nos uníamos a sus juegos cuando no podíamos evitarlo. Y, para cuando cumplimos doce, su energía de niño malo se había convertido en otra clase de veneno. La pubertad le transformó la cara en algo esbelto y pícaro. Llevaba el pelo recogido en una baja coleta dorada y parecía un soldado de un libro de historia. Empezó a verse con chicas en el recreo. Chicas guapas, con curvas y poco mayores que nosotras. Las llevaba hasta el bosque y, a veces, se les unía un segundo chico. La conciencia con la que acechaban a las chicas me revolvía el estómago, como cuando bebes leche en mal estado.

Cinco meses después de la muerte de la señora Cross, justo antes del comienzo de octavo curso, Becca y yo fuimos al parque y nos tumbamos en el carrusel bajo el sol menguante. Estábamos girándolo perezosamente con los pies, cuando escuchamos el sonido de pasos acercarse. De repente, el carrusel empezó a girar más rápido. Aquel chico y tres de sus parásitos tiraban de él por turnos, haciéndonos girar cada vez a más velocidad y riéndose al ver cómo nos agarrábamos.

—¡Parad! —gritó Becca—. ¡Paradlo!

Me noté la bilis en la garganta y supe que estaba a punto de vomitar.

—Venga, paradlo —dijo el chico.

Pararon de un frenazo. Yo estaba tan mareada que no podía ni levantarme. Él me lo impidió antes de siquiera poder intentarlo. Se puso frente a mí, me miró y, con el sol cubriéndole los hombros, me dijo:

—El precio para levantarse es un apretón de pezón.

No sonreía. Tenía una mirada plana como la de un tiburón y la boca llena de granos.

—¡Mierda! —exclamó uno de los chicos detrás de él con el puño cerrado. Mientras, los otros se partían de risa.

Lo fulminé con la mirada y me ardió la cara de la humillación. Me sentía avergonzada de resultar un blanco tan fácil. Avergonzada por no saber ni cómo reaccionar. Avergonzada incluso de ser una chica y tener pechos.

—Vámonos —dijo Becca tomándome del brazo y arrastrándome fuera del carrusel. Mientras tiraba de mí, el chico serpenteó una mano, agarró buena parte de mi pecho de niña de trece años y lo retorció.

Me dolió, pero aún me avergonzó más, y ni siquiera me quejé.

—¡Vete a tomar viento! —gritó Becca por encima del hombro.

Hasta aquel insulto infantil consiguió atormentarme.

Debí imaginarme que la cosa no había terminado ahí.

Era casi el final del verano, la última ola de calor. El aire era denso, se te pegaba a los dientes y costaba tragarlo. Nos pasamos todo el día siguiente en la piscina de Becca, respirando lo suficiente como para no hundirnos. Sobre las seis, los potentes rayos de luz se escondieron tras los árboles y los pintaron de dorado. Cerré los ojos y esperé a que el calor se fuera del todo. Todavía me dolía el pecho que me había retorcido el chico.

Estaba encima de una colchoneta y las piernas ondeaban como hojas sobre el agua. Tenía la mano encima del flotador, con la palma hacia arriba y los dedos enroscados. Me imaginé que estaba sujetando algo brillante, abrasador y ferviente. Cuando desplegué los dedos, aquella cosa salió disparada como una flecha. Y el dolor en el pecho se desvaneció.

Abrí los ojos y el sol estaba más bajo. Becca se había ido. Miré al otro lado del jardín y vi una bicicleta donde antes había dos.

Salí mareada de la piscina y me subí a la bici. Llevaba un bañador rojo de una pieza empapado, las chanclas se me resbalaban de los pedales y el viento me iba secando el pelo. La silueta del parque estaba compuesta por formas de familias que, por fin, se aventuraban a salir al crepúsculo. Lo dejé atrás y llegué hasta el arbusto donde estaba la bicicleta de Becca tirada, en el límite del bosque. Tiré la mía al lado y me fui directa a nuestro claro.

Él estaba allí. Durante los siguientes años, jamás me contó cómo hizo para que la siguiera hasta el bosque.

No me vieron. Estaban de pie. Uno frente al otro en extremos opuestos del círculo de hierba corta. Becca llevaba la navaja mariposa de su padre en la mano. Su voz sonaba raspada, como si hubiera estado gritando, pero aquel día apenas habíamos hablado.

—Agáchate —le dijo—. Ponte de rodillas.

El chico soltó una risa. Le faltaba un poco el aliento.

—Tiene que ser una broma. —Se empujó lascivamente la mejilla con la lengua—. Ponte tú de rodillas.

—Hazlo.

Él podría haberle enseñado el dedo y darse la vuelta. Podría haberse largado corriendo por algún camino y acabar con todo aquello, pero era demasiado arrogante. Se abalanzó sobre ella.

El chico me parecía muy astuto, rápido y peligroso. Así fue como descubrí que su astucia era la de un animal. Sin pensamiento previo y movido por el deseo. Quería hacerle daño y arrebatarle el arma. Pero ella lo vio venir y extendió el cuchillo, provocándole un corte en los dedos al intentar realizar el movimiento.

Se retorció la espalda y se cubrió el pecho con el brazo, como si se tratara de un ala rota.

—¡Mierda! ¡Perra!

—De rodillas. Que te pongas de rodillas. Ahora. —Su voz se había apaciguado un poco. Como si intentara tranquilizar a un caballo antes de montarlo.

—Te voy a matar —dijo con una tranquilidad letal—. Estás muerta, te lo prometo. Estás acabada.

Entonces, ella se lanzó sobre su vientre con la cuchilla, él lanzó un grito y se encogió.

Con la cabeza agachada, el chico se acunó la mano sangrienta en el pecho y continuó soltando cada vez más y más infames promesas. Ella las ignoró y caminó en círculo hasta quedar justo a sus espaldas. Él se incorporó y pareció asustado, al ver que le había perdido la vista.

—Nora —dijo ella.

No había mirado en mi dirección ni una sola vez, pero sabía que estaba allí. Di unos pasos al frente y me arrodillé para tomar una piedra fangosa. Encajaba en mi palma de una forma muy satisfactoria. Él me fulminó con una mirada de odio puro y yo le mandé un saludo con la mano que no estaba sujetando la roca. La vergüenza se me estaba consumiendo como el alcohol.

—Míralo —dijo Becca.

Nunca la había amado tanto. En ese momento, la quise con el fervor de un súbdito venerando a su reina. O como un discípulo adorando a su diosa.

Se quedó de pie detrás de él y levantó la navaja. Luego la bajó y empezó a cortar. Él cerró los ojos y no emitió ni un sonido mientras ella movía la mano, hasta que salió una buena mata de pelo. Se lo había cortado todo hasta la nuca.

Mi mejor amiga inspeccionó la coleta unos segundos, manchada por la sangre que sus dedos habían dejado en la cuchilla, y la alzó.

—Por la diosa. —Arrojó el oro sangriento al suelo y cayó en el espacio que le dedicamos al altar de la diosa de la venganza.

Dentro de mí, algo se liberó. Porque las diosas siempre habíamos sido nosotras, solo nosotras. No era magia, sino una especie de recordatorio de que nos bastaría con permanecer juntas. Podría dejar volar, por fin, el sentimiento persistente de culpa por la muerte de Christine Weaver. Lo intentaría.

Finalmente, Becca me miró. En sus ojos pude ver que estaba dispuesta a hacer cualquier cosa por mí. Y lo estaría siempre. Se lo pidiera o no.

—¿Bien?

Asentí. Volvía a tener seis años, una edad en la que no existía la vergüenza.

—Bien.

No nos fuimos corriendo. Caminamos juntas, codo con codo y con la navaja aún caliente en su mano.

La aparente teoría de la agente Sharpe (Becca como la víctima y el señor Tate como el depredador) tenía sentido. Fue una historia que resonó por todas las esquinas.

Pero no era la correcta.

¿Y si le daba la vuelta? El señor Tate como la víctima y Becca como, no la depredadora, pero como el ángel vengador. Actuando de nuevo, como siempre, para reparar el mal. Empezando por robarle el teléfono y encontrar pruebas.

No podía imaginarme cómo aquello funcionaría, pero la idea se posó en mí como un instinto, más que como un pensamiento, e hizo que se me erizara la piel. Puede que no me dejara la navaja solo para recordarme que en un tiempo había sido mi heroína. Puede que el mensaje se tratara de algo más directo.

Me he preguntado más de una vez lo que mi mejor amiga, imperiosa, intensa y salvajemente dotada, sería capaz de hacer. En ese momento y por primera vez, me pregunté qué era lo que había hecho.

CAPÍTULO VEINTICUATRO

Ya no me sangraba el dedo. No necesité puntos. Pero mi madre preguntaría por la gasa, así que paré en el supermercado Target para comprar tiritas.

Me pasé un rato rondando por los pasillos. Deslizando los dedos por camisas que no quería e inspeccionando botes de jabón de cara para mirar las etiquetas, pero no para leerlas. Había una chica con el pelo largo de pie en la sección de maquillaje. Se estaba aplicando una muestra de pintauñas con sigilo. Por un momento, pensé que era Becca.

Hablar con la policía te deja desorientada, pensé. Oscilando entre la preocupación y la rabia. Te sientes manipulada. Intentas aferrarte a la normalidad, pero te arrastran hasta una versión alterada de tu vida. ¿Quién no se miraría en el espejo y vería a una extraña? ¿Quién no se sentiría entumecida de la cabeza a los pies?

Podía notar el ardor de la navaja en el interior de la bolsa y cómo atravesaba la gruesa capa del tejido vaquero que me cubría la cadera. ¿Qué era aquello que había sentido cuando su aguja se me clavó en la piel? No se le pareció a nada que hubiera sentido antes. Fue como…

—Disculpe.

Aquella palabra me sobresaltó y volví en mí. Estaba en el pasillo de los cereales. Un hombre que intentaba avanzar me miró de oreja a oreja. De la parte baja de su carrito se agarraban dos niños que parecían cachorros. Cuando pasaron, miré la caja de cereales Lucky Charms que tenía en la mano, los sacudí un poco y me relamí los dientes. Me había comido la mitad ahí de pie, por el estrés.

Pagué los cereales y una botella de agua que me terminé de camino al coche. Mientras se calentaba, saqué el teléfono y vi dos mensajes de Ruth.

Deja de saltarte el almuerzo, te echamos de menos
¿Has escuchado lo de Tate?

Sobrevolé la pantalla con los pulgares.

Lo he escuchado.

Respondió a los segundos.

Te han entrevistado, ¿no?

Por supuesto que se había corrido la voz. Como siempre.

Sí, pero ya sabían todo lo que les he contado.

¿Necesitas hablar? Contestó.

Ruth. La sagaz y astuta Ruth. Me comí un cereal en forma de herradura, otro en forma de olla de oro y otro de un arcoíris, mientras pensaba. Aunque estuviera intentando hacer de amiga, cosa que de verdad creía, la noté demasiado interesada.

Gracias. Te avisaré.

La persona a la que sí quería escribirle era a James, pero no tenía su número. No podía dejar de pensar en cómo se encerró en sí mismo cuando le herí los sentimientos en el baño verde. Porque le había hecho daño, por mucho que lo negara. Si hubiera podido, le habría escrito:

Lo siento.

Quería que al menos una cosa fuera sencilla.

No le mencioné a mi madre lo de la charla con la policía. Se enfadaría cuando se enterara, inevitablemente, pero eso era un problema para mi yo del futuro.

En cambio, me fui directa al cuarto. Primero, busqué noticias escribiendo los nombres de los desaparecidos. Todavía nada. Después, me pasé una ardua media hora intentando localizar a la chica que puede o puede que no muriera en el PHS. De sesenta a ochenta años atrás. De una sobredosis, posiblemente, pero no probablemente. Aquella chica cuya historia podría ser el origen del juego de la diosa.

Me enfadé inmediatamente conmigo misma por ser tan ingenua, por pensar que de verdad iba a dar con algo. Todo lo que encontré fueron noticias de muertes recientes. Algunas que ya había escuchado y otras que no, así como de estudiantes y graduados. Atletas, artistas y miembros del proyecto educativo Model UN. Casos de accidentes, de sobredosis reales y de enfermedades. Me ardían los ojos y tenía el cerebro frito, así que cerré el ordenador.

En realidad, solo estaba intentando distraerme. A pesar de la posible conexión entre aquella muerte lejana y el juego de la diosa, y de mi extraño sueño lúcido con Logan Kilkenny, seguía pensando que en verdad no me importaban esos casos sin resolver.

Becca era la que me importaba. Su rabia, sus advertencias y la percepción que tenía de sí misma como reparadora de injusticias.

¿Cómo era posible que todo eso hubiera desaparecido? Me quedé en la cama mirando al vacío. Empecé a enfocar una película mental, con la delicadeza propia de una flor escarchada. La película abrió con la noche de verano que recogí a Becca del aparcamiento del bosque. ¿Qué habría pasado antes de que llegara? Digamos que encontró a

Kurt Huffman haciendo algo espantoso y se hizo daño al escapar. Luego, empezaron las clases y descubrió algo horrible del señor Tate. Aquellos dos eventos agotaron lo que le quedaba de fe en el mundo, conduciéndola así, de vuelta a la mitología de nuestro juego de la infancia. Juego que nos otorgaba un gran y terrible poder.

Ese fue el fin de la historia. Porque no importaba lo que Becca creyera, las diosas no eran reales. Ni las de la rima de la cuerda, ni las que creamos. Y no había nada que Becca, por su propia cuenta, pudiera haberle hecho ni a Kurt, ni al señor Tate. No sin dejar rastro. No en una sola noche.

Aparte, el desvanecimiento de Chloe Park no tenía cabida en mi terrible hipótesis. Una niña de trece años, tan liviana como la bailarina de una caja de música. Amiga de Piper y que una vez vi llorar de emoción por el nacimiento de una mariposa. Le sobraba tanto amor que ofrecía servicio gratuito de cuidado de mascotas a los vecinos. ¿Qué podría haber de malo con una amiga de Piper?

La encontré en mis contactos. No éramos precisamente amigas, pero nos habíamos juntado algunas veces en el pasado. Hubo incluso uno o dos veranos en los que corríamos juntas hacia el camión de los helados y nos comíamos los Choco Tacos bajo la sombra del sauce de la esquina. Consideré hablarle por mensajes, pero en lugar de eso, la llamé.

—¿Nora?

Sonaba congestionada y triste. ¿La habría llamado mientras lloraba o lo estaría fingiendo? El pensamiento me pareció muy insensible y hablé con una torpe jovialidad para compensarlo.

—¡Piper! ¡Hola! Hace un tiempo que quería saber cómo lo llevas.

—¿En serio?

No sonaba para nada simpática. Aquel tono era el equivalente a decir «deja de decir tonterías». Volví a conectar con mi lado de manipuladora emocional.

—Lo siento, quise haber llamado antes, pero estaba destrozada. Por lo de Becca.

La pude escuchar recordarlo y me la imaginé llevándose una mano a la mejilla.

—Ay. Dios, es verdad. Lo siento, yo también debería haber llamado. ¿Cómo lo llevas? ¿Sabes algo?

—Nada de momento. Estoy bien.

—Me alegro —dijo con fervor. La conexión con la tragedia pareció haber abierto una puerta entre nosotras.

—Yo también estoy bien, supongo. Nos estamos quedando en la ciudad, en un Airbnb. Mis padres me vigilan todo el día, para ver si estoy traumatizada. Mi madre se ha tomado dos semanas libres para poder vigilarme también en horas de trabajo. Me estoy escondiendo en el baño ahora, literalmente. Ni siquiera sé cuándo me dejarán volver a clase.

—Vaya mierda —dije con compasión—. Además, debes estar muy preocupada por tu amiga Chloe.

Su silencio fue mi primera confirmación. Luego, su voz. Sonaba atravesada por una vena de indignación.

—Chloe Park no es mi amiga.

Me poseyó un pavor tan intenso que tuve que sentarme y apoyar los pies en el suelo, apretando las puntas de los dedos contra la alfombra.

Hay tanta gente mala.

La voz de Becca, otra vez. Su voz en mi oreja, tan presente y tan real que podía sentir el zumbido de mis nervios. Me doblegué en un intento de ralentizar la respiración.

Piper siguió hablando.

—¿Sabes lo que la policía encontró en el teléfono de Chloe? El último mensaje que recibió fue una foto de mi amiga Ashley después de medianoche. Solo que Chloe debió enviársela a sí misma —sonó más cerca del teléfono—. En la foto, Ashley está en toples.

Se me revolvió el estómago al intentar interpretarlo. En esta realidad, Chloe Park había desaparecido. En otra, dejó la casa de Piper el domingo por la mañana habiendo robado un desnudo. No era complicado imaginarse para qué lo habría usado.

—¿Cómo de bien conoces a Chloe?

—Casi no la conozco. Mi madre trabaja con su madre, así que me obligó a invitarla. Por eso se siente tan culpable. Si estoy traumatizada es por su culpa. —Soltó una risa poco propia de una Piper.

—¿Conoces a alguien que sea amigo de ella?

—Nop —dijo rotundamente—. Chloe Park no tiene amigos, y no porque sea tímida. ¿Tú sabías que vive por Woodgate? La trasladaron a Palmetto a principios de año. Sus padres hacen media hora en coche todos los días para traerla. ¿Por qué entonces no va a clase en Woodgate? ¿Qué demonios fue lo que pasó allí?

Woodgate era una escuela al norte de Palmetto, conocida por estar sobrefinanciada y tener un alto porcentaje de estudiantes admitidos en universidades. Se decía que tenían establos de caballos. Seguro que era mentira, pero la cosa era que podían tenerlos perfectamente. Por principio, todo estudiante del PHS detestaba al alumnado del Woodgate. Incluso yo, a quien, en teoría, no le importaba lo más mínimo la rivalidad entre escuelas. Que se fueran a la mierda.

—¿Tú lo sabes? —pregunté.

Hizo una pausa aún más larga. Oí el sonido del agua correr de fondo, como si hubiera dejado el grifo abierto para que no la escucharan.

—Se supone que no debería contarle esto a nadie, en serio. —No intenté convencerla. Esperé a que ella se convenciera a sí misma—. Pero sé que puedo confiar en ti —añadió unos segundos después.

Hice una mueca, porque, en fin.

»Mi padre está convencido de que los padres de Chloe van a intentar demandarnos, pero mi madre le dice que no habría manera. Tuvieron una discusión enorme porque él le dijo que se creía muy lista y que solo era una abogada de inmobiliaria y luego ella... Bueno, olvídalo. Perdón. Lo que quería decir es que, finalmente, mi madre llamó a un amigo que sí ejercía la rama del derecho adecuado, y le dijo...

El agua sonó más fuerte, como una cascada. ¿Qué pensarían sus padres que estaba haciendo ahí dentro? Su voz se volvió más grave.

»No estoy segura de que sea legal que le contara esto a mi madre, así que no puedes decírselo a nadie, en serio. Bueno. Algo ocurrió en la antigua escuela de Chloe. No quiero hablar demasiado, pero hay informes policiales. Chloe era una acosadora, la típica de las series de Netflix. ¿Y sabes qué? Que no me extraña. Es muy guapa y viste bien, pero cuando estoy con ella tengo una sensación... Como... No puedo explicarlo, pero bueno. Yo fui la única que se despertó el sábado por la noche y vio que no estaba. Oí un ruido en la cocina. Pero antes de bajar, lo primero que hice fue ir al cuarto de mis padres. No para contárselo, ¿vale? Fue para ver que estaban bien.

—Guau —dije en voz baja—. Lo siento mucho.

—Gracias. No cuentes nada de esto.

—Tranquila. Y... Espero que tus padres te dejen volver a casa pronto. Tenemos tu llave de repuesto por ahí, por si quieres enviar algún paquete con tus cosas. O si quieres puedo ir a llevártelas.

—Muy amable por tu parte, Nora —dijo con cordialidad—. Pero estoy bien. Mis padres no paran de comprarme ropa y libros y todo. Porque ni siquiera me dieron tiempo de hacer la maleta. Y porque se sienten culpables. Está empezando a ser un poco raro, honestamente, eso de que me digan que sí a todo. Espero volver pronto, pero supongo que ha estado bien eso de pasarme los días leyendo o haciendo nada.

Era reconfortante escucharla recuperar su estado natural de positividad en tiempo real. Pensé en invitarla a tomar un café o algo cuando volviera, aunque no bebiera café.

—Bueno. Me alegro de que estés mejor, en general. Y de que tus padres estén mejor, en general. Llámame si en algún momento quieres hablar.

—¿De verdad? —Sonó tan agradecida que me sentí culpable—. Lo haré. Seguro que sí. Adiós, Nora.

—Adiós, Piper.

Colgué y me acosté. Me froté las sienes con los dedos.

—¿Esa era Piper Sebranek?

Mi hermana estaba mirando a través de la ranura de la puerta. Había demasiada poca luz para verle la cara.

—¡Dios, Cat! —Encendí la lámpara de pinza del cabecero—. ¿Cuánto tiempo llevas ahí?

Luego, me callé, porque vi tenía los ojos llenos de lágrimas, inexplicablemente.

—Oye. Creo que Beatrice les ha contado a algunas personas lo de Becca. —Le tembló la voz—. O sea, lo de que ha desaparecido. Creo que por eso se ha esparcido.

Suspiré con fuerza.

—No me digas…

Dios un paso hacia adelante y se secó las lágrimas.

—Lo siento, en serio. De verdad que solo se lo he contado a Bea. Ella fue la que lo puso por el grupo de natación.

No estaba segura de qué hacer. Mi hermana pequeña nunca lloraba, ni se ponía tan mal por nada. Parecía uno de esos juguetes a los que no se les agotaba la pila por mucho que lo intentaras. Cat se juntaba con un grupo de niñas que siempre olían a cloro. Se levantaban todos los días a las cuatro por propia voluntad y les gustaba realizar hazañas sobrehumanas como completar diez flexiones haciendo el pino. Salía a las cinco para ir al entrenamiento y no volvía hasta la cena, aunque la mitad de las veces ya se había comido una ensalada en el coche de alguien.

Por una parte, nos conocíamos. Sabíamos cuáles eran nuestros miedos de la infancia, nuestras primeras palabras y las mejores maneras de sacarnos de quicio durante largos viajes en coche. Pero, por otra parte, éramos unas desconocidas. En ese momento, sentí aquella distancia y no sabía si pasar de ella o consolarla. Aunque si decidía consolarla, tampoco sabría cómo.

—Se iban a enterar igualmente. —Me encogí de hombros—. Ahora que la policía ya está involucrada.

—Entonces, ¿Becca está *desaparecida* desaparecida? —preguntó con tristeza.

—Nadie sabe dónde está, así que… Sí.

Cat maldijo algo y miró hacia abajo.

—Te juro que pensaba que aparecería en un día. Asumí que solo intentaba asustarte para que volvierais a ser amigas.

Hasta entonces, no estaba segura de que supiera que Becca y yo nos habíamos peleado.

—Oye —dije—. ¿Puedes guardar un secreto? Ahora de verdad.

—Sí. —Se le iluminó la cara—. Te lo prometo. De verdad.

Aun así, dudé. Nuestra madre era una cotilla empedernida y Cat lo había heredado más de lo que lo admitía. Miré aquel rostro en espera y me imaginé lo que iba a decir rulando por su chat de grupo y saliendo a la luz.

No me atreví a pronuncias las aterradoras palabras que me moría por verbalizar. No le pregunté: ¿Y si Becca no es solo una parte? ¿Y si Becca es el corazón de este asunto?

—Becca me ha dejado algunas cosas —dije en lugar—. Como pistas. Una nota, una foto y un rollo de película.

Terminó de cruzar el cuarto y se sentó con cuidado en la cama.

—Guau. La está buscando la policía y ella se dedica a jugar a la búsqueda del tesoro.

—Cat.

Exhaló.

—Supongo que es algo bueno. Por lo menos, sabes que no la han secuestrado o algo. Pero es difícil creer que elegiría abandonarte.

Se me puso el estómago del revés.

—Esa es una manera rara de expresarlo. Prácticamente, me ha tenido abandonada los últimos tres meses.

—No, qué va. Siempre la veo pasar con el coche por delante de la casa. O en bici. O a pie. ¿No lo sabías?

—No —dije en voz baja—. ¿En serio? Me lo podría haber dicho alguien.

Cat se rascó el cuello con la uña del pulgar hasta que se le puso rojo.

—No te puede sorprender tanto. Sabes que Becca piensa que eres suya. Si no fuera porque se pasa todo el tiempo espiándote, hasta nos haríamos amigas.

—¿Quién? ¿Nosotras? —La miré perpleja—. ¿Tú y yo?

—Bueno, sí —respondió sin mirarme.

—Eso… Cat, eso es ridículo. Tú eres mi hermana.

—Exacto. Para ella soy la mayor competición.

Me quedé con la boca abierta, intentando desmentirlo, pero no pude. Cat estaba quieta, esperando a que yo asimilara sus palabras.

—Becca es complicada —dije al fin.

—Eso es quedarse cortos.

—Lo ha pasado muy mal. Y eso también es quedarse cortos.

—Lo sé —dijo en voz baja.

Tenía la cabeza apoyada en el cabecero y la veía de perfil. Ella estaba sentada en la otra punta de la cama, con los pies en el suelo.

—Lo siento —le dije.

—Vale.

Tenía muchas más cosas que decir, pero solo con pensarlas me invadió el silencio. Aún no se había ido, así que le dije algo que sí me atrevía a decirle.

—¿Alguna vez has jugado al juego de la diosa?

Hizo un gesto raro con la cara. Fue como un impulso eléctrico, de sorpresa.

—¿Y eso a qué viene?

—Lo sé. Sé que no viene a cuento.

—No. Justo lo estuvimos hablando el otro día en el entrenamiento.

—¿En serio? ¿Y qué decíais?

Miró al techo, pensando.

—No me acuerdo de cómo surgió. Naomi, una de primero, nos estaba contando que unas niñas se pusieron a jugar en la piscina del hotel durante un encuentro el año pasado. Terminó en una enorme discusión. Una de las niñas acusó a la otra de intentar matarla. A todas nos sorprendió que nunca hubiera muerto nadie jugando al juego de la diosa.

Emití un sonido involuntario y ella juntó los ojos.

—¿Qué? —preguntó.

—No sé —dije con voz ronca—. Solo que… estoy hecha mierda, Cat. —Me pasé una mano temblorosa por el pelo—. ¿Puedes mirarme un segundo? —Me puse firme—. ¿Me notas rara?

Me miró y le tiritaron los ojos. Teníamos caras parecidas, solo que ella tenía los ojos azules y la mandíbula cuadrada de mi padre. Además, estaba impregnaba por una capa de seguridad que ni siquiera mi estado de agitación podía arrebatarle.

Parpadeó un par de veces y dijo:

—Te noto cansada.

Después, se acercó y me abrazó. El ángulo era raro y nos estábamos abrazando prácticamente con los codos. No teníamos mucha práctica.

—Oye —me dijo mi hermana al oído—. Sabes que no me entusiasma Becca. Pero no creo que esto sea un acto más de manipulación. No creo que lo haga solo para preocuparte. Tiene que tratarse de algo más.

Sentí palpitaciones, como si se me hubiera despegado el corazón.

—¿Como qué?

—No lo sé —dijo casi en un susurro.

Pero no un susurro de cotilleo. Era el sonido de una persona que le tenía miedo a las palabras que estaba pronunciando.

—Pero presiento que es algo que nadie se espera —siguió—. Algo de lo que nadie está hablando.

Asentí con la cabeza pegada a su hombro.

—Yo también lo creo.

Nos quedamos así un rato largo, cada una imaginándose su propia versión de algo tan grande y extraño que costaba verbalizarlo. Algo que pudiera darle una explicación a la desaparición simultánea de cuatro extraños.

CAPÍTULO VEINTICINCO

No dije gran cosa durante la cena. Normalmente, mi madre hablaba por los codos y le ponía muy contenta ver a sus dos hijas sentadas a la mesa, pero esa noche, estaba callada. En algún punto, mi padre dijo:

—¿Se sabe algo de Becca?

—Creo que nos lo hubiera dicho, Paul —le respondió mi madre.

Y ahí acabó la cosa.

—¿Cómo llevas el brote de dolor? —le pregunté a mi madre cuando se levantó para retirar la mesa.

—Mejor —contestó casi sin mirarme.

Supe que era verdad por cómo se movía. Miró mi plato y dijo:

—¿Huelga de hambre?

Yo lo miré también. Pollo con salsa cremosa sobre arroz amarillo y zanahorias hervidas. Lo había removido todo y había cortado el pollo en trozos pequeños. Lo poco que había comido me había revuelto el estómago.

—Perdón —dije.

Cuando terminamos de retirar la cocina, cada uno se fue a su respectivo rincón. Yo me quedé. Me recorrió una extraña sensación por todo el cuerpo hasta que se me concentró en las entrañas. Era tan intensa que tardé un minuto en categorizarla como hambre.

Me quedé de pie comiendo crema de cacahuete y miel, hundiendo la cuchara en los botes de una forma muy poco higiénica. Cuando me acabé la miel, me comí la mitad de un paquete de barquillos de chocolate rancios. No era suficiente.

Te noto cansada, me había dicho mi hermana. Pero ¿acaso había abierto los ojos para mirarme? Y mi madre, ¿me había mirado siquiera?

Mi estómago emitió un sonido que nunca había hecho antes. Me dirigí a la despensa. En la balda de arriba, estaban los suministros de repostería. Azúcar blanco, azúcar moreno y una lata de deliciosa leche condensada. La inspeccioné con un sentido de la destrucción.

Luego, la cerré de golpe, me dirigí al fregadero y llené un vaso de agua. Me lo bebí y volví a llenarlo. Bebí agua hasta que me dolió el estómago y la sentí chapotear en mi interior. Hasta que ya no hubo espacio para más.

Cuando volví al cuarto, vi otro mensaje de Ruth. Era un enlace a un artículo del periódico *Chicago Tribune,* publicado una hora antes.

Cuatro desaparecidos en un barrio del noroeste.

Era un artículo corto. Informaba de los nombres, edades y el marco temporal de las desapariciones. Afirmaba que tres de ellos eran estudiantes del PHS y uno era un profesor. Se me agitó la respiración cuando lo leí. Su nombre me robó toda la atención. *Rebecca Horner Cross, 17.*

Toda la información era objetiva y estaba libre de susceptibilidad o especulación. Era irrefutable. Exponía los hechos con todo lujo de detalles. Un pueblo, una noche. Cuatro desaparecidos.

CAPÍTULO VEINTISÉIS

Me volví a duchar antes de irme a la cama. Se me cayó la tirita del dedo y la herida se abrió en forma de sonrisa. Repugnante. Más caliente, pensé. Más. Así que le di al agua caliente y me quedé con los ojos cerrados respirando el vapor. Cuando miré abajo, tenía la piel roja, como si me hubiera quemado al sol, y divisé un moratón en el pecho.

Bajé el cuello, como cuando te pones un collar, para verlo mejor. Y me di cuenta de que no era solo un moratón, eran cuatro, y estaban colocados de arriba abajo en el pecho izquierdo. Eran pequeñas manchas negras, como si me hubiera chocado fuerte con algo. Pero ¿el qué?

Más caliente.

Las palabras se me aparecieron en la mente. El agua ya estaba ardiendo y casi no podía respirar. Con el paso del tiempo, el pensamiento fue adquiriendo cada vez más la forma de una cucaracha que se me colaba por la oreja. Que venía a mí, pero no de mí.

Rápido, paré el agua caliente y le di a la fría. Me cayó en la piel como la lluvia y ni siquiera tirité. Casi no la sentía. Pero por dentro, todo se me empezó a destensar.

Paré el agua, salí de la ducha y no me miré en el espejo.

Me metí en la cama, sabiendo que iba a soñar con algo malo. Con Becca, Kurt o Logan Kilkenny. Algún sueño con textura real.

Tuve razón, a medias. No soñé con alguien que conociera o hubiera visto, pero lo sentí tan real como caminar por mi propia habitación.

En el sueño, estaba en un bar iluminado por bombillas cálidas y un cartel fluorescente rojo y azul de las sidras Strongbow. Menos de una docena de bebedores se esparcían por las mesas, la barra y el billar. Todos parecían acabar de llegar de un agotador viaje en un autobús nocturno.

Caminé entre ellos, fijándome en sus caras. Algunos miraron atrás y otros parecían irritados y recelosos. Otros me dieron la espalda. No sabía ni lo que estaba buscando hasta que lo vi en la cara del séptimo hombre.

Una sombra. Como la que le había visto a Logan Kilkenny. No del todo visible, pero ahí estaba, como una estrella que solo ves por el rabillo del ojo. En la frialdad de su mirada, vi desafío. En la curva de su sonrisa; provocación. Sin embargo, no podía asimilar todas sus facciones a la vez.

El sueño avanzó. Ahora, aquel hombre de cuerpo enjuto estaba fuera. Se encontraba bajo una lámpara de mosquitos y entre dos contenedores pegados a una pared de ladrillo. La oscuridad le resaltaba aún más la sombra de la cara.

Hasta ese momento, no había podido sentir mi cuerpo en el sueño. Pero entonces, descubrí que tenía piernas para plantarme frente a él, y manos para agarrarle de aquella camiseta sudada. Descubrí que tenía una boca con la que dibujar una sonrisa.

La sensación de una sonrisa es algo que resulta muy insignificante en el horizonte de un sueño. Pero fue lo que me hizo saber que, en efecto, estaba soñando. Me retorcí, intentando expulsarlo. Y con un movimiento brusco, me desperté.

Estaba sentada con la espalda recta, los pies en el suelo y agarrando algo fino y duro con la mano. Aún era de noche y no estaba en la cama. Reinaba el silencio, pero había un sonido que me retumbaba los oídos.

Me pasé unos segundos parpadeando, con escalofríos y encorvada del miedo como un animal. Luego, empecé a asimilar que había despertado.

Estaba en la mesa de la cocina. Un fino rayo de luz nocturna se colaba por las ventanas. Aquello que agarraba con la mano era un bolígrafo, y nuestro viejo servilletero de cerámica estaba hecho añicos por los azulejos del suelo. Lo había tirado con la mano. El estruendo tuvo que haber sido lo que me ayudó a despertar.

Solté un quejido y el sonido me devolvió la cordura. No estaba herida. Estaba bien, a salvo en casa. Nunca había caminado en sueños, pero era algo que podía pasar, ¿no? A mucha gente le pasaba, ¿no? Me di cuenta de que tenía un trozo de papel delante. Garabateado con una serie de rayas negras.

Eran palabras. Estaba demasiado oscuro para leerlas. Me aterraban más de lo que me hubiera aterrado sostener un cuchillo muy afilado entre las manos. Entendí que las había escrito antes de despertar. Miré el bolígrafo, lo lancé y rodó por el suelo.

Levanté el trozo de papel con dos dedos. Lo había arrancado de un bloc de notas de los hoteles Marriott. Lo aproximé a la ventana hasta que pude leer lo que ponía.

jga jgo dl dsa recrda

Estaba escrito en minúsculas, y no con mi letra. Pero no la reconocía, era demasiado errática.

El corazón me palpitaba con tanta intensidad que podía oír su seco y nauseabundo latido. Yo era diestra, pero había estado sujetando el bolígrafo con la mano izquierda. Como ella. Miré a la oscuridad.

—¿Becca? —susurré.

Estaba sola.

CINCO MESES ANTES

Desde que tenía uso de razón, Becca había sido consciente de que existía un grandioso mundo secreto que se superponía al que todos veían. Aquel mundo le hablaba en luces y sombras, y acumulaba tantas energías que casi las podía rastrear con el dedo.

Pero no tenía el don de explicarlo con palabras. Cuando miró por primera vez a través de la lente de una cámara, se sintió como un alienígena recibiendo por fin un traductor.

Más tarde, ella y Nora crearon a la diosa de la venganza. Entonces, Becca le descubrió una tercera capa al mundo. Una que sospechaba que nadie más había llegado a ver.

Habían hecho algo magnífico. Habían creado una fuerza vengativa con tan solo un carrete y un poco de furia: la diosa que acabó con la vida de la asesina de su madre. Pero Nora estaba tan aterrorizada por lo que habían creado que, con la intención de protegerla, Becca la convenció de que se trataba de una coincidencia.

Tal vez aquel fuera el muro infranqueable que las separaba. Juntas, habían creado algo que cambiaría la naturaleza de sus almas. Pero Nora le apartó la mirada a la verdad, así que su alma permaneció intacta.

Becca, poseedora de un alma alterada, fue capaz de aceptar que lo que presenció en los bosques no era algo malvado. Ni algo profano. Fue, simplemente, demasiado a la vez. Pero ahora, empezaba a comprenderlo. A su debido ritmo.

Cada noche, visitaba la cabaña azul que había en las lindes del bosque. Y cada noche, escuchaba un nuevo capítulo de una historia que no paraba de cambiar de género: de romance a terror, a venganza y vuelta a empezar.

Aquel cuento imposible y los hallazgos que trajo consigo le estallaron en la mente. Le ondearon en la imaginación como la bandera de un nuevo país inexplorado. Pero también le pesaba mucho. Había días que adoptaba la forma de una criatura huidiza, con la cara oculta y unas garras que trazaban su camino mediante huellas negras y húmedas.

Porque lo que pasaba era que la historia necesitaba una nueva protagonista. Alguien con un alma transformada y un ojo para la oscuridad y la luz. Alguien a la que los golpes habían vuelto insensible.

CAPÍTULO VEINTISIETE

Por la mañana, el papel estaba donde lo había dejado, en mi escritorio. Como un ojo morado, tenía peor pinta a la luz del día.

jga jgo dl dsa recrda

Juega al juego de la diosa recuerda.

Una especia de respuesta a la nota que me entregó Becca a través de James. Pero ¿qué significaba?

Una mejor pregunta: ¿qué me estaba pasando? ¿Por qué me escribía notas a mí misma por la noche? Y, ¿por qué cuando desperté en la cocina había sentido a Becca con tanta intensidad? Aún podía oler el aroma a jazmín de su champú.

Se me había alterado el apetito, no me reconocía en el espejo y tenía unos sueños tan inquietantes y reales que me ensombrecían los días. Pero no sabía cómo hablar de nada de eso en voz alta.

De todas maneras, ¿quién me creería? Mis padres no. Se les pondría esa cara de espanto y de «ya está Nora con sus mentiras».

No. Eso no era verdad. Me intentarían tranquilizar y se preocuparían por mí. Pero no serían capaces de ayudarme.

James. Teníamos que revelar la cinta. No tenía su número, así que tenía que ir a buscarlo en persona.

Me vestí. Ya estaba a medio camino del instituto cuando me di cuenta de que no había hecho mucho más que eso. No me había lavado la cara, ni me había lavado los dientes. Una vez que hube aparcado, le saqueé la guantera a mi madre e hice lo que pude con una toallita húmeda y lo que quedaba de un pintalabios rosa polvoriento. Había también media bolsa de chocolates Hershey que me comí con rapidez y formalidad.

Me dirigí a clase acompañada de una nube de pensamientos que no me dejaban ver lo que tenía delante, hasta que alguien se me cruzó y dijo:

—Tú eres amiga de Rebecca Cross, ¿no?

Era más joven que yo, y tenía una sonrisa picarona y un pelo negro liso. Detrás de ella, había un grupito de niñas que nos miraba. La observé sin decir palabra hasta que su coraje se desvaneció y bajó la mirada.

—Espero que esté bien —murmuró y se fue.

Después de eso, no me paré por nadie.

La señora Sharra no estaba en el aula cuando llegué a clase de química. Había tres chicos apiñados frente a la pizarra. Ignoré sus risitas hasta que el que sujetaba el rotulador dijo:

—Alienígenas, un anillo sexual, un asesino en serie… ¿qué más?

—¡El Chasquido de Thanos! —exclamó Opal Shaun.

El chico del rotulador rio y volvió a encararse a la pizarra. Su nombre era Kiefer y tenía el brazo lleno de pulseritas de colores. Se suponía que tenía algo que ver con las personas con las que había estado y las cosas que habían hecho, pero no tengo muy claros los detalles. Lo más seguro es que se lo inventara.

Opal sacó el teléfono.

—A mí apúntame en el anillo sexual. Te pago ya mismo.

Ahí fue cuando caí. *Asesino en serie. Anillo sexual del señor Tate. El Mundo del Revés. Abducción Alienígena. El Chasquido.* Al lado de cada elemento había uno o dos nombres escritos. El anillo sexual tenía cinco.

Era una apuesta. Se estaban apostando dinero para ver qué les había pasado, o qué les estaba pasando, a los desaparecidos.

Tardé un poco en reaccionar. Pero enseguida, fui del pupitre a la pizarra y me coloqué al lado de Kiefer. Llevaba un gorro de lana que le tapaba aquel pelo rubio y sucio. Se lo arranqué con tanta fuerza que gritó.

—¡Auch! ¿Qué demonios?

Entonces, supe que me había llevado también algunos pelos.

Pasé la prenda por toda la pizarra y borré todas las apuestas. Luego, se la tiré a la cara.

—No tienes ni idea —dije en un gruñido.

La sala se inundó con *uuuuhs* y risas. Después, se hizo el silencio. Kiefer parpadeó y me dirigió lo que pareció una mirada sincera de preocupación.

Yo le devolví el parpadeo, pero porque algo le pasaba a mi visión.

Miré a Kiefer. Vi su mandíbula estrecha y sus ojos marrones de fumado. Vi su cabeza despeinada y la marquita del labio inferior que hacía que mucha gente quisiera darle un beso. Pero había algo más en su cara. Algo más.

Le agarré de la muñeca. Para estabilizarme, pensé, pero no era verdad. Fue por instinto. Sabía que, si lo tocaba, me ayudaría a comprender el significado de aquel innombrable más.

No parecía la sombra que había visto en sueños. Aquella sombra que escondía las caras de Logan y el extraño enjuto. Esta vez, se trataba de una niebla de verdades, fluida e inestable. Su debilidad y su vanidad seguían presentes, y lo volvían manipulable. Vi su miedo y su orgullo por las cosas equivocadas. Vi la mezquindad de la que se podría desprender y el egoísmo provocado por tener menos del que fingía tener.

Entonces, vi en él remordimiento, en su justa medida y bien equilibrado con sus pecados. Comprendí que, en efecto, le servía para quemar el exceso de pecado, como un fuego abrasador.

No era el remordimiento lo que buscaba, sino más bien lo contrario.

El pensamiento me atravesó como una aguja y me provocó un dolor real en la cabeza. Solté la muñeca de Kiefer y me llevé la mano al foco del dolor. Me estaba mirando con la boca abierta, y por el silencio que reinaba, supe que todo el mundo también.

—¿Qué acaba de pasar? —dijo en voz muy baja.

Me palpitaban los ojos, como si acabara de mirar hacia una luz cegadora. Cuando me los tapé con las manos, los colores se revirtieron en la oscuridad. Alguien me rodeó con el brazo y pensé que era Kiefer, hasta que habló.

—¿Qué hace todo el mundo quieto? —dijo la señora Sharra mientras me acompañaba a la puerta—. Opal, trae sus cosas.

Ya en el pasillo, se detuvo y me dejó respirar y parpadear hasta que las punzadas disminuyeron. Opal estaba junto a nosotras, con mi bolsa colgándole de las manos.

—Bien. Mejor. —La señora Sharra dejó caer una mano en mi espalda, como una pluma, con suavidad. Después, miró a Opal—. Acompáñala a la enfermería y luego vuelve.

Cuando Sharra se fue, Opal me sostuvo la bolsa sin decir palabra. La tomé. Se pasó todo el camino lanzándome miradas, hasta que le dije:

—¿Qué?

Me miró de una forma muy rara. Habíamos ido a la misma escuela desde los cinco años, pero en ese momento, parecía que no me hubiera visto nunca.

—¿Qué ha pasado? Cuando lo has agarrado. ¿Qué es lo...?

—¿Qué es lo que qué? —pregunté con excesiva agitación.

—Da igual —murmuró—. Vamos.

—No, dímelo.

—He dicho que da igual.

—Opal, yo...

Le intenté tocar el brazo para que me mirara. Dio un salto tan brusco que se tropezó y se dio fuerte contra el suelo. Se quedó inmóvil unos segundos, con una mirada de estupefacción.

—¿Estás bien? —Alargué la mano—. ¿Necesitas ayuda?

—De ti no.

Se puso de pie y se fue corriendo. La miré hasta que llegó a la esquina y desapareció de mi vista.

Opal Shaun era impredecible. Era una de esas personas que hacían todo lo posible por ser popular. Atropellaría a su mejor amiga de la semana pasada con un autobús, si aquella fuera la manera más rápida de conseguir una mejor mesa para el almuerzo. Cualquier persona desinformada y lo suficientemente tonta como para acercarse a ella vivía en un miedo constante. Pero cuando intenté tocarla, me temió a mí. Lo disfruté.

La enfermera me ofreció un vaso de agua que sabía a cartón y dos comprimidos blancos, y se esfumó. Me tragué las píldoras y me recosté.

Sentía la sangre fluir a pulso lento, como un zumo saliendo de la botella. Me vino el olor a polvo quemado del radiador. La enfermera estaba leyendo tras la cortina y podía oír cómo pasaba las páginas. Pero nada de aquello parecía real. Lo que sí parecía real había sido la sombra oscura de la cara de Kiefer, que hizo que todo a su alrededor se tornara insignificante. Y el miedo de Opal, tan sabroso y tangible, eso también era real.

Y mi propio miedo. Miedo por la conexión con el sueño de la noche anterior. Miedo de los pensamientos que se me enredaron en la cabeza y que no sentía como míos. Eso era real también.

Pensé en quedarme allí unos minutos y después marcharme, pero casi no había dormido desde las tres de la mañana, así que me dormí.

Cuando desperté, James Saito estaba en la otra cama, con los pies cruzados y las manos detrás de la cabeza. Estaba tan embobado mirando al techo que yo miré también. De alguna manera, esperaba que aparecieran nubes o algo.

Tras un minuto, se giró para mirarme. Al ver que estaba despierta, se puso de pie, me rellenó el vaso de agua y me lo dio.

Me lo bebí.

—He escuchado que estabas aquí —dijo.

¿Qué sería lo que habría escuchado? «¿Sabes quién es la desparecida? No, la otra. La rara de su mejor amiga se ha montado un exorcismo en clase de química».

Tenía la boca pastosa. La aspirina que me había tomado me había liberado del dolor, pero presentía que pronto volvería.

—No sé —dije con lentitud—. No sé qué es lo que me está pasando.

Había demasiado que explicar. Pero James no me obligó a hacerlo. Solamente asintió y dijo:

—Vamos a averiguar qué hay en la cinta.

CAPÍTULO VEINTIOCHO

Llevamos la cinta a revelar a un sitio en el que tardaban una hora en hacerlo. La señorita Khakpour no estaba y habían cerrado el laboratorio de fotografía. No podía esperar ni un día más.

La camioneta de James olía a cosas delicadas. A pétalos y a polvos de talco. Había un portapañuelos bordado bajo el mando de marchas y un andador plegado en el asiento trasero. A mis pies, debajo del asiento del copiloto, había un par de zapatitos Keds de señora con estampado de margaritas. No era difícil adivinar que se trataba del coche de su abuela.

Llegamos al mostrador de fotografía del Walmart y le entregamos la película al malhumorado empleado de veintitantos. Di unas cuantas vueltas por el lugar hasta que me senté en el suelo de linóleo. James se acercó indeciso y me dijo:

—Entonces… ¿nos ponemos aquí?

Me incliné para ver lo que había detrás de él. El tipo gruñón estaba haciendo algo, pero no veía bien el qué.

—No quiero dejar la cinta sin vigilar.

Cuando James se sentó a mi lado, empezó a sonar una canción de los Beatles por los altavoces. Cerré los ojos y vi al señor Cross colocando la aguja del vinilo. Después, vi a Becca venir del final del pasillo cantando *King of Marigold*.

Levanté las rodillas y apoyé la mejilla. No había nadie cerca, pero susurré de todas formas.

—Es ella, James. Todo me hace pensar en ella. Becca sabía cosas de Kurt, del señor Tate e incluso de Chloe, creo. Cosas malas. Y tengo la horrible sensación de que ha hecho algo al respecto.

Abrí los ojos y lo vi con la mirada clavada en un recuadro desgastado del suelo. Parecía afligido y ensimismado, pero no sorprendido.

—¿Algo como qué?

—No lo sé. Pero... —vacilé—. Anoche caminé en sueños. Nunca me había pasado. Llegué hasta la cocina, me senté y me escribí una nota a mí misma. Cuando desperté, por un segundo, sentí que Becca estaba allí.

James empezó a hacer aquel movimiento nervioso con los dedos en la rodilla, como si repasara la silueta de un tatuaje.

—¿Qué decía la nota?

—Se parecía a la nota que te dio. Decía *juega al juego de la diosa recuerda.*

—¿Qué? —dijo en voz baja—. ¿Has estado soñando con el juego?

Me estremecí. Volví a aquel sórdido bar y vi su mesa de billar, su cartel de Strongbow y al extraño de la cara ensombrecida.

—No creo.

—¿Intentaste volver a dormir, para ver si escribías algo más?

—No me pude dormir después de eso.

—Esta noche, deja un papel y un bolígrafo junto a la cama. Así, si vuelve a pasarte, no te tendrás que levantar.

Sus apacibles instrucciones me hicieron sentir como si estuviera en el mar y me lanzaran una cuerda.

—Sí... Es una buena idea. Gracias.

Dos señoras mayores pasaron por delante de nosotros, sacudiendo los brazos.

Incluso eso me recordó a Becca. Estaba tensa, a la espera de que James me preguntara qué había pasado en clase. Intenté pensar en cómo se lo explicaría, pero no me preguntó. Mi estrés disminuyó hasta que sentí la suficiente calma para decir:

—¿Te importa que pruebe una cosa? —Me miró expectante—. ¿Te puedo tocar la muñeca?

Sin dudarlo, levantó la mano izquierda con la palma hacia arriba. La única vez que lo había tocado fue aquel lunes cuando le agarré del brazo y, prácticamente, le supliqué que me ayudara. Le acerqué una mano con indecisión y le miré a la cara mientras le envolvía la muñeca.

Tenía la mano fría, pero su muñeca estaba caliente. Enrolló los dedos, me rozó la piel y un escalofrío me recorrió el brazo. Pero no apareció ni una sombra, ni una neblina paranormal. Tampoco me golpeó ninguna ráfaga de información imposible, pero real. Cuando le miré a la cara, solo lo vi a él. Tenía una postura relajada y una sutil sonrisa ladeada. Estaba haciendo ese gesto de concentración. Ese que hacía con los ojos y que se iba intensificando como el agua a punto de hervir.

—Gracias —murmuré y le solté la muñeca.

Esbozó una media sonrisa.

—¿Has conseguido lo que querías?

—Ni siquiera sé lo que quería. —Solté una pequeña risa al darme cuenta de lo patética que había sonado—. Perdona, yo... Lo que necesito es que hablemos de otra cosa. Por lo menos hasta que estén listas las fotos.

Le eché el ojo al gruñón. Estaba apoyado en el mostrador, mirando a la nada en nuestra dirección. Volví rápidamente la mirada a James.

—Me dijiste... Me dijiste ayer que me enseñarías tu creación favorita hasta el momento. Algún día. —Levanté las cejas—. ¿Qué te parece ahora?

—Ehh. —Se llevó la mano al bolsillo y se sonrojó—. Sí, supongo que te lo puedo enseñar. —Pero no sacó el teléfono.

—Si quieres puedes contármelo primero.

—Claro. —Asintió—. Bueno, ehh. Soy fotógrafo.

—Lo sé. —Me mordí el labio.

—Sí, claro. La cosa es que siempre había preferido hacerles fotos a personas. Me gustaría trabajar de fotógrafo periodístico algún día. Pero hace un par de años, me mudé a Reikiavik. —Hizo una pausa—. ¿Has estado?

¿A Reikiavik? No se me ocurría otro lugar que sonara más remoto. Me lo intenté imaginar y vi a Björk subida encima de un iceberg. Espera, ¿o era en Groenlandia donde hacía mucho frío?

—Aún no —dije.

—Pasé allí un año más o menos antes de venir a Palmetto. La ciudad es...

Miró hacia arriba reflexivo y pensé en lo mucho que me gustaba verlo pensar. Me gustaba verlo buscar las palabras adecuadas. Mucha gente trata las palabras como si fueran sucias monedas de céntimo, incluida yo. Pero no James. Sus frases eran de alto valor.

—Parece... —siguió—. Parece una colonia que han construido en la luna. Desde cualquier parte, se puede percibir un viento pesado y vacío que barre la ciudad como si no estuviera allí. —Hizo un movimiento de escoba con la mano—. Es como un espejismo. En ningún lugar me he llegado a sentir tan solo. Ni siquiera aquí.

¿Se sentía solo? ¿Y por qué me iba a sorprender eso? Ya me había dado cuenta de que no era como yo me imaginaba.

—¿Por qué se mudó allí tu familia?

—Solo mi madre y yo. Fuimos a vivir con su novia. Su mujer, ahora. Mi madre era artista en Nueva York. En Islandia es una esposa. Lo cual... No está mal, si es lo que quieres, pero... —Se encogió de hombros—. Está bien. Y mi madrastra no está mal tampoco. Corrompida por una riqueza heredada, pero bien.

—Suena bien —musité. Nueva York. Sabía que venía de algún lugar grande.

Sonrió un poco y esta vez, sí que sacó el teléfono.

—El año que pasé en Islandia, viví encerrado en mi cabeza. Leía, me iba por ahí con el coche a ver cascadas y hacía muchas fotos. Cuando me fui, me pasé meses sin poder mirarlas. Pero cuando me atreví, me sentí orgulloso. No digo que sean las mejores, pero están bien. Expresan exactamente cómo me sentía cuando estaba allí. Mira —dijo un poco agitado.

Los dos estábamos nerviosos cuando abrió el álbum de fotos y me pasó el teléfono. Esperaba ansiosamente que me gustara lo que me iba a enseñar. Miré la primera imagen y respiré aliviada.

Era un fotógrafo de los de verdad. Como Becca. Pero mientras las fotos de ella decían muchas cosas, las de él eran simples capturas tomadas desde ángulos perfectos. Cada una estaba enmarcada como el primer párrafo de una historia. Una ventana con el fondo azul, que parecía colgar de la pared como un cuadro en una habitación oscura. Un rayo de sol atravesando una roca, nítido por un borde y borroso por el otro. La esquina de una cama y un libro abierto sobre las sábanas blancas.

Las imágenes desprendían un olor a petricor, sal y a ropa secada al sol. No mostraban ni un solo indicio de su localización. No se veían edificios, ni señales, ni ningún monumento en específico. Cada una estaba cubierta por una capa de soledad.

Me miró de lado a lado mientras bajaba la pantalla, con los ojos de alguien que acaba de abrirse en canal para dejar ver su preciado corazón. Podría haber llorado, pero no hubiera sabido por quién. Si por Becca o por mí, por el James de ese momento, o por la persona que había capturado el mundo en esas fotografías solitarias.

—Son muy buenas —dije en voz baja.

Tenía un pelo sedoso, pero a la vez parecía enredado. Me daban ganas de peinárselo con los dedos. Se apartó un mechón y dijo:

—Gracias.

Deslicé la pantalla y vi un sólido bloque de arena negra con líneas onduladas por las olas. En la parte inferior del negro, se veía una marca que delataba la presencia oculta de una persona.

La siguiente imagen era de una mujer mayor. Sobre su plateada cabellera, llevaba una especie de sombrero garboso. Tenía una sonrisa radiante y una mirada de satisfacción. Como si estuviera disfrutando de que le tomaran fotos. Cuando miré a James, lo noté más tranquilo. Se le habían destensado los ojos y los hombros.

—Mi abuela —dijo—. Estaba a punto de cumplir un año en Islandia cuando se presentó en la casa de mi madrastra. Cuando la vi, sentí que estaba alucinando. Mi madre y ella estaban peleadas y llevaba sin verla tres años. Y ella, cuarenta sin subirse a un avión. Tiene problemas de movilidad y le dan miedo las ciudades, así que ya podía ser

Islandia de verdad la luna en la Tierra. Estaba preocupada por mí. Creo que sabía que no estaba yendo a clase. Así que vino, me sacó de allí y me trajo a su casa en Palmetto.

Todo lo que decía y cómo lo decía brillaba de una forma especial. Tamizaba las historias con tanta dulzura que sus palabras parecían arena. Comparé todo eso con la imagen que había tenido de él hacía una semana, y me reafirmé. Era una persona que se movía entre dos mundos. El PHS era, simplemente, un lugar de paso al que no pertenecía.

Me di cuenta de que no era el esnobismo lo que le caracterizaba y sentí un dolor genuino.

Puede que no se viera capaz de pertenecer a un sitio y que yo fuera la esnob en realidad, la que ni siquiera se molestó en conocerlo.

Antes de poder responderle, escuché un ruido que me hizo volver la vista al mostrador. Primero, un chirrido mecánico, y después, un zumbido que me hizo levantarme.

Detrás del mostrador, la impresora de fotos estaba en llamas.

CUATRO MESES ANTES

Becca se sentó en la cocina de la cabaña azul celeste. Las ventanas estaban abiertas y entraba una brisa con un toque a humo y vinagre de manzana.

Eran ya finales de septiembre y el tiempo corría a gran velocidad. A Becca casi no le daba tiempo a asimilar el paso de los días. Por las mañanas, parpadeaba y llegaba el mediodía a pisarle los talones a la tarde. Eran pasadas las diez y media de la noche. Había dos tazas de café recién hecho en la mesa. La persona sentada al otro lado esperó a que Becca bajara la taza para decirle:

—¿Ya has pensado a quién elegirás?

Becca se estremeció. Se esperaba la pregunta, pero oírla en voz alta era diferente.

Su compañía continuó:

—Cuando sea el momento de escoger, ¿qué mal será el que erradicarás de este mundo? No pienses en políticos, ni en alguien que hayas visto en las noticias. Esto no es un ejercicio de reflexión. Piensa con seriedad, y por primera vez, piensa en casa. En algo más familiar.

Entonces, Becca se dio cuenta de que sí tenía una respuesta. O por lo menos un lugar, para empezar. Un monstruo muy familiar.

Le invadió la luz de un recuerdo.

Becca le dijo a su padre y a Nora que no se había unido al club de arte del PHS porque ella no era ese tipo de persona que iba a clubs. Y aunque fuera cierto, aquella no era la verdadera razón.

A los catorce, Becca ya era buena fotógrafa. Había días que le daba muchas vueltas a lo del club. Además, los de primero no podían usar libremente el cuarto oscuro a no ser que se unieran. Así que, un miércoles a última hora, se quedó rondando los alrededores de su taquilla. De un impulso, se dirigió al departamento de artes. Ese día tenían reunión.

Escuchó voces salir del estudio de pintura, así como música de los Talking Heads. Cuando llegó a la puerta, se detuvo. El aula estaba llena de niños mayores intimidantes, algunos sentados cruzados de piernas, otros en el suelo y otros inclinados sobre escritorios de dibujo. Hacía una temperatura agradable y la voz de David Byrne provenía de un reproductor de casetes con manchas de pintura.

—¿Necesitas algo? —preguntó una chica desde una esquina.

Becca la miró y se sonrojó.

La chica llevaba una camiseta holgada negra y unos vaqueros cortos que le descubrían los muslos. Estaba sentada a horcajadas encima de un chico greñudo de pelo rubio ceniza, dándole un masaje de espalda. Tenía las piernas tensas y le caían por los laterales. Parecían tan suaves y relucientes como dos perritos calientes. El chico tenía apoyada la cabeza sobre una mesa de dibujo, pero la giró para ver con quién hablaba.

Becca se asustó al verle la cara. Fue como la sensación de tomar una fruta, abrirla y ver el interior infestado de moho. Porque no era un chico, era un hombre. Era el señor Tate.

—Ey, chica —dijo con desinterés—. ¿Te quieres unir al club?

No volvió jamás. Tampoco le contó a nadie lo que había visto, ni siquiera a Nora. A los enrollados del club de artes aquello les parecía bien. Pero había algo que ella no lograba entender. ¿Cómo era posible que un profesor hiciera algo así delante de todos?

A veces, le venía a la cabeza la cara que puso el señor Tate cuando la vio. Fue la mirada de alerta que pone alguien cuando lo sorprenden haciendo lo que no debería, seguida de un alivio repentino. Porque solo era una niña de primero. Una niña viendo a otra estudiante menor de edad subida encima de un adulto. ¿Y qué iba a hacer ella al respecto?

Por mucho tiempo, la respuesta fue nada. Pero dos años más tarde, Becca estaba sentada en una cocina bebiendo café y le hicieron una pregunta diferente. *¿Quién?*

Fue muy fácil quitarle el teléfono a Tate. Después de verlo desbloquearlo tantas veces, se conocía el código. Su fondo de pantalla era una foto de él y su grupo. Salieron en una portada de la revista musical *Spin* hacía más de veinte años. Llegó a sentir compasión por Benjamin Tate.

Hasta que vio lo que había en su teléfono.

CAPÍTULO VEINTINUEVE

Me quedé unos segundos mirando la máquina de fotos, demasiado aturdida para hablar. El empleado gruñón del mostrador dio un brinco y gritó:

—¡Santo… Fuego!

Se catapultó hacia el exterior con sorprendente facilidad. El equipo y los materiales estaban en llamas.

—¡Fuego! —exclamó otra vez corriendo por el almacén.

—Miiie…—dijo James.

Creo que estaba demasiado estupefacto como para terminar de soltar la palabrota.

Nos habíamos puesto de pie para ver las lenguas de fuego que salían de la boca de la máquina. Llegaban muy alto, casi hasta el techo. Entonces, se empezaron a consumir solas y se apagaron en un instante.

James pudo hablar por fin.

—¡El fuego nunca hace eso! —gritó y sonó más agitado que nunca.

Una mujer con uniforme de Walmart corrió hacia nosotros a toda mecha. Traía un extintor, pero cuando llegó, ralentizó el paso, miró y dijo:

—¿Qué diablos?

Ni siquiera salía humo. No olía a plástico quemado, ni a avería mecánica. Todo parecía intacto.

—¿Les ha pasado algo a mis fotos? —pregunté con desesperación.

—Tus fotos han incendiado la máquina —dijo el gruñón detrás de mí.

Se empezó a amontonar la multitud. La mayoría eran señores mayores y madres con niños. La mujer le dirigió al gruñón una mirada exasperada y me dijo:

—Lo siento mucho. No te cobraremos.

—No. No lo entendéis. —Se me quebró la voz—. Esas fotos son muy importantes. Las necesito. Por favor, ¿podéis mirar? ¿Se han dañado los negativos? ¿Todavía se podrían imprimir?

—¿De qué son? ¿De la graduación? —preguntó una mujer por detrás.

—No es época de graduaciones —contestó otra—. Son fotos para su novio —añadió en un susurro alto.

—No —dijo la otra mujer haciendo un sonido de negación—. Eso ahora lo hacen con los teléfonos.

La empleada sacudió la mano sobre la máquina, como si se tratara de un horno recién abierto, y dijo:

—Mmm.

Se agachó y tras un soplido y un tirón, se incorporó victoriosa. Tenía una foto en cada mano.

—Habían salido dos antes de, mmm, eso —vaciló—. Toma, gratis —dijo con firmeza.

Se las arrebaté con descaro y me fui.

—Nora —dijo James intentando a seguirme el paso—. Nora. Para. Yo también quiero verlas.

Estaba tan enfadada que no podía ni mirarle.

—Casi no hay nada que ver.

—Lo sé. Lo siento.

Me di la vuelta. Asentí y me dirigí a la zona de probadores, desiertos y sin personal a esa hora del día.

—Está bien. Vamos a sentarnos.

Escogimos la primera cabina. El banquito era demasiado pequeño para los dos, así que nos sentamos en el suelo, con nuestros hombros tocándose.

Lo tenía tan cerca que solo podía verlo por partes. Sus manos y aquella tira lisa de piel entre la mandíbula y la oreja.

Me llevé al pecho las dos míseras fotos y las abracé con fuerza. Sentí su calor y su potencial. Cuando las saqué para verlas, esperé encontrarme con su cara, su luz y aquella particular densidad de sentimientos que caracterizaba a sus fotos. Pero en la primera no había nada de eso.

Parecía una captura de una película. De terror y de bajo presupuesto.

Los árboles eran lo primero que se veía. Estaban vestidos de verano y se alzaban imponentes entre la oscuridad, como en una especie de maqueta de una pesadilla. Más al fondo, dos figuras desenfocadas. Una le daba la espalda a la cámara. Llevaba una chaqueta con capucha que la cubría por completo y se fundía en la negrura. La segunda figura parecía más nítida. Estaba orientada hacia el lugar donde se escondía Becca. Era un hombre blanco de unos treinta años, con una camiseta y una gorra de béisbol. Aunque borrosa, se le notaba el enfado en la cara, como si lo hubieran cazado mascullando.

—¿Sabes lo que...? —empezó James.

—Ni idea. ¿Tú?

Negó con la cabeza. Una sensación de frustración y confusión me recorrió el cuerpo. Intenté deducir algo de la imagen de aquellos dos extraños discutiendo en el bosque. ¿Qué le habría hecho a Becca pararse a espiarlos?

Cambié a la segunda foto y respiré hondo.

Esta estaba a menos distancia. Había cambiado el encuadre y ahora las dos figuras salían de perfil. La capucha de la primera seguía sin revelarle la cara, pero al otro hombre lo podía ver perfectamente.

Tenía la boca abierta y la cabeza echada hacia atrás. Sus brazos flotaban en el aire, de una manera que evocaban la imagen de un cuerpo atrapado en el agua. Casi lo podías escuchar gritar.

Su cara torcida era espeluznante, pero eso no era lo más extraño de la foto. Se veía, de izquierda a derecha, a los árboles de detrás del hombre enfocarse y desenfocarse. Al hombre en sí. Luego, una separación de un metro y medio. Al encapuchado. Y después de todo eso y hasta los bordes derechos de la fotografía, nada. Una tira densa y vertical de nada, ligeramente torcida y alineada con la espalda del encapuchado.

—¿Será por la exposición a la luz? —murmuró James.

—No.

Tracé la franja negra con el dedo, mostrándole cómo seguía la forma del cuerpo de la persona. Tenía texturas. Algo de brillante y una extraña ondulación. No parecía tratarse de un error de impresión, parecía algo tangible, perteneciente a la foto. Parecía...

Eché el cuello hacia atrás, arrugando las cejas. Aquella franja parecía salir de la figura encapuchada. Como una capa extendida o unas alas negras barriendo el suelo. En la primera foto no estaba, solo en la segunda. ¿Cómo habría lucido una tercera? Sentí un lamento voraz por no poder ver el final de la secuencia.

Levanté las dos fotos y las puse una al lado de la otra. Las habían hecho en verano, a juzgar por la frondosidad de los árboles y la camiseta del hombre. Me imaginé a Becca al otro lado de la cámara con su uniforme de verano. Un vestido sin mangas de algodón y unas Converse sucias.

Luego, me di cuenta de que me la estaba imaginando con la ropa que llevaba aquella noche de julio. La noche que la fui a buscar al aparcamiento de la calle Fox. Recordé el brillo nocturno que adquirió su cara cuando la alumbré con los faros. La cámara le colgaba del cuello y tenía la rodilla ensangrentada hasta el tobillo.

Había estado huyendo de algo esa noche en los bosques. Con la rodilla destrozada, pero sin detenerse. Me apostaría a que estaba huyendo de esto. De lo que fuera que habían capturado estas fotos. Un extraño gritando, una cara oculta y una franja de un negro ondulante. Como si el encapuchado estuviera al borde de otro mundo.

Pero ¿por qué no me lo contaría en el momento? ¿Por qué esperaría medio año y me lo haría saber así? Podría habérmelo contado todo aquella misma noche.

Entonces podría haberle hecho preguntas. Había tantas cosas que no le pregunté. Qué fue lo que pasó realmente aquella noche. Qué era lo que tenía exactamente en contra de Kurt Huffman. Y la gran pregunta, la que se remontaba a la propia raíz de mi actitud evitativa: si creía de verdad que nuestras diosas existían más allá de nosotras. Si pensaba que podían ejercer un poder en el mundo y llegar a causar daño real.

Antes de la diosa de la venganza, creíamos en la magia. En la que creábamos juntas. Pero después de eso, yo le cerré la puerta con llave y me negué a escuchar cualquier llamada. Porque si la magia era real, ¿significaría entonces que yo era cómplice del violento final de Christine Weaver?

«No te hagas la tonta», me había dicho Becca el pasado octubre. «Me lo estás preguntando, pero ¿de verdad lo quieres saber?».

Bueno, pues ya estaba preparada para saberlo. Una vez que dejé de negar lo imposible, la mente me hizo un clic y empecé a atar los cabos de todas las pistas que me había dejado. La rima para invocar a una tenebrosa leyenda local, la verdadera madre de nuestro proyecto de diosas. La navaja que derrotó a un acosador y le arrebató aquella melena de Sansón. Dos fotocopias de las diosas que creamos para sus padres, en un momento en el que nos creíamos capaces de todo.

Y esta cinta de fotos que había capturado algo tan vasto y tan poco terrenal que prefirió arder antes que mostrarse al mundo.

Por fin, lo entendí. No hablo de la respuesta a la incógnita de cuatro personas desaparecidas sin dejar rastro, sino de la propia naturaleza del asunto. Solo hay una solución imposible para un problema imposible.

—¿Cómo lo podemos interpretar? —preguntó James, todavía mirando las fotos y ajeno a mis revelaciones—. No es por sonar a película de crimen, pero ¿y si fue testigo de algo? —Señaló al encapuchado—. ¿Y si la sorprendieron espiando?

—O… —Señalé la tira oscura. Aquel damasco negro que ocultaba tantas cosas—. ¿Y si lo que sea que es eso no quería ser fotografiado?

Me miró de reojo.

—No quería…

—Como tú has dicho, ese no ha sido un incendio normal.

—Vale —dijo sacudiendo la cabeza—. Ha sido raro, sí. Pero… tal vez eso es lo que pasa cuando arden las fotos.

—No, te lo aseguro —contesté acalorada.

—O el equipo o el material. Quiero decir. Tiene que haber alguna explicación.

—O no. —Tenía que conseguir que viera lo mismo que yo—. Piénsalo. ¿Hay alguna explicación para todo lo que está pasando?

—Probablemente, ¿no? —Me dirigió una mirada suplicante—. Quiero ayudarte. Quiero averiguar qué puede estar pasando, de verdad.

—¡Sí! ¡Sé a lo que te refieres!

Me levanté tan rápido que me mareé y me tuve que apoyar en el espejo. Aquello no hizo más que enfurecerme. ¿Y con quién? No lo sabía, pero tampoco me paré a reflexionarlo.

—Dices que me quieres ayudar, pero ni siquiera escuchas lo que te estoy diciendo —seguí—. Ese incendio no ha sido normal. Lo que sea que está pasando en la foto no es normal. Nada de lo que está pasando ahora tiene una explicación racional. Dios. —Le di un golpe al cristal—. ¿Por qué querría Becca meterte en esto si ni siquiera quieres ver lo que nos está intentando decir?

No supe leer lo que decía su mirada.

—¿De verdad piensas que Becca ha hecho que nos juntemos para resolver esto? ¿Piensas que esa es la única razón?

—¿Qué? —dije entrecerrando los ojos—. ¿Por qué si no?

James seguía en el suelo. Su imagen parecía irreal a la sombra del probador.

—No solo me dio una cinta de fotos. Me dio una nota, obligándome básicamente a hablar contigo.

—Obligándote. —Me esforcé porque no me temblara la voz—. Bueno, pues lo siento. No sabía que te lo tenían que imponer.

—¿Vas en serio? —Me miró como si nunca me hubiera visto antes—. Estás…

—¿Qué?

—Pasándolo muy mal —terminó y se levantó—. ¿Me necesitas para algún recado más o podemos volver?

Tuve la sensación de hundirme lentamente, pero la ignoré.

—No, no hay más recados.

—Bien, pues vámonos.

CAPÍTULO TREINTA

Tras abandonar el lúgubre terreno de las fotografías, salir al soleado aparcamiento pareció un sueño. Todo, desde la nieve sucia hasta los carritos tirados, pasando por el brillo desolador del cartel de la tienda de adornos de fiesta Party City.

No hablamos nada. Ni en el aparcamiento, ni en el coche. Mientras nos incorporábamos al tráfico, me guardé las fotos en la bolsa. Ya no necesitaba volver a verlas, se me habían quedado grabadas en la mente. Cuando llegamos al PHS, James aparcó, apagó el motor y dijo:

—Oye. —Lo miré de reojo—. No he querido insinuar que ya no te voy a ayudar —dijo mirando afuera—. Dije que lo haría y lo haré.

Asentí sin hablar. Me había pasado todo el viaje repasando nuestra conversación. *¿De verdad piensas que Becca ha hecho que nos juntemos para resolver esto? ¿Piensas que esa es la única razón?* ¿Qué quiso decir con eso? Me invadió una creciente ansiedad al intentar averiguarlo.

—¿Qué es lo que…? —empecé, pero me cortó.

—Necesito pensar. Por favor.

Seguía sin mirarme.

—Entendido —dije brevemente y salí.

Ya había pasado la mitad de la hora del almuerzo cuando llegamos. Sentí que habían pasado días, y aún no habíamos sacado nada en claro

de aquellas fotos. Cuando me imaginé a James sentado en el coche pensando, me recorrió una sensación de pérdida anticipada. Por algo que ni siquiera tenía.

Y cuando pensé en Becca, me sentí desamparada. Aquel instante de claridad en el Walmart había quedado en nada. Lo único que sabía cierto era que todo resultaba incluso más grande e inquietante de lo que me había temido.

Pero en ese momento, no había nada que pudiera hacer, así que me fui a la cafetería.

Cuando dejé caer la bandeja en la mesa (un yogur de cereza, té helado con azúcar, un paquete de galletas Famous Amos y uno de esos muffins con migas que vienen en una bolsa misteriosamente húmeda), Ruth y Amanda me dirigieron la misma mirada cautelosa. Amanda sonrió con la boca cerrada.

—Nora. ¿Cómo estás?

Asustada. Triste. Enfrentándome a la veloz desintegración de la realidad tal y como la conozco.

—Bien. —Me llevé una galleta a la boca y hablé con la boca llena—. Hola, Ruth. Hola, Sloane.

Ruth subió una ceja. Sloane, su atractiva y monosilábica novia, me saludó con la cabeza. Sloane medía un metro ochenta, tocaba el contrabajo, se parecía a Joey Ramone y a juzgar por las veces que la había escuchado hablar, podía afirmar que su cerebro era un lugar igual de vasto y salvaje que una nebulosa. Buena suerte si pretendías hacerla hablar.

—Hemos oído lo que ha pasado en clase —dijo Ruth.

—¿Qué habéis oído? —Tragué.

—Que has mandado al subnormal de Kiefer a la mierda. Y que luego te ha dado una crisis.

—Mmm. Básicamente —dije quitándole el envoltorio a aquel repugnante pero adictivo muffin.

Todavía me estaban mirando todas. Amanda sacudió la cabeza y soltó una risa.

—¿En serio? —le preguntó a Ruth.

—En serio —asintió esta.

Ruth se enderezó y fijó la atención en mí de una manera desconcertante, como solía hacer. Llevaba una camisa blanca Oxford abotonada hasta arriba, con un cuello tan puntiagudo que serviría hasta para limarse las uñas. Había convertido su flequillo en un peinado Pompadour.

—¿Puedo decir algo? —preguntó.

Hice un chasquido con la lengua.

—¿Acaso te lo podría impedir? —le contesté.

Ruth frunció los labios, pero enseguida fue al grano.

—Eres parte de esto, Nora. De toda esta historia. Pero vas por ahí pensando que eres invisible. Todos saben que la policía te preguntó por Becca. Todos saben que tuviste… —Paró para pensar—. Un curioso incidente en clase. Todos están hablando de Becca y de los otros. Pero también están hablando de ti. Y de Sierra, y de Madison y de todas las de la fiesta de pijamas en la que estaba Chloe Park. Todo esto ya está ahí fuera. Ya es un asunto nacional. Hay un… —Pareció compungida—. Hay un *hashtag*.

—¿En serio?

—*Puaj* —murmuró Sloane.

Ruth continuó sin inmutarse:

—Esto va a ir a peor. Tienes que dejar de intentar cargar con todo tú sola. Tienes que empezar a pedirle ayuda a tus amigos. Déjanos ayudarte. Déjanos acompañarte. —Se acercó a la mesa—. Comparte la información con nosotros.

—Vas a escribir algo sobre esto, ¿no?

Ruth se encogió de hombros, sin recelo.

—Acabaré haciéndolo. ¿Tú no? Me equivoqué al burlarme de los tontos de nuestros compañeros cuando se volvieron locos, pero es que es para volverse loco. Porque ¿qué demonios está pasando? —Le brillaban los ojos y estaba casi frotándose las manos—. Hablando en términos prácticos, todas las teorías son de momento inviables. ¿Quién se cree de verdad que el señor Tate podría haber atraído a tres personas de tres lugares distintos y haberlos sacado del pueblo? ¿En serio se creen que tiene el carisma de líder de secta sexual o algo?

—Ruthie —dijo Sloane.

Ruth la miró y se tranquilizó un poco. Sus ojos ya no parecían tan hambrientos.

—Puede que la respuesta no sea la obvia, pero hay una respuesta. Y no creo que ni la policía ni ningún periódico vaya a dar con ella. Pero me apuesto a que nosotras sí. Es nuestro instituto, conocemos a esta gente.

—¿Tú crees? —dije—. Yo conozco a uno de cada cuatro.

—Yo di Introducción al Arte con Tate —contestó a la defensiva.

—Bueno, bueno con la Ruth-imentaria —dijo Amanda mirándonos con serenidad.

Se estaba comiendo el humus con las palomitas de maíz. Luego, me miró y me dedicó una sonrisa cordial pero firme.

—Sea como sea —siguió Amanda—. Vas por ahí como si alguien te hubiera estallado un petardo en la cara. Te dedicas a saltarte clases, a gritarle al tocapelotas de Kiefer y a merodear como si fueras Hamlet.

—¿Que estoy merodeando?

—Sí. No eres invisible. Sé que no somos Becca, pero déjanos ayudarte. —Le dio un codazo a Ruth—. Aunque no quieras intercambiar información con la J. J. Hunsecker esta. Aunque solo sea para acompañarte de una clase a otra. Así, evitaríamos que se te acerque alguien. ¿Vale?

Me bebí de un sorbo media lata del té. Su leve dulzura me retumbó las muelas y me entraron ganas de llorar. Me dejaban comer con ellas, pero hasta ese momento no estaba segura de que Ruth y Amanda fueran mis amigas de verdad.

—Vale. Gracias.

A Ruth le volvieron a brillar las pupilas.

—Bien —dijo—. Bueno, pues. He estado investigando. ¿Sabíais que en los noventa desapareció un estudiante del PHS?

—Logan Kilkenny —contesté.

—Exacto. —Hizo una breve pausa—. Bueno, y ¿qué hay del profesor de los sesenta?

—¿Qué pasó? ¿Desapareció? ¿Solo un profesor?

—¿Solo un profesor?

Subí un hombro.

—Quiero decir. Puede que se mudara a California o algo. O dejara a su mujer. O a su marido. Seguro que era súper fácil desaparecer en esa época.

Ruth estudió la posibilidad.

—Verdad. Pero esa gente suele aparecer tarde o temprano. Si siguen vivos, claro.

Si siguen vivos. Clavé una uña en la bandeja del almuerzo. Puede que me equivocara al irme por lo personal. ¿Y si la clave para resolverlo todo no estuviera en las pistas que Becca me había dejado? ¿Y si Ruth iba por el buen camino, observándolo todo desde fuera, como una periodista?

—¿Qué pasa con la chica que murió aquí? —pregunté.

—¿Aquí? —A Amanda le cambió la cara—. ¿En el instituto?

—Brutal —soltó Sloane.

—Cuéntame —dijo Ruth con una curiosidad malsana.

Le conté todo lo que me había dicho James.

—Pero no sé cuál es su nombre, ni si la historia es cierta.

—Bueno, pues encontraremos su nombre y averiguaremos si es cierto o no.

—Cabe la posibilidad —añadí—. De que esta chica tenga relación con el juego de la diosa.

Ruth subió una ceja hasta el cielo.

—Tenga relación con. O sea que, ¿puede que la suya sea la historia? ¿La historia en la que está basado el juego?

A Amanda se le iluminó el rostro y apoyó los codos en la mesa.

—¿La historia está basada en una chica? —preguntó.

—No estoy del todo segura —contesté.

Señaló a Ruth con la cabeza.

—Mírala. Se muere por meterse en la biblioteca más cercana y hurgar entre los archivos del sótano.

Amanda tenía razón. Ruth parecía impaciente.

—Oye —le dijo Sloane, poniéndole una mano sobre la pierna—. Come.

Ruth le dio una palmadita sin mirarla y dijo:

—No, pero pensadlo. La gente muere. A veces de una forma horrible, a veces de joven. Las tragedias están a la orden del día. En cualquier sitio. Pero hay una muerte en la historia de nuestro pueblo que por alguna razón se ha convertido en una leyenda. En el sentido literal de la palabra. Puede que empezara con esta chica, o puede que no. Pero creo que vale la pena investigar si la chica existió. Dios, ¿por qué no se me había ocurrido antes? —Levantó la cabeza con rapidez—. Los anuarios.

—¿Los anuarios? —repitió Amanda.

—En la biblioteca del instituto. Creo que están hasta los de la década de los cincuenta. ¿Os acordáis de la chica que sufrió una sobredosis de opioides cuando estábamos en primero? Le dedicaron una página en el anuario. Puede que haya otras dedicatorias de otros años. Por lo menos, daremos con nombres de los que partir.

Le gorroneó un jalapeño de las sobras de los nachos a su novia y se puso en pie.

»Ahora sí que me voy de verdad a la biblioteca más cercana. Espero que estés contenta, Manda. Nora, ¿te vienes?

—Qué sabuesa —le dijo Sloane mientras le sacudía la cabeza con cariño.

Me levanté, aunque un poco forzada a hacerlo. Al parecer sí que tenía un tipo muy concreto de amistades. Seguí a Ruth hasta las puertas de la cafetería.

CAPÍTULO TREINTA Y UNO

—Teóricamente —dijo Ruth—. ¿Qué crees que pasó la noche del sábado?

Me había llenado la boca de mini galletas. Tragué con dificultad y contesté:

—Eso es lo que estoy intentando averiguar. Merodeando por ahí.

Tomamos el camino largo a la biblioteca para evitar pasar por el mostrador de seguridad.

—Diosa, diosa —dijo en voz baja—. No me la quito de la cabeza. Ese estúpido juego. Por cierto, has mentido. Eres una farsante con cara de póquer. Sé que has jugado.

Subí las manos como diciendo «me has cazado».

—¿Qué esperabas? Soy Nora Powell, la mentirosa compulsiva del Colegio de Primaria de Palmetto.

—Bueno, yo no voy a tu clase —dijo con picardía—. A mí no me puedes engañar. ¿Qué pasó? ¿Alguien se hizo daño jugando?

Me reí.

—He jugado dos veces. Después de la primera, me pusieron puntos en la cabeza. Y en la segunda, creo que casi muero.

—Crees. Mejor que no juegues una tercera vez. —Me dio un golpecito con el codo.

—¿Y tú? Has dicho que jugaste una vez.

—Sí, eso dije, ¿no? —Aún faltaban diez minutos para que terminaran las clases y el pasillo estaba vacío. Pero habló tan bajito que me tuve que acercar—. Antes de Sloane, salí con una chica. Una de esas que están obsesionadas con que les demuestres tu amor. De las que te montan grandes numeritos. Súper dramática. Guapísima, por supuesto.

»Sus padres estaban divorciados y su padre vivía en una de estas terribles casas barco de hombre divorciado. Tenía un peinado *mullet* y un problema con el juego, pero eso es irrelevante en la historia. Nos dejó quedarnos en el barco una noche, a las dos solas, y mi ex empezó una discusión de la nada. Acabó por encerrarse en el baño diminuto. Me hubiera ido, pero ya había salido el último tren, así que me quedé. Dormí en una especie de sofá empotrado y usé un chaleco salvavidas de almohada. Habíamos bebido bastante, así que me quedé frita. Hasta que mi ex me despertó en medio de la noche. Estaba todo oscuro, excepto por unas cuantas luces fluorescentes, y tenía una pistola en la mano. Dijo algo como "no creo que me quieras tanto como yo te quiero, pero voy a dejar que me demuestres que me equivoco. Vamos a jugar al juego de la diosa".

Se me dispararon los nervios.

»Me puso la pistola en la cabeza. Antes de que pudiera moverme me dijo te quiero, y apretó el gatillo. Hizo ese sonido vacío de clic como en las películas. Luego, me la pasó para que le hiciera lo mismo a ella. Salí corriendo hacia la cubierta y tiré el arma al Lago Michigan. Me hubiera bajado del barco, pero lo había alejado de la orilla mientras yo dormía. Había unas vistas increíbles de la ciudad. Las estrellas estaban descontroladas. Una vez me deshice de la pistola, fui consciente de todo aquello.

»No paraba de llorar y de repetirme que lo sentía, que la pistola estaba vacía y que su padre la iba a matar por perderla. Yo parecía una estatua de sal mirando las estrellas, porque no me podía importar lo más mínimo lo que decía. Finalmente, se le pasó la borrachera, nos llevó de vuelta a la orilla y yo me fui directa a Union Station.

Estábamos apoyadas en la pared exterior de la biblioteca. Creo que no podía mirarme a los ojos mientras me lo contaba. Era de ese tipo de historias.

»Lo que me rompió el corazón fue que ella y yo éramos amigas desde primaria, antes de que saliéramos del armario. Ella saltaba a la cuerda y yo se la sujetaba. Quedábamos para hacer brownies. Pero, no sé. Era un desastre en el amor por culpa de sus padres.

»En fin —dijo para cerrar—. La vida ya es demasiado dura de por sí. De una manera u otra, siempre nos hacemos daño. Esa fue la primera y última vez que jugué al juego de la diosa. —Me dirigió una mirada irónica—. Ahora, vamos a deprimirnos aún más repasando anuarios de gente muerta.

Los anuarios del PHS estaban archivados en la última hilera de estantes, los que daban a la ventana. El sol los había descolorado y eran espantosos. Estaban encuadernados con un material sintético granate que imitaba el cuero. Seguro que en 1951 también se veían así de vulgares y ordinarios.

—Yo los de los cincuenta —dijo con energía—. Toma tú los de los sesenta. Y de ahí para arriba.

Al principio, fue divertido. Los peinados, la ropa y la curiosa forma en la que las chicas de mediados de siglo parecían señoras mayores de piel suave, mientras que los chicos parecían niños de nueve años disfrazados de dependientes. Todos empezaron a soltarse a partir del año 1963. Las cabelleras eran más largas y las sonrisas menos tensas. Hasta ese momento, había encontrado dos páginas conmemorativas. Una para un chico con unas gafas de informático enormes y otra para una profesora con un impresionante peinado inflado.

Tenía las manos llenas de polvo y la boca seca. Cuando terminé el de 1964, necesitaba un descanso. Relajé los hombros y los estiré. Hice un pequeño cálculo en la cabeza y busqué los libros de los años de mi madre.

Abrí el de 1992 y allí estaba, una adorable niña de primero de ojos saltones. Un año después, vi a una chica más taciturna con un cuello alto debajo de una camisa de franela abierta. Al año siguiente, tenía el pelo recogido con dos nudos altos y llevaba un peto y pintalabios oscuro. Parece ser que mi abuela intervino en el último año, porque mi madre salía con pendientes de tortugas y un vestido con un cuello en forma de corazón. Se parecía a Laura Mason. Centré el teléfono para sacarle una foto y entonces, me acordé: la desaparición de Logan Kilkenny tuvo lugar durante su último curso.

Dejé el teléfono a un lado y busqué por la letra K, pero ya habría desaparecido para cuando llegó la época de los anuarios. Aquella foto del periódico sería del año anterior. Me fui al principio del libro y allí estaba, ocupando dos páginas.

No sabía cómo funcionaba el tema de las desapariciones. No sabía si en algún momento se les daba por muertos o no. Pero aquello no era exactamente un homenaje. Su nombre estaba escrito en una cutre fuente de iglesia en el centro de las dos páginas, y el pliegue del libro se tragaba las letras de en medio. Debajo del nombre, había algo escrito: *El que cree en mí, aunque muera, vivirá. —Juan 11:26*

Alrededor del texto, se desplegaba un montaje de fotos de Logan a diferentes edades. Una de bebé acostado en una manta azul, otra de pequeño sonriendo con una gorra de los Cubs de Chicago, otra de cuando se había convertido en un chico larguirucho con lo que supuse que era su familia: dos padres altos y morenos, y dos hermanos pequeños igual de guapos. Gemelos, pensé. Había varias de adolescente. Cazando un frisbi, en un telesilla y saltando de un muelle de la mano de una chica con un bikini rojo. Me pregunté si la chica, que salía en bañador y con el pelo en forma de nube, habría dado su permiso para que imprimieran la foto.

Revisé el índice para ver si salía por algún lado más. Junto a su nombre, un reguero de números de páginas. Se ve que los encargados del anuario usaron todo lo que tenían a su disposición. Algunas imágenes, según los pies de foto, eran de años anteriores. Pasé las páginas y vi a Logan agitando una gorra de béisbol, jugando a los dados como Sky Masterson en un traje que le quedaba pequeño, sentado en la hierba sonriendo con una camiseta del grupo Phish y pasándole el brazo por el hombro a una chica rubia.

La cara de la chica me resultó tan familiar que me sobresalté y miré de lleno a Ruth, como si ella también lo hubiera sentido. Estaba pasando páginas de forma muy metódica, con la cabeza agachada y concentrada aún en los cardados y las pajaritas del Palmetto de los cincuenta.

Volví a mirar a la chica de la foto. Logan sonreía, pero ella tenía una mirada pensativa. Conocía esa cara. La vi en el sueño de Logan. Estaban bailando cuando él la invitó a salir a fumar y ella dijo que no con la cabeza. Hasta ese momento, no la había visto en mi vida, estaba segura de que no. Solo en el sueño. De haberlo reflexionado, habría asumido que se trataba de alguien que me había inventado.

Debajo de la foto, escrito en letra pequeña: *Logan Kilkenny y Emily O'Brien divirtiéndose al sol.*

Emily O'Brien. Según el índice, salía en otras dos fotos y aposté a que ella era la chica del bikini rojo.

Primero, vi su foto de anuario. En algún punto intermedio entre la foto anterior y esa, se había cortado el pelo. Era un corte muy llamativo y parecía seria.

Tenía todo el sentido. Si era verdad que era la novia de Logan, se habrían pasado el resto año tratándola como a una viuda famosa. Puede que alguien disfrutara de aquello, pero estaba casi segura de que Emily no. Me quedé un rato mirando la foto y después, busqué la última página en la que salía.

Se me aceleró un poco el corazón. Era una foto de grupo de la revista de literatura. La plantilla era ligeramente mayor en ese entonces. Seis personas. Y en uno de los extremos, la señorita Ekstrom. Estaba guapísima de joven y tenía la misma cara.

Hacía treinta años, su pelo de cantante de folk era de color marrón. Llevaba pantalones holgados, una camiseta sin mangas y unas gafas aún más grandes y cuadradas. Seguramente, para la época, el *look* fuera cutre, pero en retrospectiva no estaba nada mal. No estaba mirando a la cámara, sino a los alumnos, con una vívida expresión de orgullo.

Repasé todas las caras. Aquellos podrían haber sido mis amigos si hubiera nacido en otra época. Una chica de aspecto espeluznante y gafas redondas. Un chico rubio que tenía un aire a Cobain, de pelo largo y con ropa estampada de flores. Un chico risueño con bigote de adolescente. Una chica con el pelo suelto y los puños en posición de boxeador, para que se le vieran las dos X tatuadas en los dorsos. Otro chico con pintas de holgazán y camiseta blanca a lo James Dean. Cien dólares a que escribía poesía. Y Emily O'Brien. Tan diferente que casi ni la reconocí.

En esa foto, Emily brillaba y la cámara la adoraba. Sonreía con la boca abierta y le estaba chocando la mano al chico del bigotillo. Tenía el otro brazo puesto encima del hombro de la chica de los tatuajes.

Volví a la foto que tenía con Logan y la vi con otros ojos. La cara era la única parte que estaba inclinada hacia él, el resto del cuerpo miraba al lado contrario. Estaba de rodillas sobre la hierba, con un brazo cubriéndole el torso y las dos manos entrelazadas.

Si los mirabas, podías pensar: un alegre chico pasándole el brazo por los hombros a su tímida y preciosa novia. O podías verlo como yo lo vi: un chico arrogante y despreocupado usando su brazo musculado para anclar a una chica cuyo cuerpo luchaba por escapar.

De vuelta a la foto de la revista, la señorita Ekstrom parecía una mamá gallina vigilando a sus polluelos y Emily estaba rodeada de gente que le permitía brillar con confianza.

En el sueño, había visto a Logan bailar con Emily y dirigirse a través de la gente hacia un destino incierto. Tenía una sombra en la cara, parecida al efecto del flas de una foto.

Era la misma sombra que le vi en el sueño al hombre de aquel bar sin nombre. Esa misma oscuridad flotante que busqué en la cara de Kiefer, y que no encontré. La marca de la desfachatez. La marca de la *gente mala*, pensé con un gélido temor.

¿Qué eran aquellos sueños tan nítidos que estaba teniendo? ¿Qué demonios significaban? ¿Qué más habría visto si no hubiera despertado?

Todas aquellas caras ensombrecidas se me entremezclaron y difuminaron en la mente, como manchas de pintura fresca. Si las ideas eran peces, estaba intentando tirar de uno grande, pero no conseguía pescarlo. Se me entumecieron los brazos y las piernas, hasta que sentí que mi cuerpo pesaba el doble. También tenía las manos adormecidas.

Le di un golpe fuerte a la mesa, pero ni siquiera las sentí. Cerré los ojos por un segundo y me desplomé.

—Oye. *Oye.*

Ruth estaba arrodillada frente a mí, sosteniéndome las manos. El anuario estaba tirado en el suelo, a mi lado. Había vuelto a caer en la oscuridad.

—¿Qué ha pasado? —preguntó tensa—. ¿Un bajón de azúcar? —Iba a responder con sinceridad y contárselo todo, pero antes de que pudiera hacerlo, me soltó las manos y contestó a su propia pregunta—. Un bajón de azúcar. Voy a traerte algo.

Cuando se fue, me incorporé poco a poco. Notaba cada parte de mi cuerpo y me lo acaricié con una ternura desmesurada. Mi cuerpo, mío. No permitiría que me volviera a abandonar.

Intenté retomar el hilo y me acerqué a la estantería de los anuarios. No me acordaba por dónde me había quedado, así que empecé por el de 1960. Esta vez, me fijé solo en las fotos de clase.

La encontré en el año 1965. Rita Ekstrom. Incluso de estudiante, la señorita Ekstrom tenía ese pelo grueso con la raya en medio, solo que entonces las puntas le rozaban los hombros. Tenía la boca grande, pero no sonreía y los ojos; achinados y desafiantes. Parecía que estuviera enfadada con el fotógrafo.

Ruth volvió tras saquear la máquina expendedora y desplegó el botín.

—Gracias —dije agradecida.

Frené con el dedo una lata de cola que rodaba por la mesa, la abrí y me la bebí. Después, me decidí por una tableta de chocolate Hershey. Cuando me giré, Ruth me estaba mirando con la boca medio abierta. Parpadeó un par de veces y se acercó para ver el libro.

—¿Qué has encontrado? ¡Uh! —exclamó con voz aguda—. Mira qué linda la señorita Ekstrom. ¿No parece un poco mala ahí? Me encanta. —Entonces, cerré el libro—. Oye, que no había terminado.

—¿Y si Ekstrom sabe algo? —dije en voz muy baja, como si estuviera especulando—. Ha vivido aquí toda su vida. Puede que incluso la chica que buscamos fuera compañera suya.

Ruth estrechó los ojos y lanzó una mirada sin emoción.

—Interesante —dijo para ella—. Sí que es verdad que el lunes dijo que había jugado al juego de la diosa. Así que tiene que ser anterior a su época, ¿no? A no ser…

Entonces, me miró y nos quedamos un rato calladas.

—Tú sigue con ese anuario —me mandó—. Yo miraré el de 1966.

Los anuarios tan viejos no tenían índice. Revisé el del 65 página por página y estudié cada rostro. Cerca del final, me ardían los ojos y Ekstrom no había vuelto a aparecer.

Ruth tuvo más suerte con el del 66. Clavó el dedo en una página y frunció el ceño.

—¿Qué diablos es un club de redacción de cartas?

Me arrastré con la silla para verlo mejor. Una docena de chicas, todas blancas (como la mayor parte de la población del PHS en los sesenta). Miraban incómodas a la cámara. Cada una sostenía un bolígrafo en la mano como diciendo «escribo cartas ¡y lo puedo demostrar!». Ese era un tema recurrente en aquellas fotos antiguas. La gente en ese entonces no estaba acostumbrada a que le sacaran quinientas fotos en un día. Y se notaba.

—Todas tienen el pelo marrón —dijo Ruth—. Y seis de ellas llevan gafas. ¿Acaso es esto algún tipo de jerarquía social? ¿Crees que todas las animadoras serían rubias?

—Esta de aquí es rubia.

Ruth se acercó.

—Mmm. Tienes razón. Con el pelo recogido así no lo parecía.

La única rubia del club de redacción de cartas era voluptuosa y muy mona. Sujetaba el bolígrafo con entusiasmo. Su sonrisa contrastaba con la cara de enfado de Ekstrom, que estaba detrás de ella. Nuestra actual profesora llevaba una faldita y un suéter por encima de una camisa Oxford. Agarraba el bolígrafo como si fuera a apuñalar al que la hubiera obligado a posar así.

—Sé reconocer a una quinceañera cabreada —dijo Ruth.

—¿A quién crees que le escribían las cartas?

—A Jackie Kennedy —respondió con seguridad.

Pasamos al de 1967 y lo abrimos juntas.

—Allá vamos —dijo mientras se frotaba las manos—. Empieza la era de las gafas de Ekstrom.

Las gafas le rasgaban los ojos aún más. Salía bien en la foto del segundo curso. No sonreía, pero parecía más confiada. Como si estuviera empezando a convertirse en la persona que conocíamos. Trágicamente, no quedaba rastro del club de redacción de cartas, pero había una foto de Ekstrom que formaba parte de un estricto grupo de dos miembros llamado *Premios a la Excelencia Académica*. Revisamos con atención el resto de las fotos extracurriculares, pero no salía en ninguna. No era muy deportista nuestra Ekstrom.

Al final del libro, había una serie de fotos espontáneas de alumnos tocando la guitarra, sentados en círculo en la hierba y poniendo caras. Era la mejor parte del anuario, con diferencia. La sección en la que más se parecían a personas de verdad. Como nosotras.

—Uh —dejó escapar Ruth. Señaló una foto en la página derecha.

Era Ekstrom a los dieciséis, sentada en una mesa de la biblioteca. Tenía las piernas cruzadas por los tobillos y la mano izquierda apoyada en la mesa. Estaba girada para mirar a la chica que tenía al lado. La postura de la otra chica imitaba la de Ekstrom: las piernas y la mano. El extremo derecho de sus labios dejaba entrever los dientes, insinuando un gesto provocativo. Se miraban y sonreían como si escondieran algún secreto.

Ruth leyó el pie de foto en voz alta.

—Rita Ekstrom y Patricia Dean, dos amigas íntimas en busca de un buen libro. ¡Amigas íntimas! —Soltó una carcajada—. Ese sí que es un buen eufemismo involuntario. ¿De qué crees que es eufemismo *buen libro*?

Tenía razón. Saltaban las chispas entre la señorita Ekstrom y aquella Patricia Dean. Era una imagen tan tierna y evidente que me hizo sonreír. Hasta que recordé que estaban atrapadas en un pueblo pequeño en 1967.

—Siempre me lo he preguntado —dijo Ruth—. Si Ekstrom tiene a alguien, alguna novia o esposa. O marido, supongo, aunque estaba bastante segura de que no. Podría ser. Podría perfectamente estar casada con dos hijos y tropecientos nietos y ni siquiera lo sabríamos. Es súper reservada.

Había asumido que Ruth conocía mejor la vida privada de Ekstrom que yo, porque yo no sabía casi nada. Antes de que pudiera decírselo, soltó un sonido de sorpresa.

—¡Espera! ¡Patricia Dean es la rubia guapa del club de las cartas! Ekstrom se llevó a la chica más atractiva del club más ridículo. —Cerró las manos a la altura del corazón—. No puedo explicarte lo feliz que me hace esto. Vamos a ver el de su último curso.

Fui al estante, pero no encontré el de 1968. Levanté la cabeza y escaneé los años con la vista. Algunos estaban mal colocados, así que los ordené. Ruth se acercó para ayudarme a buscar y después de un rato, nos miramos.

—Voy a preguntarle a la bibliotecaria —dijo—. Puedes aprovechar mi ausencia para comerte esas galletitas Mallomars a las que les has estado echando el ojo.

Bromeaba. Odiaba las Mallomars, así que me comí el Kit Kat.

Estaba bebiendo agua cuando llegó Ruth con una mirada penetrante.

—Bueno —dijo—. ¿Quieres oír algo interesante?

Bajé la cabeza hasta apoyarla en la mesa.

—Dios, no, por favor. Estoy harta de lo interesante. Quiero algo aburrido.

—Venga, siéntate bien y escucha. Por lo que parece, no hay anuario del año 1968.

Giré la cabeza y la vi mirarme con expectación.

—¿En serio? ¿Por qué?

—La bibliotecaria no lo sabe.

—Qué raro —dije arrastrando las palabras y juntando los ojos—. Puedo escuchar tu cerebro haciendo clic clic clic.

—Y yo también el tuyo —dijo sin prestarme atención—. Mira. Tú sigue con lo de los homenajes. Yo quiero investigar otras cosas. Te llamo más tarde, ¿vale? Y así contrastamos la información.

Cuando se fue, volví a colocar los anuarios en la estantería. Algo me decía que ya no nos iban a servir, que lo que fuera que buscábamos había pasado en 1968.

Podría haber ido directamente a Ekstrom y preguntarle qué sabía, pero no me quitaba de la cabeza la conversación que habíamos mantenido el lunes, después de la reunión de la revista.

No me creyó cuando le dije que Becca se había escapado. Me fui de allí convencida de que era solo una adulta más que asumía que sabía más que yo.

Pero entonces, me pregunté: ¿Y si sí que sabía más que yo?

TRES MESES ANTES

Salieron del pueblo y condujeron veinte minutos hasta un área de servicio.

¿Qué vería la gente cuando las miraban? Una comiéndose un pretzel de canela y azúcar del Auntie Anne y la otra sujetando una taza de café negro. Una chica y su abuela, supuso Becca. Le dolió el pecho solo de pensarlo.

—Mira —dijo la mujer mayor, sin molestarse en hablar bajito—. Esa de ahí.

Becca miró. Había una señora de unos cincuenta toqueteando el teléfono con el dedo índice. Tenía un peinado *bob* largo y rubio y la expresión nerviosa de una gerente exigente. Resultaba fácil imaginarse un video tembloroso de ella gritándole a algún empleado que cobra el salario mínimo.

—¿Qué pasa con ella? ¿Qué ha hecho? —preguntó Becca.

Su compañera hizo un gesto despectivo.

—Eso qué más da. Los monstruos solo se ven elegantes y listos en la televisión, pero en la vida real todo queda en nada. Son todos espantosos.

Becca lo consideró. Los últimos meses le habían servido para confirmar sus peores y más oscuras opiniones acerca de la humanidad. La gente como la mujer que mató a su madre y la abandonó en la carretera no era una anomalía, a pesar de que su padre le dijera lo contrario hasta el día de su muerte. El mal era banal y estaba en todas partes.

Por eso estaban allí, sentadas comiendo dulces poco saludables y café de mala calidad, en una estación de servicio que se alzaba como una araña de cemento en mitad de la carretera. Para que Becca supiera cómo identificar a los malos, mezclados entre la multitud como arsénico en azúcar.

—¿Eres capaz... de ignorarlos? ¿O te llegas a acostumbrar?

La mujer mayor lo reflexionó, pero luego, contestó a una pregunta diferente.

—Hay muchas cosas en la vida de una persona. Familia, amigos, comunidad, aficiones, trabajo y ese estúpido artilugio que lleva en el bolsillo al que le reza todo el tiempo. Yo solo tengo dos cosas en mi vida. Una, por supuesto, es esta. La otra es mi trabajo, lo único que es solo mío. Adoro mi trabajo y necesito el dinero para vivir. Lo que no puedo tener es gente. Los amigos hacen preguntas y la familia...

La mujer había estado jugando con un sobrecito de edulcorante Sweet'N Low mientras hablaba, hasta que se rompió y el contenido se derramó en un estallido químico.

—¿Y si tuviera un hijo y le mirara a los ojos y...? —Volvió a cambiar de tema—. Yo elegí esta vida, pero porque no tuve otra opción. Lo entiendes, ¿no?

Era una pregunta retórica, ni siquiera miró a Becca para recibir una confirmación. Señaló con la cabeza a un hombre que acababa de entrar con un niño siguiéndole.

—Míralo a él —dijo con aire despreocupado.

El hombre tenía una tripa pronunciada y una barba desaliñada a través de la cual se le veían marcas de rosácea. Pese al frío, llevaba una chaqueta vaquera fina. Y el niño, un abrigo acolchado.

—Pobre muchacho —susurró Becca.

Aquel niño tendría unos diez años, más o menos. No sería más joven que Becca cuando perdió a su madre. Verlo le recordó lo importante que era lo que estaba haciendo.

—Pobre *hombre* —le corrigió la mujer—. Me estaba refiriendo al niño.

Becca volvió a mirarlo. Las greñas le rozaban el cuello de la camisa y llevaba unas zapatillas deportivas destrozadas. Seguía al hombre sin quitarle los ojos a la tablet. Debió de sentir su mirada, porque se giró un poco.

Luego, apartó la vista y continuó. Becca se quedó paralizada, sintiendo el frío en los huesos. No porque le hubiera visto un potencial malvado reflejado en las pupilas, sino porque directamente no vio nada en él. Solo a un niño.

Llegaría el día en el que lo mirara a los ojos y descubriera de qué era capaz. No podría evitarlo. Y entonces, tendría que decidir: ¿merecía la pena llevárselo a él?

No era la primera vez que tenía aquel pensamiento, pero sí fue la primera vez que lo sintió tan fuerte que le chupó la energía.

¿Y si no quería decidir? ¿Y si no soportaba verlo?

Aquella noche que se quedó a dormir en casa de Nora, era el décimo aniversario de su ceremonia anual: el primer sábado frío de octubre, el señor Powell encendía la hoguera inaugural de la temporada en la vieja chimenea de gas. Después, las dejaba solas escuchando la banda sonora de *Pesadilla antes de Navidad* y comiendo malvaviscos quemados.

Aquel ritual tenía una continuidad que reconfortaba a Becca y a la vez, le infligía una disonancia cognitiva, casi parecida al vértigo. Su vida se había desmoronado en esa década, pero la de Nora seguía tan sólida como una maqueta de un museo.

Becca tuvo un comportamiento muy raro durante toda la noche y era consciente de ello. En consecuencia, Nora se mostró tensa y ofendida. Por primera vez desde mediados de verano, Becca no pretendía alejarse de su mejor amiga.

Hasta ese día, creía haber entendido a la perfección el pacto que estaba a punto de sellar, tan vinculante e irreversible como el hechizo de un hada. Sonaba justo y noble, hasta que se vio sentada en un área de descanso llena de gente agotada que estaba de paso y que solo quería irse a casa. Personas que solo con mirarlas, te invade una desesperación terrible, incluso con ojos humanos.

Tengo dos cosas en mi vida, le había dicho su tutora. *Lo que no puedo tener es gente.*

Ya era tarde y Nora estaba dormida. Becca estaba mirando el fuego casi consumido. Dejó que su mente se escapara a dónde se iba cuando la invadía aquella soledad irradiante. Los recuerdos eran charcos de luz cálida en la oscuridad.

Se acordó del día en el que le agarró la melena a aquel horrible chico y se la cortó de cuajo.

Luego, la azotó el recuerdo del juego del reino y todas aquellas horas que pasaron haciendo magia en el bosque.

Después, las diosas que crearon se le aparecieron deslumbrantes, una por una, como de costumbre.

Y con ellas, el juego de la diosa. Habían jugado solo una vez, pero fue inolvidable. La fe que Nora depositó en ella aquel día, tan ciega y tan completa, se convirtió en el faro que iluminó su camino en los años venideros. El juego se le había quedado grabado en la memoria como una estrella.

Sentada frente a la soñolienta luz del fuego casi apagado, Becca fue presa de una necesidad frenética de volver a sentir el amor, la fe y la comprensión incondicional de Nora. Si tan solo pudiera volver a sentirse anclada a su vida y a su persona, tal vez no tuviera que pasar por aquello. Se lo podría contar y juntas encontrarían otra solución.

—Despierta —susurró. La vio parpadear y volver a cerrar los ojos—. Vamos a jugar al juego de la diosa.

CAPÍTULO TREINTA Y DOS

—¿Nora? Ven aquí, por favor.

Mi madre me llamó nada más entrar a casa. Por el tono de su voz, supuse que se había enterado de lo que me acababan de confirmar: la historia de las *#DesaparicionesDePalmetto* se estaba expandiendo como la peste negra.

Cuando entré a la cocina, le dio la vuelta al ordenador para enseñarme un artículo de la CNN. *La desaparición de cuatro personas confunde a las autoridades de una localidad de Illinois.*

—Asumo que ya habrás visto esto, ¿no?

Me apoyé en la puerta y me dejé caer, agarrándome del marco.

—Ese en concreto no. Pero sí.

Me deslicé un poco más y noté el roce en los hombros. Cuando vi que mi madre no respondía, levanté la cabeza.

Estaba mirándome con una peculiar expresión en la cara. Una mirada distante, pero alarmante.

—¿Mamá? ¿Qué pasa?

Me separé de la puerta, di dos pasos y levanté los brazos para abrazarla.

Retrocedió arrastrando la silla y me detuve en seco. Miré hacia atrás y cuando me volví a girar, tenía los ojos vidriosos y la mirada alerta. Se había alejado de mí.

—Mamá —dije en voz muy baja.

Hizo un leve movimiento de cabeza y dijo:

—Ven aquí.

Sentí un ardor en el pecho. Un picor. Señalé las escaleras y le dije:

—Tengo deberes.

—No —contestó ella. Me estudió la cara, como si quisiera encontrar algo—. Ven aquí y cuéntame lo que está pasando.

—O sea, ¿a qué te refieres?

—Ya basta —dijo apretando los dientes—. Algo va mal. —Las palabras le salieron de la boca una a una, como si estuviera empujándolas al exterior—. Esto no se trata solo de Becca. De ti también. Cuéntame. ¿Qué es lo que pasa?

Me invadió un dolor punzante en el pecho y sentí una bola de fuego en el corazón. Al mismo tiempo, un pensamiento me recorrió la mente a paso de tortuga.

No digas nada.

—Nora —dijo mi madre, agarrando la mesa con las dos manos—. Contéstame.

Ladeé la cabeza y se me llenaron los ojos de lágrimas. Mi madre lo vio y se apiadó.

—Cariño, ven y siéntate conmigo. Deja que te vea.

Me visitó otro pensamiento. *No la dejes.* Me retorcí y di una fuerte palmada para volver a sentir las manos, para concentrarme. Mi madre se sobresaltó y parpadeó, y supe que la había asustado. Aquella acción sumó a mi extraño comportamiento, cosa que la preocupó aún más.

Necesitaba salir de la cocina. Necesitaba irme antes de volver a colapsar. Si mi madre me veía, ya nunca me dejaría sola. Así que hablé desde aquel retazo de rabia que se escondía entre todo el miedo.

—Estás haciendo el ridículo.

—¿Perdón?

—Y estás siendo una insensible. Dios, mamá, pues claro que me pasa algo. Que mi mejor amiga está desaparecida. Creo que tengo el permiso de estar rara, ¿no?

Parecía afectada.

—No es justo que me digas eso. No es eso a lo que me refiero y lo sabes.

—Me voy arriba. Por favor, déjame sola.

Soltó una risa nerviosa.

—Soy tu madre, así no son las cosas. Oye. Ni se te ocurra darme la espalda cuando te hablo.

—Dios santo, mamá —le contesté—. Ya está. Déjalo.

Se le dibujó una cara de disgusto y, antes de que se le borrara, me largué.

Subí, cerré la puerta y me derrumbé.

Me lancé a la cama, clavé la cara en la almohada y solté un horrible sonido que no sabía que era capaz de hacer. Un sonido de confusión, culpa y tristeza.

¿Qué fue lo que pensó mi madre cuando se apartó de mí?

Sentí que un fuego abrasador me subía por la tráquea. Las conclusiones a las que llegué eran tan destructoras y terroríficas que las intenté repeler, refugiándome en excusas como: estoy paranoica, estoy agotada, estoy triste, asustada y pasando por un nefasto momento.

Pero.

Me escribía notas dormida. Estaba experimentando un nivel extremo de disociación. Tenía pensamientos que no eran míos.

Me obligué a recomponerme, me levanté y, arrastrando los pies, me coloqué frente al espejo.

Vi a una chica de pelo oscuro con una postura tensa. La repasé con la mirada y me acerqué, hasta que vi que se trataba de mi cara.

Sentía que estaba viendo a una extraña a través del cristal. Como cuando te encuentras con un espejo que no esperabas, sufres una confusión momentánea y tardas una milésima de segundo en reconocerte. Solo que aquel reconocimiento nunca llegó.

Me sonó el teléfono desde el bolsillo trasero y me sobresalté. Era Ruth. Vacilé, pero luego respondí.

—Hola.

—Hola. No parece alegrarte demasiado oír mi voz.

—No, solo que... —Me arrugué la frente con la mano—. Perdón, estoy...

—¿Estás bien? Si quieres te llamo más tarde.

Me senté en la cama intentando dejar a un lado el pánico.

—Estoy bien —respondí con firmeza—. Cuéntame.

—He encontrado algo —dijo no muy contenta—. Bueno, un par de algos. 1968, el año del anuario desaparecido, ¿no? Creo que ya sé por qué no tuvieron uno.

Tardé unos segundos en acordarme de lo crucial que resultaba aquella información.

—Guau. Has sido rápida.

Oí un suave repiqueteo y supe que se estaba golpeando los dientes con la punta de un bolígrafo.

—Te he dicho que hace tiempo desapareció una profesora del PHS, ¿no? Bueno, pues no. No era una profesora, era la directora. Una mujer llamada Helen Rusk. Desapareció el 4 de abril de 1968 y hasta donde sé, jamás la encontraron.

Fruncí el ceño.

—¿Y cómo explica eso lo del anuario?

—Bueno... hay algo más. —Sonó reticente—. ¿Te acuerdas de la chica rubia? ¿La chica de Ekstrom?

Se me cortó la respiración.

—Ay, no.

—Sí —sonó apagada—. Revisé los obituarios del periódico de la escuela y estaba su nombre. Patricia Dean. Murió en enero de 1968.

—Mierda. ¿Ponía de qué murió?

—Solo salían detalles del funeral y una lista de familiares. Tenía muchísimos hermanos. Nora. —Sonó más vacilante que nunca—. ¿No crees que Patricia Dean es la chica muerta?

—No la llames así —dije automáticamente.

—Tienes razón. Perdón.

—Pero sí lo creo. Creo que es ella. Patty Dean.

—Patty —repitió—. Sí. Yo también lo creo. Instinto de periodista, supongo. Además, si es verdad que es la chica y murió en el instituto, y luego desaparece la directora unos meses después, creo que tiene lógica que decidieran saltarse el anuario ese año. Aunque, la directora Rusk no parecía ser una personalidad muy apreciada.

—¿En serio? ¿Por qué?

—El periódico le dedicó un artículo un año después de su desaparición. Como una especie de obituario, pero no exactamente, porque no había cuerpo. Y, guau. Era todo un personaje.

Ruth se aclaró la garganta y leyó con un pretencioso acento de la BBC.

—A pesar de superponer la vida familiar al deseo de ingresar en la hermandad, la señorita Rusk aportó los principios de obediencia, pureza y rechazo a la vanidad terrenal a su liderazgo en el cuerpo estudiantil del PHS. Aunque contara con el apoyo de la mayor parte de la comunidad a lo largo del lustro de su ejercicio, este no estuvo exento de controversia.

Me costó tragar saliva.

—¿La hermandad? ¿Qué tipo de controversia? —pregunté.

—Pf, todo lo que te puedas imaginar de una aspirante a monja nacida en 1915. Expulsaba a las chicas por llevar pintalabios y enseñar las rodillas. Había cosas raras en su currículum. Se celebró una huelga en el 64 porque intentó instaurar un juramento de pureza obligatorio.

—Repugnante. ¿Y qué pasó? ¿La secuestraron unos adolescentes satánicos?

—El pánico por lo satánico se desató en los ochenta. En todo caso, habría sido secuestrada por *hippies*. O por alguno de sus numerosos enemigos. El hecho de que fuera mujer directora en los sesenta la convirtió en un hueso duro de roer.

—Por lo menos le dedicaron un obituario bonito, pero ¿qué hay de Patricia Dean? ¿A ella que le tocó?

—Solo el anuncio de su funeral. En St. Mary's.

—Increíble —dije acalorada—. Debió haber sido una noticia impactante para un pueblo en el que nunca pasaba nada. Se muere una chica en el instituto y ¿eso es todo lo que publican?

—Es un periódico de barrio, Nora. No el *Globe*. Aceptan reseñas de películas de críos y la columna anual la escribe el perro del editor.

Me acordé de que Becca le había dicho a James que aquel caso era muy turbio.

—¿De dónde has sacado todo eso? ¿Solo de internet?

—No, de un misterioso diario oculto tras un ladrillo suelto. De la biblioteca, mujer.

—¿Crees que hay alguna conexión entre Helen Rusk y Patricia Dean?

Ruth sonó abrumada y agobiada. Su estado mental favorito.

—Aparte del lugar y el año, parece que no. Aunque ni siquiera son casos tan cercanos en el tiempo. Y, aun así, puede que alguien asesinara a Dean y fuera después a por la directora. O puede que la directora fuera la asesina y luego se diera a la fuga. O también puede que sea verdad lo de la sobredosis y que la directora se largara a ese festival *hippie* de San Francisco, el Verano del Amor.

—Seguro —dije con la boca seca—. Las monjas son puro amor libre.

—Ajá —respondió dándome la razón—. En fin, voy a seguir investigando sobre esto.

—O podríamos ir y preguntarle a la señorita Ekstrom.

Quería ver si Ruth se mostraba igual de reacia que yo a ir a hablar con ella.

—Podríamos —dijo con una extraña entonación.

—¿Y por qué lo dices así?

—Uh —soltó una risa apagada—. Ya sabes. Es muy reservada, como dije.

—¿Y…? —Insistí.

—Y…bueno, vale. Esto es un poco raro y seguramente no tenga nada que ver, pero siempre me acuerdo de una vez que me la encontré cuando íbamos a primero. —Suspiró—. Ese día, mis padres me llevaron a la ciudad para ver una obra de teatro.

—Ohh, qué mona.

—Sí, sí. Estaba monísima. Creo recordar que mi madre me hizo ponerme un vestido de Pascua y mallas. Después, fuimos a cenar, y de camino al coche vi a la señorita Ekstrom. Iba vestida… Era gracioso, porque ninguna de las dos parecíamos nosotras. Yo iba vestida de comunión y ella parecía que tenía un concierto de rock para *boomers.* No será joven, pero entre el pelo largo, la camiseta de los Stones y las botas, aquel día parecía bastante enrollada. Se daba un aire a Janis Joplin de mayor. Y por supuesto yo, como buena niñita de primero que está obsesionada con su profe, la saludé: «¡Señorita Ekstrom! ¡Soy yo, Ruth!».

»Pero cuando me vio, se sobresaltó. Su cara... Rozaba el pánico. Como si la hubiera descubierto robando un coche.

—¿Iba con alguien? ¿Estaba borracha?

—Claro, o sea. ¿A quién le gustaría que los padres de una alumna la sorprendieran con unas copas de más? O incluso en una primera cita o algo. Pero no y no. Fue una reacción diferente, parecía muy incómoda. Se recuperó un poco y me devolvió el saludo. Mis padres me dijeron «Venga Ruth, vámonos». Y eso fue todo.

—¿La notaste rara en clase?

—Para nada. Estaba como si no hubiera pasado nada. Pero siempre me he preguntado qué fue lo que la preocupó tanto. ¿Acaso tenía una fascinante vida secreta? ¿O era simplemente que se esforzaba mucho por ocultar su vida de persona normal? —Hizo una pausa—. Nor. ¿Sigues ahí?

—¿Puedo contarte algo? —dije de repente.

Pensé que aquello desconcertaría a Ruth, pero tan solo dijo:

—Sí.

Me quedé un rato en silencio. Me la imaginé al otro lado del teléfono y me pregunté hacia dónde estaría mirando.

—Las desapariciones. ¿Qué dirías si te contara que Becca es la responsable de todas ellas?

—¿Responsable en qué sentido? —preguntó con cautela—. ¿Por algo que ha hecho?

—Correcto.

—Diría que... —Se quedó en silencio. Fue un silencio cortante y chirriante—. Basándonos en lo que sabemos, en el momento de los hechos, la ubicación, la falta de pistas o pruebas y a no ser que la policía esconda algo, diría que no es muy probable.

—No ha sido un bajón de azúcar lo de la biblioteca —dije rápidamente—. Algo me está pasando. Algo vinculado a Becca y a todo esto, y no puedo... A veces, siento que ni siquiera soy yo. Que mis pensamientos no me pertenecen y cuando me miro al espejo es como si no fuera yo, es algo... —Me volvió aquel dolor en el pecho mientras hablaba, hasta que me retorcí y paré.

—Nora —dijo. Aquella palabra sonó casi como una advertencia.

—Pero. —Me salió un gallo—. Lo más seguro es que sea cansancio.

—No, no es eso. Creo que lo que necesitas es compañía. Estoy con Sloane, pero está viendo Bob Esponja. Ni siquiera se enterará si me voy. ¿Quieres que vaya a tu casa? O bueno, si quieres podemos quedar en algún sitio.

—No. Estoy bien. Cansada, como he dicho. Nos vemos mañana, ¿vale?

Colgué antes de que me pudiera responder. Estaba enfadada conmigo misma, no con ella. Ruth era una persona demasiado razonable. No estaba preparada para mis desvaríos.

Tiré el teléfono a la cama y volví al espejo. Me dolía el pecho justo en el lugar donde me habían salido aquellos moratones. Aquel cuarteto de manchas oscuras que me vi en la ducha. Con un movimiento brusco, me quité la camiseta.

La grisácea luz del invierno acentuaba el color de los moratones. Deberían haberse vuelto amarillos, pero se veían más sombríos que la otra vez. Los conté. Uno, dos, tres, cuatro.

Cinco. El quinto no lo llegué a ver en la ducha. Estaba situado ligeramente por encima del resto.

Fruto de una onírica premonición, me llevé la mano a la zona. Los dedos parecían encajar a la perfección. Como si alguien me hubiera amarrado el pecho con fuerza y hubiera dejado una marca.

CAPÍTULO TREINTA Y TRES

Aquella noche, dejé un bolígrafo y un papel al lado de la cama.

Tardé en quedarme dormida. Por mucho que intentara deslizarme por el tobogán del sueño, mis pensamientos insistían en devolverme al principio. Pero al final, vencí a la mente, y tras unos parpadeos, empecé a soñar.

Aparecí en un lugar cálido y muy iluminado. Un lugar en el que la arena y el sol conspiraban para convertir el mundo en un horno. Tenía en frente a unas personas con ropa de colores claros y botas de montaña. A sus espaldas, unas borrosas estructuras emergían de los surcos de la arena.

Era un grupo de turistas. Hablaban entre ellos, bebían de botellas reutilizables y levantaban los teléfonos para capturar aquel sobrecogedor paisaje. La luz me cegaba, así que, para mí, conformaban un solo ser multicolor que se movía por el desierto haciendo uso de sus múltiples extremidades.

Una integrante del grupo se dio la vuelta para hablar con otra. Era una chica de veintitantos con una coleta grasienta. Su rostro me resultaba familiar, aunque no demasiado. Podría haber sido una de los cientos de personas que veía anunciar productos en internet.

Tenía en la cara aquella sombra flotante que tanto me aterrorizaba. Terminó de hablar con la otra chica y siguió avanzando por la arena y sacando fotos. En ese momento, empecé a seguirla.

La estaba espiando, igual que espié a Logan Kilkenny. Logan había desaparecido, así que supuse que aquella chica también. Porque aquello no eran sueños, eran recuerdos, pero ¿de quién?

Un rato después, nos encontrábamos bajo la densa sombra de las estructuras que había visto desde la lejanía. Se trataba de algún tipo de ruinas, a rebosar de turistas. La chica a la que estaba siguiendo parecía haber discutido con la amiga, por lo que tomó intencionadamente otro camino. Sola.

La seguí. El pasaje que había escogido era lúgubre y frío, y la tenía tan cerca que podía verle el sudor del cuello.

Frío no. Muy frío.

Estaba helada. Aquella sensación no se correspondía con el calor sofocante del sueño en el que me hallaba. Empezaba a despertarme, pero antes, realicé una parada en una especie de purgatorio. Aún no había vuelto al mundo real, pero tampoco estaba soñando. Entonces, un tremendo *plaf* me acabó de despertar.

Era de noche. Estaba fuera. A cuatro patas sobre la hierba escarchada. Me chorreaban los ojos y tenía las manos en carne viva, desde los dedos hasta las muñecas.

Tenía más miedo que la noche anterior en la cocina, pero también reaccioné con más rapidez. En cuanto recobré la conciencia, me empecé a reubicar. Me encontraba rodeada de árboles, por los que se asomaba una corona plateada de nubes que ocultaba la luna. Estaba en el bosque, pero ¿dónde? El pánico se cernió sobre mí y me aplastó como un yunque.

Primero, vi la senda a mi lado. Después, la pequeña división de los árboles que daba al claro circular de hierba. Nuestro claro. El de Becca y mío. Me iría por ahí, de eso estaba segura. Me levanté y me temblaron las piernas, pero avancé decidida.

Justo delante de mí, nuestro árbol me recibió con los brazos abiertos. En el centro, su hueco protector. Cuando lo vi, casi me pongo a reír en voz alta. ¿Cómo no se me había ocurrido mirar en el árbol? Llevábamos escondiendo cosas ahí dentro desde que teníamos ocho años.

El viento se levantó y el círculo de árboles bailó con ardor, lentamente. Nuestro árbol estaba a contraluz y el hueco era de un negro mate. Metí la mano en aquella oscuridad y se me pusieron los pelos de punta.

Nada. La pasé de izquierda a derecha, metí los dos brazos hasta el fondo y removí tierra, insectos muertos y quién sabe qué más. Estaba vacío. Me había equivocado.

Con ojos llorosos, me dejé caer contra el tronco y sentí la presión de la corteza en la cara y en las manos. Detrás de mí, alguna criatura nocturna emitió una especie de chasquido mecánico. No tenía tanto frío como el que debería. En el fondo, sabía que aquello no era una buena señal.

Allí fuera, me resultaba más fácil dejar a un lado la negación. Le lancé un suspiro a la rugosa piel del viejo árbol y pensé: hay algo que me está atormentando.

Más que atormentando. Me estaba dejando moratones e insertando pensamientos ajenos. Me había convertido en una completa desconocida, para mí misma y para mi madre. Me susurraba con la voz de Becca. Pero no era Becca.

Fuera lo que fuera, dormía cuando yo dormía. Lo sabía porque también soñaba al mismo tiempo que yo y me llenaba la noche de recuerdos que no me pertenecían. Y mientras aquel parásito y yo dormíamos, mi mano escribió una nota que evocaba la que Becca me había dejado. El cuerpo me había conducido hasta el claro, nuestro lugar más sagrado. Allí donde escondíamos tesoros, alzábamos altares y castigábamos a nuestros enemigos.

Recordé la sensación que había tenido en la cocina la noche anterior, cuando me desperté bolígrafo en mano. Sentí a mi amiga tan cerca como si hubiera estado allí.

¿Y si, de alguna manera, sí que había estado? ¿Y si estaba intentando contactar conmigo y solo podía hacerlo mientras yo dormía?

Si algo de eso era verdad y era capaz de creérmelo, pensé desesperada, entonces, también era verdad que volvería a verla.

Me aferré a aquella absurda esperanza, porque la alternativa era tan inconcebible que el mero pensamiento me obligó a salir del bosque.

CAPÍTULO TREINTA Y CUATRO

Si había vuelto a soñar al final de la noche, no me acordaba. Me desperté sobre las siete, temblando. El temblor se convirtió en escalofríos. Me retorcía como si me hubieran dado un puñetazo en las costillas. Como si la conclusión a la que había llegado la noche anterior fuera un trasplante mal hecho y mi cuerpo estuviera rechazándolo.

Puede que estuviera equivocada. El estar tumbada en la cama, fuera del ambiente onírico del bosque, me hizo darme cuenta de que debía estarlo.

Quería cerrar la puerta con llave, quería estar sola y que nadie me molestara. Pero cuando me levanté, mareada, volví a caer en la oscuridad.

—Nora. *Nora.* ¿Qué pasa?

Me sobresalté. Estaba de pie frente al espejo, vestida de pies a cabeza y con un pintalabios en la mano. Un rojo burdeos oscuro que había sacado del cajón. Solo tenía pintado el labio superior.

El pomo de la puerta tembló.

—¡Nora!

La voz agitada de mi madre se coló por la puerta. Seguramente llevara ya un rato llamándome.

Intenté recomponerme lo mejor que pude y grité:

—¡Estoy bien!

Balbuceó algo que no llegué a entender y dijo:

—Vale.

Me dieron ganas de vomitar y busqué algo que me sirviera de bolsa. Pero se me pasó. Estaba todo en mi cabeza.

Me quité el pintalabios y tiré el pañuelo y el tubo a la basura. Me miré la ropa y me esforcé por recordar en qué momento me la había puesto. La camisa, los pantalones, el sujetador. No me acordaba de nada. Me había vuelto a pasar, pero esta vez no fueron solo unos segundos. Cuando miré el teléfono eran las 07:16. Habían sido diez minutos, por lo menos. Me quedé mirando la pantalla, pensándolo, y me llegó un mensaje de Ruth.

Bien. No dejes que nadie te pisotee.

Fruncí el ceño, porque no sabía a lo que se refería. Abrí la conversación y vi que su primer mensaje había sido a las 07:10, en medio de mi lapsus temporal.

¿Qué tal? Vienes hoy a clase, ¿no?

Se me revolvió el estómago cuando vi que le había respondido. En pleno estado de inconsciencia, a las 07:12.

Estoy bien. Allí estaré.

Lancé el teléfono lejos y miré alrededor del cuarto, como si buscara algún intruso. Pero si de verdad había alguno, llevaba mi piel.

Solté una palabrota al aire, intentando averiguar qué iba a hacer. No podía soportar otro día más de clase, y quedarme sola en casa con mi madre era una peor opción. Le di vueltas al cuarto hasta que me acerqué a la ventana y vi a mi padre irse a trabajar. Bajé las escaleras corriendo. Las llaves del coche de mi madre estaban en el banco de la cocina, encima de una nota.

Reunión familiar esta noche a las 7. Que tengáis buen día. Besos

Reunión familiar, claro que sí. Arrugué la nota y me serví una triple ración de copos de avena instantáneos con azúcar moreno. Mientras me los comía, la mente me invadió a preguntas. ¿Qué haría? ¿Dónde iría? *Dios*, pensé, mi mundo era tan pequeño. Casi no se me ocurría nada más allá del límite norte de la ciudad. De todas maneras, escapar no era una opción. Me llevaría el problema en la maleta.

Pero sí quería irme a algún sitio. Me puse el abrigo. ¿Qué era lo que necesitaba en ese momento?, me pregunté de camino al coche. ¿Un exorcismo? ¿Rezar? La única iglesia a la que había asistido ofrecía servicios aconfesionales en el cine, justo antes de la sesión de los domingos. Se pasaban la mitad del tiempo reproduciendo *sketches* religiosos de comedia y cantando. No creo que al Pastor Andy le hubiera entusiasmado lo que le fuera a contar.

Conduje. Pensé en comprarme un tablero de Ouija, pasearme por el laberinto de la iglesia de los unitarios y hacerle una visita al Ángel Sin Ojos, o a alguna vidente en la ciudad. Estaba a punto de incorporarme a la carretera cuando recibí un mensaje de Amanda, y otro de Ruth, y otro de un número que no tenía guardado, pero que supuse que era de Chris.

Hay camionetas de periodistas por detrás, mejor entra por la puerta de delante.

Me empezó a latir la cabeza de forma inmediata. Di la vuelta en el siguiente bloque y redirigí la ruta.

Estaba todo relacionado. No podía huir de lo que me estaba pasando, y tampoco podía huir de lo demás. De Becca, de las desapariciones. Tenía que confiar en que todo se resolvería. Tenía que quedarme en Palmetto y ocuparme personalmente.

Debieron de cerrar la entrada trasera al aparcamiento, porque se había formado una hilera de coches para acceder por la de delante que le daba la vuelta a la calle. Cuando por fin llegué a la entrada, vi a unos cuantos profesores con caras de disgusto y abrigos con las cremalleras hasta arriba. Algunos dirigían el tráfico. Otros se ocupaban de que ningún alumno se quedara atrás.

Aparqué y me acoplé al flujo de estudiantes que se encaminaban al edificio. Estaban alborotados y se miraban con caras de asombro. Palmetto era tendencia. El mundo entero estaba atento. Seguro que se sentían que éramos el centro del universo. Me daba rabia admitirlo, pero Ruth tenía razón. Aquello era lo más emocionante que la mitad de esa gente iba a vivir.

Dentro, todo era peor. Reinaban el chismorreo y la tensión. El ambiente se volvió húmedo, por los cientos de abrigos mojados que se concentraron. Yo era una de las coprotagonistas de aquella historia y aquel día lo noté más que nunca. Caminé entre una tormenta de susurros y miradas curiosas que me erizó la piel.

El aula de Sharra estaba vacía. La pizarra, en blanco, sin rastro de aquella tabla de apuestas. Me senté en mi sitio, un poco más aliviada. A medida que la clase se fue llenando, saqué el teléfono para evitar hacer contacto visual. Le di las gracias a Amanda por avisarme y abrí el chat de mi hermana. El último mensaje que le había enviado era de hacía más de un mes: *Se me han olvidado las llaves, ¿estás en casa?*

Cat debía estar en los vestuarios en aquel momento, cambiándose después del entrenamiento de natación. Lo más seguro era que ya estuviera al tanto de todo, pero le escribí igualmente.

¿Te has enterado de lo de las camionetas? Espero que vaya todo bien, besos.

Vi de reojo a Kiefer y a Opal Shaun entrar. Ninguno de los dos me dirigió la palabra, pero Opal se me quedó mirando con descaro. La señora Sharra llegó y la clase empezó sin incidentes. Tenía toda mi atención puesta en aquella monótona lección que le habían encargado para distraernos cuando alguien a mi izquierda exclamó:

—Ay, Dios mío.

Me di la vuelta, esperando recibir una ola de miradas, pero la chica que había hablado estaba mirando su teléfono.

La gente que tenía al lado se acercó para verlo y una se llevó la mano a la boca.

Sharra dejó de hablar al ver que todo el mundo sacaba el teléfono. El mío se iluminó justo cuando lo agarré. Mi hermana me había contestado con un enlace a un artículo del *Chicago Tribune*.

¿Has visto esto?

No. No. No. Esa era la palabra que mi corazón gritaba con cada latido. Tardé un tiempo en acallar las voces de mi cabeza. Estaba convencida de que iba a leer la noticia de la aparición del cuerpo de una chica de pelo castaño y largo, con pintas de artista, con los anillos de boda de sus difuntos padres en la mano y…

Mi sollozo se fundió entre el murmullo de la sala. Lloré aliviada, porque el artículo no iba sobre ella. Sino sobre Kurt Huffman.

Era el prólogo de una historia de terror que ya habíamos oído muchas otras veces, siempre ambientada en otro lugar. Pero ahora la teníamos aquí, tan cerca que la podíamos tocar.

El artículo era una descripción al detalle de lo que habían encontrado en el cuarto de Kurt, debajo de la cama. Así como conversaciones y el historial de búsquedas de su ordenador. En una libreta que estaba en su mochila, encontraron una lista de nombres. Cada uno correspondía a un alumno del instituto.

Hay tanta gente mala.

Los altavoces escupieron un sonido estático y alguien se sobresaltó. Después de un largo zumbido, se oyó la voz del director.

—Comunidad del PHS, os habla el director Goshen. Esta ha sido una dura semana para la familia del PHS, y quisiera abordar el…

Otra vez el zumbido.

Tras unos segundos, continuó:

—Pido a todo el alumnado que se dirija al gimnasio. Se procederá a la lectura de un comunicado. Por favor, dejen los abrigos y las mochilas en el aula. No se permitirá el acceso a los pasillos ni al gimnasio con abrigos y mochilas. Por favor, procedan con calma y respeto.

Terminó y se hizo el silencio.

Miramos a Sharra. Se quedó cabizbaja un instante, pero enseguida levantó la cabeza.

—Ya lo habéis oído.

Kiefer emitió un sonido de incredulidad y dijo:

—¿Qué planea Goshen? ¿Sacarnos a pasear como ovejas?

Toda la clase empezó a murmurar y a lanzar comentarios. Sharra parecía desesperada.

—¿Qué quieres que te diga, Kiefer? Estamos haciéndolo lo mejor que podemos. Yo confío en los agentes de seguridad. Ahora, por favor, dejad las cosas y formad una fila.

Los pasillos estaban a reventar de gente, aunque sorprendentemente en silencio. Solo se oían nuestros pasos y algún que otro susurro. Casi todos miraban el teléfono.

—Esto es ridículo —gritó alguien rompiendo la calma—. ¡Que nos manden a casa!

Estaba de acuerdo. El aire ya se sentía espeso como un batido, no quería imaginarme cómo sería en el gimnasio. Busqué a Madison Velez. Esperé no encontrármela y que hubiera leído la horrible noticia de Kurt en casa.

Luego pensé: *¿estaría ella en la lista?*

—Ey —me dijo alguien por detrás.

No hice caso. Seguía pensando en Madison.

Después, aquella persona me tocó el hombro.

—Ey. Eleanor.

Me di la vuelta. Era una chica más joven, con los pies ligeramente separados, pálida y con pecas. Por su expresión, no pude adivinar qué quería de mí.

—Ey —dijo en tono conversacional, pero le temblaba la voz—. Ehh, ¿conoces a mi hermano Evan? ¿Evan Sewell? Su nombre está en la lista de Kurt. Lo que quería preguntarte es si Rebecca Cross también tiene una lista.

Me quedé mirándola. Tardé un rato en darme cuenta de que con Rebecca se refería a Becca. El chico de al lado le dio un empujoncito y murmuró:

—Dios, Kate. Lo más seguro es que Rebecca Cross también esté en la lista.

—No, no está —contestó ella—. No están los nombres de los desaparecidos. Me lo acaba de decir mi madre, que también lo ha visto. Entonces. —Se acercó—. ¿Rebecca tenía su propia lista? ¿O la hizo con Kurt?

Se me entrecortó la respiración y me invadió una agradable sensación de irrealidad. Cuando abrí la boca, no estaba segura de lo que iba a soltar, pero sabía que saldría de aquella cosa misteriosa que se había apoderado de mí. Aquella voz fantasmagórica. Sabía que no diría nada bueno y que me arrepentiría más tarde, pero no en el momento.

James se puso a mi lado, tan cerca que podía rozarle el hombro con la cabeza. Tenía las manos en los bolsillos y una postura tensa, pero con un toque de desenfado.

—Piérdete —le dijo a la chica con cortesía y esta subió las cejas. Entonces, me agarró del brazo y me dijo—. Vamos.

Lo seguí, me giré y la chica volvió a hablar:

—Fijo que ya están muertos. Los dos —dijo agitada—. Seguro que se odiaban más a ellos mismos que a cualquier persona de la lista.

Algo me estalló en el pecho. Lo intenté, pero no me pude resistir y me dirigí hacia la chica para agarrarle la cabeza con las manos.

Cuando la tuve bien sujeta, me acerqué a su oreja y le dije:

—Escúchame, desagradecida. Becca tenía su propia lista y Kurt estaba en ella. ¿Me entiendes?

La chica intentó liberarse, pero se lo impedí.

—Espera. ¿Me estás diciendo que...?

—Te digo que deberías estar agradecida —grité tanto que me dolió la garganta, como si me hubiera tragado un nido de avispas—. Lo mismo para todos. Deberíais darme las gracias de rodillas.

La chica parpadeó y me dirigió una mirada asesina.

—¿A ti? —preguntó.

Se había formado un círculo a nuestro alrededor. Podía sentir las respiraciones y los murmullos. No diferencié a nadie entre el gentío, era como estar en un campo de mazorcas. La chica se tambaleó y, por un momento, pareció que se iba a arrodillar.

—Ay Dios, ¿en serio lo va a hacer? —dijo alguien del público con un hilillo de voz.

Entonces, una profesora separó las masas y se hizo paso. Era la señorita Ekstrom, con los labios color carmín y una expresión nerviosa. Miró a la chica que aún tenía amarrada y después, a los espectadores.

—Todos al gimnasio, ahora —ordenó tajante—. Tú y tú y tú, y todos los que estáis grabando. Sé quiénes sois y no se me va a olvidar. Si veo algún vídeo publicado o si tengo la mínima sospecha de que está rulando por ahí, no haré preguntas. Me encargaré de que os expulsen. No me pongáis a prueba.

La multitud se dispersó y reanudó la lenta marcha hacia el gimnasio. Ekstrom los miró un rato, apretando los dientes. Luego, se giró hacia mí.

Me sentí como si acabara de despertar. Por un instante de horror, pensé que me había meado encima, pero era sudor. Tenía la ropa empapada, como cuando tienes fiebre. Una sucesión de luces parpadeantes me nubló la vista.

Ekstrom también parecía que se acabara de despertar.

—Nora —dijo.

James estaba a mi lado, ayudándome a mantenerme en pie. Tropecé y me agarré a una taquilla. Un grupito de curiosos se separó de las filas y Ekstrom dio una palmada, como si fuera una adiestradora de animales.

—¡Al gimnasio! ¡Ya! —gritó.

—Sácame de aquí —le supliqué a James.

Y así hizo. Nos fuimos deprisa, a contracorriente. Ignoramos la voz de Ekstrom y las de los demás profesores que supervisaban la turba. Y por fin, conseguimos llegar al frío exterior.

CAPÍTULO TREINTA Y CINCO

Me metí en el coche de James y me sentí como en casa. Se inclinó sobre mí para rebuscar en la guantera y sacó una barrita de granola. La abrió, me la puso en la mano y dijo:

—Come.

Me la terminé en dos bocados y medio. También había servilletas, así que agarré todo el montón y me lo pasé por la boca y el cuello. Observé el paisaje nevado por la ventanilla y pensé en la señorita Ekstrom, en cómo me había mirado ese día y en cómo miraba a Patricia Dean en aquella foto de hacía casi sesenta años. «¿Tú sabes dónde está Becca?», me había preguntado el lunes anterior. «La gente está diciendo unas cosas muy estrambóticas».

Puede que no me lo preguntara porque quisiera enterarse. Puede que me lo preguntara porque quería saber lo que yo sabía.

Cuando James habló, me sobresalté.

—Becca sabía lo de Kurt Huffman. —No era una pregunta—. Como me dijiste ayer. Y lo de Tate y Chloe también. Y ha hecho algo al respecto.

Me aclaré la garganta.

—Sí —respondí.

—Eso era a lo que te referías. Cuando le has dicho a la chica esa que debería estar agradecida. —Hizo una pausa—. Que debería darte las gracias de rodillas. A ti. Eso es lo que has dicho.

Pasaron tres coches en dirección contraria hasta que contesté.

—Sí.

No había mucho tráfico. Conté cinco coches más. Negro, negro, rojo, negro, blanco. Los colores de la baraja de cartas.

—Aquella foto. —Mientras hablaba, dio unos cuantos acelerones y un par de frenazos—. ¿Qué fue lo que vimos en aquella foto?

Su conducción errática me hizo recobrar la compostura y dije:

—Para. Vámonos a otro sitio.

—Tengo que llevarte a casa.

—No, a casa no voy.

Me miró.

—No quieres…

—No. No me… —Empecé a reír, casi de forma histérica—. No me siento yo misma.

James giró a la derecha y entró al centro comercial por la parte de la tienda de cómics. Conducía sin rumbo.

—Algo me está pasando —dije en voz baja, como si hubiera alguien cerca a quien no quisiera despertar—. Algo me ha pasado. Estoy…

Poseída. Esa era la palabra, ¿no? Pero no podía pronunciarla. Era una palabra de película de medianoche de muñecas asesinas. Miré afuera y vi al sol en lo alto y el salón de belleza Sally Beauty.

—Atormentada —dije finalmente—. Hay algo que me está atormentando y sé que no quieres saber nada, pero…

—Sí que quiero. —Agarró el volante con las dos manos—. Ayer me entró el pánico, ¿vale? Fue demasiado. Es decir, ahora no es que me encuentre genial, pero… Estoy contigo. ¿Vale?

Estoy contigo. Las palabras me encendieron la piel.

—Vale.

—Bien —dijo rotundamente—. ¿A dónde vamos?

La luz del sol que iluminaba la nieve y las carreteras se coló por el gélido parabrisas y le alumbró una parte de la cara. En ese momento, y en medio de un mundo acelerado, James representó la quietud y la calma.

Cerré los ojos para reprimir aquella oleada de melancolía, pero no lo conseguí.

—Vamos a casa de Becca —contesté.

CAPÍTULO TREINTA Y SEIS

James aparcó a unas casas de distancia. Contaba con que Miranda estuviera trabajando, aunque no estaba de más ser precavidos. Miré en el garaje. Solo vi el coche de Becca. Llamé al timbre unas cuantas veces, por si acaso y nos fuimos al jardín trasero.

Estaba rodeado de árboles viejos y altos que confinaban el césped, la piscina y el cuadrado de hormigón del patio en una clase de crepúsculo eterno. Además, mantenían el agua de la piscina fría hasta en las semanas más calurosas del verano. James y yo no llevábamos abrigo, todo lo que no fuera el teléfono nos lo habíamos dejado en el instituto. Me rozó con el brazo mientras cruzábamos el césped. Fue una pincelada de calor dentro del frío.

Llegamos a la tarima de la piscina.

—Aquí —dije—. Aquí fue donde todo empezó. El sábado por la noche.

Había ido corriendo hasta la casa de Becca, me quedé dormida justo ahí y desperté cambiada.

Se lo conté todo. El mensaje de Becca, la carrera hasta su casa y cuando me quedé de pie al principio de su calle, paralizada por una sensación de inestabilidad. ¿Fueron los nervios los que me hicieron dudar? ¿O fue una premonición? ¿Qué habría pasado si hubiera continuado corriendo sin más?

El remordimiento me quemó por dentro mientras le contaba el resto de la historia. La taza de café, el teléfono, la ceniza en la tarima y el olor a chamuscado en el aire. Lo sorprendentemente insólito que resultó que pasara una noche a la intemperie sin consecuencias. *Te podrías haber muerto de frío,* me dijo Miranda y tenía razón.

—¿Qué crees que estaba quemando? —preguntó James—. ¿Fotos?

Era lo más probable. Asentí y miré a la piscina. A la luz de la mañana, el agua era verde como el polvo de un mineral machacado y la superficie estaba llena de escombros. Entonces, me acordé.

—Hay algo en la piscina. —James se puso tenso, como si fuera a salir un caimán de aquella salobridad—. No, o sea. Digo que, la mañana que desapareció, vi algo en el fondo de la piscina. Pensaba que era algún animal muerto, pero… —No sabía cómo justificar mi certeza—. Pero no lo es.

Exploramos la tarima. Debajo de una silla, había un recoge hojas largo, parcialmente atascado en la nieve y el hielo. James le dio unos golpecitos con la punta del zapato para sacarlo. Lo sostuvo como una caña de pescar y se inclinó sobre la lúgubre agua.

—¿Dónde lo viste?

Le sustraje la red y me puse a retirar la capa de hojas escarchadas. Me costó sumergir el palo, porque el hielo causaba un efecto gelatinoso en el agua. La red era muy endeble y pude notar cómo se doblaba cuando alcancé el fondo de la piscina. La saqué, le di la vuelta y lo volví a intentar, con más fuerza.

Esta vez, raspé con violencia el fondo. La removí hasta que noté que chocó con algo. Algo firme, no orgánico. No era un animal.

Sujeté el palo desde el extremo y arrastré la cosa hasta la pared de la piscina, pero no podía sacarla.

—Tengo… —Lo intenté de nuevo y lo conseguí subir un poco, pero enseguida volvió a caer—. Tengo que meterme y sacarlo.

—¿Meterte? —James se cubrió las manos con las mangas de la sudadera—. El agua está congelada. ¿Y si solo es una piedra grande?

—No es una piedra.

—Yo lo sacaré —dijo con seriedad—. Participé en el baño de invierno de año nuevo en Coney Island.

Sonreí sin pensarlo, de forma automática.

—¿Que participaste en el…? En fin, tú después. Yo primero. Luego, puedo entrar a la casa a por ropa seca. Me sé el código del garaje.

Me quité las botas, los calcetines, la camisa de franela y la camiseta térmica, ropa que ni recordaba haberme puesto. Me quedé en top, descalza, con los pantalones por encima de los tobillos y me agaché al lado de la piscina. Sabía que la tela vaquera mojada iba a ser lo peor, pero no tenía agallas para quedarme en ropa interior a la luz del día.

De todos modos, pasaría rápido. Una vez dentro del agua, me aferraría al borde con los brazos y sacaría la cosa con los pies.

—Qué asco —murmuré mirando el agua.

—Espera, déjame a mí —dijo James, pero yo ya me había metido.

Por un instante, me ardieron los brazos y los pies. En las partes vestidas, sentí una especie de fervor agradable. Luego, cuando el agua penetró en el tejido y el calor se convirtió en frío, me sumergí.

No era mi intención. Nada más hundirme, aquella cosa que vivía en mi interior se despertó y me abrasó las entrañas. Mareada y con los ojos bien cerrados, agarré el borde con la mano y me empujé hacia el fondo. Busqué el objeto misterioso a ciegas hasta que lo encontré.

Era liso y áspero. Enseguida supe de qué se trataba. Reconocerlo me espantó tanto que abrí los ojos. Cuando el agua verdosa me azotó las pupilas, me retorcí y lancé un gemido ahogado. Abracé el objeto, planté los pies y me impulsé hacia arriba.

Emergí del agua desesperada por respirar. James me sujetó por las costillas para sacarme a la tarima. Me colocó de rodillas y me golpeó dos veces la espalda, luego, una tercera, hasta que se me formó una burbuja en la boca y expulsé agua caliente.

—Respira. No intentes hablar. —Seguía dándome aquellas palmadas tan reconfortantes en los omóplatos.

Tragué aire y miré lo que había desenterrado del agua. Cuando James detuvo los golpecitos, supe que lo había visto.

CAPÍTULO TREINTA Y SIETE

Antes de cumplir los diez, Becca usaba la vieja cámara de apuntar y disparar de su padre. Sentía una intensa necesidad por documentar el mundo a través de la lente de una cámara y sus padres la apoyaban, aunque no lo llegaban a entender del todo. Tampoco es que estuvieran demasiado interesados en el arte.

Después, su talento empezó a crecer. Al principio era sorprendente, luego, se volvió apasionante. Innegable.

Cuando cumplió los diez, su madre preparó pastelitos de fresa. Su padre encendió el horno a una temperatura alta y cocinó pizzas caseras, con hojas de albahaca del jardín esparcidas por encima. Unos cuantos niños llegaron con las bicis y nos fuimos todos a jugar a la búsqueda del tesoro por el barrio.

Esperé a comernos la tarta y a que los invitados se fueran para darle los regalos. Los libros de la serie literaria *Chrestomanci* y un colgante con una piedrecita de ópalo artificial. Los abrió a la luz de la chimenea, sonrió y se puso la cadena. Entonces, abrió el de sus padres.

Vi cómo se miraron cuando Becca se dispuso a abrirlo. Su madre parecía entusiasmada, aunque casi asustada, y su padre, aquel hombre tan carismático, se quedó callado por una vez. Cuando su hija acabó de desenvolver el regalo, se tomaron de las manos.

Era una preciosa e imponente cámara, tan enigmática para mí como lo hubiera sido una nave espacial.

Aun así, supe que se trataba de algo caro, fuera de sus posibilidades y pensado para alguien mayor. Para alguien profesional. Le habían regalado a su hija una cámara que no se podían permitir, pero el verdadero regalo era la fe que tenían en ella. En ella y en su inigualable talento.

Durante años, me había sentido la segunda hija de los Cross, un cuarto miembro en su pequeña familia. Cuando Becca abrazó la cámara y miró a sus padres temblorosos de emoción, recordé que no lo era. La familia de Becca era, en esencia, una comunidad de tres.

Y ahora, me encontraba jadeando y tiritando bajo el sol de invierno, encorvada junto a los restos hundidos de aquella cámara. El fuego la había deformado y fundido hasta quedar como una obra de arte macabra. Era como si acabara de encontrar el cuerpo de mi mejor amiga.

Estaba mojada y me sentía pesada, pero James me levantó como si nada. Me ayudó a bajar las escaleras y a caminar hasta la puerta trasera que, por suerte, estaba abierta. El pelo le olía a flores, a café y a químicos para revelado. La última de mis fantasías, que Becca estaba cerca y aún podría encontrarla, estalló como una bomba.

Entonces, lloré de verdad. Por fin. Lloré como si mi mejor amiga estuviera muerta, porque ya no me quedaban esperanzas. También lloré porque James era para mí un faro en medio del mar, y me asustó lo mucho que necesitaba el consuelo que me estaba dando.

Abrió un par de puertas antes de dar con el baño de Becca. Tenía la cabeza hundida en su pecho, pero, aun así, me llegó aquel aroma familiar a toalla húmeda y cerillas de sándalo. James me acomodó en el suelo con la espalda apoyada en la pared. Le dio al agua, metió una mano en el chorro y ajustó la temperatura.

Cuando la bañera estaba casi llena, cerró el grifo y, sin ningún tipo de vergüenza, dijo:

—¿Necesitas ayuda?

Ayuda para desvestirme, quiso decir. Me levanté y lo intenté, pero tenía los dedos demasiado agarrotados como para desabrocharme los botones del pantalón. James se arrodilló frente a mí y miré cómo los desataba con aquellas hábiles manos de artista. Se dio la vuelta para que pudiera quitármelos.

Me metí en ropa interior y James no se giró hasta que no corrí las cortinas. Apenas noté el agua caliente, pero los temblores se disiparon gradualmente hasta que quedé inmóvil.

Me recosté sobre el borde de cerámica de la bañera. James estaba sentado en el suelo y nos veíamos las caras por la rendija de la cortina. Sentí que mi tristeza se había convertido en un glaciar que nunca terminaría de derretirse y del que no me podría desprender hasta el fin de mis días. Si era verdad que había desaparecido, claro, aunque, ¿qué si no?

Becca me contó una vez que se sentía como una alienígena antes de conocerme. Como el Doctor Who o Superman, la última en su especie. ¿Acaso era yo la última ahora? Si de verdad se había marchado, todas nuestras bromas internas y mensajes en clave eran ya una lengua muerta. Una lengua que solo yo hablaba.

Empecé a llorar otra vez, con los ojos cerrados y el zumbido de la ventilación del baño de fondo. El agua se movió en pequeñas ondas sísmicas. Me llegó el aroma floral del champú de jazmín de Becca y, por un momento, me pregunté si estaría soñando. Pero era James, que tenía el bote en la mano.

—¿Quieres que te quite las hojas?

Asentí. Luego, me echó el champú en el pelo y me lo alisó con las manos. Debí de darle mucha pena para verse obligado a hacerlo, pero era verdad que cada extremidad me pesaba una tonelada. Su tacto era lo más placentero que jamás había sentido.

Cuando abrí los ojos, me topé con su belleza élfica y sentí un pinchazo en el estómago. Aquel estado de debilidad me había concedido una lucidez inquietante y, por primera vez, pensé en besarle de verdad. Solo bastaba con mirarme a los ojos para descubrir mis intenciones. Pero en cambio, me apartó el pelo de la cara, murmuró un «ya está» y se levantó para enjuagarse las manos en el lavabo.

Era mejor así. Sabía que era mejor así. Becca no se merecía que la olvidara tan pronto y James no iba a ser la distracción de uno de los peores días de mi vida.

Me sumergí en el agua hasta que mi espumoso pelo flotó a mi alrededor. Me dolió el corazón al respirar y me llevé una mano a la zona de los moratones.

—Esa cámara era suya, James.

—Lo sé —susurró.

—Y la ha destruido. La ha calcinado como…

Como una ofrenda, iba a decir, pero ¿sería verdad? Aquella cámara era su caja de herramientas, su ojo y el vínculo más fuerte que la unía a sus padres. ¿La habría quemado desesperadamente a cambio de un favor? ¿O como una forma de romper con las cadenas que la ataban a este mundo?

No quería salir de la bañera. Al otro lado, me esperaba el resto de mis días. Pero tenía cosas que hacer, así que me froté los ojos con los dedos y dije:

—Debería vestirme.

DOS MESES ANTES

Tras la pelea con Nora, Becca se liberó de la pena y rechazó el remordimiento. Así mejor, ya que cuando empezara su nueva vida, no quedaría nadie que la echara de menos. No pasaría mucho tiempo hasta que una diosa la visitara y le pidiera un nombre. Y ella se lo daría. Benjamin Tate.

Se le hizo difícil resistirse a la tentación de mirar a todo el mundo a los ojos y pensar: ¿y vosotros? ¿sois dignos de mi elección?

Todos parecían tener algo que ocultar.

Su interés por Chloe Park se desató como un leve cosquilleo. Estaban en la misma clase de matemáticas. Chloe era lo suficientemente buena como para aprobar Álgebra II y Becca lo suficientemente mala como para tener que repetirla.

Sabía algo de Chloe, pero las mismas pocas cosas que del resto de alumnos. Sabía que venía de Woodgate, que la habían adelantado un curso, que no hablaba con nadie y que no parecía querer hacerlo.

Pero Chloe no era tímida. Era *observadora.* Una esponja que lo absorbía todo. Y no me refiero a las matemáticas, aunque se le daban muy bien. Absorbía otro tipo de cosas. Becca se quedó helada al descubrir qué era aquello que le erizaba la piel cuando la miraba en clase.

Chloe era una actriz. Miraba a la gente e interiorizaba los gestos, los manierismos y los patrones lingüísticos. Después, los adoptaba o descartaba de forma mecánica.

¿Quién se escondía detrás de aquella máscara?

La vigilancia no era demasiado estricta en el Instituto Woodgate. Nadie se extrañó al ver a Becca en el aparcamiento de autobuses. Para conocer la verdad, solo tuvo que acercarse a unas cuantas personas y contarles una conmovedora historia: «Mi hermanita se ha hecho amiga de Chloe Park y no me fio de ella. ¿La conoces? ¿Me falla la intuición?».

Lo más aterrador de Chloe era que trabajaba en solitario. Nada de presión de grupo o incitación por parte de alguna pandilla. Ella solita recopilaba información y la usaba para sembrar el pánico. Hasta que una familia inició un proceso legal y la trasladaron al PHS, donde retomó la acción.

Ahora, Becca tenía dos nombres.

CAPÍTULO TREINTA Y OCHO

Cuando James se fue, vacié la bañera. Me sequé con una toalla que encontré debajo del lavabo y me peiné el pelo con las manos. En el armario, había una latita del bálsamo labial sabor a granada de Becca. Me embadurné los labios y me enrollé la toalla antes de salir al pasillo.

James estaba en alguna otra parte de la casa. Llegué al cuarto de Becca tras unos cuantos resbalones.

Nada más cerrar la puerta, me dio la sensación de que no debía estar allí. No lo parecía, pero sabía que aquello no estaba del todo bien. La ausencia de Becca le daba al cuarto un aspecto de decorado de escenario abandonado.

No había demasiado mobiliario. Una cama, un escritorio, una silla y un espejo largo detrás de la puerta. Toda la energía rara de la habitación provenía de las paredes. Estaban decoradas con flores secas, trenzas de flores silvestres y guirnaldas de semillas de plantas. Aquellos adornos naturales acompañaban a la colección de fotos de Becca.

Encima del escritorio, en una foto con un fondo negro, una bengala en forma de aureola enmarcaba la cara de un niño que me resultaba familiar, transformándolo en un santo renacentista. Por la ventana, vi los bosques invernales, la luz del sol y un riachuelo congelado que parecía sacado de un cuento de hadas. De la pared del rincón en el que se encontraba su cama, colgaba una hilera de fotos nuestras y de sus padres. No me atrevía siquiera a mirarlas. De momento.

Me dirigí al armario en busca de algo que ponerme. Vi una foto pegada en las puertas y me quedé petrificada.

Salía James delante de un paisaje de árboles brumosos. Esbelto, ligeramente sonriente y con una mirada tan intensa que se me calentaron las mejillas. Becca había ajustado el contraste de la foto hasta convertir el fondo en un telón de luces efervescentes. Parecía Venus de hombre. Naciendo de un camino de gravilla, en lugar de una concha.

Se me olvidaba que ella lo había conocido primero. Puede que incluso se hubieran besado. Su primer beso. Si había pasado, no me lo había contado.

Su primer beso. Su único beso. El mero pensamiento me dejó un vacío interior. Me deshice de aquel amargo arrebato de celos y deseé que hubiera ocurrido de verdad. Que hubiera besado a James.

Porque había tantas cosas que Becca no había hecho aún. Nunca había viajado a Londres. Nunca había ido a una academia de artes. Nunca había paseado por el Fotografiska, ni se había acostado en el césped de las Tullerías. Ni siquiera se había montado en un avión.

El mundo me pareció de repente un lugar despiadado y cruel. Abrí el armario de un tirón y empecé a rebuscar entre las perchas. Nada me iba a entrar. Debería haber metido mi ropa a la secadora, pero no podía aguantar una hora más en aquella casa abandonada. Así que, escogí un vestido de pana de manga larga con un corpiño azul oscuro de corte imperio. Me di cuenta de que nunca había llegado a ponerse aquel vestido, pero yo sí. Para la foto de una diosa. Lo consiguió en una tienda Kohl de liquidación.

Me lo puse y anticipé el sonido de las costuras al romperse. Me venía más pequeño y corto que hacía unos años, pero conseguí abrochármelo. De un cajón, saqué unas medias negras que apenas me llegaban a la cintura.

Me gustaba verme en su espejo. Rodeada de reflejos de flores secas y fotografías en blanco y negro. Con el pelo mojado, los ojos ensombrecidos y aquel atuendo, ya no solo me sentía una extraña, sino que también parecía una.

James estaba en el salón apoyado sobre el brazo del sofá y hojeando una vieja edición de la revista *Chicago*. Cuando entré, me miró. Se le dilataron las pupilas y podía oír su respiración. Colocó los labios en forma de la palabra *tú*. Iba a decir algo, pero yo hablé primero.

—¿Has ido a la tarima a por mis botas?

Señaló con la cabeza hacia donde estaban mis cosas. Mi camisa de franela, bien doblada, y mis botas en el suelo.

—Ya está todo.

—Uh. Gracias.

Me lo puse todo muy lentamente, retrasando el momento en que tuviera que decirle adiós. Pero sabía que tenía que hacerlo. Porque no importaba lo que yo quisiera o lo que él estuviera dispuesto a hacer. Yo estaba sola. Aquella cosa en mi interior me mantenía apartada de todo. Viniera lo que viniera y a dondequiera que me llevara, tenía que enfrentarme sola.

Cuando me até los cordones de las botas, miré el teléfono. Tenía un reguero de mensajes y llamadas perdidas. De mi hermana, de mis padres, de Ruth, de Amanda e incluso uno de Chris, mostrando una inusual faceta sentimental:

Bro estás bien.

Nunca le había pedido a mi hermana que me encubriera. No teníamos ese tipo de relación. Pero esta vez, la necesitaba.

Porfa, dile a mamá y papá que estoy ocupada con lo de Becca y que no voy a poder mirar el teléfono en un rato.

Pensé y le envié otro mensaje.

No te lo pediría si no fuera sumamente importante. Te prometo que volveré a casa en cuanto pueda.

Me contestó enseguida.

Mamá está leyendo esto por encima de mi hombro. Dice que no le has prometido que irías con cuidado.

Apreté los labios.

Voy con cuidado, lo prometo.

Mentirosa desde tiempos inmemoriales.
Entré en el chat de Ruth para ver sus mensajes.

Tengo una idea. Ven a casa de Sloane.

Ese último estaba seguido de una dirección y de:

Trae alcohol.

Sabía lo que tenía que hacer. Hablar con Ekstrom, la única persona que me podía facilitar la información que yo necesitaba. Solo estaba retrasando lo inevitable. Pero en aquel momento, me dio igual.

Miré a James y dije:

—¿Quieres venir a conocer a mis amigos?

CAPÍTULO TREINTA Y NUEVE

El sol brillaba y el vecindario estaba en silencio. Fuimos a pie, porque si bebes, no conduzcas, y yo iba a beber. Había encontrado una botella de vodka de naranja en el congelador de Becca y nos la fuimos pasando. Su desagradable sabor fue disminuyendo con cada sorbo. El alcohol me nubló la vista y me devolvió la esperanza. Aquella cámara no era un cuerpo. Aparte, a veces Becca hacía cosas que no lograba entender.

Me contaron por mensaje cómo se había desarrollado la mañana con pelos y señales. Después de veinte minutos, se desató un sentimiento anárquico y todos empezaron a largarse de aquella asamblea, convocada con urgencia por el director. Una especie de fervor nervioso revolucionó al alumnado, como respuesta a las circunstancias. Todo el que había conseguido escapar de la vigilancia de sus padres estaba ahora en casa de alguien haciendo cosas que no debería estar haciendo a las 11:30 de la mañana. De algún modo, aún no eran ni las doce.

—La última vez que me emborraché —dijo James—, robé un calabacín de casi tres kilos.

Me reí y tosí, atragantándome con un poco de vodka. Estaba intentando mantenerme distraída y por supuesto que se lo iba a permitir.

—Eso es… Eso es un calabacín grande, ¿no?

—Muy grande. Era el tesoro más preciado de alguien. Lo sé porque lo robé de un huerto comunitario y a la mañana siguiente me sentía fatal, pero ya no podía devolverlo. Ya lo había usado para hacer pan de calabacín.

Me pellizqué la nariz para evitar ponerme a llorar. Necesitaba un descanso.

—Vamos a ver. Entonces, te emborrachaste.

—Mucho. Por la mañana dije: ¿De dónde ha salido este pan de calabacín?

—Te emborrachaste mucho. Entraste en un huerto.

—Me colé. Escalé la valla. Hay fotos de eso.

—Ajá. Entonces, viste un calabacín gigante y te lo llevaste.

—Era del tamaño de un bebé. También me comí un buen puñado de fresas.

—Por supuesto. Así que te fuiste a casa con tu enorme calabacín. —Claro que percibí las connotaciones sexuales de lo que acababa de decir, pero la vida me pareció demasiado corta como para ruborizarme—. Pero, ni bebiste más, ni te metiste en la cama. En cambio, te pusiste a cocinar un delicioso pan de calabacín.

James sonrió. Nuestras miradas se entrelazaron como eslabones de una cadena.

—Me gusta la repostería.

¿Pero llegaste a besarla? Cuanto más bebía, más me costaba resistirme a preguntárselo, así que me forcé a cambiar de tema.

—Tú fuiste a una escuela primaria privada, ¿no?

—¿Cómo? —ladeó la cabeza.

—Sí. Antes de... —aunque estuviera un poco borracha, no me atrevía a pronunciar *Reikiavik*. Con mi acento, sonaría a palabra inventada.

—Fui a una pequeña escuela progresista en Astoria, en Queens. Solo éramos doce en las clases. Todos tenían nombres como Zephyr o Sway. O no sé, Susan, pero todos se escribían con muchas letras y tenían alguna que otra diéresis. La escuela era un experimento en el que la mitad de los alumnos asistía gratis y la otra mitad eran hijos de millonarios que pagaban el doble. —Me dirigió una mirada seria—. Yo era de la primera mitad. Aunque vivíamos de ayudas, mi madre era bastante conocida, solo en Nueva York, fuera de ahí no, y me ofrecieron una plaza. El director estaba obsesionado con la gente famosa.

Subí una ceja.

—Tienes que admitir lo glamuroso que suena eso, en comparación —dije señalando a la hierba, las casas descoloridas y la nieve sucia y andrajosa. Lo más ostentoso a la vista era aquella capa helada de sal sobre el asfalto.

—Vale, pero... ¿cuál es la capital del estado de Montana?

—Helena —respondí automáticamente.

—Muy bien —dijo con amabilidad—. Yo no te podría haber respondido ni a punta de pistola. Era como, ¿sabes lo típico de los libros de escuelas de magos que los niños pueden levitar coches y eso, pero no saben matemáticas? ¿O no saben situar Canadá en un mapa? Bueno, pues esa era mi escuela. Solo que, en vez de magia aprendíamos a mezclar pistas, porque el padre de uno de los niños era un productor famoso. O gastronomía noruega, porque el director estaba saliendo con una chef noruega.

—Claro, claro. —Asentí con seriedad—. Es como cuando los padres de Ellen Culpepper, que tienen una pizzería en el centro, venían a la escuela una vez al año para enseñarnos a hacer pan de pizzas. Así que sí. Lo entiendo perfectamente.

Me reí a carcajadas con mis propios sarcasmos. Una risa histérica. Emborracharme aquel día podía ser la mejor o la peor decisión que hubiera tomado nunca.

Por un momento, James pareció consternado intentando averiguar, supongo, si mi risa se iba a convertir en llanto. Cuando vio que no, esbozó una sonrisa tímida y tontorrona. Me fijé por primera vez en el hoyuelo que le salía en la mejilla derecha.

—Por tu risa deduzco que te ha hecho mucha gracia, ¿no?

Me tapé la cara con las manos y traté de tomar aire. Si seguía riéndome, acabaría llorando y solo Dios sabía cuándo pararía.

—Volviendo al tema —dije secándome los ojos—. ¿En qué tipo de escuela de magia te enseñan a levitar coches?

—En la Academia Jedi —respondió rápido, aún sonriendo. El sol le iluminó los ojos y se los pintó del color de la miel.

No pude evitar devolverle la sonrisa.

Estábamos ya a dos calles de la casa de Sloane. Era una vivienda estilo colonial color cáscara de huevo con contraventanas negras. No había ningún coche en la entrada y el garaje estaba cerrado. Supuse que habrían llegado todos en un coche y lo habían aparcado dentro. Bien hecho, porque los vecinos de aquellos barrios eran propensos a espiar si veían algo sospechoso.

Mientras subíamos los escalones de la entrada, oí la música que tenían puesta. Cuando miré a James, su naturalidad y su carácter se habían esfumado. Estaba igual de distante que en el instituto. En ese momento, fui consciente de lo incómodo que se sentía y de lo mucho que lo escondía. Me dolió pensar que, al fin y al cabo, era un chico tímido.

—Oye. —Me giré y nuestros ojos volvieron a atarse en aquella especie de lazo invisible—. Salud —dije y le puse la mano encima de la suya, por donde estaba sujetando la botella. Asimismo, la levanté para darle un traguito.

Luego, él puso la otra encima, formando un sándwich de manos. Noté su calor. Me miró y me recorrió por toda la piel una sensación tan ardiente como el vodka. Sin retirarme la mirada, se llevó la botella a la boca.

Sloane abrió la puerta.

Durante un segundo, James y yo nos quedamos paralizados, como dos mapaches sorprendidos por la luz de una linterna.

—¡Ey! —Saqué la mano de aquel sándwich—. Ehh. Sloane, este es James. ¿Lo… conoces?

—Hola —respondió él tendiéndole la botella—. Toma.

Sloane me dedicó una sonrisa pausada. No le pude leer los ojos a través del flequillo, pero todo lo que dijo fue:

—Naranja. Sofisticado.

Se dio la vuelta y nos invitó a entrar. La casa estaba un tanto desordenada. Tenía el mismo diseño que la mía, pero con un toque artístico.

La seguimos al salón y escuchamos la voz de Steve Nicks. Salía de un tocadiscos rodeado por el personal de la revista de literatura en estado de embriaguez.

—Hola —dijo Chris en voz muy alta, arrastrando las sílabas. Estaba tumbado boca arriba delante del reproductor y llevaba una camiseta del grupo Minor Threat—. ¿Por qué has agredido a la chica esa hoy en el instituto?

—Ni se te ocurra —contestó Amanda.

Estaba apoyada en el sofá con media rebanada en la mano de lo que parecía pan de masa madre. Aquella jarra de mermelada Smucker's llena de vino tinto que estaba a su lado en la alfombra corría peligro.

—Ignóralo, Nora —siguió—. Ignora, Nora, Nora, Nora. —Y empezó a reírse.

—Esta gente… —dijo Ruth acercándose a Sloane. Esperó a terminar la frase para que pudiéramos escucharla—. …está borracha. Guau, Nora, estás estupenda. Y tú, James Saito, voy demasiado bebida como para fingir que no me sé tu nombre, a pesar de que no nos conozcamos.

—Uh. —Se aclaró la garganta—. Está bien. Tú eres Ruth, ¿no?

Me había dado demasiada vergüenza mirarle desde que entramos, pero me apiadé de él y le rocé la mano con el dorso de la mía como muestra de apoyo. Vaciló durante medio segundo y lo noté. Luego, entrelazó sus dedos con los míos.

Cada centímetro cuadrado de mi mano se convirtió en luces LED que latían al ritmo de mi corazón, solapándose con la canción setentera *Gold Dust Woman*.

Creo que notó, a través de la mano, que me estaba costando actuar con normalidad. Intenté sujetársela como lo haría una persona sosegada, sin pasarme de presión, al mismo tiempo que me concentraba para que no me sudaran la palmas.

Ruth nos miró y se le dibujó una sonrisa de oreja a oreja. Chris levantó la cabeza y se frotó los ojos, incrédulo.

—¿Quéee? ¿Tú y el guapo de James? ¿Estáis…?

Amanda le lanzó la rebanada de pan y aterrizó en su barbilla.

—¡Christopher! —exclamó.

Le dio un mordisco al pan y se lo puso de almohada.

Durante todo ese tiempo, James no me soltó la mano.

—Bueno. ¿Cómo os llamáis? —preguntó.

De haber estado sobrios, aquella ronda de presentaciones habría resultado una situación incómoda. Ruth estuvo a punto de servirle a James lo que quedaba de un cóctel que se había inventado, pero Sloane se lo arrebató cuando no miraba. Negó con la cabeza y le ofreció vino.

Recorrí la sala con los ojos, vi a mis amigos y a James y me invadió un sentimiento de pena, pero también de gratitud. Si Becca estuviera allí. Si nadie hubiera desaparecido. Si nada de lo que me estaba pasando me hubiera estado pasando. ¿No sería un momento de lo más agradable?

Cuando ya estábamos todos sentados o recostados, Ruth dijo:

—¿Preparados para escuchar mi idea?

—Mi —respondió Sloane rizándose un mechón de pelo.

—Pero yo la he pulido.

—Le has dicho que era una buena idea —contestó Amanda—. Y después, has anunciado que ibas a llamar a tu cóctel Hatchet Granny, como la activista anti-alcohol.

—¡Es un nombre genial para un cóctel! Irónico y divertido.

James estaba a mi lado en el sofá, con una postura relajada. Pensé que se alegraba de que lo hubiera traído, o al menos eso esperaba. Me encontraba un poco mareada, pero estable, como siempre.

—Cuéntame la idea —dije antes de que Ruth se desviara demasiado del tema.

—Ah, sí. Bueno, primero que todo, no pretendía mandarte a callar ayer en la llamada. —Se encogió de hombros—. Soy una persona racional, pero esta mañana he pensado que quizás no era compañía lo que necesitabas. Así que. ¿Sloane?

Sloane asintió y se terminó el vaso. Luego, se echó hacia delante y se retiró el flequillo de la frente, de manera que pude verle por fin aquellos ojos color verde esmeralda.

—Bueno, pues. Mi padre es psicólogo. Y algunas de sus prácticas son tan espirituales que rozan la, ehh…

—Curandería —dijo Ruth eructando, pero Sloane la ignoró.

—Ruthie me ha dicho que te has estado sintiendo desconectada de ti misma.

No era exactamente eso lo que me pasaba, pero asentí. Era emocionante oír a Sloane soltando más de dos palabras seguidas, así que no iba a corregirla.

»Pensé que podría hacerte una de las meditaciones guiadas de mi padre. Está pensada específicamente para desapegarte de… —Hizo un gesto alrededor de la cabeza—. Tu ego. De tus pensamientos conscientes y tu racionalidad, y para observar de cerca tus instintos. Ver qué hay por ahí.

—No voy a… creer que soy un pollo o algo así, ¿no?

—No, no es hipnosis. No perderás el conocimiento, tan solo serás consciente de cosas diferentes. Si funciona, claro.

—¿Seguro que es buena idea hacer esto borrachos? —preguntó James.

—Lo será a no ser que nos denunciéis al Colegio de Médicos del estado de Illinois —contestó Ruth y le lanzó un guiño burlón.

Estaban todos esperando a que yo respondiera. Sloane, James, Ruth y Amanda. Chris se estaba comiendo el pan y pasando con insistencia las páginas de una monografía de *Tom de Finlandia.*

Me aterrorizó pensar que aquello pudiera ser exactamente lo que necesitaba. Si me observaba desde fuera, quizás llegaría a ver lo que se escondía en mi interior.

Aquella cosa oculta y poderosa que se alojaba en mis entrañas ¿estaría arriesgándome a sacarla aún más a la luz? Puede ser.

Pero a veces, también me mentía a mí misma.

—Hagámoslo —dije.

CAPÍTULO CUARENTA

Sloane subió a preparar el despacho de su padre y Ruth la acompañó. Amanda nos miró a James y a mí, y dijo:

—Tenemos hambre. Vamos, Chris.

—Yo estoy bien —respondió—. He comido algo de pan.

—Por el amor de… —Amanda se pellizcó la nariz—. Tienes hambre, vamos.

Lo obligó a levantarse y se fueron. James y yo nos quedamos solos.

Sloane había puesto un disco que nunca había escuchado. La música no estaba muy alta, pero la melodía se me clavaba en los huesos. James me miraba con timidez. Algo me dijo, quizás mi yo del futuro, que nunca olvidaría aquel momento.

Pues claro que no lo olvidaría. Aquello era lo más fuerte que me había pasado nunca, pero me refería a ese momento con James en concreto. Lo tenía a escasos metros de distancia. Me sentía cansada, pero aliviada, como si hubiera estado nadando a contracorriente durante kilómetros y estuviera a punto de alcanzar la orilla. No extendió los brazos exactamente, pero realizó un movimiento que lo insinuaba. Nos acercamos y nos quedamos pegados el uno al otro.

Apoyé la mejilla en la suavidad de su pecho y él me colocó una mano en la espalda para tranquilizarme. Su camisa olía a agua de piscina, a aire del exterior y muy en el fondo, a él. Respiré hondo y me tambaleé. Ya estaba borracha del todo y me encontraba en el cruce de dos caminos.

Podía envolverlo con los brazos y no soltarlo. Tenía la clara certeza de que, si lo hacía, él me rodearía con la otra mano y nos quedaríamos abrazados bajo la tenue luz, en medio de un día ajeno al tiempo. Y cuando la canción terminara, levantaría la cara para encontrarme con la suya.

Sería el primer paso hacia un lugar en el que solo existíamos los dos. Un lugar en el que, pasara lo que pasara después, Becca no se podría entrometer. Y lo anhelaba. El vodka en mi cuerpo, su electrizante presencia y aquella presión en el pecho provocada por una intensa, casi desesperada alegría que nunca había sentido. Todo eso fue lo que me hizo anhelarlo. Aquel deseo me llenó los ojos de lágrimas. Lágrimas de dolor y de culpa, por haberme atrevido a sentir felicidad. O, por una vez en mucho tiempo, de alivio.

Entonces, sentí una fugaz y eléctrica punzada de dolor justo donde sus costillas me oprimían el pecho. Con ella, una oleada de náuseas repentinas. Recordé que no tenía el control de mi cuerpo y no parecía que lo fuera a recuperar pronto. Si era verdad que había perdido a Becca, entonces no lo recuperaría nunca.

Di un paso atrás y me quitó la mano de la espalda. Levantó la otra como si fuera a retirarme el pelo de la cara. Aún lo tenía mojado. Cuando me aparté, se la llevó a la nuca y me regaló una media sonrisa.

—A la mierda —murmuró y se acercó para tomarme de las manos—. Becca y yo —dijo inmediatamente—. Somos amigos. Solo amigos. Por si es eso lo que… Por si lo querías saber. Nunca hemos sido nada más. No queríamos que lo fuera.

Su áspera voz me retumbó en cada pliegue del cuerpo. Se deslizó como terciopelo por todos los rincones de mi mente y, con dulzura, desató los últimos enredos que me quedaban en el corazón. Él mismo sabía que le asustaría lo que yo contestara y, aun así, lo lanzó y esperó mi respuesta con una paciencia tan delicada que me erizó la piel. Me impresionó que, a pesar de su timidez e inseguridad, fuera capaz de reunir todo ese valor.

Y sabía que no hacía falta que le dijera nada. Me había vuelto transparente para él. El terciopelo de mi mente, el dolor en mi corazón, podía verlo todo. Se le iluminaron los ojos y se le llenaron de una dulce esperanza. Pero yo dije que no con la cabeza.

—Esto no está… Quiero esperar al momento adecuado —susurré—. Lo siento. Ojalá…

—Sí. —Asintió un par de veces—. No, si lo sé. Dios. Perdóname. Estoy borracho y lo siento.

—No tienes por qué pedirme perdón. Para nada. Solo que…

Oímos un crujido detrás de nosotros y nos giramos. Era Sloane, con cara de fastidio. La habíamos cazado en un intento de retirada. Hizo un gestito con la mano y le dije:

—Ey. ¿Ya está todo listo?

—Solo si tú lo estás.

Asentí. Antes de seguirla, miré a James. Me regaló una sonrisa que me llenó de valentía.

—Buena suerte —me dijo.

La habitación a la que me condujo Sloane estaba ordenada y tenía una decoración muy sobria. Las paredes azules y las cortinas blancas finas amortiguaban la luz. Había un sofá azul pálido pegado a la pared y dos sillones a juego. Parecía la habitación de una cabaña a orillas del mar. Solo estábamos ella y yo, a pesar de que Ruth hubiera jurado que se quedaría muy, muy callada.

—¿Me acuesto? Bueno, voy a acostarme.

Pero no lo hice. Me senté con torpeza en el borde del sofá. Sloane encendió un aparato de ruido blanco y se sentó en una de las sillas.

—Vale —dijo—. Antes de empezar, ¿quieres contarme lo que te está pasando?

—¿Debería? —Me crucé de piernas y, luego, las descrucé—. ¿Si te lo cuento saldrá mejor?

—No. Es una meditación bastante genérica, pero me escandalizo menos que Ruth de ciertas cosas. Además, hablar ayuda, en general.

Hizo una mueca, porque sabía que era gracioso que eso viniera de ella. Aquello me relajó un poco y me recosté. Era un sofá súper acolchado. Sentí que le iba a dejar la forma de mi cuerpo, como si estuviera tumbada sobre una gruesa capa de nieve azul. Una preciosa cenefa de escayola decoraba los contornos del techo.

—Creo... Creo que prefiero no hablar. —Lancé un lento soplido mientras acababa de acomodarme en la tapicería—. ¿Cómo empezamos?

—Cierra los ojos y escucha.

Me coloqué bien. Había una ventana a mis pies y otra detrás de Sloane, que estaba sentada con las manos apoyadas en las rodillas. Parecía la típica persona que me esperaría hasta que estuviera lista, aunque tardara mil años.

Cerré los ojos.

—Estoy lista.

—Bien. Vale.

Inhaló aire y le dije:

—Espera. —Mantuve los ojos cerrados. Sentí un foco de luz blanca sobre mí—. Sea como sea, si en algún momento sientes que Becca está cerca o conmigo, por favor, no digas ni hagas nada para que se vaya.

—Vale. —Hizo una breve pausa—. Lo prometo.

Empezó a articular frases sencillas diseñadas para relajarme y olvidarlas al instante. Me preocupaba que me pareciera una tontería y no fuera a funcionar, pero mi estado de hiperalerta se apaciguó, dando paso a la calma y, luego, al más completo vacío. Las imágenes viajaban por las cuencas de mis ojos como nubecitas y como estrellas por la ventanilla del coche. Como nieve cayendo de un cielo opaco, como la luz de la luna sobre el mármol y como cristales rotos sobre baldosas.

Dejé de escuchar la voz de Sloane. Me habían dicho que no me quedaría inconsciente, pero perdí la percepción del tiempo y de todo lo que tuviera que ver con mi cuerpo. Cuando abrí los ojos, todo había cambiado.

—Ruth. *Ruth.* Ven, por favor.

Sloane habló desde algún lugar a mis espaldas. No sonaba alterada o asustada, sino como alguien hablando dentro de un sueño. Aún veía aquellas paredes de color azul algodonoso. Me encontraba en una clase de parálisis del sueño benigna: no podía moverme. Tampoco quería.

La puerta se abrió detrás de mí.

—Cariño, ¿qué pasa? —Ruth sonó más tierna que nunca.

—Mírale el pecho —contestó Sloane.

Escuché el sonido de pasos acercarse y luego la voz grave de James.

—¿Qué es eso? ¿Qué le has hecho? —preguntó.

Seguía aquí, no se había ido, pero no podía girarme para verle. La calma antinatural que me había proporcionado la meditación de Sloane empezó a desaparecer poco a poco.

—No le ha hecho nada —saltó Ruth. Su cara apareció en mi campo de visión en forma de luna aterrorizada—. ¿Nora? ¿Te duele… algo? ¿Puedes hablar?

No podía. No podía ni hablar, ni moverme, ni siquiera tragar saliva. Sentí el eco del bostezo de mi cuerpo. Lo único que podía hacer era mirar a Ruth directamente a la cara.

Y volvió a ocurrir. Otro de esos destellos de luz que me dejaban desorientada.

No se trataba de aquella maldita sombra que le había visto a Logan Kilkenny y a otros en sueños. Comenzó como con Kiefer en clase: una sensación de niebla y movimiento bailando en su rostro, como una tormenta en un mapa del tiempo.

Pero esta vez, era diferente. Una imagen que iba adoptando cada vez una forma más intensa, más desorientadora, más lúcida y que borraba todo a su alrededor, desde el azul de las paredes hasta la cara de preocupación de Ruth. En su lugar, la vi besándose con alguien en un coche. Más que besándose. Sus cuerpos se entrelazaban sobre la caja de marchas y tenía las manos enredadas en el pelo decolorado de la otra chica. Había escarcha en las ventanillas, así que tuvo que haber pasado hacía poco. Lo presencié como una película y, luego, se desvaneció.

Cuando terminó, empecé a sentir de nuevo el cuerpo. Podía moverme, pestañear y abrir la boca para hablar sin apenas esfuerzo.

—¿Estás engañando a Sloane?

A Ruth le cambió la cara. Toda la preocupación se le esfumó y solo le quedó un vacío notable. De repente, recordé lo intimidante que me parecía antes de conocerla.

—¿Se lo has contado? —preguntó Sloane.

—No —respondió con una voz inexpresiva—. Y no la estoy engañando. La *engañé*. Una vez. Sloane y solo Sloane lo sabe. Así que, ¿cómo lo sabes tú?

—Jesús, ¿de verdad esto tiene alguna importancia ahora? —James les dio un pequeño empujón para acercarse a mí y tomarme de la mano—. Nora, ¿puedes sentarte?

Volvió a pasar, muy rápido. James estaba justo delante de mí, y en un instante, empezó a evaporarse.

Lo vi en una sala con el techo muy alto. Más joven. Con la cara más suave y llena de lágrimas. Un buen rayo de luz entraba por las ventanas e iluminaba el suelo de hormigón, las paredes de ladrillo y una montaña de lienzos pintados. Una docena, por lo menos. James lloraba mientras vertía el contenido de una botella de ginebra Seagram's sobre los cuadros. Y luego, prendió una cerilla.

Cuando la soltó, grité y la visión se interrumpió.

—¡No os acerquéis a mí! ¡Alejaos!

Intenté levantarme, pero acabé en el suelo. Sentí que se acercaban y extendí una mano.

—No me toquéis. *No*. No quiero veros las caras.

—Está bien, no me mires, solo déjame ayudarte —suplicó James—. Tienes algo en el pecho.

Miré abajo y tiré del cuello del vestido para verlo bien. Los cinco pequeños moratones se habían oscurecido aún más. Se habían expandido hasta convertirse en la estampa azul y negra de una mano ligeramente abierta. Como si hubiera sumergido la mano derecha en pintura y me la hubiera llevado al corazón.

DOS SEMANAS ANTES

Lo de Kurt Huffman fue por accidente.

Estaban en clase y Becca alargó en cuello para ver lo que hacía. Kurt había colocado una pila de libros para esconder el teléfono. Estaba leyendo un texto con letra blanca y fondo negro en uno de esos foros insoportables de internet. Becca lo vio escribir un comentario horrible sobre alguien famoso. Una mujer, por supuesto.

Se anotó su nombre de usuario y volvió a mirar a la pizarra.

Por la noche, entró en aquel espantoso foro y lo buscó.

Presentía que no le iba a costar demasiado dar con sus publicaciones. Y así fue. Sus posts estaban cargados de mala intención y desbordaban arrogancia. El foro no contaba con un gran sistema de moderación. Cada uno de sus comentarios se convertía en una batalla de opiniones divididas entre los que decían «No deberías bromear con este tipo de cosas, hombre» y otros que directamente «No va en broma, dejaos de tonterías y que alguien le rastree la dirección IP a este cabrón».

Otros le reían las gracias, naturalmente, pero Becca no sabía si se lo tomaban como un juego o si eran unos verdaderos monstruos. Ninguna de las dos opciones la sorprendería. Sentía que ya nada más podría sorprenderla.

Tras atiborrarse del veneno de Kurt, se sintió mareada. Se duchó y vomitó por el desagüe.

Puede que Kurt no fuera un repugnante depredador como el señor Tate o no actuara con la misma crueldad impune de Chloe, pero tenía fecha límite y él mismo se la había fijado. Con el sentido de la ironía de un niño y la sutileza de un buque de guerra, eligió el 14 de febrero. Poco más de un mes después.

Aquello le permitió a Becca deshacerse de todas las dudas que le quedaban. Aunque no hiciera nada más que detener a Kurt Huffman, todo habría valido la pena.

El plan inicial era esperar hasta finales de febrero, cuando cumpliera los dieciocho. Era más fácil desaparecer si tenías dieciocho. Pero aquello cambiaba las cosas. Becca estaba impaciente y ya casi se sentía una divinidad. Tenía que darse prisa. Era el momento de saltar a la acción.

Al día siguiente, cuando vio a Nora y a Kurt juntos (juntos no, pero en el mismo tramo de pasillo y respirando el mismo aire), les lanzó una mirada despiadada y perdió todo sentido de la prudencia.

Nora ni siquiera la miró cuando Becca se acercó a su taquilla, solo se puso tensa. Ver a su vieja mejor amiga tan reservada y cautelosa le dolió más de lo que pensaba. Aquello le sirvió para reafirmarse en su idea: era hora de irse.

—¿Ves a ese chico? —preguntó ignorando el dolor—. Ni se te ocurra acercarte a él.

CAPÍTULO CUARENTA Y UNO

La sacudida de terror que sentí al verme aquella huella de tinta en el pecho acabó con el último retazo de aturdimiento que me quedaba. Me levanté de un salto y salí corriendo de la habitación.

Amanda estaba al pie de las escaleras.

—¿Va todo bien por ahí? Me ha parecido oír gritos.

—¡Perdón! —dije tras chocarme con ella de camino a la puerta.

Había tanta luz y tan poca actividad que el exterior parecía un decorado. El sol estaba en lo alto, por lo que no había sombras.

No me gustaba correr por placer. Ni siquiera para hacer ejercicio, a no ser que algún profesor de gimnasia me obligara a hacerlo. Pero por tercera vez en una semana, estaba corriendo por las calles de Palmetto.

El instituto se encontraba a menos de un kilómetro de distancia. Fui por delante y pensé que habrían reforzado la seguridad, pero conseguí entrar sin apenas ver señales de vida. Hasta que me topé con aquel guardia sentado detrás de una pantalla de plástico abollada.

Para evitar mirarle a la cara, doblé el cuerpo hacia delante, me puse a jadear y dije:

—Me he dejado la medicina en clase. La necesito. Me he saltado una dosis y tengo que tomármela ya.

—¿Hay alguien a quien pueda llamar para confirmarlo? —Sobrevoló una mano sobre el teléfono—. Me han dicho que no puedo dejar entrar a nadie hoy.

—Por favor. —Empecé a llorar a mares y se sobresaltó. No tardaría en parecer sospechoso que no le mirara a la cara—. Si pasa demasiado tiempo, ¡la medicina perderá su efecto!

—¿De qué medicación se trata? —Bajó la mano.

—Tranquilo, John. Yo la acompaño a la clase.

Ekstrom sonó enérgica y radiante. La vi de reojo acercarse por la derecha, hasta que llegó a mi lado y me tocó el brazo. Había ido allí para buscarla, pero aquel tacto me revolvió el estómago.

—Hola, Nora —dijo—. Vamos a por tus medicinas.

Ninguna de las dos hablamos de camino a su clase. Miré al frente mientras ella abría la puerta y encendía las luces. Aquel día, el olor familiar a libros y bergamota me resultó empalagoso. Me senté en un pupitre. Me había subido el vestido tanto como había podido, pero aún se veía la mitad de la huella de la mano, y sentí que Ekstrom la estaba mirando.

Acercó el bol de caramelos de su escritorio y me lo puso al lado.

—Toma. Estoy segura de que tienes mucho antojo últimamente. —Apenas había metido la mano en el bol cuando dijo—. Y también estoy segura de que tienes muchas preguntas.

—¿Qué? —susurré.

Habló con una voz firme, casi hipnótica.

—Para empezar, puedo asegurarte que no durará para siempre. Se te estabilizará el apetito y recuperarás el control de tu cuerpo y tus pensamientos. Lo que pasa es que se está acostumbrando a ti.

Algo me estalló en la cabeza, como un trozo de metal en un microondas. *¿Se está?*

—Tú también te acostumbrarás a ella. Pronto, ni siquiera te darás cuenta de que está ahí. Hasta que esté… —Se le hizo un pequeño nudo en la garganta—. Hasta que esté lista.

Era difícil sentirse así de enfadada y no poder ni mirarla a los ojos.

—¿Hasta que quién esté lista? ¿Y para qué?

Hizo una pausa y dijo en voz baja:

—No tenía que haber pasado de esta manera.

Levanté la cabeza de golpe.

—¿Qué es lo que…?

Pero paré. Porque le había mirado a la cara. No vi rastro de sombras, ni de niebla. Tampoco me bombardearon las imágenes de la cosa más horrible que hubiera hecho. Lo que vi fue algo aún más difícil de soportar.

El rostro de mi profesora se había convertido en un desfigurado túnel del mal. Era como la abertura de un pozo que atravesaba el universo. Un abismo que me absorbía y me obligaba a presenciar los horrores que se escondían tras él.

Vi a Logan Kilkenny y me aterrorizó contemplar cómo se le distorsionaban las facciones. También vi a la hermosa turista rubia gritando y a aquel enjuto hombre del bar con la cara llena de lágrimas.

Sin embargo, la mayor parte de la gente que vi eran extraños. Una mujer mayor en una gasolinera en medio de la nada. Un hombre de negocios con un traje de otra época. Una adolescente más joven que yo a la luz de una antorcha en una playa tropical. Sabía que estaban todos muertos y sabía que había sido ella. Aquel descubrimiento me acabó de hundir.

Y entonces, vi a alguien que solo había visto en fotos, pero lo reconocí de inmediato. Era el hombre de la cinta de Becca. La persona a la que había estado espiando y fotografiando en el bosque. Estaba de pie frente a una diminuta figura encapuchada que, en ese momento, comprendí que se trataba de Ekstrom.

Ella lo había matado. Becca lo vio y lo capturó.

¿Qué le has hecho? Intenté gritarlo, pero el horror se apoderó de mí y me desvanecí.

CAPÍTULO CUARENTA Y DOS

Lo peor de todo fue que supe que llevaba un rato despierta cuando me incorporé con una taza de café en mano. Tenía manchas de azúcar derretido y estaba medio llena.

Lo peor de todo fue que estaba en un sitio desconocido, sentada en la mesa de una cocina que no lograba identificar y al lado de una ventana que daba a un patio y a una espesa arboleda. Ekstrom no podría haberme llevado ella sola, lo que significaba que había llegado hasta allí por mi propio pie.

No. Lo peor de todo fue ver a Ekstrom sentada al otro lado, mirándome como si hubiera estado esperando el momento en el que abriera los ojos. Ya se le había esfumado aquella oscuridad de la cara. Parecía preocupada, pero alerta.

No me habló enseguida. Primero, cortó un buen pedazo de pastel de café a medio comer y me lo sirvió en un plato. Me lamí los dientes para averiguar si había sido yo la que se había comido la mitad.

Su cocina era bonita. Tenía cacerolas de cobre que colgaban, una tetera eléctrica azul y esmaltada, tarros de especias y paredes de ladrillo. Me sentía asustada, enfadada y muchas otras cosas más. Eran sentimientos muy nítidos, pero muy lejanos, como si los observara a través de un telescopio invertido.

—No soy un monstruo —dijo casi en silencio.

Pensé en una respuesta. Luego, en otra.

—Vale —respondí finalmente.

Asintió. Después, alisó la mesa con la mano derecha y las dos observamos el movimiento. En el dedo anular, llevaba un anillo de oro con un trocito de piedra verde que parecía peridoto.

Dejó de mover la mano y la levantó.

—Un anillo de promesa. Tenía dieciséis cuando me lo dio. Entonces lo llevaba en el dedo índice. Era mejor que nadie sospechara de lo nuestro.

Afuera, empezaba a haber menos luz y las sombras de los árboles eran cada vez más largas. Me pregunté cuánto tiempo llevaría allí.

—¿Qué tiene que ver Becca con eso?

—Por favor, déjame contártelo desde el principio.

Iba a intentar justificarse, probablemente en un intento de absolución.

—Bien.

—Gracias —dijo muy bajito—. Quiero empezar por el día en que ocurrió. La última vez que vi a mi Patty.

CAPÍTULO CUARENTA Y TRES

ENERO DE 1968

La directora era una perra y la tenía tomada con Patricia Dean. Aunque era difícil culparla. Las travesuras eran lo que caracterizaban a la diablilla de Patty Dean.

Era todo a lo que la directora Helen Rusk se oponía. Mal hablada y de mirada cómplice. Tenía un cuerpo tan redondo y desarrollado que incluso una camiseta y unos vaqueros resultaban más provocativos que la lencería.

Mucha gente decía que Patty les causaría la muerte a sus padres. Era la última de ocho hermanos, pero para cuando ella llegó al mundo, la mitad ya habían muerto. Maldecía y bromeaba de una forma bastante impropia de una cristiana practicante. Brillaba con luz propia. Era imposible creer que viniera de aquella familia tan apagada e infeliz.

Nadie les culparía después de lo que le ocurrió a su hija menor. Al menos no en voz alta, ni en la misma habitación. Pero antes de todo eso, Patty estaba más viva que nunca y era la razón de los días de Rita Ekstrom.

Patty estaba resfriada y había perdido el olfato.

—Mirad —dijo antes de comerse los últimos cinco mordiscos de su filete ruso—. No me sabe a nada la comida, aunque supongo que tiene su lado bueno. Menos para besar, claro. Es difícil besar cuando no puedes ni respirar.

Sus amigas se rieron. Patty se besaba con muchos chicos, y nunca con el mismo dos veces. Rita era consciente de que se trataba de una ingeniosa cortina de humo, pero la mínima referencia al tema la hacía apretar los puños. Patty se percató y esperó a que Rita la mirara. Cuando lo hizo, le guiñó un ojo. Un rápido parpadeo como recordatorio de que era a ella a la que realmente quería besar. Luego, bajó la cabeza con la mirada recatada de una doncella.

No era la persona más casta del lugar, por lo que no se le abrirían tan fácilmente las puertas del cielo. No con esa boca, ni con su forma de besar y de hablar. No con ese pelo, ni con esos pechos. Ni con esa cintura que le dibujaba dos prodigiosas curvas fabricadas, al parecer, a la medida de las manos de Rita. Todo un conjunto de dos piezas.

—Uh, casi se me olvida —dijo Patty con delicadeza—. Mañana tengo examen de física y estoy muy perdida. ¿Cita de estudio hoy, Ri?

—Me vendría bien a las cuatro —respondió Rita. Llevaba ya media vida enamorada de Patty, pero seguía loca por ella—. ¿Quedamos en mi casa?

Era jueves. Ese día, la madre de Rita iba a una reunión de lectura de la Biblia.

—Que sea a las seis. —Patty puso los ojos en blanco—. La Hermana Perra me ha vuelto a castigar.

—¿Otra vez? —Rita sintió una punzada de ansiedad.

La directora Rusk, también conocida como Hermana Perra, le ponía los pelos de punta a Rita. Su silueta raquítica, su voz susurrante y sus ojos de fundamentalista. Dos años más tarde, Rita vería a un incorregible Charles Manson en la televisión y, nauseabunda, pensaría: Tiene los ojos de Helen Rusk.

—¿Y esta vez por qué ha sido, Patricia? —preguntó Jeannie con entusiasmo.

Jeannie era tímida y una obsesa de las novelas de Philip K. Dick. Rita sospechaba desde hacía tiempo que estaba enamorada de su chica. Celosilla, Patty la pinchaba cuando le compartía aquellas conjeturas. «Tengo a la más celosilla de todas», le decía.

Rita era celosa. Estirada, rara y extremadamente astuta. Todos los chicos que no lograban conquistar a Patty culpaban a Rita de su mala suerte. Su temida mejor amiga. Aquella que los miraba con el ceño fruncido y los brazos cruzados. No estaban en lo cierto, pero tampoco equivocados del todo.

—Uh —dijo Patty—. ¿Quién sabe? Quizás otra falsa acusación por parte de alguno de sus secuaces.

Quería hacerlas reír a todas, y así fue, pero solo Rita notó su frustración. La directora Rusk la habría castigado por respirar si no tuviera nada más con lo que jugar. Sin embargo, la testaruda de Patty siempre le daba alguna que otra razón.

—En fin. —se levantó muy lentamente.

Los jugadores de baloncesto de la mesa de al lado la miraron, hambrientos como sabuesos. Jeannie también. Pero Patty lo hacía para Rita.

—No se metan en líos, señoritas, no sea que la buena Hermana las ponga a copiar «No me atreveré a divertirme» mil veces en un papel. —recogió su bandeja—. ¿Te veo a las seis, Ri?

—A las seis. —Rita asintió.

Pero Patty tardó en darse la vuelta, aunque puede que no recordara del todo bien aquella parte. Su amada se quedó de pie durante unos eternos segundos y podría haberlos aprovechado para evitar que se marchara. *Levántate y corre,* se decía a sí misma desde el recuerdo.

Le ocurría a menudo y en cualquier lugar. Mientras nadaba en la piscina municipal, en el aula o al sonreírle a un bebé en el supermercado. El tiempo se detenía y una voz le decía: *Esta es la última vez que la verás.*

Y entonces, veía a Patty de nuevo levantándose de la silla en la cafetería. La preciosa y exuberante Patricia Dean. Una chica de ensueño. Su única chica. Podría haber habido otras, si la hubiera perdido de otra forma, sin duda. Pero no después de lo que pasó.

Por no hablar de lo que vino después.

En la pantalla de la mente de Rita Ekstrom, Patty recogió su bandeja y volvió a colocar la silla con un movimiento de cadera. Luego, se dio la vuelta y desapareció por la puerta.

CAPÍTULO CUARENTA Y CUATRO

Eran las seis en punto. Luego, le dieron las siete, las ocho y las nueve. A las diez menos cuarto, llegó su madre de la reunión de lectura de la Biblia oliendo a ginebra y chismorreo.

—Las niñas grandes necesitan dormir —dijo con una pequeña ondulación en la voz.

—Y las mujeres grandes necesitan llevarse algo al estómago antes de empinar el codo —contestó Rita.

No lo habría dicho, de no haber estado tan asustada. La sensación empezó con un leve cosquilleo hasta que se convirtió en una horrible certeza: a Patty le había pasado algo.

Por un momento, su madre se quedó quieta con la boca cerrada, como la de una rana.

—No ignores las enseñanzas de tu madre —dijo antes de tropezarse por el pasillo.

Cuando se fue, Rita se dedicó a dejar volar su imaginación hacia los peores escenarios posibles, por lo que pudiera ser: la Hermana Perra obligándola a rezar hasta medianoche, arrodillada sobre arena esparcida. El señor Dean, su padre, abofeteándola y encerrándola en casa por pecadora, como hizo con sus otras tres hijas mayores. Las hermanas de Patty la odiaban por lo fácil que lo había tenido todo siempre.

Y luego, lo peor. Patty en la cama de un hospital, con los ojos cerrados y rodeada de un caótico despliegue de tubos y máquinas. Pero de haber sido así, el señor Dean la hubiera llamado. O eso creía. A la madre de Patty le caía bien Rita. Los viernes por la noche, cuando el señor Dean hacía el segundo turno, ella y las chicas se reunían para escuchar canciones de Johnny Mathis y hornear galletas de caramelo. Pero de aquello ya hacía mucho tiempo.

Rita se quedó dormida esperando la llamada de Patty.

No la vio en la fuente donde solían quedar. A tercera hora, Patty aún no había aparecido. Todos le preguntaron por ella. Jeannie, Doreen y hasta el chico al que había estado engatusando las últimas semanas, cuyo nombre Rita no quería recordar, por su propio bien.

Rita les dijo que se había quedado en casa por el resfriado. No sabía muy bien el porqué, pero aquel día, las luces parecían más estridentes que nunca y notaba un ajetreo más inquietante de lo habitual.

Cuando terminó la clase, se fue directa a las puertas. Un vigilante de pasillo le gritó algo y ella le respondió:

—¡Estoy enferma!

Y se adentró en la luz del día.

La casa de Patty estaba a medio kilómetro de distancia y era un camino que ya había realizado miles de veces. Subiría las escaleras, llamaría a la puerta y allí estaría Patty para recibirla. Estaría en camisón, malhumorada y se reiría de Rita la dramática.

La señora Dean le abrió la puerta. Su cara parecía una acuarela que se había corrido bajo la lluvia. Antes de ese día, solo había tocado a Rita en ocasiones fortuitas. Algún toquecito en el hombro o un roce de dedos al pasarle la batidora en la cocina. Pero entonces dijo:

—Ay, Rita.

Dio un paso hacia delante y se derrumbó sobre ella. Las dos rompieron en un llanto desconsolado, incluso antes de que le contara la historia.

Aquella fue la primera y última vez que lloraron su muerte juntas. Para cuando enterraron a Patricia Dean, ocho días más tarde, Rita odiaba al señor y a la señora Dean con una intensidad que rozaba la locura.

La única persona a la que odiaba más era la directora Helen Rusk.

CAPÍTULO CUARENTA Y CINCO

Accidente cardiovascular. Eso fue lo que dijo el padre de Patty cuando la encontró abrazada a la señora Dean en la puerta de su casa. Las palabras sonaron un tanto ridículas en su boca, parecía un perro al que habían enseñado a hablar. Eso no fue lo que Rita pensó. Ese hombrecillo podía ser todo lo odioso que quisiera, pero él también había perdido a Patty.

Accidente cardiovascular. La madre de Rita lo repitió en voz baja con el teléfono pegado a la mejilla. La línea telefónica de Palmetto estaba que ardía.

Accidente cardiovascular. Rita se pasó el anillo de Patty del dedo índice de la mano derecha al anular, el dedo de la viudez, justo donde su madre llevaba la alianza de boda. Le dio unas cuantas vueltas. Sintió el corazón de la joven Patty latir entre sus manos y en su boca, hasta que se redujo a un leve zumbido bajo la oreja.

Patty era siempre la luz más brillante de cualquier lugar. También lo fue aquel jueves, en la cafetería. *La Hermana Perra me ha vuelto a castigar.*

Rita salió de la cama.

La directora Rusk se negó a hablar con Rita. Cuando esta insistió, le delegó la tarea a su más entusiasta encargada.

—Lo siento mucho, cielo —dijo la señorita Coates con una pizca de impaciencia y ofensa.

Era una solterona de pelo gris chapada a la antigua que impartía economía del hogar. El timbre ya había sonado hacía una hora y media, pero ella y Rita estaban sentadas fuera del despacho de la directora. Puede que Rusk estuviera dentro o puede que no.

La señorita Coates le dio una palmadita en el dorso de la mano. Sintió el tacto de su seca piel de mimbre.

—Perder a alguien siempre es difícil. Tanto la directora como yo pensamos que es mejor que lo hable con su pastor. —Sonrió e hizo algo con los ojos que Rita reconoció como un horrible intento de parpadeo—. No estaría mal que su novio la llevara a tomar un helado, ¿verdad?

Rita apartó la mano de golpe. Se recostó lentamente sin quitarle los ojos a la mujer mayor. Cruzó los brazos y se abrió de piernas como hacían los hombres al ver a una chica pasar.

—No tengo novio, señorita Coates. Nunca he tenido.

—Ya veo. —La mirada de la mujer se acentuó y se le cayó aquel manto de vaga dulzura—. Las amistades entre chicas pueden ser muy intensas. Especialmente con alguien como Patricia Dean. Algunas jovencitas han nacido para rebelarse. Es triste ver a una chica recibiendo lo que ha estado pidiendo a gritos. Pero cuando hay drogas de por medio, la tragedia es inevitable.

—¿Drogas? —dijo Rita con debilidad—. ¿Qué drogas?

—No soy profesora de lengua —respondió la señorita Coates, con una voz empalagosa—. Pero cuando hablan de *accidente cardiovascular,* creo que se trata de un eufemismo.

Con tanto ruido en la cabeza, Rita oía más bien poco de todo lo que Coates decía.

—Patty no se drogaba.

—¿Uh? —A Coates se le iluminaron los ojos—. Una pecadora siempre quiere otro mordisco de la manzana.

¿Cómo pudo llegar a pensar que Coates era una simple secuaz de Rusk? Eran mezquinas a partes iguales. Rita corrigió su tono arrogante y se obligó a preguntar:

—¿Qué tipo de drogas?

—Obsesionarse no le va a hacer ningún bien. —La señorita Coates hizo un gesto de falsa compasión—. Mejor que le sirva de advertencia. Rezaré por usted, señorita Ekstrom. Su madre no necesita otra tumba sobre la que llorar.

Rita se pasaría años pensando en respuestas contundentes para aquel cruel giro final. Pero en el momento, se quedó sin palabras.

Rita se acercó al mostrador de la comisaría de policía de Palmetto y colocó dos dedos en el timbre, pero no lo pulsó.

—Mary. Hola. ¿Quién fue el agente que recibió la llamada de la muerte de Patricia Dean?

Mary Paulsen levantó los ojos de la revista. Cuando vio a Rita, los abrió de par en par y se le llenaron de lágrimas.

—Ay, Dios mío, Rita. Lo siento tanto. Ay, cariño, es horrible. Sé que tú y Patty erais como hermanas.

Rita buscó en el rostro de Mary alguna señal de dobles sentidos o desprecio. Al no ver ninguna, dijo:

—Gracias. Sí, sí que lo es. ¿Podrías decirme por favor quién respondió a la llamada? Me gustaría hablar con él.

Mary era la hija del delegado principal de la policía de Palmetto. Llevaba trabajando en la recepción desde los catorce años. Antes de graduarse la primavera anterior, sus compañeros de clase siempre intentaban sonsacarle información. El hermano de quién estaba en la celda de los borrachos, la madre de quién había apuntado con una pistola a su marido y más. Era demasiado buena como para difundir historias y le daba demasiado miedo su padre como para arriesgarse.

Mary se dio la vuelta, miró la puerta que daba al resto de la comisaría y Rita supo que estaba pensando en él. Pero cuando se volvió a girar, tenía una expresión un tanto extraña.

—¿Por qué quieres...?

La puerta se abrió y salió un agente. No era el delegado Paulsen, para alivio de ambas. Aquel hombre parecía un Santa Claus fuera de su turno. Rita no sabía su nombre, pero lo había visto saludando desde la carroza de la policía en el desfile del Día de la Independencia.

—¿Tienes clientes, Mary? —preguntó sonriéndoles a las dos.

—Quisiera hablar con el agente que respondió a la llamada de Patricia Dean —dijo Rita lo más claro que pudo.

El hombre, en cuya placa ponía OFICIAL KAMINSKI, suspiró y dijo:

—Mary, tesoro, ¿has hecho ya el pedido de la cena?

Esperó a que asintiera y le señaló a Rita dos sillas plegables.

Se sentaron y Kaminski, con la barriga acomodada sobre el cinturón, le dedicó otra sonrisa de poli bueno.

—¿Eras amiga de la señorita Dean?

—Sí.

—Ha sido una cosa terrible. Terrible.

La pena se apoderó de ella. Rita estaba casi al borde de lo que podía gestionar.

—¿Fue usted el que respondió? ¿La llegó a ver?

Le dio una palmadita en la rodilla. Las carnosas palmas del agente y las raquíticas manitas de la señorita Coates eran polos opuestos.

—No deberías pensar en esas cosas tan horribles. Lo mejor que puedes hacer ahora es ayudar a la pobre madre de esa chica. Se lo tomó muy mal. Como cualquier madre en su lugar.

A Rita le costó la vida no romperse en pedazos allí mismo. Todo, incluido el oficial que tenía delante le parecía insustancial.

—Es solo que… No lo entiendo. Tenía diecisiete años y era una persona sana. Era… —*Mía. Y estaba viva.*

—Las decisiones del Señor se escapan de nuestro entendimiento, ¿verdad?

Se le empañaron los ojos, como les pasa a las personas sensibles cuando se emocionan. Aún no le había quitado la mano de la rodilla. Rita quería arrancarle la garganta con los dientes.

—Patty no consumía drogas —dijo ella—. ¿Cómo murió exactamente? ¿Y cómo explicó Helen Rusk la muerte repentina de una estudiante de diecisiete años, a su cargo y en una escuela vacía?

Rita oyó la respiración de Mary. El oficial Kaminski le retiró la mano. Por fin, la escuchó de verdad y vio al tipo de chica que tenía delante. Se acomodó, pensó y respondió:

—Escúchame, cielo. Te estoy haciendo un favor al hablar contigo y te voy a hacer otro fingiendo que no he oído lo que acabas de decir. —Empezó y abandonó un par de frases. Luego, negó con la cabeza—. Los padres de Patricia Dean no quieren escándalos. ¿Me entiendes? Lo único que quieren es enterrar a su hijita y pasar el duelo en paz.

Le recorrió un escalofrío de los pies a la cabeza. Porque sí que lo entendía. A los padres de Patty les daba igual cómo hubiera muerto su hija. Era testaruda y problemática, y ya habían conseguido quitársela de en medio. Puede que incluso creyeran lo que la señorita Coates se atrevió a decir en voz alta y lo que seguramente ya susurraban los vecinos: que ella se lo había buscado.

El hombre le dio la última palmadita y un último gesto de compasión, pero Rita se quedó inmóvil como una roca. Sin dejar de mirarla, elevó la voz y dijo:

—Mary, ¿me has pedido la hamburguesa con doble de queso?

Hubo una pausa.

—Y poco hecha —respondió Mary.

—Bien —murmuró él —. Bien. —Luego, inspiró con fuerza y se levantó—. Y tú, cuídate mucho ahora, ¿eh? Te prometo que el dolor no durará para siempre. —La miró de reojo y vio sus torpes facciones, su peinado por encima de los hombros, aquel jersey tan poco favorecedor y su peto—. Una chica tan guapa como tú debería centrarse en ser feliz.

Mary Paulsen emitió un sonido extraño y, cuando la miraron, estaba encorvada sobre una revista.

Kamiski miró a Rita una última vez y asintió.

—Otra taza de café —le dijo a Mary, y desapareció por la puerta.

Ninguna de las dos chicas habló durante un minuto. Después, Mary dijo:

—Ya sabes que no me gusta contar nada del trabajo, pero… —Hablaba como una persona de la década de los cincuenta, antes de la liberación de la mujer. Pero cuando conocías a su padre, se lo perdonabas—. ¿Las cosas que ese hombre le hace a nuestras cañerías? Estoy a nada de llamar a un sacerdote.

Aquello le sacó una sonrisa a Rita, aunque le supo amarga.

—Acércate —le dijo la hija del delegado.

Y eso hizo ella. Mary se levantó y se inclinó de brazos cruzados sobre el mostrador.

—El agente que contestó a la llamada es un hombre llamado Jake Bunce —le dijo apresuradamente—. No querrá hablar, créeme. Pero hablar, habla, porque en el minuto en que mi padre sale de la comisaría, viene a ligar conmigo. Creo que lo que le gusta de mí es que estoy retenida aquí. No llegaría demasiado lejos con una chica que tuviera la opción de largarse.

Sus cabezas se rozaron por encima del escritorio. Mary siguió hablando bajito y rápido:

—Recibió la llamada el jueves y cuando vino el viernes por la mañana, llegó con un aspecto horrible. Cuando se lo dije, me contestó «Tú también lo tendrías si fueras yo». Mi padre ya me había contado lo de la pobre Patty, pero presentí que había algo más y sabía que quería contármelo. Así que le llevé un café, se inclinó así como nosotras y dijo…

—Dímelo.

Mary miró a Rita a los ojos.

—Fue la directora Rusk la que llamó. Cuando el oficial Bunce llegó, ella lo estaba esperando fuera de la escuela, más tranquila que nadie. Le dijo que había encontrado a Patty con algún tipo de sustancia en la mano, algún tipo de droga que no reconocía, y que lo primero que hizo fue tirarla por el retrete. Y él le preguntó. «¿Lo primero? ¿Antes de comprobar si la chica respiraba?». No sé qué le contestó a eso, pero cuando entró, vio a Patty como ella dijo. Tirada en el suelo del baño.

»Bunce nunca había presenciado una sobredosis. Si no contamos los comas etílicos. No sabía cómo actuar, pero la inspeccionó de todos modos, porque pensó que era lo que tenía que hacer. —La voz de Mary se había convertido en un susurro—. Su piel... Bueno. Tenía la piel azul y marcas rojas por la boca. Eran marcas recientes y dedujo que se las habría provocado al rascarse cuando... Cuando estaba a punto de dejarnos. Pero algo le dijo que debía palparle la zona, así que se la tocó y la notó pegajosa. Como si le hubieran puesto algo. Se levantó para mirar en la papelera. Estaba vacía, pero no se quedó tranquilo. Y me dijo: «Mary, creo que Helen Rusk le tapó la boca con cinta a esa chica».

Lo sabía. Más que un pensamiento, aquellas palabras fueron una sensación que le recorrió todo el cuerpo. Debería haberse sentido horrorizada y furiosa, y lo estaba. Pero hacía cinco minutos, había llegado al límite de sus fuerzas y ahora tenía un propósito que la llenaba de una especie de serenidad.

La puerta se volvió a abrir y salió un hombre diferente. Inmediatamente y sin apartarle la mirada a Rita, Mary dijo:

—Un guisado. En un molde de aluminio, recuerda. Así, la señora Dean no tendrá que preocuparse de devolverte la olla. ¿Sabes si la velarán en casa?

—¿Mary? —dijo el hombre—. ¿Cuándo llega la cena?

Tendría unos veintitantos, pero su piel ya mostraba el tono grisáceo de la mala vida. Se preguntó si aquel sería Bunce. No había llegado a preguntarle a Mary si el oficial le había comunicado a alguien más sus sospechas. Eso o si la comisaría entera sabía que participaba en un encubrimiento, en virtud de respetar los cobardes deseos de los padres de Patty.

—Gracias —le dijo Rita a Mary sosteniéndole la mirada—. Les llevaré atún, creo. *Gracias*.

CAPÍTULO CUARENTA Y SEIS

Rita nunca había recibido uno de los sermones de la directora Rusk, pero Patty se los había descrito. La Hermana Perra, huesuda y extasiada, le soltaba discursos sobre la abnegación moviéndose como una marioneta. *Jezabel* esto, *feminidad cristiana* aquello. Patty se ponía a imitarla para el deleite de sus amigas. Pues claro que lo hacía. Esa chica no tenía ni un ápice de sentido de la supervivencia. Le costaba cerrar el pico.

Así que Rusk se lo cerró por ella. Y Patty estaba resfriada. *Es difícil besar cuando no puedes ni respirar.* Así de simple.

Rita no se acordaba de haber conducido desde la comisaría hasta su casa. Tampoco se acordaba de haberse quitado la ropa, meterse en la cama y gritar hasta que le pitaron los oídos. Pero allí estaba, desnuda salvo por su anillo de la promesa, cerca de la cara de su madre y aterrorizada. Rita sintió un calor abrasador y deseó haber tenido más prendas que quitarse. Se habría despellejado viva con mucho gusto.

—Por favor, Rita —le dijo su madre entre sollozos—. Shh, mi amor, por favor.

Aquellos susurros consiguieron aliviarla. Paró de llorar y su madre se sobresaltó ante el silencio repentino. Rita alargó la mano para acariciar su suave pelo castaño y dijo:

—Lo siento, mamá. Ya está.

No volvería a llorar por Patty hasta alcanzar su propósito.

Rita volvió a la escuela una semana después de la muerte de Patty, porque necesitaba que le diera el aire. Sus amigas la abrazaron y ella les devolvió el abrazo con firmeza. Le contaron que la directora Rusk no había dicho ni una palabra sobre la muerte de Patty. Ningún discurso anodino, ni ninguna asamblea. El funeral era al día siguiente, y todavía nada.

A sexta hora, sonaron los altavoces. El zumbido asustó a Rita y le erizó la piel. Los demás callaron, porque sabían lo que se avecinaba. La voz de la directora Rusk sonaba aún más chillona por el altavoz.

—Les habla la directora Helen Rusk para recordarles a todos los estudiantes que no hay ni habrá nunca un Club de Fans de los Beatles en el Instituto Palmetto. Las solicitudes para tal club ya han sido denegadas en repetidas ocasiones. Esto incluye reuniones no oficiales dentro *o* fuera del terreno escolar. Los encuentros de cualquier tipo que honren o ensalcen elementos de la cultura secular se castigan con la reclusión o incluso la expulsión.

A medida que hablaba, su ronca voz fue ganando intensidad. Se le podía oír escupir.

»Estudiantes y personal, gracias por su cooperación —terminó—. Que tengan un buen día.

Se hizo el silencio.

Rita tenía la mandíbula tensa y un sabor metálico en la boca. Percibió las miradas de sus compañeros de clase en su visión periférica. Miradas de compasión, en gran parte. Todos sabían lo de Patty y ella, y la mayoría asistirían al funeral al día siguiente. Les sorprendería mucho no ver a Rita aparecer. Prefería la muerte antes que seguirles el juego a los Dean y sus mentiras. Un millón de veces.

Frente a la pizarra, estaba el señor Underhill con cara de haberse tragado una cucaracha. Tenía unos treinta y el pelo le llegaba justo por debajo de las orejas. Aunque no se le permitía añadir o quitar libros del plan de estudios, les leía poesía todos los viernes. Allen Ginsberg, Anne Sexton, Gwendolyn Brooks. No había forma de que Rusk se enterara.

Negó con la cabeza, disgustado, y dijo:

—Todo aquel que se encuentre actualmente bajo la perniciosa influencia de Ringo Starr que parpadee dos veces, por favor. —La clase soltó una risa nerviosa—. ¿Alguien? ¿Nadie? Muy bien, continuemos.

Se pasó el resto de la hora un tanto enfurruñado. Rita no estaba enfadada. Aún no había decidido cómo eliminaría a la directora Rusk, pero mientras tanto, encontró la manera de comunicarle que un ajuste de cuentas estaba al caer.

CAPÍTULO CUARENTA Y SIETE

Rita fue a la ferretería. No a la del centro, donde la atendería el señor Gish sentado medio dormido escuchando los deportes en la radio. En cambio, condujo hasta Skokie y paró en una gasolinera para preguntar por la ferretería Ace más cercana. Lo que compró le cupo perfectamente en la bandolera.

La noche pasada, por primera vez desde que perdió a Patty, Rita había conseguido dormir largo y tendido hasta las ocho en punto. Era sábado por la mañana, el día del funeral.

La madre de Rita se vistió con el mismo traje negro que se había puesto para enterrar a su marido seis años atrás. Le suplicó que la acompañara a la iglesia, «Para despedir a Patty», dijo, como si aquello pudiera convencer a su hija. Como si estuviera dispuesta a dejarla marchar.

Cuando se fue su madre, sacó de su escondite la bolsa que había preparado. No vio a nadie de camino a la escuela y esperó que nadie la hubiera visto. Tenía en el bolsillo una llave que robó Patty en segundo curso. Rita la había retado a hacerlo, pero nunca llegaron a usarla. Ese día, la empleó para abrir la puerta lateral del Instituto Palmetto.

La directora Rusk era una asesina y solo Rita estaba dispuesta a hacer algo al respecto. Podría ir a la iglesia y gritar la verdad desde el estrado, pero lo único que conseguiría serían sonidos de desaprobación y cuchicheos sobre la problemática hija de Elis Ekstrom.

Llevaba toda su vida allí, conocía a aquella gente. Soltarían alguna que otra frasecita educada mientras algún padre la sacaba a rastras por el pasillo.

Rita no podía contar con ellos. Así que hablaría directamente con la directora. Rusk perseguía y castigaba a Patty en nombre de Dios, como una caza de brujas de las de antaño. A modo de respuesta y en honor a Patty, Rita llevaría a cabo un auténtico acto de devoción apasionado y pagano. Una manera de decirle a Rusk: «Te veo, lo sé. Y esto no ha hecho más que empezar».

Entró en los baños y empezó a prepararlo todo sin dejar de tararear. «Lady Jane», «I'm So Glad» y «Girl from the North Country», las canciones favoritas de Patty. Alineó tres velas color rojo sangre y colocó alrededor un pintalabios de Patty, sus caramelos favoritos y un vinilo de siete pulgadas de los Beatles.

Cuando terminó de montar el altar, se arrodilló.

Rita no solía rezar mucho y no tenía la intención de hacerlo en ese momento. Creía en Dios (en el Dios que le habían enseñado sus padres, no en la falsa y malvada deidad que se alojaba en los sanguinarios corazones de gente como Helen Rusk), pero no pretendía involucrarlo en aquel ritual. Solo quería hablar con Patty.

Le dijo que la amaba, que nunca la olvidaría y que no descansaría hasta que Rusk pagara por lo que había hecho. Al final, acabó pareciendo que estaba rezando de verdad.

Durante la última semana, había sucumbido a la idea de que Patty aún andaba cerca. La percibía en el horizonte y anhelaba un calor que nunca llegaba. Darse cuenta de que estaba equivocada no hizo más que empeorar las cosas.

Pero mientras hablaba con su amada, casi rezando, notó una presencia en la sala. Detrás de ella. No vio nada místico, ni nebuloso. Solo sabía que había algo que la miraba con mucha intensidad y que lo sentía como una mano oprimiéndole la espalda.

La presencia trajo un olor fuerte y desconocido. Una molesta sensación de que algo externo la observaba y se le colaba por la piel. Se quedó en silencio.

Entonces, volvió en sí y pensó *Patty*.

No se dio la vuelta. Apenas se atrevía a respirar. Patty estaba allí, seducida por la devoción de Rita.

O tal vez fuera la rabia lo que la atrajo. Su compromiso absoluto con la venganza.

Con un tembleque en las manos, arrancó una cerilla y la encendió. Al aproximar la llama a la mecha de la primera vela, oyó su nombre.

Pero ¿lo oyó de verdad? Vino en forma de susurro y en el tono exacto del siseo del radiador, así que tal vez fuera su imaginación.

Pasó a la segunda vela. Tras prender la mecha, la invadió un espeluznante aroma de cítrico sintético. El perfume de limón de Patty. Estaba tan asustada que se olvidó de la cerilla. La llama le quemó los dedos y la dejó caer con un grito ahogado. Sacó otra y la raspó con fuerza.

Cuando se encendió, la acercó con delicadeza y la tercera vela se iluminó con un leve crujido.

Nada. Luego, un ligero hilo de aire le acarició la mejilla izquierda. Esperó, temblorosa. Y entonces, el sello de un beso. Inconfundible.

Cerró los ojos y vio el trío de llamas interpretando una danza de luces negras y púrpuras. Sintió la suave presión de Patty en cada párpado.

Se quedó así todo el tiempo que pudo. Los recuerdos le inundaron la visión y sintió la bendición de Patty por todo su cuerpo. Después, se levantó y sacó el espray de pintura. Tenía pensado escribir algo contundente en la pared, aunque no sabía muy bien el qué. De pie, en el lugar donde había estado el cuerpo de Patty, Rita recibió un gélido soplo que le enunció las palabras adecuadas. Escribirlas alivió momentáneamente el martilleo de su cabeza.

LA DIOSA DE LA JUSTICIA SE ACERCA.

Plasmó también el mensaje en la puerta del despacho de la directora Rusk. Una vez en el aparcamiento, volvió a sacar el espray y lo escribió una vez más. En letras rojas sobre el frío asfalto.

Era arriesgado, pero estaba segura de que nadie la atraparía. No con el fantasma de su amada surcando el aire a su lado. Se sintió muy liviana. Sabía que, si se dejaba caer en ese momento, Patty la recogería y la elevaría.

CAPÍTULO CUARENTA Y OCHO

El lunes siguiente, la pared de los baños donde Rita había dejado su mensaje estaba recién pintada. La puerta de madera del despacho de Rusk era ahora de un azul claro.

La directora Rusk podría haber mandado verter pintura sobre las palabras del aparcamiento y ya. En cambio, obligó al conserje a ponerse unos guantes y frotar el asfalto. Varios estudiantes curiosos que se acercaron notaron el olor a aguarrás y le echaron un ojo al mensaje difuminado.

LA DIOSA DE LA JUSTICIA SE ACERCA.

Vieron aquellas palabras, la pared del baño y la puerta pintada, e intentaron encontrarle un sentido a todo.

Rita esperó todo el día a que la llamaran para presentarse en el despacho de la directora. Quería enfrentarse a su enemiga y ver lo que se escondía tras su pálido rostro. Aquella llamada nunca llegó. Las miradas de atención de sus compañeros le erizaron la piel. Estaban atando cabos: el grafiti en el aparcamiento y la pintura de las puertas. La ausencia de Rita en un funeral en el que debía haber estado en primera fila resultó más que sospechosa.

¿Podría la estudiosa y sarcástica Rita Ekstrom estar detrás de aquella extraña pintarrajeada? Entre todos se decidió que sí. Su condición de amiga desamparada le otorgó una especie de estatus ostentoso que la distinguía del resto de sus compañeros. La muerte de Patty fue el hachazo que la separó del resto de la humanidad.

Pero ¿por qué había pintado aquellas palabras? ¿Y que sería lo siguiente que haría?

Nadie llegó a ver el primer altar. Lo destrozaron y recogieron antes de que se reanudaran las clases. Rita hizo más. Tuvo suerte de que no la atraparan ni una vez. Patty era la voz que la guiaba a los lugares adecuados, en los momentos adecuados.

Se volvió más intrépida. Además de los discos y los pintalabios, dejaba botellas de ginebra vacías que escondía su madre en la basura y fotos sensuales de Twiggy, Mick Jagger y Penelope Tree. Cualquier cosa que le sirviera para sacar de quicio a la directora Rusk y obligarla a contraatacar.

Sus compañeros no sabían qué pensar de aquellos santuarios, aunque nunca duraban demasiado. A algunos les hacía gracia, otros se sentían confusos. Una confusión que, en ocasiones, comportaba su destrucción. También había gente que pasaba al completo de Rita y de su estrafalario proyecto.

Pero había otros que parecían entender lo que estaba haciendo. Como si ellos también pudieran sentir la presencia de Patty y su reticencia a marcharse del todo.

Desde el día que se arrodilló en los baños, atrajo a Patty y la ancló con su amor y sus promesas, Rita caminaba a la vera de su amada. De forma efímera, pero innegable. Siguiendo su ritmo sin acercarse demasiado. Era una sombra que se colaba por la ranura de la puerta de su cuarto. Una presencia en la esquina que la vigilaba mientras dormía.

Rita llegó a pensar que estaba enferma. Enferma de amor o de dolor. O que había perdido la cabeza por completo. Si era así, se trataba de una locura benévola y, de todos modos, la prefería a la triste alternativa de la cordura absoluta. Mantuvo siempre a flote su devoción, con la esperanza de retener a Patty y acabar con Rusk, haciéndole saber que su plan de venganza no tenía final. ¿Qué más podía hacer?

Dos semanas después del funeral, en clase de matemáticas, Rita puso a un lado su cuaderno y encontró un mensaje tallado en la madera del pupitre.

La Diosa de la Justicia Conoce Tus Pecados.

Temblando, repasó las palabras con el dedo. ¿Las había escrito ella? No recordaba haberlo hecho. Pero también era verdad que, durante el montaje de un altar, entró en una especie de trance. Como si Patty la estuviera ayudando a mover la mano. Así que podría haber sido ella perfectamente.

Al día siguiente, cuando llegó al instituto, vio a una multitud reunida en las puertas de la entrada. No alcanzó a ver lo que estaban mirando hasta que se acercó. Un mensaje. Escrito en letras de un metro de alto en la pared:

La diosa se acerca.

Las palabras no fueron lo único que atrajo a la masa. Fue también el hecho de que parecían estar escritas con sangre.

La gente se apartó para que Rita cruzara y se acercó lo máximo que pudo. Vio el inconfundible reflejo oxidado de sangre sobre ladrillo. Sintió el resplandor del espíritu de Patty, como un segundo sol sobre sus cabezas.

El culto a Patricia Dean, diosa de la justicia, estaba prosperando.

La fiebre de la diosa, ¿por qué se extendió con tanta rapidez?, se preguntó Rita más tarde.

La escuela estaba lista para una rebelión. Los estudiantes se encontraban bajo el yugo de una cruel y despiadada directora que los mantenía a raya. Aparte, era 1968, un tiempo de cambios y transformaciones que se palpaban en el ambiente.

O puede que fuera la respuesta de sus compañeros a la pérdida de Patty Dean, aquella chica alegre y popular. Se había esfumado con una aterradora facilidad y tanto el colegio, como sus padres y la policía eran cómplices de una conspiración en su contra.

Pero la diosa que había creado a partir de su espíritu y su memoria manifestó su poder desde el principio. Empezó cuando la llama de la vela cobró vida entre los dedos de Rita y fue pasando de mano en mano hasta convertirse en una hoguera. Como cualquier deidad, la diosa comenzó como una realidad consensuada. Y como cualquier historia contada a la luz del día, su poder aumentaba cuando nadie miraba. En la oscuridad.

Aparecieron altares por doquier, obra de docenas de manos desconocidas. En el hueco de una escalera o tras la sombra de una puerta. Rodeados de mensajes escritos en rotulador o tiza.

La Diosa de la Justicia te Observa.

El PHS se desprendió de aquella atmósfera claustrofóbica, dando paso a una temeridad sin precedentes. Patty se pavoneaba por los pasillos, suspendida en el aire. Siempre presente, siempre inalcanzable. Dejando solo un leve olor a ácido que revolucionaba el ambiente.

Su influencia pasó de ser un mero soplo de viento a un huracán de rebeldía que lo barría todo a su paso. Las chicas llevaban las faldas más cortas y pendientes de aros. Se pintaban los labios de un blanco cadáver o del color de la sangre, y se dejaban crecer el flequillo hasta los ojos a lo Grace Slick. Los conflictos se desataban con facilidad y los límites del bien y el mal parecían más difusos que nunca. Todas empezaron a dejar a sus novios.

La directora Rusk no aparecía por ninguna parte. Aunque era omnipresente, apenas salía de su despacho. La mayoría de las veces se manifestaba por los altavoces o en forma de sombra doblando la esquina. Una araña vestida de negro que se dirigía dos veces al año al alumnado. De rostro y manos pálidas, señal de haber permanecido demasiado tiempo en la oscuridad. Y ahora, se había encerrado por completo. Como un rey al borde del derrocamiento.

Entonces, surgió un rumor desagradable.

Rita nunca dijo ni una palabra. Tuvo que venir de alguien de la comisaría. Tal vez la esposa de algún policía desvelara un secreto marital durante su tertulia del café. No tardó en expandirse en forma de apasionados susurros. Las sospechosas marcas de la boca de Patty, la cuestionable declaración de las drogas arrojadas por el retrete y el hecho indiscutible de que solo había una persona en el lugar donde murió Patricia Dean tan repentinamente: la directora Helen Rusk.

Patty era una alocada, decían, pero seguía siendo una vecina del pueblo. Una feligresa dedicada. Puede que cometiera errores, pero ni siquiera sabía dónde conseguir drogas.

Los habitantes de Palmetto tenían sed de sangre. Los rumores empezaron a rular en el supermercado, en reuniones de Tupperware y en llamadas telefónicas. Poco a poco, se dieron cuenta de que nunca se habían fiado realmente de la directora Rusk. Su decencia era dudosa y su reino comenzaba a tambalearse.

Pero nadie llegó a acusarla en voz alta, ni siquiera pensaron en hacerlo. Se celebraría una reunión de emergencia y la trasladarían a otra escuela, donde restituiría su estado del terror. Y eso sería todo.

El plan de venganza de Rita se había convertido en una moda. Y aunque había conseguido que la mitad de la escuela se rebelara y centrara las sospechas en Rusk, a nadie le importó una mierda hacer algo al respecto.

Su rabia se convirtió en aborrecimiento y en una repulsión que rozaba el delirio. ¿Qué podía hacer ella sola para castigar a una mujer que se negaba a dar la cara?

Rita se puso bajo el chorro de la ducha, cerró los ojos y subió la cabeza, dejando que le cayera espuma del champú en los párpados. *Lo siento*, dijo para sí misma. *Lo siento, Patty. Lo he intentado.*

Tuvo la extraña sensación de que estaba cerca. Su presencia la hizo olvidarse de todo lo que no fuera ella. Y entonces, justo delante, un susurro.

Abre los ojos.

Rita los abrió de golpe y, entre el agua y la pared, vio una silueta vaporosa.

Gritó. Le entró el jabón en los ojos y se los irritó. Cuando recobró la vista, la silueta ya se había ido. Patty. Se había ido.

En la cama esa noche, a punto de dormirse, la volvió a visitar.

Abre los ojos.

Y así hizo. Apareció sentada en la cafetería de una pintoresca calle europea. Todo, desde las preciosas sillas de caña hasta el toldo verde conformaba la visión que tenía de la vida junto a Patty tras la graduación. Dos americanas en París, viviendo la vida de una escritora expatriada.

Estaba sentada frente a ella. Rita había contemplado y amado aquel rostro desde que tenía ocho años, pero en las últimas semanas, los detalles se habían difuminado. Algún día, se borrarían por completo.

—¿A qué estás esperando? —preguntó Patty en voz baja. Rita escuchó aquellas palabras en su cabeza, no con sus oídos. Las sintió como un intenso picor que no terminó de aliviar—. Sabes de sobra lo que tienes que hacer.

A Patty se le daba bien simplificar las cosas. Rita lo complicaba todo en exceso. Se autosaboteaba, era una histérica y siempre convertía lo fácil en difícil.

Ahora lo veía todo más claro. Exhaló y buscó las manos de Patty. Luego, se despertó en la oscuridad, acariciando el aire.

CAPÍTULO CUARENTA Y NUEVE

Rita iba a matar a Helen Rusk.

Lo vio tan claro que se quedó sin aliento. Era finales de marzo y se le estaban empezando a caer los dientes al invierno, pero Rita no quería una primavera sin Patty. Que el mundo tuviera la audacia de seguir con su vida, sabiendo que Patty nunca podría, le hizo querer matar a Helen Rusk dos veces.

Pero solo tenía una oportunidad. No elaboró un gran plan, ni se pasó días pensando en cómo hacerlo o en cómo ocultar su rastro. Lo que hizo fue derribar el pomo de la puerta del despacho de la directora con un ladrillo. Solo le hicieron falta dos buenos golpes.

Eran poco más de las cinco de la tarde y la escuela estaba vacía. La puerta era de madera barata, tan endeble que podría haberla tirado a patadas como plan alternativo. Se abrió hacia dentro y reveló a Helen Rusk.

La asesina de Patty no se le parecía al monstruo que Rita se había imaginado. Rusk tenía unos cincuenta y su cuerpo era el ejemplo de la privación. Sus huesos parecían los de un pajarito y tenía una cara esquelética.

Supuso que Rusk se volcaría sobre el teléfono nada más oír el estruendo del primer golpe, pero eso no fue lo que ocurrió. Estaba de pie a la izquierda del escritorio, frente a Rita y con un bate de béisbol en las manos.

Por eso no hay que planear nada. Si los planes se tuercen, pierdes tiempo intentando adaptarte. Rita no tenía ningún plan, así que fue fácil. Estudió la situación, suspiró y se abalanzó sobre la Hermana Perra.

Rusk reaccionó con rapidez. Le propinó un golpe fallido en el vientre. De haberle dado un poco más arriba y más fuerte, Rita se habría retorcido en el suelo con un par de costillas rotas. Sin embargo, se alimentó del dolor, siguió avanzando y acabaron las dos sobre la alfombra. Rita encima de Rusk.

El ladrillo y el bate luchaban por imponerse. Ambas emitían sonidos de dolor. Rita saldría de esa pelea con moratones, dos dedos magullados y rasguños inexplicables. Pero aquello fue después. En ese momento, Rusk estaba debajo de ella y la azotaba como un gato atrapado en la falda de su vestido. Y como buen gato, escupió.

La saliva le salpicó a Rita en el pómulo izquierdo. ¿Acaso aquella mujer había malinterpretado la situación? ¿Acaso no sabía a quién tenía encima, inmovilizándola y con un ladrillo embarrado en las manos? Levantó el ladrillo y se lo estampó a en el hombro.

La mujer gritó. Hasta entonces, había sido un encuentro mudo. Pero cuando levantó el ladrillo por segunda vez, Rusk exclamó:

—¡Yo no fui! ¡Yo no...!

Rita hizo una pausa. No le podía importar menos lo que tuviera que decir en su defensa, pero tenía preguntas. ¿La habría drogado primero? ¿La habría atado de manos antes de taparle la boca? En definitiva, ¿qué era lo que le había hecho en realidad?

—¿Tú no qué?

—Le dio un ataque. —Helen Rusk no mostraba ni un ápice de cobardía—. Prácticamente, me retó a amordazarla. No paró a reírse de mí a carcajadas hasta que la sujeté y le tapé aquella sucia boca. Entonces, le dio un ataque de ira. El diablo entró en su cuerpo y yo no me atreví ni a acercarme.

Incluso de espaldas en el suelo y jadeando de dolor, Rusk era capaz de soltar aquellos sermones, como un sacerdote golpeando el púlpito.

»El diablo es una droga —siguió—. La peor que existe.

Rita no lloraba desde la tarde en la que habló con la buena de Mary Paulsen. Por nada del mundo iba a llorar delante de Helen Rusk. No obstante, se le empañaron los ojos y le salió una voz rota.

—¿Y todo eso por qué? ¿Por haberse burlado de ti un poco? No fue un ataque de ira, fue de pánico. No podía respirar y te quedaste ahí viéndola morir. Porque preferiste creer en el diablo que mover un dedo para deshacer tu pecado. Tu pecado, maldita asesina.

Rusk parpadeó. Parecía que iba a hablar, así que Rita se lo intentó impedir tapándole la boca con su antebrazo sudado.

—No lo sabía —dijo en un tono insípido e impostado—. Solo quería que se callara. No pretendía matarla. —Luego, recuperó su voz original—. Pero me da igual. Ahora voy a matarte a ti.

El tiempo se detuvo de golpe a su alrededor. Le ardía la piel. Parpadeó y apareció encamada con la gripe. Su padre estaba al lado, entreteniéndola con el juguete de un elefante. Volvió a parpadear y vio a una niña de trenzas doradas, tan bonita como una flor. La niña creció y, juntas, aprendieron a amarse.

Después, todo empezó a darle vueltas. El mundo se convirtió en un lugar absurdo y caótico, como el dibujo de un niño pequeño. Rita había llegado a pensar que matar a Rusk resucitaría a Patty. Una vida por otra. Pero en ese momento, comprendió que no funcionaba así. Tal vez quisiera ir con Patty.

Hiciera lo que hiciera a continuación, no quería hacerlo con un ladrillo, así que lo lanzó junto con el bate lo bastante lejos como para que su contrincante no pudiera alcanzarlo, ni siquiera, aunque consiguiera liberar un brazo. Pero Rusk notó debilidad en el movimiento y alargó los dedos de su costado ileso en aquella dirección.

Rita le dio un puñetazo en la cara. La directora emitió un horripilante quejido y la joven sacudió la mano dolorida como había visto hacer a los hombres en las películas. ¿Acaso estaría dentro de una película? El aire se llenó de un olor a hierro y amoníaco, los huesos de la mujer se movieron bajo ella y supo que no, que aquello era real. Le entraron ganas de llorar. Escurrió una mano para sacar el cuchillo que llevaba pegado a la espalda.

Cuando Rusk vio el cuchillo empezó a gritar. Levantó la pelvis tan rápido que Rita se tambaleó hacia un lado, liberando el brazo izquierdo de la directora. Rusk lo usó para asestarle un golpe en la sien, tan torcido y patético que Rita pensó en reírse. En lugar de eso, se arrancó la cinta de la espalda y se la intentó poner en la boca a la mujer, aunque no lo conseguía.

—Para —dijo cuando la Hermana empezó a gritar—. ¡Que te calles!

Se preguntó en qué parte le podría golpear o cortar para que se callara y la única respuesta fue la obvia. La fina piel de los tendones del cuello de Helen Rusk.

¿Qué sería de ella después de aquello? Sintió el tacto de la mano de su madre, suave por el producto del lavavajillas. Oyó el murmullo de su difunto padre. Vio a una Patty risueña, y sus párpados caídos. También la vio en la cafetería el último día, dándose la vuelta con una sonrisa reservada. Rita empuñó el cuchillo. Sudando, dolorida. Los ojos le palpitaban al ritmo del corazón.

Luego, se dobló, lo abrazó contra su pecho y gritó:

—¡No puedo!

Y Patty, que la había estado acompañando todo ese tiempo, le habló con la misma claridad que en el sueño.

Yo sí puedo.

La mano derecha de Rita, la que sostenía el cuchillo, se volvió de oro. No del oro del Rey Midas. De oro como un león bañado por el sol.

Rusk dejó de gritar. Ambas se quedaron mirando cómo Rita movía el puño de lado a lado. Contuvieron la respiración cuando la luz dorada se expandió y unos dedos ajenos cubrieron los suyos.

Y, uh. Rita lo había estado esperando y se lo había imaginado, pero nunca pensó en volver a sentirla otra vez. La mano que sostenía la suya era de un amarillo brillante, pero era la mano de Patty, el mismo tacto y la misma textura.

Rusk empezó a balbucear.

—Señor mío, tómame, Dios mío, sujétame —decía una y otra vez. No estaba muy claro si buscaba su arrepentimiento o su protección.

Yo te ayudo, susurró Patty. *Rita, mi amor, descansa. Tú solo déjame pasar.* Déjame pasar.

Por alguna razón, Rita supo lo que tenía que hacer. Levantó la mano derecha, presa del puño dorado de su querida, y se la llevó con fuerza al corazón. Respiró por última vez en su cuerpo y le dio la bienvenida a Patty.

Entre aquella respiración y la siguiente, hubo un instante tan ínfimo que ya era demasiado tarde para cambiar de opinión. Entonces, sintió la intensa presencia de Patty como una metralleta. No se le parecía a nada que hubiera sentido antes. La sensación la transportó al día que le rezó en los baños del PHS y donde sintió que algo la observaba.

Algo paciente e inteligente, atraído por el perfume de la furia vengativa y la oración desesperada. Una presencia que una afligida Rita decidió llamar Patty.

El pensamiento se volatilizó como si nunca lo hubiera tenido, desterrado con violencia de su cabeza.

A través de sus manos entrelazadas y pegadas al corazón de su amada, Patty se fundió en el cuerpo de Rita. Ya era suya. Habitaba en ella. Eran una y solo una.

Rita se sintió bañada por un sol ardiente. Rebosante de oro líquido de los pies a la cabeza. Patty la miró a través de los ojos y la mente. Flexionó los dedos de la mano derecha y la despegó del pecho. Se miró el torso para descubrir una marca perfecta de la mano, pintada de un negro azulado. Mostraba el lugar exacto donde Patty, la diosa de la justicia, había abierto un portal a su cuerpo.

En algún momento, Helen Rusk había dejado de rezar. Cuando Rita la miró, le vio algo extraño en la cara. Una sombra. Parecía un ente maligno emergiendo de un agua cristalina.

La voz de Patty era de un terciopelo espinoso, suave y penetrante. La sentía como un dolor implacable, pero placentero. *¿Preparada, Rita?*

La sensación de plenitud se acrecentó hasta resultar abrumadora. No había espacio para ella. Estaba apretujada en su propia piel. Hasta que, finalmente, se resquebrajó y la liberó. Cayó como lluvia sobre un manto de oscuridad y, cuando terminó, apareció tumbada boca arriba bajo un sauce.

Rita se quedó inmóvil hasta que el mundo volvió a armarse pieza por pieza. Las ramas del sauce le rozaron los vaqueros. El aire frío le trajo un olor a abono y nieve derretida. Oyó el canto de un ave ampelis cuya voz sonó como una agradable bisagra sin engrasar. También, conforme abandonaba la oscuridad, sintió el dolor clavándole las uñas en cada centímetro de la piel.

Levantarse sería una tortura terrible. Lo intentó, pero volvió al suelo y aterrizó con la mano agarrada a un objeto que había en la base del árbol, hundido en la tierra, como si siempre hubiera estado allí. Un ladrillo.

Buscó, pero no encontró ningún cuchillo. Se miró las manos y vio que las tenía ásperas, aunque bien lavadas. Tenía una tirita en la palma derecha. Cuando se la llevó a la nariz, percibió el aroma industrial de las tiritas Merurochrome y el desinfectante en polvo. Alguien se la había limpiado y curado durante un intervalo de tiempo que no recordaba.

Quería gritar, pero tenía la garganta en carne viva de tanto hacerlo.

CAPÍTULO CINCUENTA

La cocina de la señorita Ekstrom ya no resultaba tan acogedora. Parecía un refugio militar en la luna. A medida que contaba la historia su voz se apagaba y su rostro se vaciaba. Para el final, ambos acabaron completamente desprovistos de emoción.

—Pero… —Sacudí la cabeza, resurgiendo de las profundas aguas de su historia—. ¿Y qué pasó? ¿Qué hizo?

—La diosa prometió un ajuste de cuentas. Y llegó.

—¿Y nadie…?

—¿Qué? ¿Me arrestó? —Soltó aire por la nariz—. Cuando Rusk desapareció, la tormenta se calmó. La gente quería olvidarlo. No solo lo de Rusk, también lo de Patty. Porque sabían lo que le había pasado y aun así se quedaron de brazos cruzados. Pero hubo bastante gente que lo recordó para siempre. Los que formaron parte de todo, esos fueron los que no lo olvidaron. Se lo contaron a sus hermanas pequeñas y más tarde, a sus hijas. Aunque pensaran que se había tratado de una broma o de un delirio colectivo. Aunque sus relatos convirtieran a la diosa en un cuento de terror, en un pozo de los deseos o en un juego. Todo aquello mantuvo viva su memoria. Patty quedó cosida a este lugar de por vida. Jamás nos abandonaría. Nunca olvidaré la primera vez que oí a unas niñas cantar la canción mientras saltaban a la comba. —Canturreó las palabras, con voz triunfante—. Diosa, diosa, cuenta hasta cinco.

¿Saldrá alguien vivo de este recinto? Se me erizó la piel. La rima y el peligroso juego de confianza en todas sus variantes: todo era un

homenaje. Un tributo a lo mucho que se había volcado Ekstrom para asegurarse de que la chica a la que amaba no cayera en el olvido.

Y los sueños que había estado teniendo eran recuerdos. Recuerdos de Ekstrom. Cada período de vacaciones y cada fin de semana largo aprovechaba para irse lejos de casa. Ahora sabía el porqué.

—Todos estos años —dije con suavidad—. Todos estos años has estado… Llevándote a gente, para la diosa. ¿Durante toda tu vida?

—Me enorgullezco de la vida que he tenido.

La cocina estaba casi a oscuras. La poca luz que había recaía inquietantemente sobre su cara. Recordé las nefastas imágenes que había visto en ella y opacaron lo que le quedaba de humanidad.

—Pero ¿qué les haces? ¿Qué han hecho ellos para que consideres que se lo merecen?

—¿Crees que se merecen mi remordimiento? —preguntó—. Desde los diecisiete he vivido en un mundo de monstruos. Están por todas partes. Gracias a la diosa veía las cosas que habían hecho y lo que eran capaces de hacer. Y entonces, elegía. Era un privilegio poder elegir. Juntas, eliminamos decenas de monstruos de la Tierra y salvamos incontables vidas.

Apoyó los codos en la mesa, se inclinó y me dirigió una mirada que me revolvió el estómago.

»¿Piensas que tú no harías lo mismo? ¿Si caminaras entre la multitud y tuvieras el poder de reconocer hasta diez tipos diferentes de maldad y avistar una docena de bombas de relojería, no harías nada? Te aseguro que la peor parte sería sentir que no puedes hacer lo suficiente. Y aprender a tomar precauciones. Evitar volver a los mismos lugares y no crear patrones. Nunca dejes que la diosa tenga demasiada hambre.

Mi cabeza parecía una catedral. Me pesaba y se oía el eco de la sangre fluyendo por las venas.

—Hambre —dije.

—De maldad.

—Logan Kilkenny. —La miré fijamente—. Chloe Park. Tate, Kurt y… Ese hombre del bar, quienquiera que sea. Todos ellos.

—Ha habido muchos hombres en muchos bares. Y todos se merecían lo que recibieron. ¿O eres demasiado niña pequeña para entenderlo?

—Chloe Park era una niña —dije en voz baja.

—Era una aberración. Todos lo eran. —Se le dibujó una expresión desesperada en el rostro—. Entiendes lo importante que es esto, ¿no? Si no fuera tan mayor, podría seguir… Pero el hambre voraz, el desplazamiento y todo lo que supone llevármelos. Incluso cargar con el peso de esta labor tan necesaria. Todo es tan… Agotador. Patty —Se le quebró la voz—. Necesita a alguien que no esté tan cansado.

—Necesita… —Me llevé una mano a la boca—. Ay. Dios mío. Becca. La estabas reclutando.

Me dolió darme cuenta de lo preparada que estaba Becca para todo aquello. Llevaba entrenándose para albergar un poder de ese tipo desde los diez. Debió sentir que era su destino. La elegida de una criatura, hermana de nuestra diosa de la venganza.

Una parte más serena de mí comprendió que podría tratarse de algo más que una misión para ella. Trabajar para la diosa y convertirse en lo que Ekstrom se había convertido tal vez fuera una vía de escape.

Ekstrom negó con la cabeza.

—Reclutarla —dijo con desdén —. Becca me vio. El verano pasado en los bosques, vio a la diosa llevarse a alguien. Esperé a ver qué hacía, si lo contaba o no. Pero la diosa sabía que Becca estaba destinada a reemplazarme. Y efectivamente, vino a buscarme. Fue ella la que vino a mí.

—No —dije sin emoción—. Aislaste a una chica sin familia e intentaste pasarle un parásito. Esta cosa que llevo dentro no es Patty. No es algo humano y nunca lo ha sido.

La señorita Ekstrom miró sus manos entrelazadas.

—Aún no lo entiende —murmuró—. Pero lo entenderá.

Tardé un segundo en darme cuenta de que hablaba de mí, y no a mí.

»Te prometo que le enseñaré a ella también. —Y entonces, se dirigió a mí—. Te ayudaré a entender por qué este es un peso que vale la pena cargar. Siento que haya tenido que ser de esta manera. Pero, aunque tú no estuvieras en los planes, todo ha sucedido como tenía que suceder. La diosa no comete errores.

—¿En serio? Porque a mí esto sí me parece un error —dije y tiré del vestido para enseñarle la huella negra del pecho.

Ekstrom chasqueó la lengua con desprecio.

—Esperaba más de ti, Nora. —Por primera vez desde que había abierto los ojos, sonó como mi profesora—. ¿No le tienes ningún respeto a lo que posees? ¿Ni siquiera ahora que sabes lo de Kurt Huffman y que todo comenzó por elección de Becca? ¿De verdad?

La miré con rabia.

—Si todo esto ha sido su elección. Si las diosas nunca cometen errores, entonces, ¿dónde está Becca?

Me tembló la voz. Vi compasión en su rostro, pero se apagó al instante, como la chispa de un mechero estropeado.

—Se ha ido.

—Se ha ido —repetí—. ¿Se ha ido *a dónde?* Tu diosa, ¿se la ha...? —*Tragado,* iba a decir, pero no me atreví a ser tan frívola.

—No lo creo —dijo casi en un susurro—. No lo sé. Lo siento.

Me puse en pie. Aún no lo sabía todo, pero ya había oído suficiente. Sentí más compasión que odio por Ekstrom. Era miembro de una secta en la que solo estaba ella. La verdadera primera víctima de la diosa.

Pero de una manera un tanto retorcida, me inspiró. Nunca abandonó a Patricia Dean, ni siquiera cuando debió haberlo hecho. Y yo no estaba preparada para abandonar a Becca.

Ekstrom y yo nos parecíamos más de lo que quería admitir. Siguió a Patty por el camino de la muerte y se quedó atrapada. Yo estaba dispuesta a hacer lo mismo. Era como la Rita adolescente, la única que podía hacerlo.

Becca era mía y yo era suya. Ya no tenía margen para pensar si eso era algo bueno o malo. Simplemente, era así y ya. Nos habíamos nutrido y deteriorado de forma mutua. Habíamos crecido por y para la otra, y nos habíamos alimentado del amor, la pérdida, el resentimiento y la dependencia.

Total, la muerte ya se había apoderado de mí. Me había secuestrado la vista y podía escuchar el tictac de su hambre salvaje. Así que, ¿qué más tenía que perder?

—Aún no te puedes ir. —La voz de Ekstrom sonó algo frenética—. Sé que esto no es lo que querías, pero hay más cosas que necesitas saber. La diosa te exigirá muchísimo.

La miré por última vez, demacrada en la oscuridad, encorvada por el peso de todo lo que había cargado.

—Lo siento —respondí, y lo dije en serio—. Me voy a jugar al juego de la diosa.

Abrí la puerta y me adentré en la noche.

CAPÍTULO CINCUENTA Y UNO

Pensaba que la nota que me había escrito a mí misma era una pregunta: *jga jgo dl dsa rcrda.* Jugamos al juego de la diosa, ¿recuerdas? Pero en ese momento me pregunté si se trataba de una promesa. Juega al juego de la diosa y lo recordarás.

También supe en ese momento que la diosa de Ekstrom había conseguido colarse por mi piel el sábado anterior en el jardín de Becca. Pero quería saber cómo. Si lo averiguaba, tal vez descubriría qué le había pasado a mi amiga.

Se había hecho de noche mientras escuchaba sentada la confesión de Ekstrom. Caían algunos copos de la oscuridad. *Polvo de diamante.* Ya no tenía noción del tiempo, podían ser las ocho, medianoche o las dos de la madrugada. Salí corriendo por el jardín y me dirigí al bosque.

Era una de esas noches glaciales en las que se percibía el esqueleto del mundo. Ramas desnudas, tierra agrietada y un cielo tan despejado que se podía ver la Vía Láctea. Bajé el sendero a toda velocidad. Patiné por la negra nieve derretida y pisé charcos que se rompían como el cristal y me inundaban las botas de agua. A pesar de mi estruendo, reinaba el silencio como en una bola de cristal.

Llegué a nuestro claro y vi a Becca por todas partes.

Montando su trípode, sacando caramelos del hueco del árbol y desenrollando un mapa del reino. Tenía la boca azul por los caramelos Icee, tiritas en las rodillas y ristras de flores mustias en el pelo. Avancé entre el círculo de niñas imaginarias. Me detuve en el centro, me quité la camisa de franela, la enrosqué y me la até a la cabeza.

Se respiraba una calma diferente a la de verano. No había hojas que suavizaran el sonido solitario del viento, ni sol que lo calentara. Dentro de mí, la cosa que la señorita Ekstrom había llamado diosa estaba inerte. Tenía muchas preguntas, pero solo una importaba: si de alguna manera u otra, Becca estaba conmigo. Si no se había marchado del todo.

Jugaría al juego de la diosa. Si era verdad que estaba cerca, saldría ilesa de entre los árboles. Jugaría al juego y lo recordaría.

Primero, la busqué. A mi amiga y su magnífica mente, su sobrecogedor talento y su fulgurante insensatez. Sus pecas de sol, su penetrante mirada y ese pelo salvaje con olor a octubre. A manzanas, chimenea y caramelos de mantequilla. Tardé mucho en oírla, pero lo conseguí. Me aferré a su imagen como a un alambre candente y, cuando reuní la confianza, empecé.

De camino al bosque, me había resbalado y tropezado. Pero en ese momento, caminé con soltura entre los árboles. Bajo mis botas había hierba, hielo, tierra y nieve. Avancé con paso firme y supe que estaba trazando a la perfección el recorrido que había realizado hacía siete veranos. Paré, extendí la mano y sentí el áspero tronco del arce. Me agarré de la rama que tenía encima y me colgué de sus brazos.

Trepé. La venda hacía que notara el nervioso rumor de mi respiración en los oídos. La corteza me arañaba las piernas. Cuando había escalado lo suficiente, busqué aquella rama más gruesa. La encontré y me deslicé por ella boca abajo. Mi peso no era el mismo que con diez años. Rodé con la rama a la altura de las costillas, amenazando con separarme, y me dejé caer.

CAPÍTULO CINCUENTA Y DOS

Nada más tocar el agua, aquel intruso que llevaba dentro se despertó y me adormeció. Pensé en la noche que pasé en el jardín de Becca y no me congelé. Me estaba protegiendo, entonces y ahora. Estaba protegiendo a su portadora. Me quedé inmóvil bajo el agua helada, no la sentía en absoluto.

Entonces, se me presentó un nuevo objetivo: si permanecía el tiempo suficiente en aquel frío letal, expulsaría al parásito.

Vete, pensé.

El aire rancio me provocaba una presión en el pecho y el corazón me latía lenta y profundamente, como el pulso de un animal hibernando.

Vete.

Podría ahogarme. Si aquello no funcionaba, o incluso si funcionaba, me ahogaría. Pero no tenía fuerzas para sentir pena, ni miedo, ni para ver la vida pasar ante mis ojos como una melancólica película.

Vete, dije. *Vete vete ve…*

No.

Habló con la voz de Becca. Casi no podía notar mi cuerpo, pero sentí la rabia de una manera física.

Para. Sé que no eres ella. ¿Quién eres?

Volvió a sonar su voz, aunque un poco impaciente.

Soy tu mejor amiga, Nor.

No. ¿Quién eres?

De repente, cambió por completo. Sonó áspera y dulce, un poco burlona.

Soy Patty Dean.

No, no lo eres. ¿Quién eres?

Entonces, se convirtió en una voz formada por múltiples voces que me vibraba en los dientes, melodiosa y ondulante.

Soy la Diosa de la Justicia.

No, no existe tal diosa.

Se hizo un largo silencio. A continuación, surgió una voz empalagosa, grave y lenta. Lo que habló no fue aquella cosa que se escondía en la oscuridad, sino la oscuridad misma.

Sí existió, dijo. *Yo era ella. Siempre soy quien quieras creer que soy.*

Pues yo creo que no eres nadie.

¿Nadie? Su voz no sonó ni enfadada, ni impaciente, ni alegre.

He sido diosa y monstruo. Una devoradora de pecados al servicio del hombre y el demonio que se lleva a los descarriados. Aunque lo haya venerado y combatido a la vez, mi apetito por la maldad siempre ha sido el mismo. Pero nunca he sido Nadie.

Fue poco lo que pude llegar a asimilar de todo aquello.

¿Qué es lo que quieres? ¿Por qué estás aquí?

Si estuvieras hambrienta. Si te hubieran desterrado a los confines de la oscuridad. Y encontraras una puerta abierta de vuelta a la luz del mundo y una forma de calmar el hambre con la comida que más te gusta. ¿No la atravesarías? Seguro que sí. Pero esa puerta ya no existe y ahora esta te la cierro yo.

De haber podido moverme, me habría llevado una mano a la huella que tenía en el pecho.

Vete.

No.

Entonces te mataré de hambre. Me tomará más tiempo, pero al final, te irás.

No lo harás y no lo haré. Su paciencia empezaba a agotarse, y lo noté. Estaba haciendo todo lo posible por mantenerme con vida, pero pronto, mi cuerpo necesitaría aire.

Yo misma me alimentaré.

No. Lo expresé con todas las fuerzas que tenía. *Vete, no te quiero aquí, vete. Te crees que me rendiré, pero no. Si no te puedo matar de hambre, moriré para expulsarte y volverás a la oscuridad. No permitiré que te alimentes de nadie más.*

Niña tonta, dijo. *Llegas tarde para eso.*

Dentro de mí, se agazapaba una criatura que se hacía llamar diosa. Ocultaba entre sus manos un fragmento de la noche del sábado. No muy largo, de una hora más o menos.

Las abrió y me lo mostró.

LA NOCHE DEL SÁBADO

NORA

Su mensaje me llegó justo antes de medianoche.

Te quiero.

Solo con eso, los ojos se me iluminaron en la oscuridad.

Respondí con agitada ansiedad.

Hola
Yo también te quiero
OK he intentado llamarte. Dime si estás bien.
Becca??
Voy para allá.

Tuve que ir a pie. En enero, por la noche. A medida que caminaba mi estado de ánimo pasó del miedo a la rabia, y otra vez al miedo. El mensaje era raro, pero también era típico de Becca: lanzar una simple frase al aire y ver si yo mordía el anzuelo.

A esas horas, el bosque me pareció un lugar muy hostil. La noche era oscura, como una fosa submarina. Me moría por recibir la bofetada de alivio instantáneo al llegar y ver a Becca por la ventana con cara de ¿qué estás haciendo aquí?

Aumenté el ritmo y caminé por su calle hasta llegar a la acera de enfrente. El aire olía a hielo, pero aún no había nevado nada. Yo, el tiempo y el mundo. Todo parecía encontrarse en un punto de inflexión, a las puertas del cambio.

Me apresuré y corrí por el lateral de la entrada de la casa. Hasta llegar a la puerta trasera. Y al comienzo de una pesadilla.

BECCA

Becca sabía que las despedidas no eran una opción. Después de aquella noche, abandonaría su vida tal y como la conocía y se embarcaría en una nueva. Tenía un billete de avión, un teléfono prepago y un estudio alquilado a corto plazo en una ciudad desconocida, a veinte minutos de otra que sí conocía. La señorita Ekstrom se había encargado de todo. Becca tendría que encontrar trabajo cuando llegara. El dinero que le había dado la mujer mayor no le duraría demasiado.

Ekstrom le había recalcado múltiples veces que no podía contarle nada a nadie. Le dio a entender que el traspaso no funcionaría, ya que la diosa era muy caprichosa. Pero Becca lo dudaba. Sabía que Ekstrom y la diosa la necesitaban tanto como ella necesitaba lo que le iban a ofrecer: no solo una vida con un propósito inquebrantable, sino también un cambio tan transformador que la separaría por completo de su historia y le curaría las heridas.

El traspaso tendría comienzo a medianoche, lo cual podía ser crucial o totalmente arbitrario, pero no logró averiguarlo. Se vestiría de blanco, como una virgen vestal o como un sacrificio humano: ritual 101 del curso de introducción a los rituales. Supuso que Ekstrom se lo fue inventando todo sobre la marcha.

Pero Becca siempre había respetado el arte del teatro. Y todo es arbitrario hasta que le das un propósito. Ella misma había tomado su propia tragedia y la había convertido en la diosa de la venganza, quemando fotos irremplazables de su difunta madre a modo de petición sobrenatural. Aquella noche, le entregaría a las llamas su último vínculo con esta vida: una foto de Nora y ella en el campamento, en un marco de madera pintado a mano, y la preciosa cámara que le regalaron sus padres, que le había servido de traductor durante los últimos ocho años.

A las seis en punto, tomó un trago del repugnante vodka de naranja de Miranda para serenarse. Para las siete, ya se había tomado tres. Luego, cambió al café, para evitar quedarse dormida. Cuando Miranda entró en la cocina y la vio preparando una cafetera francesa a las ocho de la tarde, pensó en decirle algo breve y misterioso, para que se quedara pensándolo cuando ella ya se hubiera ido. Se conformó con murmurar:

—En nada te dejaré en paz para siempre.

Su madrastra no era tan terrible. Lo que pasaba era que había tenido una suerte nefasta.

Sobre las once, Miranda estaba, como de costumbre, profundamente dormida con sus tapones, su antifaz y reproduciendo viejos episodios de *Friends* en la televisión, que no vería ni oiría, pero que llenarían la habitación de un acogedor ambiente durante toda la noche. Además, se había tomado uno de esos somníferos que Becca le había robado en alguna ocasión, así que Miranda no sería una molestia.

A las 11:30 p. m., Ekstrom le escribió:

estoy de camino

Le resultó gracioso, porque en clase, siempre hacía hincapié en la importancia de utilizar las mayúsculas y los puntos. ¿Por qué no lo cumplía en los mensajes de texto?

A las 11:35 p. m., a Becca le entraron los nervios y las náuseas, y tuvo que recordarse a sí misma que no iba a morir, que solo iba a cambiar e irse lejos. Su personalidad seguiría intacta. Seguiría leyendo libros, viendo películas, haciendo fotos y bebiendo té, aunque no el de Earl Grey. Ekstrom se lo había prohibido de por vida.

A las 11:40 p. m., salió a la calle con su teléfono, su cámara y una taza de café con una buena dosis de vodka. Debajo del abrigo llevaba, como le había indicado, un vestido blanco sencillo. En el bolsillo, tenía un *post-it* con tres nombres escritos en bolígrafo. Ekstrom le había pedido solo uno, pero para algo era la que mandaba ahora ¿no? Además, ni ella ni la diosa volverían a Palmetto. Más valía irse por la puerta grande y llevarse a tres pecadores de una.

Cuatro. A ella también la implicarían en la historia. Esperó haberle dejado a Nora las suficientes pistas para que entendiera que se avecinaban más misterios y que no se había marchado del todo. Las suficientes como para que pudiera llegar a perdonarla un día, cuando apareciera por sorpresa en alguna cafetería o en alguna sala de conferencias. Para entonces, tendría tatuajes y un corte de pelo *pixie* rosa, por ejemplo. Y manchurrones de sangre, invisibles pero imborrables.

Puede que Nora no se sorprendiera tanto, al fin y al cabo. Pero aquel sueño (aquel autoengaño) la ayudó a llevar mejor la espera. A través del objetivo de su cámara, las estrellas se veían del color del hielo y tintineaban en el cielo como diminutas reacciones químicas. Tomó una foto que nunca revelaría y recitó un fragmento de la vieja rima.

Diosa, diosa, cuenta hasta tres

¿Y yo? ¿Te causo interés?

Se pasó semanas autoconvenciéndose de que no iba a abandonar nada que no hubiera perdido ya. Pero en ese momento, todo lo que iba a dejar atrás brilló con una luz desoladora. La brisa de entretiempo en el bosque y la casita donde había sido tan feliz durante tantos años. La calma que se respiraba en el cuarto oscuro del PHS y la inesperada llegada de James a su vida, un nuevo y verdadero amigo que la entendía o que al menos la escuchaba con la atención suficiente como para descifrarla.

Desde el principio, había pensado en emparejarlo con Nora. Becca no quería que su mejor amiga estuviera sola y se preguntó qué pasaría si los forzaba a conocerse. Deseó poder estar presente.

La invadió una ola de impotencia y, cuando se le pasó, respiró. Eran las 11:48 p. m. y Ekstrom le había vuelto a hablar.

estoy llegando ya

Becca bajó la cabeza y resopló con fuerza, como los deportistas de los anuncios de Nike. Eliminó todos los mensajes de Ekstrom y los borró de la carpeta de «Eliminados Recientemente». Luego, rápido y sin pensarlo, le envió un mensaje a Nora.

Te quiero.

Entonces, llegó Ekstrom y abrió la chirriante verja. Becca tiró el teléfono, lo metió debajo de una tumbona con una patadita y esperó a que empezara la siguiente fase.

NORA

Eran las 12:14 a.m. No había pasado ni media hora desde que Becca me había enviado el mensaje. Me encontraba de pie en la puerta trasera, que estaba abierta, intentando buscarle un sentido a lo que estaba presenciando.

Becca, descalza en la tarima de la piscina con un vestido blanco, a la luz de la luna. Tenía los brazos extendidos, la palma derecha levantada y los pies clavados en el suelo. Llevaba el pelo recogido, dejando ver su rostro inexpresivo.

Frente a ella, con la palma derecha extendida para imitar la suya, había una persona que no encajaba en ese lugar. Alguien que formaba parte de mi vida y con quien, hasta donde yo sabía, Becca nunca había hablado. La señorita Ekstrom. Ella también iba vestida de blanco y descalza. Parecían las bailarinas de alguna obra experimental.

En medio de las dos, un fuego anaranjado y fluctuante. Desprendía un espantoso hedor a plástico quemado y ozono. El electrizante olor de un desgarro en el tejido del universo.

No estoy segura de haber gritado al verlas. Si lo hice, no me oyeron. No me percibían, ni tampoco parecían estar en el mismo mundo que yo. El vestido de Becca estaba hecho de una tela muy fina que ondeaba entre sus piernas. La ropa de Ekstrom también se movía con un viento que yo no sentía. Las lágrimas le iluminaban la cara y el fuego se las pintaba de naranja.

No corrí hacia ellas. Tampoco podía. Avancé decidida, abrazada a mí misma e inclinada hacia delante, luchando contra el deseo de huir de lo que fuera que estuviera pasando. ¿Qué estaba pasando?

Ya estaba cerca, a escasos metros de la tarima, cuando las miré a la cara y todo empezó de verdad.

Me pareció ver una especie de niebla que salía de Ekstrom, como el vapor del mar.

No. Era como una armadura de malla que se le despegaba del pecho, liberando un remolino de chispas.

Lluvia oscura. Tinta negra. Una nube estridente de cosas imposibles, un fenómeno que no existía y que no debía existir.

Lo que fuera que estuviera viendo, mis ojos no estaban hechos para verlo. Mi cerebro no lograba comprenderlo. Todas las posibilidades se redujeron a esto: una franja oscura de humo gris que brotaba del pecho de mi profesora como sangre de una herida de bala.

Rotó la cabeza mientras el humo se escapaba. Parecía frágil, pero no se cayó. Había algo que la sostenía. Lo mismo que mantenía a Becca tan quieta.

Con un seco chasquido, Ekstrom terminó de liberar aquella humareda y se quedó oscilando alrededor de ambas, como un estandarte al viento. Parpadeé y, por un instante, lo vi. Una inmensa y reluciente masa de bronce con cara de mujer, cuyos bordes chisporroteaban en el aire hasta convertirse en vapor.

Una explosión de dolor me hizo cerrar los ojos. Mientras lo hacía, pensé: *No se va a quedar ahí.* La cosa que había salido de Ekstrom estaba demasiado cómoda en su interior, no permanecería mucho tiempo al aire libre.

Uh.

Atravesé los últimos metros de hierba. Estaba intentando subirme a la tarima por el lateral cuando aquella nube se comprimió y viajó hasta los dedos de la mano extendida de Becca. Con un movimiento brusco, se acercó la mano al pecho y la apretó.

Echó la cabeza hacia atrás. Sus extremidades se endurecieron y se doblegaron, como si estuvieran hechas de caramelo. *Horrible.* Su pelo se elevó, formando una aureola espeluznante. Emitió un sonido inhumano, pero no de agonía o de terror. Mucho peor. Fue un profundo suspiro de satisfacción.

Cayó de rodillas con un golpe seco. Ekstrom también cayó, pero más lejos. Se quedó tendida en el suelo jadeando y apretando los puños. Aquella imagen me dejó helada, sin fuerzas. Ya no era capaz de subir a la tarima, así que me dirigí a los escalones y trepé.

Me sentía como en un sueño. Ekstrom estaba tumbada de lado y se retorcía. Cerca de ella, el fuego ya extinto. Entonces, pude ver lo que habían quemado: la cámara de Becca o lo que quedaba de ella. La observé y proseguí. Becca levantó la cabeza justo cuando me agaché a su lado y nuestras caras se quedaron a un palmo de distancia.

El reflejo ajeno de su mirada me golpeó como un rayo. No era Becca la que me estaba mirando.

Eran sus ojos azules y verdes, como el color de la hierba a la luz de la luna. Era su rostro, enmarcado por mechones de pelo prerrafaelita. Eran la cara, el pelo y el cuerpo de Becca. Solo que alguien más los estaba usando.

Estábamos las dos de rodillas. Tan cerca que podría haberle acariciado la mejilla. La idea de tocar a aquella criatura o que ella me tocara a mí me repugnó. Pero no le hacía falta tocarme. Su mirada me abrasaba hasta las entrañas.

Sonrió. Fue una sonrisa benévola de ojos carnosos, diferente a cualquier expresión que Becca hubiera hecho jamás. Entonces, me liberó de aquella mirada y caí hacia atrás. Esparcí las cenizas y tiré de un golpe la cámara destrozada a la piscina. Aquel ser que llevaba la piel de mi mejor amiga habló.

—Para.

Y paré. La palabra sonó como una orden, con la fuerza gravitatoria de un planeta. La voz que la pronunció fue una voz metálica y lejana, como si aquella cosa estuviera aprendiendo a utilizar la laringe de Becca.

Detrás de mí, Ekstrom maldijo.

—No. No, no. A ella no, Patty, a ella no.

La criatura se puso de pie y me miró fijamente a través de los ojos de Becca.

—Lo siento —dijo con ternura.

Me estremecí. No podía ni hablar.

»Lo siento —repitió, dando un paso adelante.

Su voz se volvió más densa. Sentí un zumbido en los oídos y un hormigueo en las manos. Entonces, susurró:

—Pecadora.

Sacudí la cabeza. Un ruido blanco había sustituido mis pensamientos.

Dio un paso más.

—Caprichosa. —Otro más, cerniéndose sobre mí—. *Mentirosa.*

—Ella no —dijo Ekstrom tambaleándose—. Ya has tomado una decisión. Esta chica es normal, no vale la pena llevársela. Becca no querría que…

Nada de lo que decía tenía sentido. Y aunque lo hubiera tenido, se me había congelado la mente y el terror había dado paso a la disociación. Entonces, ocurrió algo que me sacó de aquel trance.

Becca subió la mano lentamente. Se rasgó la piel del pecho con fuerza, dejando cuatro líneas brillantes. Le tembló la boca y adoptó la forma de una sílaba, y luego de otra.

—Nor —dijo—. Uh.

—¡No, Becca! —exclamó Ekstrom—. No te resistas. No harás más que…

El cuerpo de Becca se inclinó en un ángulo imposible, arrastrando los pies cerca de la piscina.

—Calla —dijo la voz de mi mejor amiga, luchando por imponerse.

La mano con la que se había arañado subió temblorosa hasta la garganta, pero casi no le quedaban fuerzas. La otra mano la apartó y la puso en su sitio, con tanta fuerza que perdió el equilibrio y cayó al suelo.

Fuera cual fuera el tipo de posesión que estaba presenciando (porque es lo que era y tuve que reformular mi concepción de la realidad para que encajara en ella), Becca estaba luchando en contra. Lo vi en el temblor de sus labios y en la convulsión de su cabeza. Luego, como si hubiera tenido que reunir todas sus fuerzas para conseguirlo, habló precipitadamente con su propia voz.

—A Nora no —dijo. Y se dejó caer en la piscina.

No salpicó ni una gota. Se adentró en la capa de mugre y desapareció.

Grité y me arrastré hasta el bordillo de la piscina. No era profunda, pero sí estaba oscura, turbia y peligrosamente fría. Puse las piernas por delante y me preparé para saltar, pero Ekstrom me agarró por las axilas y me echó hacia atrás.

—La diosa ganará —dijo sin aliento—. Mantendrá a Becca con vida.

—¿La qué? —pregunté en voz baja.

—Mira —respondió con impaciencia.

Becca irrumpió en el centro de la piscina. Tenía el cuerpo arqueado, luchando contra el agua helada, pero no por subir. Al contrario, estaba intentando mantenerse abajo. Se le había deshecho el nudo del pelo y parecía que se estaba ahogando de verdad. Intenté soltarme de Ekstrom, pero me tenía agarrada de tal forma que incluso el más mínimo movimiento me causaba dolor. ¿Cómo sabía hacer eso?

Entonces, me invadió una sensación frenética de triunfo, porque Ekstrom estaba equivocada. Aquella oscuridad, o lo que ella llamaba diosa, no estaba ganando, estaba abandonando el cuerpo de Becca. Le brotaba del pecho en forma de hélice pixelada y soltaba destellos negros y plateados.

—Suéltame —le dije—. Por favor, se va a ahogar, se...

Callé. Con un crujido, aquella cosa se redujo a una lámina, como si fuera una capa de alquitrán, envolviendo a Becca por completo. En un segundo, mi mejor amiga desapareció.

Antes de que pudiera gritar, aquel monstruo emergió del agua con una brusquedad acrobática. La diosa quedó suspendida en el aire. Era inmensa, resplandeciente e inconcebible, como una ventana al país de las pesadillas.

Justo después, vino a por mí.

Me preparé para el ataque, pero lo único que hizo la diosa fue tomarme de la mano. Su tacto no resultaba frío, ni desagradable. Era cálido y me despejó la mente. Parecía... Dios mío, parecía la mano de Becca.

¿Dónde está? Dije. *¿Qué le has hecho?*

Supe que la diosa me oiría, aunque no hablara.

Estoy aquí. Era la voz de Becca. *Nora, déjame pasar.*

—¿Dejarte... pasar? —Entonces, hablé en voz alta y entre lágrimas. Ekstrom estaba a mi lado, con los ojos bien abiertos y callada.

Por favor, Nora. Sonó más aguda y distorsionada, como un error de audio. Pero seguía siendo ella. Becca. ¿No?

Me moriré si no me dejas. Me estoy muriendo. Esta es la única forma. Por favor, Nora.

Unos dedos fantasmales me cubrieron la mano. Eran suaves y estaban llenos de luz. Un millar de crepúsculos de verano me atravesaron la vista, volando como deslumbrantes luciérnagas. Levanté la mano derecha, temblorosa.

—Te quiero —dije, y me la llevé al corazón.

La diosa me atravesó la piel y los huesos. Me abrió el pecho como si fuera una puerta.

Una vez dentro, se encargó de refugiarme en un lugar seguro y pequeño, porque yo ya no le hacía falta.

El mecanismo oceánico de mi cuerpo sirvió de música de fondo para lo que ocurrió a continuación. Los ultrasonidos del corazón, el cálido torrente de la sangre, el oleaje de la respiración. Los pensamientos conscientes me pasaban a toda velocidad por la mente, como peces de neón. Inalcanzables.

Estaba hundida en las profundidades de mi propio cuerpo, mientras la diosa trabajaba. Podía mirar si quería. Vi a Chloe Park resbalándose sobre cristales rotos en una cocina moderna que olía a vinagre y acero. Al señor Tate en el asiento del conductor de un coche familiar, soltando lo que parecía un suspiro de alivio. A Kurt en el cementerio, llorando como si le hubieran roto el corazón. La diosa se los llevó a todos.

Nos desplazábamos de un lugar a otro por vertiginosos y oscuros túneles, que ni eran de este planeta, ni estaban hechos para el tránsito de humanos. Pero la diosa me mantuvo a salvo, como yo la había mantenido a salvo en mi mundo. Cuando terminó su festín y me sacó del escondite, le hablé.

Tú no eres Becca. ¿Dónde está? No la siento por ningún lado.

La diosa no respondió.

¿Qué has hecho? ¿Qué es lo que me has obligado a hacer? No puedo vivir con esto. No puedo vivir sabiendo que he hecho esto.

Y entonces, la diosa dijo.

Vale.

La diosa benevolente me llevó de vuelta al principio y me soltó al final de la calle. Como una costurera, me recortó de la memoria todo lo que había presenciado en el jardín de Becca y la masacre que vino después. Cosió la hora de mi llegada a la casa, no mucho después de medianoche, a la hora que fuera en ese momento, alrededor de la una y media de la madrugada. Luego, se acurrucó dentro de mí para digerir todo lo que se había llevado.

Parpadeé y recobré el conocimiento. Estaba un poco mareada, a los pies del camino nevado de la casa sin luz de Becca.

El tiempo parecía escurridizo y la noche interminable. Llevaba allí un rato, pero no demasiado. Había ido corriendo justo después de recibir su inquietante mensaje.

Me lo quité de la cabeza y empecé a subir la calle.

Ya por el final, los recuerdos empezaron a centellear. Yo estaba inmersa en ellos, en el arroyo. Me llegaban y me venían a medida que la diosa iba perdiendo poder. Creo que estaba usando la mayor parte solo para mantenerme con vida.

No sentía ni la boca ni los pulmones, pero sí noté cómo había usado la voz de Becca para engañarme. Igual que lo sentí cuando se encogió como un molusco para convertir mi cuerpo en un arma homicida. Yo también podía usar mi cuerpo como arma. Con memoria muscular y las fuerzas que me quedaban, aspiré una bocanada de agua negra. Estaba helada y sucia, pero me limpió por dentro y por fuera.

Vete. Ya.

Supuse que no me haría caso. Percibí en ella una furia que se había acumulado demasiado. Me pregunté qué le pasaría si yo me muriera y ella estuviera dentro de mi cuerpo.

Entonces, la diosa me habló por última vez. Una palabra tosca y furibunda en un idioma de otro mundo. Se desprendió de mi cuerpo como un murciélago rabioso y desapareció. Quedó desterrada, o eso esperaba, en un lugar inalcanzable. De vuelta a la oscuridad.

Escuché la voz de Becca en mi oído. Muy nítida.

Nora, susurró. *Lo siento, Nora.*

Quería responder, pero estaba congelada. Tenía la mandíbula tensa y mis pulmones eran dos flores secas, y pensé, *No te vayas, otra vez no, no me dejes, Becca, no…*

Y me quedé sola.

Pensé que me iba a ahogar, pero algo o alguien me arrastró por el agua hasta llevarme a la orilla escarchada. Alguien que pegó su cuerpo al mío para calentarlo, me apretó el pecho para expulsar el agua y, llorando, me dijo al oído. *Nunca te dejaría morir.*

Becca. Entonces, las copas de los árboles se llenaron de focos y voces. La luz osciló sobre nosotras y oí el llanto de una persona.

Perdí el conocimiento antes de averiguar si todo aquello o si Becca eran alucinaciones, la realidad o el deseo de una mente moribunda.

CAPÍTULO CINCUENTA Y TRES

No mucho después de salir corriendo de la casa de Sloane (dejando a mis amigos en pánico, tragando agua y buscando en Google *cómo quitar la borrachera rápido*), me llamó mi madre. Mi teléfono estaba donde lo había dejado, encima del tocadiscos de Sloane. Ruth tomó la decisión ejecutiva de responder y contárselo todo, incluido lo de la huella de la mano en el pecho.

Me buscaron todos juntos. Cuando anocheció, mis padres acudieron a la policía. Les hicieron caso de inmediato, dados los acontecimientos recientes, la mala prensa y el hecho de que yo era la mejor amiga de una de los desaparecidos.

La operación de búsqueda concluyó cuando nos encontraron a Becca y a mí en su segunda batida por el bosque. La primera en vernos fue Cat. Estaba recorriendo el sendero con mi padre, James y un par de linternas de bolsillo.

Me dieron el alta en menos de treinta y seis horas, después de recibir tratamiento para la hipotermia, varias laceraciones y tres dedos del pie congelados.

Cuatro días después, trasladaron a Becca a un centro de cuidados intensivos. Cuando James la sacó del bosque, su cuerpo parecía el de una persona que había estado encamada mucho tiempo. Mostraba signos de atrofia y tenía úlceras en las caderas. Resultaba insólito que hubiera podido sacarme del agua en esas condiciones. Seguramente, fuera fruto de la adrenalina, como una madre levantando un coche para salvar a su bebé.

Peor fue lo de los pulmones. Nadie pudo darle una explicación a la presencia de aquellas lesiones en una joven de diecisiete años sana. Ese tipo de heridas eran irreversibles, según decían, pero se estaban curando poco a poco.

Hubo cosas aún más raras, para las que encontraron aún menos explicaciones. Marcas de un secuestro indescifrable que la acompañarían durante el resto de su vida.

CAPÍTULO CINCUENTA Y CUATRO

¿Dónde estaba?

Esa fue la pregunta que le hicieron más de cien veces durante la semana después del incidente en el bosque. Agentes de policía, personal del hospital, abogados y hasta un periodista entrometido que consiguió colarse en su habitación, vestido de médico y con un porta sueros que habría comprado por internet.

A todos les decía lo mismo. «No me acuerdo».

Al principio, nadie podía visitarla. Tras pasarme veinticuatro horas durmiendo, viendo películas antiguas en la cama de mis padres y evitando mirar el teléfono por obvias razones, nos informaron de que Becca ya podía recibir visitas.

Entré en su habitación de hospital y me la encontré de pie mirando por la ventana, con una Canon pegada al ojo. Le había pedido a mi padre que la comprara con lo que me quedaba de mi último trabajo de verano y le indiqué que se la dejara junto a la cama.

Así fue como la vi por primera vez: detrás de una cámara. Se giró, sonrió y me hizo una foto, como tantas veces había hecho.

Cuando la bajó, me miró vacilante. Yo también tenía un poco de vergüenza. Le dio la vuelta a la cámara y dijo:

—Siempre me cuesta saber si estoy despierta o no. Pero cuando miro por aquí, estoy segura de que sí.

Su voz (*su voz*, no en mi cabeza, en el mundo real) sonó pequeña y ronca, indescriptiblemente entrañable. Crucé la habitación e hice lo que me dijeron que no podía hacer: me metí con cuidado en su cama. Apenas cabíamos las dos.

Le olía el aliento a gelatina de lima. Llevaba una sudadera de Bikini Kill que debió haberle traído Miranda. Parecía que volvíamos a tener nueve años y estábamos las dos metidas en un saco de dormir, de no haber sido por las máquinas de hospital que se cernían sobre nosotras.

—Te lo contaré todo —susurró—. Pero todavía no.

Entramos en una rutina. Yo la visitaba todos los días, excepto los lunes. Ese día tocaba reunión de la revista de literatura. Ya no teníamos tutora, pero Ruth se las arregló para abrir el buzón de las entregas. Hubo una gran afluencia de propuestas. Todo el mundo intentó plasmar la locura que habíamos vivido (o que estábamos viviendo) en un papel y convertirlo en arte. O en lo que Chris llamaba «arte».

Los lunes la visitaba James. Le traía las fotos de la semana anterior y carretes nuevos, y se llevaba los que estaban por revelar. Becca estaba haciendo muchos retratos.

No sabía de qué hablaban, ni cuánto le llegó a contar a él. Pero me acabé enterando de la historia por partes. A lo largo de episodios de insomnio, sesiones de fisioterapia, extracciones de sangre y reuniones con especialistas, curiosos estudiantes de medicina y el abogado que Miranda había contratado. Así fue como Becca me contó lo que me había perdido, empezando por lo que vio en el bosque. Después, me explicó lo que hizo para encontrar la dirección de Ekstrom y enfrentarse a ella, y cómo nuestra profesora la involucró en su guerra solitaria. Exprofesora. La señorita Ekstrom se jubiló poco después.

A cambio, le conté cómo me sentía al recordar las cosas que había hecho. Al saber que yo era la culpable, pero a la vez no. Le hablé de todas las imágenes que se me habían quedado grabadas. Becca me escuchaba apenada, llena de culpa. Pero yo sabía que lo que había pasado podía unirnos aún más o separarnos para siempre. Y no podía volver a perderla. Ella era, literalmente, la única persona en el mundo que entendía por lo que había pasado.

Cumplió los dieciocho un mes después de su aparición. Pensaban darle el alta en unos días. Ya podía caminar sin ayuda y solo necesitaba oxígeno por las noches. Sus pulmones siguieron su proceso de curación milagrosa.

Pronto volvería a la casa en la que había crecido y que Miranda vendería un año después. Para verano, Becca ya viviría sola en un apartamento y tendría su diploma del instituto. No volvería a pisar nunca más el PHS.

Y nadie se lo podría reprochar. Becca era *La Chica Que Volvió a Casa,* en letras mayúsculas. Más adelante, habría *podcasts*, ofertas de libros y artículos del tipo «¿Recuerdas a esta chica?». Sacarían incluso una miniserie de dos temporadas y, de alguna manera, se las ingeniarían para eludir el gran misterio de la historia: dónde había estado Becca. Se negaría a explicar por qué lo sabía tan poca gente y por qué no lo sabría nadie más.

El día de su cumple, nos pusimos a comer pastelitos de fresa en su habitación de hospital. Cuando se terminó el suyo, me hizo una foto sentada en el alféizar y dijo:

—Quiero contarte a dónde me fui.

Se rio de la cara que puse. Había recuperado el peso que había perdido en sus días de ausencia. Su piel ya no tenía aquel aspecto plástico inquietante y ya no le dolían las costillas al respirar. Pero hubo cambios que tardaron en llegar. Algunos más perturbadores que otros.

—Vale —dije.

—Vale —respondió imitándome y sonriendo, pero se le notaban los nervios—. Me acuerdo de todo. Lo de la piscina con Ekstrom y... Los gritos de la diosa. En mi cabeza.

Seguíamos llamándola así, diosa, y siempre lo haríamos.

—¿Qué te gritaba?

—Una palabra. Una y otra vez. Era una palabra desconocida para mí. En un idioma también desconocido. Luego, miré a las estrellas y me entró mucho frío. Te oí a ti, tu voz, y...

Levantó la mano y se la llevó a la marca del pecho. La suya parecía un sabañón, sin forma definida. La mía estaba afilada y era innegable que tenía la forma de una mano. Se había difuminado un poco, pero nunca desaparecería del todo.

—Escuché un *pop* —siguió—. Pensé que me había dado un derrame cerebral y que estaba muerta. Por un momento, lo vi todo negro, y cuando abrí los ojos, estaba en una casa.

—Una casa. —Parpadeé.

—No era una casa real. Creo... Creo que estuviera donde estuviera, y viera lo que viera, no estaba hecho para mí. Cuando estaba con la diosa, o dentro de la diosa, me fui a un lugar al que ningún humano debería ir, o ver. Creo que mi cerebro me estaba intentando proteger. Y la mejor forma que encontró fue hacerme creer que estaba en una casa. No había escaleras, ni pasillos, ni nada. Solo una sucesión infinita de habitaciones. Algunas eran preciosas y estaban adornadas. Otras eran más normales, como habitaciones de motel o cuartos de una casa cualquiera. Algunas, juraría que las había visto en películas o en fotos.

»Cada habitación tenía dos puertas, una por la que entraba y otra por la que salía. Y ninguna tenía ventanas. Ni una. Me pareció haber vagado por aquella casa durante siglos cuando de repente, se fue la luz y me quedé en la más absoluta oscuridad.

»La primera vez que pasó, me senté donde estaba y esperé a que volviera la luz. Luego, empecé a caminar otra vez. Pero la segunda vez, me encontraba en un dormitorio anticuado y vacío, como el cuarto de una criada de otro siglo. Sabía por dónde quedaba la cama, así que intenté acercarme, pero no estaba allí. Caminé y caminé, más allá del supuesto final de la habitación. Fue entonces cuando me di cuenta de que todo aquello no era real.

»Seguí hasta encontrar una puerta. La aporreé y toqué el pomo, pero no la abrí. Nada tenía sentido en aquella casa, emocionalmente hablando, pero esa puerta me dio miedo. Estaba caliente, casi ardiendo. Al principio, me pareció que estaba hecha de un material sintético, muy pulido, pero cuando la toqué con la mano, la sentí llena de vida. Como la piel sobre el hueso.

»El cuarto se volvió a iluminar y la puerta desapareció. Creo que me pasé otro día vagando por la casa, aunque no lo tengo muy claro. Cuanto más tiempo pasaba en una habitación y cuanto más miraba a mi alrededor, más detalles encontraba. Estanterías llenas de libros, lámparas en las paredes y empapelados con formas complejas. Siempre había cositas dentro de los cajones. Monedas, llaves, dados, abalorios y más cachivaches de cajón. Y te juro que todo parecía transformarse cuando yo lo miraba.

»Había una pared que, a simple vista, parecía vacía. Pero fijé mi atención y le salió un cuadro. Pensé que era un cuadro de unos árboles al atardecer, pero después descubrí que no eran árboles, que eran personas con la cara muy detallada. Creía que estaban de pie sobre la hierba, pero en realidad, era agua verdosa. Me acerqué y vi el fondo del mar, repleto de tesoros. Así, podía seguir eternamente, hasta caer en niveles cada vez más profundos. Como un libro que se va escribiendo a medida que lo lees, o como una pila de cartas que nunca terminas de barajar. Y sabía que, si aquello ocurría, se acabaría todo y no tardaría demasiado en olvidarme de mi propio nombre.

»Después de un tiempo, las luces se fueron por tercera vez, pero ya estaba preparada. Empecé a moverme por la oscuridad. Me costó dar con la puerta, pero cuando la encontré, no dudé. La abrí de par en par y crucé.

—¿Y? —pregunté.

Bajó la cabeza, un poco apenada. Un mechón plateado le tapaba media cara. Desde que había vuelto, el pelo le estaba creciendo casi sin color. Algún día parecería la crin de un unicornio de juguete.

—Me había convertido en ti —dijo—. Cuando atravesé la puerta y abrí los ojos, tus ojos, aparecí en tu cama, porque la diosa estaba dentro de ti y yo, atrapada en la diosa. Creo que cuando la luz se apagaba, era porque tú y la diosa estabais durmiendo.

»Sigo pensando en... ¿Te acuerdas de cuando Mary Poppins se saca esa lámpara gigante del bolsito? Creo que yo era esa lámpara, solo que estaba metida a saber dónde. Era un lugar que me podría haber llegado a reventar la mente y convertirla en nieve. Pero le di la forma de una casa. Una casa con una puerta oculta que solo podía encontrar en la oscuridad y donde todo parecía escaparse de mi razón.

»Tuve que pensar rápido. No encontré ningún bolígrafo en tu habitación, así que bajé a la cocina. Intenté ir con cuidado para no despertarte, pero no tenía el control del aparato.

—De mi cuerpo, quieres decir.

Escuchar su punto de vista de aquella noche fue más duro de lo que pensaba. Me sentía al borde de la histeria.

—Sip —dijo sin remordimientos—. Y te dejé aquella misteriosa nota porque escribir cada letra me costaba horrores y no paraba de pensar en que te ibas a despertar.

—Lo entendí. —Tomé aire—. Juega al juego de la diosa y lo recordarás.

Cerró los ojos y dijo:

—Estaba intentando llevarte a… Sé que esto no suena nada bien, después de todo, pero sabía que, si te ponías en peligro de alguna manera, la diosa reaccionaría. Con suerte, se marcharía. Como pasó conmigo en la piscina. Y así fue al final.

Entonces, entró una enfermera, una de las más jóvenes. Llevaba unas zapatillas blancas impolutas y una bata rosa con estampado de guepardo. Le tomó las constantes vitales a Becca y se acercó a ella con un depresor lingual en la mano.

—Vamos a ver cómo va esa garganta —dijo con alegría.

Becca le dedicó una sonrisa estrecha.

—¿Quieres ver los dientes? —Echó la cabeza hacia atrás y abrió la boca. Mucho.

Habían tardado casi una semana en darse cuenta de que le estaban saliendo un par de dientes nuevos, justo al lado de los últimos molares superiores. Una zona donde nunca crecen dientes. Dijo que no le dolían y me los enseñó cuando se lo pedí. Eran más finos que los incisivos, de un blanco leche azulado.

La enfermera echó un vistazo superficial y se largó.

Cuando nos volvimos a quedar solas, dije:

—Esa noche que me desperté junto al claro, si no estabas intentando que jugara al juego, ¿por qué me llevaste allí?

—Estaba intentando llegar a casa de Ekstrom. Mi plan era entrar y esconderte en algún lado. Así, cuando te despertaras en su bañera o donde fuera, te lo tendría que contar todo.

—Sí... Eso habría sido terrorífico. Despertarme en una bañera desconocida.

Se limitó a mirarme. Absorta, un poco distante y con una mancha de fresa en el labio. A veces, tenía la sensación de que estaba manteniendo dos conversaciones diferentes, una conmigo y otra con ella misma. Y también a veces, parecía perder el hilo de la mía. Al cabo de un rato, le dije con suavidad:

—¿Cómo fue al final? ¿Cuándo te dejó marchar la diosa?

—No me dejó marchar, tú me arrancaste de sus manos. Fui de la casa al agua y tardé un minuto, o puede que dos, en volver a notar el cuerpo. Lo encontré abatido y en un estado miserable. Estaba ocupada reanimándote, como hacen en las películas, cuando de repente, lo sentí. El frío, el dolor y todo. —Por un momento, pareció agotada—. Desde entonces, no paro de soñar con la casa y no sé qué hacer al respecto.

Nos quedamos un rato calladas. Luego, dijo:

—Nora.

—Becca.

—¿Te gustó lo que te dejé?

—Ah, sí. —Me reí un poco y me sequé las lágrimas—. Me encantó lo de la navaja y lo de la cinta explosiva que casi incendia un Walmart. —Entonces, me fijé en su expresión —. Ay, Dios mío. —Me sonrojé y me tapé la cara—. Te refieres a James.

Por un instante, sonrió como siempre lo había hecho, con mucha luz.

—Soy una casamentera —dijo—. Soy una casamentera en toda regla. Éxito asegurado, cien por cien. Ahora, habla tú un rato que necesito respirar un poco.

Salí del hospital y me fui en coche hasta el centro. Se me iba a salir el corazón. Aunque ya hubiera pasado el día de San Valentín, aún no habían quitado la decoración y la calle principal seguía luciendo aquellos arcos de luces rosas y rojas. La residencia Palm Towers tenía una hilera de plazas para las visitas y ahí era donde James me estaba esperando.

Siempre tenía la misma sensación al verlo. Nunca me acababa de creer que me estuviera esperando a mí. Lo sentí incluso en ese momento. Cuando me vio, cambió la postura y la cara se le llenó de una tierna expectación. Así que tuve que obligarme a creérmelo.

Cuando estaba con Becca, era consciente de lo mucho que me había cambiado aquella experiencia. Con James, casi se me olvidaba. A veces, pasar del uno al otro se sentía como un latigazo.

Salí del coche y me acerqué lentamente. Creo que aquella era mi parte favorita. Cuando todavía no había pasado nada, pero estaba a punto de pasar. Entonces, llegué hasta él y fue aún mejor. Me regaló una sonrisa que nunca le había visto regalarle a nadie.

—¿Estás lista?

Me reí, porque estábamos los dos fingiendo que aquello no era para tanto. Que solo lo estaba visitando por primera vez en su apartamento. Que su abuela nos prepararía algo y cenaríamos con ella. Su abuela, aquella feroz protectora que ponía a James en el centro del universo y a la que todavía le quedaban algunas dudas sobre mi persona. La nueva novia de su nieto, esa chica que tenía un curioso historial de fantasías. Por supuesto que mis padres conocieron a James en la noche de la batida y desde entonces, lo adoraron. Debo reconocer que fue una ventaja injusta.

—Estoy lista. Creo.

—Le vas a gustar —dijo con firmeza. Luego, frunció una ceja—. Tus manos.

No llevaba guantes y las tenía en carne viva, así que las cerré por vergüenza. Con la misma calma con la que lo hacía todo, James me tomó las manos y las abrió. Se acercó las palmas a los labios y soltó un soplido lento y cálido.

—¿Mejor? —preguntó hablándoles a los dedos.

Le miré por encima de la cabeza y dije:

—Sí.

A veces, me invadía una sensación de esperanza. Todas las cosas amargas de mi vida, ya sean las pesadillas, la culpa, el miedo por mi futuro o mi cambiada mejor amiga conformaban un paisaje de imponentes rascacielos. Y eran los momentos como aquel que me permitían divisar el mar al final de una callecita estrecha. Veía las olas moverse bajo el sol y soltar chispas de pura luz. Ya llegaría a verlo bien. De momento, podía disfrutarlo desde la lejanía y empezar a oler la sal.

Dimos un paso y rellenamos el hueco que había entre los dos. El vaho de nuestras respiraciones se fundió en el aire. Me pasó las manos por los brazos y me sacó el pelo del cuello del abrigo. No me había dado ni cuenta de que lo llevaba así, pero cuando lo liberó, me recorrió una sensación de ligereza tan intensa que sentí que empezaba a levitar. Me acunó la cara con las manos, sonreí y me besó.

AGRADECIMIENTOS

Gracias a Sarah Barley, por ser mi editora, animadora y amiga. Hemos recorrido lugares de lo más extraños juntas. Y siempre te lo agradeceré. Muchas, muchas gracias a mi sabia e imperturbable agente, Faye Bender.

¡Gracias por todo, Equipo Flatiron! Sarah (otra vez), Bob Miller, Megan Lynch, Malati Chavali, Cat Kennney, Erin Kibby, Sydney Jeon, Nancy Trypuc, Marlena Bittner, Erin Gordon, Kelly Gatesman, Louis Grilli, Jennifer Gonzalez, Jennifer Edwards, Holly Ruck, Sofrina Hinton, Emily Walters, Melanie Sanders y Cassie Gitkin. Y gracias una vez más a mi equipo de ensueño, Keith Hayes y Jim Tierney, por una portada que brilla con siniestras intenciones.

Gracias a Alexa Wejko por tu crucial primera lectura, a Kamilla Benko por salvarme la vida con una llamada de once horas y a Tara Sonin y Sarah Jane Abbott por las reuniones de escritura que me ayudaron a derribar muros cuando más atascada me sentía.

Gracias a mis compañeros de la revista *Slant of Light* del Instituto Libertyville (y a nuestra efímera, pero inmortal publicación en la sombra, *Tilted Darkness)* y a sus consejeras Karen LeMaistre y Meredith Tarczynski. Me lo pasé en grande dándole forma al personal de la revista de literatura (ninguno de vosotros sois Chris).

Gracias a mi ratón de biblioteca favorito, Miles. Leerte y leer contigo siempre será lo mejor de esta vida en la Tierra. Gracias a Michael, por hacerme reír durante diecisiete años y sumando. ¡Solo cuatro años más!… en bucle. Gracias a mis padres, Diane y Steve Albert. Os quiero muchísimo. Siempre os agradeceré la seguridad que me bridasteis y que me permitió ser una niña tímida y dedicada a la lectura durante todo el tiempo que necesité (que fue bastante).

Y gracias a ti, si estás leyendo esto. El apoyo de cada lector, librero, bibliotecario, profesor o padre de algún niño que haya dado con estos libros: necesitaría por lo menos tantas palabras como las que llevo escritas para terminar de expresar mi gratitud. Así que tan solo diré, por última vez, gracias.